Susanne Reinker

Weniger Arbeit, mehr Gemüse, mehr Sex

ROMAN

Diana Verlag

MIX
Papier aus verantwortungsvollen Quellen
FSC® C014496
FSC
www.fsc.org

Verlagsgruppe Random House FSC-DEU-0100
Das für dieses Buch verwendete
FSC®-zertifizierte Papier *Holmen Book Cream*
liefert Holmen Paper, Hallstavik, Schweden.

2. Auflage
Originalausgabe 01/2012

Redaktion | Christiane Fritsche
Umschlagmotiv | © shutterstock
Umschlaggestaltung | t. mutzenbach design, München
Satz | Christine Roithner Verlagsservice, Breitenaich
Druck und Bindung | GGP Media GmbH, Pößneck
Printed in Germany 2012

978-3-453-35590-3

www.diana-verlag.de

Für Ari

Es gibt kein richtiges Leben im falschen.

THEODOR W. ADORNO

1

Eine traumhafte Nacht. Palmen wiegen sich im leichten, lauen Wind. Eng umschlungen laufen wir den Strand entlang zum Hotel.

Vom Balkon unseres Zimmers haben wir einen großartigen Blick auf die Croisette und auf die festlich erleuchteten Jachten, die in der Bucht von Cannes vor Anker liegen. »Ich bin total verrückt nach dir«, murmelt Thomas und küsst mich voll ungestümer Leidenschaft.

Draußen schlägt eine Kirchturmuhr zwölf. Die ersten Raketen steigen auf. Bunt glitzernder Leuchtregen lässt den Himmel über der Côte d'Azur erstrahlen. Die Luft riecht nach Feuerwerk.

Thomas öffnet den Champagner und füllt unsere Gläser. Er sieht mir tief in die Augen. »Herzlichen Glückwunsch zum Geburtstag, Sandra. Und auf ein glückliches neues Jahr für uns beide!« Wir stoßen miteinander an und genießen den feierlichen Moment.

Dann fallen wir übereinander her, noch halb angezogen und erfüllt von blindem Verlangen. Mit kaum gezügelter Begierde wogen unsere Körper zum hypnotisierenden Rhythmus von Ravels *Bolero*. Die Musik des Orchesters schwillt an, Basstrommeln und Posaunen drängen machtvoll dem Höhepunkt entgegen. Wir … »Wir unterbrechen unser Programm für eine wichtige Verkehrsdurchsage. Auf der A 95 in Richtung München kommt Ihnen zwischen der Ausfahrt Murnau und der Ausfahrt Penzberg ein Fahrzeug entgegen. Bitte fahren Sie äußerst rechts, und überholen Sie nicht. Wir melden es, wenn die Gefahr vorüber ist.«

Na großartig. Coitus interruptus am Neujahrsmorgen. Das Jahr fängt wirklich vielversprechend an.

Versuchsweise mache ich ein Auge auf. Meine Befürchtungen bestätigen sich: von Cannes, schickem Hotelzimmer und mediterraner Wintersonne keine Spur. Stattdessen sieht alles so aus wie zu Hause.

Mit rasch verglimmender Resthoffnung schaue ich mich in unserem Schlafzimmer nach Spuren von Orchestermusikern um. Aber da ist nichts.

Nichts außer Thomas' Radiowecker. Er ist auf einen Klassiksender eingestellt, mir zuliebe. »Klassische Musik in der Aufwachphase steigert statistisch gesehen das Wohlbefinden«, hat Thomas mir erklärt. Und sich dabei jede Anspielung auf gewisse morgendliche Launendefizite meinerseits großmütig verkniffen.

Eigentlich ist er ja ein vorbildlicher Gatte. Die Art Mann, der selbst an Neujahr den Wecker stellt, um seiner Frau zum Frühstück frische Buttercroissants zu besorgen. Ein echter Liebesbeweis, vor allem angesichts der Tatsache, dass draußen dichtes Schneetreiben herrscht.

Das hätte er auch einfacher haben können. Aber er wollte ja partout nicht nach Südfrankreich, obwohl ich mir das mit beachtlicher Hartnäckigkeit zum Geburtstag gewünscht hatte. Leider vergeblich, denn Thomas hat mit Frankreich und den Franzosen nichts am Hut. Übrigens auch nichts mit Silvesterpartys. Bei Anlässen mit mehr als vier Personen möchte er sich am liebsten bis zum Veranstaltungsende auf der Toilette einschließen.

Also sind wir zu Hause geblieben und haben im kleinen Kreis gefeiert. Sofern man das schon ab zwei Personen so sagen kann.

Für das Feuerwerk hatte Thomas immerhin Raketen gekauft. Doch die Dinger wollten mal wieder nicht zünden, draußen war es sowieso unerträglich kalt, und so gingen wir schnell wieder rein. Noch mal aufs neue Jahr anstoßen, Zähne putzen, Bett, Licht aus.

Thomas gab mir einen Neujahrskuss. »Wusstest du, dass bei einem Zungenkuss durchschnittlich 0,7 Milligramm Fett und 0,4 Milligramm Salz ausgetauscht werden?«, murmelte er noch. Dann schlief er ein.

Ich blieb noch ein Weilchen wach und hing meinen Gedanken nach. Ein unspektakulärer Jahreswechsel, okay. Aber gemütlich. Nur schade um Thomas' Raketen.

Kurz war ich versucht, über die seltsame Parallele zwischen der Ausfallquote seines Silvesterfeuerwerks und der Ausfallquote seiner Libido zu philosophieren. Doch dann schob ich den Gedanken beiseite und ließ mich lieber von meinem Schlafanzug streicheln.

»100 Prozent kuschelecht« steht auf dem Etikett. Ich persönlich finde ja, dass nur Nacktschlafen so richtig kuschelecht ist. Doch in längeren Beziehungen verliert sich das allmählich. Wir sind da keine Ausnahme.

Mit leichtem Bedauern denke ich an die bordeauxrote Seidenwäsche, die seit Jahren unbenutzt auf dem Grund meiner Kleiderschrankschublade ruht. Allerdings steht in meinem Jahreshoroskop: »Für Steinbockfrauen wird es ein Jahr der Herausforderungen und der Chancen.« Wer weiß, vielleicht wird in diesem Zusammenhang auch der Spitzen-BH mal wieder zum Einsatz kommen!

Gerade als ich mich frage, ob ich ihn versuchsweise sofort anziehen sollte, kommt Thomas ins Schlafzimmer getrabt. Er hat noch seinen Schal um den Hals, wie immer dreifach geschlungen, um der witterungsbedingten Erkältungsgefahr vorzubeugen. Er lächelt mich an, und ein zärtliches Gefühl steigt in mir hoch. Wobei ich mir nicht sicher bin, ob es von meinem Blick in Thomas' braune Augen herrührt oder eher von dem reich bestückten Frühstückstablett, das er mir ans Bett bringt.

»Hast du die Sirene vom Krankenwagen gehört?«, fragt er, während er sich die nassen Klamotten auszieht. »Stell dir vor, den Schmidtbauer aus der dritten Etage hat es wieder erwischt. Der hat aus seinem ersten Herzinfarkt anscheinend nicht das Geringste gelernt. Immer nur arbeiten, arbeiten, arbeiten, als ob seine Firma ohne ihn umgehend im Chaos versinken würde. Und dann abends zu Hause ständig Zoff mit der Familie.«

»40 Prozent aller Herzinfarkte ereignen sich übrigens zwischen sechs Uhr morgens und zwölf Uhr mittags«, fügt er nach einem Blick auf die Uhr noch mit leiser Befriedigung hinzu. Er ist eben mit Leib und Seele Statistiker.

»Ein Glück, dass mit der ständigen Schreierei über uns jetzt erst mal wieder Schluss ist«, sage ich erleichtert. Mein Mitleid für Dr. Dieter Schmidtbauer hält sich in Grenzen. Ich kenne ihn nur von Begegnungen im Treppenhaus. Bei denen starre ich immer wie hypnotisiert auf seine Augenringe. Nach seinem Herzinfarkt waren sie kurzfristig verschwunden – nur um sich ein paar Monate später umso eindrucksvoller zurückzumelden. Hätte er nur auf sie gehört! Dann läge er jetzt nicht wieder auf der Intensivstation.

Komisch. Also ich bräuchte nie im Leben einen zweiten Schuss vor den Bug, um zu kapieren, was so ein Herzinfarkt einem sagen will. Ich würde sofort runterschalten. Den lieben langen Tag Entspannungsmusik hören, Yoga machen, buddhistische Philosophen lesen. Gelassen und glücklich würde ich durch mein weiteres Leben gleiten wie ein Segelboot bei glatter See.

❖ ❖ ❖

Ich klingele, und kurz darauf öffnet Neele die Wohnungstür. Sie schaut besorgt. »Mensch, Sandra, bist du dir sicher, dass du den Herd ausgemacht hast?« Von drinnen höre ich unterdrücktes Kichern. Das klassische Schicksal des Zuspätkommers: Während ich noch durch die Stadt gehetzt bin, haben meine beiden besten Freundinnen bei einem Glas Prosecco schon mal ein bisschen über mich gelästert.

Unwillkürlich muss ich grinsen. Sie haben ja recht. Wenn eine Frau von fast Mitte 40 sich regelmäßig panikerfüllt ausmalt, dass das ganze Viertel in einem flammenden Inferno versinkt, bloß weil sie vergessen hat, den Herd auszuschalten – dann muss sie den Spott ihrer Mitmenschen stoisch ertragen.

»Jetzt komm schon, wir müssen doch auf deinen Geburtstag anstoßen!«

Martina drückt mir ein volles Glas in die Hand. Sie sieht geschafft aus. Kein Wunder bei drei Kindern im Terroralter. Mit denen ohne Mord und Totschlag über die Weihnachtsfeiertage zu kommen grenzt an ein Wunder. Zumal ihr Stefan im Wesentlichen vor der Glotze hockt und DVDs anschaut. Was für einen Filmkritiker verständlich ist, aber Martina in erzieherischen Fragen trotzdem nicht weiterhilft.

Und von denen stellen sich einige. Vor meinem geistigen Auge taucht Martinas Tochter Annika auf. Sie ist 17 und hat seit ihrer Wandlung zum Edelpunk jede Ähnlichkeit mit der süßen kleinen Freundin von Pippi Langstrumpf verloren. Ihr jüngerer Bruder Nico verbringt ganze Tage mit irgendwelchen blutrünstigen Computerspielen. Und falls Martina trotzdem langweilig werden sollte, ist da auch immer noch Lea. Sie ist gerade in die Schule gekommen und hält ihre Mutter erfolgreich davon ab, den Sprung zurück ins Berufsleben zu wagen.

»Guck nicht so – ich weiß selbst, dass ich zwischen den Jahren ein bisschen zugenommen habe«, sagt Martina schuldbewusst. Bevor ich irgendetwas Höfliches wie »Ach was, das bildest du dir ein« antworten kann, mischt Neele sich ein. »Die paar Pfunde, die sieht man doch fast gar nicht, bei den weiten Sachen, die du immer trägst.«

Ich halte die Luft an und bete, dass sie in ihrer diplomatischen Art nicht auf die Idee kommt, Martina einen launigen Kurzvortrag über Schlabberlooks und Mode für Mollige zu halten. Was zwar rein inhaltlich völlig gerechtfertigt wäre, aber trotzdem schwer erträglich ist, wenn es aus dem Mund von jemandem wie Neele kommt.

Neele ist die Jüngste, Schönste und Schlankste von uns dreien. Wo immer sie mit ihren dunklen Haaren, blauen Augen und knapp geschnittenen Kostümen auftaucht, schnappen die Männer nach Luft. Und das nicht nur, weil sie Steuerfahnderin ist.

Eine sehr erfolgreiche Steuerfahnderin obendrein. Manchmal fragen Martina und ich uns, ob der eine oder andere Steuerhinterzieher ihr vielleicht freiwillig alles gesteht in der Hoffnung, einmal eine Nacht mit ihr verbringen zu dürfen. Allerdings müsste er da schon terminlich einige Geduld aufbringen. Neele ist nämlich von einer großen Schar von Verehrern umgeben und fast jeden Abend ausgebucht.

»Jetzt hört mal auf, über eure Feiertagsröllchen nachzudenken. Für einen Mädelsabend sollte es nun wirklich fröhlichere Themen geben. Apropos: Hab ich euch schon von Alberto erzählt?«, fragt Neele, während sie uns ihr legendäres Thai-Curry auf die Teller häuft. »Italiener, schnuckelige 32 Jahre alt. Wir sind zwischen den Jahren fast nicht aus dem Bett gekommen. Ich sag's euch, der muss als Kind in den Zaubertrank gefallen sein.«

Martina und ich schauen uns an. Mit heißen Nächten in Begleitung jüngerer Liebhaber können wir nicht aufwarten. »Thomas und ich haben es uns zu zweit gemütlich gemacht. Es war sehr entspannend«, sage ich trotzig. Neele guckt spöttisch.

»In einer Ehe ist es eben anders als in freier Wildbahn. Das machen die Hormone, das ist ganz normal. Irgendwann wird die oberflächliche Leidenschaft der Anfänge durch tiefe Gefühle ersetzt.«

»Amen«, sagt Neele und guckt noch ein bisschen spöttischer.

»Ist ja gut, wir wissen, dass du über dein Liebesleben ein dickes Buch schreiben könntest. Eine Steuerfahnderin, die einen Porno veröffentlicht – das wär doch mal was. Wenn du dann noch einen neckischen Titel wie *Sex und die Akten* oder so findest, wird es bestimmt ein Bestseller, und du kannst Martina und mir ein paar gut aussehende Callboys spendieren.«

»Jetzt sei nicht so empfindlich«, mault Neele. »Manchmal sehne ich mich doch auch danach, in den Hafen der Ehe einzulaufen, anstatt mich auf dem Single-Markt rumzutreiben. Das ist mit Ende 30 auch kein reiner Spaß mehr.«

Sie nimmt einen tiefen Schluck Wein. »Aber dann wieder denke ich: jetzt heiraten und bis dass der Tod euch scheide? Da müsste ich ja gut 40 Jahre denselben Kerl ertragen. Niemals. Viel zu langweilig. Die durchschnittliche Lebenserwartung von Frauen liegt heute bei 85 Jahren. Gut, die Männer sterben im Schnitt fünf Jahre vorher. Aber dann ist es zu spät, um noch zur lustigen Witwe zu werden.«

Typisch Neele. Mit entwaffnender Offenheit zerrt sie Themen ans Licht, die die meisten Ehefrauen sorgfältig in der hintersten Abstellkammer ihrer Gehirnwindungen wegsperren. Und seit sie damals dieses legendäre Statistikseminar von Thomas besucht hat, untermauert sie ihre Ansichten obendrein vorzugsweise durch einschlägige statistische Forschungsergebnisse.

»Man kann heute als Frau noch mit 60, 65 blendend aussehen«, fährt sie gnadenlos fort. »Da wäre es doch geradezu Verschwendung, seine kostbare Restlebenszeit einem alten

Sack zu widmen, der mit dem Bräutigam von damals nur noch den Namen gemein hat.«

»Außer natürlich, wenn die Beziehung glücklich ist«, versucht sie sich rauszuretten, als sie unsere Gesichter sieht.

»Na super, Neele«, murmelt Martina. »Ich hatte mich auf einen entspannten Abend ohne Mann und Kinder gefreut, da will ich jetzt nicht über glückliche Beziehungen diskutieren. Müssen wir eigentlich immer über so schwierige Sachen reden? Können wir nicht mal wieder wie früher entspannte *Brigitte*-Gespräche führen? Über Schminktipps, Kochrezepte, Trendfrisuren und so?«

Neele springt auf. »Gut, dass du mich dran erinnerst. Ich hab doch noch ein Geburtstagsgeschenk für unsere Sandra!« Freudestrahlend hält sie mir eine in Geschenkband gewickelte *Brigitte Woman* inklusive Abo-Gutschein hin. Martina will da nicht nachstehen und überreicht mir mit feierlicher Miene ebenfalls ein Päckchen. Zu meinem Leidwesen sieht es eher nach Buch aus als nach Rotwein oder Badeöl. Hoffentlich hat sie mir nicht wieder einen von diesen esoterisch angehauchten Glücksratgebern ausgesucht.

»Es ist ein Meditationskalender für Frauen, die zu viel arbeiten«, sagt sie stolz, während ich ihr Geschenk auspacke. Na Klasse. Mit einer Zeitschrift für Frauen über 40 und einem buddhistischen Anti-Stress-Ratgeber bin ich für mein neues Lebensjahr wahrscheinlich bestens gerüstet.

❖ ❖ ❖

»Der Meidner will, dass Sie gleich in sein Büro kommen«, sagt Frau Springer und guckt ein bisschen mitleidig. Der erste Arbeitstag im neuen Jahr, und dann gleich vortanzen beim Chef. Das kann nur Arbeit bedeuten.

Oder Ärger.

Oder beides.

Ich hole tief Luft und rufe mir aus Martinas Kalender den meditativen Sinnspruch für heute ins Gedächtnis. »Leiden ist leichter als Handeln.« Irgendwie passend fürs Angestelltendasein, wenngleich von begrenztem praktischem Wert.

»Sandy-Babe, ich hoffe, du hast dich über die Feiertage gut erholt«, sagt der Meidner, während er an seinem BlackBerry herumfummelt. »Du musst gleich durchstarten. Eine französische Firma will einen großen Stand auf der Berliner Fernsehmesse Ende Januar. Ich hab denen versprochen, dass sie bis Freitag ein Konzept kriegen. Du bist mein bestes Pferd im Stall. Das kriegst du doch hin, oder?«

Klar, natürlich, wenn ich eine Familienpackung Red Bull trinke, auf jegliche Nahrungsaufnahme verzichte und die nächsten 78 Stunden durcharbeite, denke ich wutentbrannt. Ich hasse Joachim »Joe« Meidner. Dummerweise ist er seit sechs Jahren mein Arbeitgeber. Und da darf man ja heutzutage nicht wählerisch sein.

Das Erfolgskonzept der Meidner Fair & Event Design GmbH ist simpel. Ihr Geschäftsführer verspricht seinen Kunden alles, kurzfristig oder auch gern sofort. Dann kritzelt er »DRINGEND!« auf die Aufträge für Messestände und Großveranstaltungen und lädt sie bei mir auf dem Schreibtisch ab. Im Gegenzug gibt es für mich ein unterdurchschnittliches Gehalt, den wohlklingenden Titel »Head of Customer Relations« und ein vages Versprechen auf Beförderung.

Das steht jetzt schon verdächtig lange im Raum. Aber man soll die Hoffnung ja nie aufgeben. Sondern sich lieber in ergebnisorientiertem Schleimen üben: »Du kannst dich auf mich verlassen, Joe. Hier, ich hab dir übrigens ein Geschenk mitgebracht. Extra über die Feiertage für dich gebacken.«

Ich überreiche ihm eine Zellophantüte Kekse. Er schaut sie skeptisch an. »Sind da auch wirklich keine Nüsse drin?«

Ich schüttele entrüstet den Kopf, während ich mir überlege, dass er allein für sein »Sandy-Babe« einen hübschen kleinen allergischen Anfall durchaus verdient hätte.

Offenbar wirke ich glaubwürdig, denn er reißt die Tüte auf, stopft sich den ersten Keks in den Mund und brüllt: »Frau Springer, wo bleibt der verdammte Kaffee?!!!« Dann beginnt er, die Zeitung durchzublättern. Meine Audienz ist beendet.

Ich sollte mich jetzt den Herausforderungen des Arbeitstages stellen. Doch dazu fehlt mir noch der Mut. Also beschließe ich, einen Umweg über die Kaffeeküche zu machen und einen Plausch mit Frau Springer zu halten. Sie ist seit zehn Jahren Meidners Sekretärin. Ein Posten, der meiner Ansicht nach nervenaufreibender ist als der des Präsidenten der Vereinigten Staaten. Der Meidner ist nämlich zu gleichen Teilen chaotisch und cholerisch veranlagt. Obendrein ist er eitel und kann schon rein inhaltlich nicht akzeptieren, dass er deutlich kleiner ist als die Springer und ich.

»SPRIN-GER!! Wird das heute noch was mit dem Kaffee, oder muss ich Ihnen erst die Hammelbeine lang ziehen!?«

Frau Springer zuckt noch nicht mal zusammen. Ohne Eile macht sie ein Kaffeetablett zurecht. »Wie halten Sie das nur schon so lange aus?«, frage ich bewundernd.

»Ach wissen Sie, das ist doch alles Pillepalle, was dieser hysterische Heinzelmann hier veranstaltet. Es gibt 'ne Menge schlimmere Dinge im Leben.«

Da hat sie recht. Ich nehme mir vor, mit ihr demnächst zum Mittagessen zu gehen und sie zu fragen, wie sie es zu dieser beeindruckenden Lebensweisheit gebracht hat. Die kann unmöglich allein auf ihr fortgeschrittenes Alter zurückzuführen sein.

Beschämt über meine unangemessene Aggression trotte ich in mein Büro und schalte den Rechner ein. So gelassen wie die Springer wäre ich auch gerne. Wenn der Meidner *mich* anbrüllt, breche ich in Tränen aus und verschanze mich die nächsten zwei Stunden auf der Damentoilette. Nicht gerade das Verhalten, das man von einer zukünftigen Führungskraft erwartet. Kein Wunder, dass Joe sich noch immer nicht zu meiner Beförderung durchgerungen hat.

Mein Telefon klingelt. »Meidner Fair & Event Design. Mein Name ist Heller – was kann ich für Sie tun?«

»Heller? Heller wie dunkler?«, schallt es aus dem Hörer zurück. Haha, sehr witzig. Leider habe ich schon in der zweiten Klasse aufgehört, darüber zu lachen. Vielleicht sollte ich mich doch endlich mit meinem ehelichen Nachnamen anfreunden. Auch wenn Heller zweifellos hübscher ist als Husselrath.

»Ja, genau, Heller wie dunkler – ist das nicht lustig?«, antworte ich liebenswürdig. Ich bin schließlich Profi.

»Hier Doktor Schnurer, wie die Schnur. Von Grünthal Elektro-Gartengeräte. Ich rufe Sie an auf Empfehlung meines lieben Freundes Ferdinand Hinterhuber.«

Auch das noch. Für den Meidner kommt sein stiller Teilhaber direkt nach dem lieben Gott. Zwangsläufig, denn als Joe vor ein paar Jahren fast pleitegegangen wäre, hat Ferdi den Laden unter der Hand aufgekauft. Nur Joes Vater zuliebe hat er Joe damals als Geschäftsführer behalten, anstatt ihn hochkant rauszuschmeißen.

Leute, die auf Empfehlung von Ferdi Hinterhuber kommen, wollen jedenfalls immer eine Extrawurst. Und richtig, schon geht's los: »Wir wollen zum 70. Geburtstag des Firmengründers ein hochkarätiges Event veranstalten. Der Ferdi meinte, Sie würden es hinkriegen, dass Boris Becker und Heidi Klum kommen. Unser Jubilar würde sich so gerne mit denen fotografieren lassen.«

Ich könnte Herrn Dr. Schnurer jetzt fragen, woher er die Überzeugung nimmt, dass Boris Becker und Heidi Klum sich für elektrische Heckenscheren interessieren. Stattdessen biete ich ihm an, gleich am Nachmittag vorbeizukommen.

Ich kann zwar nicht von mir behaupten, dass ich neugierig darauf wäre, den Mann kennenzulernen, der zu der umständlich formulierenden Fistelstimme gehört. Doch mit jeder weniger eilfertigen Reaktion würde ich den Zorn von Ferdi Hinterhuber auf mich ziehen. Er würde postwendend vorbeikommen, um mir den Kopf zurechtzurücken. Und um mir hinterher mit einem väterlichen »Und jetzt wollen wir wieder lieb sein, gell?« seine behaarte Altherrenpranke auf die Hüfte zu legen.

Ich schüttele mich. Dann schon lieber heute noch Herrn Schnurer hinter mich bringen. Ich will den Termin im Kalender eintragen. Aber da steht schon einer: »17:30 Uhr Frauenarzt«. Mist, das hatte ich total vergessen. Die Sprechstundenhilfe wird ganz schön sauer sein, wenn ich den Termin so kurzfristig zum zweiten Mal absage. Aber was soll's, ist ja nur eine Routineuntersuchung.

Mit der energischen Stimme einer viel beschäftigten Businessfrau verschiebe ich den Termin gleich großzügig auf Anfang Februar. Wenn das mit dem Auftrag in Berlin was wird, werde ich vorher sowieso keine Zeit mehr haben. Seufzend fange ich an, den halben Kubikmeter »Dringend!«-Papiere zu sichten, die der Meidner mir über die Feiertage auf den Schreibtisch gepackt hat. Auf in den Kampf!

❖ ❖ ❖

»Ja, was ist denn?« Mein Ton lässt keinen Zweifel daran, dass ich während der Arbeit keine privaten Anrufe wünsche. Jedenfalls keine von meiner Mutter. Die hat nämlich die Neigung, mich im Büro anzurufen, nur um mir ausufernd von neuen Backrezepten zu berichten, die sie irgendwo gefunden hat.

Doch diesmal ist mein Vater dran: »Deine Mutter hat mal wieder einen kleinen Autounfall gehabt.« Das war ja abzusehen. Als ich das letzte Mal das Vergnügen hatte, von ihr in ihrem verschrammelten Renault R5 durch die Stadt kutschiert zu werden, kam ich mir hinterher vor wie knapp dem Tode entronnen. Für meinen Geschmack geht sie jedenfalls entschieden zu spontan mit Gas, Bremse und Hupe um. Auch scheint sie der Ansicht zu sein, dass Rentner von der Einhaltung der Verkehrsregeln prinzipiell befreit sind.

»Sie hat einem BMW die Vorfahrt genommen«, erklärt mein Vater. »Zum Glück nur ein Blechschaden.«

Gut, daraus darf ich wohl schließen, dass meine Mutter wohlauf ist. Doch diese freudige Tatsache wird bei meinem Vater überschattet vom Gedanken daran, was da mal wieder an Kosten auf ihn zukommt. »Mir reicht's. Kannst du deine Mutter nicht davon überzeugen, dass sie auf Busse und Bahnen umsteigen sollte? Wir haben doch eine super Verkehrsanbindung – wir wohnen schließlich in Laim und nicht im Bayerischen Wald! Inge, warum schenkst du dein Auto nicht Sandra? Die könnte es bestimmt gut gebrauchen!«

Kurzes Gerangel am anderen Ende der Leitung, dann hat meine Mutter die Hoheit über den Hörer übernommen. »Kommt überhaupt nicht infrage!«, schimpft sie. Der Stimme nach hat sie den Schock des Unfalls bemerkenswert schnell überwunden.

»Reg dich nicht auf, ich brauch kein Auto. Trotzdem hat Papa recht. Denk doch nur mal dran, was alles passieren könnte«, sage ich mit der Geduld einer Grundschullehrerin, die einem Erstklässler zum 20. Mal den Unterschied zwischen dem großen A und dem kleinen A erklärt. »Du sagst doch selbst, dass dir in letzter Zeit öfter mal schwarz vor Augen wird.«

»Aber doch nicht im Auto, Liebes!«

Bevor ich sie fragen kann, wieso sie sich da so sicher ist, geht sie überraschend zum Gegenangriff über: »Ich habe in meinem Leben auf so viel verzichtet, nur um des lieben Friedens willen. Alles hab ich für deinen Vater, deinen Bruder und dich gegeben. Das Einzige, was ich für mich habe, ist dieses alte Auto. Das ist mein eigenes kleines Stückchen Freiheit. Und das geb ich nicht her!!!«

»Dann geh wenigstens mal zum Augenarzt, okay? So, und jetzt muss ich wieder an die Arbeit.« Lieber mache ich freiwillig drei Stunden Aktenablage, als mir zum hunderttausendsten Mal anhören zu müssen, was meine Mutter alles auf dem Altar von Ehe und Familie geopfert hat.

❖ ❖ ❖

Als ich um neun nach Hause komme, ist Thomas noch nicht da. Er hatte mal ein geruhsames Leben als Versicherungsmathematiker. Aber seit er sich auf Risiko-Analysen spezialisiert hat, kommt er aus den Überstunden nicht mehr raus. Mir soll's recht sein. Nach Tagen wie heute genieße ich es, abends erst mal meine Ruhe zu haben.

Ich gieße mir ein Glas Rotwein ein und kuschele mich in meinen feuerroten Schaukelstuhl. Eines der wenigen Möbelstücke, die ich damals bei meinem Einzug in Thomas' schreiend langweilig möblierte Junggesellenwohnung mitgebracht habe. Wie jede normale Frau habe ich seitdem des Öfteren versucht, unserer häuslichen Einrichtung etwas mehr Flair zu verleihen. Leider vergeblich.

Noch nicht mal den Couchtisch mit der hässlichen rosabraunen Granitplatte durfte ich entrümpeln. Obwohl er schon farblich in völliger Disharmonie zu meinem Schaukelstuhl steht. Was Thomas durchaus einsieht. Trotzdem hängt er an dem Tisch wie ein chinesischer Vater an seinem einzigen Kind.

Nach einem letzten feindseligen Blick auf das Granitmonster nehme ich die Zwergkiefer ins Visier, die bekümmert in einem Tontopf am Fenster steht. Die zweite Problemzone unserer Wohnzimmereinrichtung. Denn dieses Hochzeitsgeschenk von Martina und Stefan hätte zweifellos mehr Aufmerksamkeit verdient. Schließlich steht die zweistämmige Zwergkiefer für Harmonie und Glückseligkeit in Beziehungen, wie Martina mir damals erklärte.

Fürs neue Jahr habe ich die Kiefer deshalb auf die Liste meiner guten Vorsätze genommen. Umtopfen, düngen und entstauben ist nach sieben Jahren auch eigentlich nicht zu viel verlangt. Allerdings stehen noch eine Menge andere Sachen auf der Liste. Keller entrümpeln zum Beispiel. Kleiderschrank ausmisten. Weniger arbeiten, weniger trinken, weniger Pizza essen. Mehr Gemüse, mehr Sport, mehr Schlaf. Mehr Urlaub, mehr Zeit für die Beziehung. Mehr Leidenschaft. Mehr Sex.

Seufzend schenke ich mir Wein nach und lasse das letzte Jahr Revue passieren.

Viel Arbeit, viel Alkohol, viel Pizza. Wenig Zeit.

Wenig Sex.

Ich meine, ich bin keine Nymphomanin, aber öfter als einmal alle sechs bis acht Wochen dürfte es dann schon sein. Und wo wir gerade davon reden: Aufregender dürfte es auch sein. Und länger dauern.

Gut, Thomas ist im Bett eben Thomas und nicht Giacomo Casanova. Ich brauche aber auch nicht unbedingt den Zauber venezianischer Verführungskunst. Solide Hausmannskost kann durchaus auch ihren Charme haben. Jedenfalls wenn sie nicht betrieben wird wie eine partnerschaftliche Gymnastikübung.

Doch wenn Thomas sich tatsächlich mal zu erotischen Aktivitäten aufrafft, verströmt er unweigerlich die Disziplin und den Durchhaltewillen eines Iron-Man-Kandidaten. Und selbst den hatte ich in letzter Zeit eher selten zu Gast. Kuscheln auf der Couch, mehr ist derzeit nicht im Angebot.

Wahrscheinlich arbeitet Thomas zu viel – der männliche Sexualtrieb ist ja sehr stressempfindlich, was man so hört.

Ich frage mich mal wieder kurz kritisch, ob »es« an mir liegt. Die Antwort fällt immer gleich aus: eher unwahrscheinlich. Thomas' Vorgänger haben sich alle begeistert von meinem Sex-Appeal gezeigt. Allerdings darf der Gerechtigkeit halber nicht unerwähnt bleiben, dass ich mit keinem von ihnen zehn Jahre zusammen war. Ganz schön lang. Wer weiß, vielleicht hat der Zahn der Zeit bei Thomas schon ordentlich was weggenagt, auch wenn mein natürlicher Liebreiz, mein Oberschenkelumfang und meine Faltentiefe sich seit unserer ersten Begegnung fast nicht verändert haben.

Wenn wir uns schick aufbrezeln, um auszugehen – was nicht oft vorkommt, wir leben sehr zurückgezogen –, dann sagt er mir immer, wie hübsch er mich findet. Meine Figur, meine grünen Augen, meine braunen Locken.

Im Großen und Ganzen finde ich auch, dass ich für mein Alter ziemlich zufrieden sein kann. Trotzdem sollte ich zur Wiederbelebung unserer ehelichen Aktivitäten einen Kamasutra-Kurs auf die Liste meiner guten Vorsätze setzen. Oder wenigstens in Neeles *Brigitte Woman* nach Sextipps für Best Ager suchen.

2

Wenn das neue Jahr so weitergeht, wie es die ersten beiden Wochen war, dann wird es allerhöchste Zeit für einen Lottogewinn, der mich aus meinem Angestelltenelend erlöst. Falls das vom Schicksal zu viel verlangt ist, wäre ich auch schon mit einem Headhunter zufrieden, der mich von jetzt auf gleich für die Konkurrenz abwirbt.

Was allerdings genauso wenig wahrscheinlich ist wie die Lottomillion. Denn eine Übersetzerin, die in einer Messebauklitsche Mädchen für alles spielt, ist ja in dem Sinn kein »High Potential«. Auch wenn sie fließend Französisch und Englisch spricht. Vielleicht können die himmlischen Mächte sich wenigstens zu einem Trostpreis für mich durchringen und dem Meidner eine kleine Krankheit bescheren. Nichts Schlimmes, nein, ich bin ja nicht nachtragend. Aber vier Wochen Krankenhaus, am besten in Kombination mit einer akuten Stimmbandentzündung, das wäre schon sehr segensreich für meine Nerven.

Die beruhige ich inzwischen jeden Morgen mit Martinas Meditationskalender. Aber es gibt Situationen, in denen sind Weisheiten wie »Keine Schneeflocke fällt auf die falsche Stelle« eher nervtötend als trostspendend.

Freitag zum Beispiel. Da habe ich dem Meidner stolz das Konzept für die Franzosen vorgelegt. Sehr detailliert, solide kalkuliert und in neuer persönlicher Weltbestzeit geschrieben. Doch anstatt in Beifall auszubrechen und mich endlich mit meiner lang verdienten Beförderung zu belohnen, warf er meine Mappe nach kurzem Blättern mit theatralischer Geste in den Papierkorb.

»Völlig unbrauchbar«, sagte er missmutig. »Ich hab dir doch gesagt, dass der Kunde einen klassischen Messeauftritt will. Was soll da dieses ganze Gelaber von wegen innovativ und so? Muss man dir eigentlich immer alles fünfmal erklären?«

Wenn du es mir nur einmal erklären würdest, dafür aber richtig, dann wäre schon viel gewonnen, du Arsch. »Aber Joe, *du* hast mir doch gesagt, die wollen was ganz Modernes haben!«

»Ach was, dummes Zeug. Das ist doch alles Schnee von vorgestern! Die Springer hat wohl vergessen, dich über mein letztes Gespräch mit denen zu informieren.«

Ich bezweifelte, dass Frau Springer über dieses Gespräch im Bilde war. Aber irgendjemand muss ja schuld sein, wenn Joachim Meidners Informationsmanagement mal wieder gravierende Mängel aufweist. Und dieser Jemand ist entweder Sandra Heller oder Renate Springer. So gesehen ist unser Gehalt eher als Schmerzensgeld zu betrachten.

Leider gibt es in diesem Bereich keine Boni für übermenschliche Opfer im Umgang mit dem Vorgesetzten. Sonst hätte ich allein für Freitag gleich zweimal abkassieren können. Denn kaum hatte ich den Reflex gebändigt, dem Meidner als Dank für die überflüssige Arbeit seinen Latte macchiato über die Hose zu kippen, da brachte er meinen Puls schon wieder auf 1.000.

»Ich hoffe, du hast dir für heute Nachmittag nichts vorgenommen. Um 18:00 Uhr haben wir ein Meeting mit dem Schnurer.«

Habe ich schon erwähnt, dass ich meinen Chef hasse? Unter anderem weil er Termine gerne auf Freitagabend legt. Um ordentlich Überstunden ernten zu können. Unbezahlte Überstunden, versteht sich.

Ich starrte auf seine Kaffeetasse. Sie war immer noch einladend voll. Der helle Mokkaton und der Milchschaum würden sicherlich sehr gut mit der olivgrünen Designerjeans harmonieren, in die er sich an diesem Tag gezwängt hatte.

Bist du verrückt geworden – so wird das nie was mit der Beförderung!, hörte ich plötzlich eine Stimme entrüstet rufen. Mein innerer Staatsanwalt.

Der hatte mir gerade noch gefehlt. Er hatte es sich auf Joes Besuchersofa bequem gemacht und starrte mich missbilligend an. Ich starrte verschreckt zurück. Dabei weiß ich diese höhere Instanz in meinen Hirnwindungen durchaus zu schätzen. Recht und Unrecht, Moral und Gewissen, Benimm und Blamage – es gibt nichts, was seiner Aufmerksamkeit entgeht.

Leider.

Resigniert wanderten meine Augen von Joes Latte macchiato zu meiner Armbanduhr. Weitere quälende Stunden im Büro lagen vor mir. Was wollte der Schnurer überhaupt schon wieder hier? Er hatte doch vor Kurzem erst stundenlang in meinem Büro gesessen, um mich genauestens über die Firmengeschichte seines Gartengeräteimperiums zu informieren.

Hatte ich es an der erforderlichen Aufmerksamkeit fehlen lassen? Hatte ich etwa nicht enthusiastisch genug auf seinen Vorschlag reagiert, für das musikalische Begleitprogramm Vicky Leandros zu engagieren?

Mir wurde heiß. Ich war mir zwar keiner Schuld bewusst, aber wenn sich der Meidner in meine Verhandlungen mit einem Neukunden einmischte, konnte das nur heißen, dass ich irgendwas falsch gemacht hatte. Zum x-ten Mal verfluchte ich meine Neigung zur Selbstkritik. Anstatt wie mein Chef Fehlerforschung grundsätzlich nur bei anderen zu betreiben, hacke ich mit Vorliebe auf meinen eigenen Versäumnissen herum.

Und das, obwohl die sich bei einem Blick aufs große

Ganze oft genug als unwichtig, folgenlos oder schlicht und einfach eingebildet erweisen.

Doch dann raffte sich mein eingeschüchterter Restverstand zu einer Erleuchtung auf. Sie überkam mich, als ich die stattlichen Haarbüschel betrachtete, die aus Joe Meidners Ohren wuchsen.

Entweder er macht ordentliche Zöpfchen daraus, oder sie müssen jetzt endlich geschnitten werden, dachte ich mit einer Mischung aus Ekel und Faszination. Und dann fiel es mir wie Schuppen von den Augen: Meidners Grundstück am Ammersee! Da kann er einen elektrischen Aufsitzrasenmäher der Spitzenklasse bestimmt gut gebrauchen. Besonders wenn er sich mit dem Schnurer auf einen Leistungstransfer auf dem kleinen Dienstweg einigt.

»Eine Hand wäscht die andere« war schon immer Meidners Devise. Wenn ein Kunde ihm das eine oder andere günstig besorgen kann, geht er im Gegenzug mit dem Preis runter. Kleine Geschäfte auf Gegenseitigkeit, elegant am Finanzamt und an Ferdi Hinterhuber vorbei.

»Ich hab gerade mit dem Ferdi gesprochen«, unterbrach Joe meine Gedanken. »Er will, dass ich mich persönlich um Grünthal-Gartengeräte kümmere. Die wollen ein Riesen-Event, da kann 'ne Menge für uns hängen bleiben.«

Ich vermutete, dass er mit »uns« wohl kaum uns beide meinte, wurde jedoch sogleich charmant eines Besseren belehrt. »Von irgendwas muss ich ja dein teures Gehalt bezahlen«, sagte der Meidner glucksend.

Einen Moment lang muss mein Blick mörderische Gedanken offenbart haben. Jedenfalls fügte er schnell noch einen Halbsatz hinzu: »... und deine Beförderung demnächst, die will ja auch irgendwie finanziert sein.«

❖ ❖ ❖

»Der Meidner will mich endlich befördern!«, erzähle ich Thomas begeistert, als ich ihn Sonntagnachmittag zum ersten Mal an diesem Wochenende sehe. Er hat den Samstag bei seiner Mutter in Düsseldorf verbracht. Glücklicherweise ohne auf die Idee zu kommen, mich um meine Begleitung zu bitten.

»Wieso sollte der dich befördern, wo er dir noch nicht mal ein anständiges Gehalt zahlt? Der verspricht dir doch nur das Blaue vom Himmel, damit du noch mehr Überstunden machst«, antwortet Thomas nüchtern. »Statistisch gesehen schafft es nur jede 25. Frau in die Chefetage, also erwarte lieber nicht zu viel.«

Manchmal könnte ich ihn für seine streng wissenschaftliche Weltsicht zum Mond schießen. Aber ich will unser gemeinsames Wochenende nicht mit einem Streit einläuten. Oder, besser gesagt, mit einem Streitversuch. Denn Thomas gehört zu den Männern, die sich Auseinandersetzungen konsequent entziehen. Früher ist er einfach aufgestanden und gegangen. Warf mir noch einen bekümmerten Blick zu, zog die Wohnungstür behutsam ins Schloss und war weg.

Nachdem ich ihm im Laufe der Zeit mehrere Kurzvorträge zum Thema Streitkultur gehalten habe, bleibt er inzwischen immerhin sitzen. Er lehnt aber den Kopf zurück und schließt ergeben die Augen.

So richtig schäumen lässt sich da nicht. Es macht eben viel weniger Spaß, wenn der Beziehungspartner sich einer gepflegten Schreierei einfach verweigert. Also verzichte ich inzwischen darauf. Zumal im Gegensatz zu früher kaum noch Hoffnung auf wilden Versöhnungssex besteht.

»Wie wär's, wenn du dich auch mal um unsere Zwergkiefer kümmern würdest anstatt immer nur um deine blöden Sukkulenten?« Oje, Sandra, im Bereich »friedlicher Themenwechsel« solltest du bei Gelegenheit einen Auffrischungskurs besuchen.

Gut, dass Thomas in der Hinsicht Kummer gewöhnt ist. Er überhört meine Stichelei gegen seine Fettpflanzenzucht und werkelt in unserem Wintergarten weiter vor sich hin. Nach einer komplizierten Systematik hat mein Gatte hier Dutzende identischer Tontöpfe in Reih und Glied angeordnet und mit sorgfältig beschrifteten Etiketten versehen: Crassula ovata, Sedum furfuraceum, Sempervivum tectorum, Echeveria pulvinata.

Obwohl Ehefrauen ja stets anstreben sollten, die Leidenschaften ihrer Gatten zu teilen, hat sich mir der Reiz dieser Gewächse nie ganz erschlossen. Thomas sieht das natürlich völlig anders. Er beglückt Besucher gerne mit Kurzvorträgen über die Freuden des Sukkulentenzüchtens, über Selbstfertilität und vegetative Vermehrung.

Wie die funktioniert, habe inzwischen sogar ich kapiert, weil Thomas mir das Wunder der Stecklingsvermehrung jedes Mal ausführlich erklärt, wenn er im Urlaub Ableger sammelt. Dagegen wäre nichts einzuwenden, wenn wir in touristisch ansprechenden Gegenden Afrikas oder Südamerikas nach Sukkulenten suchen würden. Thomas hat sich allerdings auf Fettpflanzen des Schweizer Alpenraums spezialisiert. Weswegen wir seit Jahren grundsätzlich Urlaub im Engadin machen.

»Hast du gesehen, wie gut sich unser neues Sempervivum montanum macht?«, fragt Thomas mit leuchtenden Augen und der Begeisterung eines stolzen Sukkulentenvaters.

Bei ihm sind solche emotionalen Regungen ja eher selten. Früher habe ich mich sogar gefragt, ob er wohl unseren Kindern ähnlich starke Gefühle entgegenbringen würde wie seinen Fettpflanzen. Eine Zeit lang haben wir in dieser Richtung einige Anstrengungen unternommen. Fruchtbare Tage ausgerechnet, Beischlaf-Zeitfenster in Terminkalender integriert. Mit vollem Körpereinsatz für eine fertile Begegnung zwischen Ovulum und Spermium gesorgt, wie Thomas es mal launig formulierte.

In dieser Zeit verzichtete er sogar darauf, auf seinen sommerlichen Rennradtouren Lycra-Pants anzuziehen, um der statistisch belegten Gefahr einer Hodenüberhitzung vorzubeugen.

Hat aber alles nichts gebracht. Nach ein paar Monaten haben wir das Projekt »Nachwuchs« dann stillschweigend zu den Akten gelegt. Vermutlich weil wir beide insgeheim erkannt haben, dass Thomas inzwischen die vegetative Stecklingsvermehrung jeder humanerotischen Vereinigung vorzieht.

»Ich bin übrigens morgen Abend bei Neele eingeladen«, teile ich Thomas' über einen Blumentopf gebeugtem Rücken mit. »Du weißt schon, unser Filmabend.«

»Und was ist mit heute Abend? Wollen wir zusammen *Tatort* gucken?«

Aber Schatz, wie kannst du so was fragen? Seit zehn Jahren gucken wir zusammen *Tatort*. Jeden Sonntag, den der Herrgott uns schenkt. Vorher Nachrichten, hinterher Talkshow, dazwischen Wein und Häppchen.

Neele nennt das »Spießertum im fortgeschrittenen Stadium«. Ich nenne es »liebenswertes Ritual«.

Aber nur pro forma. Insgeheim frage ich mich manchmal, was Thomas und ich uns wohl in 20 Jahren noch zu sagen haben, sieht man von gelegentlichen Kommentaren zum aktuellen Fernsehprogramm mal ab.

❖ ❖ ❖

»Ahh! Endlich! Mädelsabende sind wie ein Licht in dunkler Nacht!« Mit einem Seufzer der Erleichterung werfe ich mich auf Neeles schicke stahlblaue Sitzlandschaft.

Wie es sich in etablierten Beziehungen gehört, hatten wir

eine Zeit lang Pärchentreffen organisiert. Bei denen unterhielt Thomas uns mit aktuellen statistischen Erkenntnissen, Stefan versuchte uns für den japanischen Avantgarde-Film der 50er-Jahre zu begeistern, Neeles jeweilige Lover steuerten Anekdoten aus ihrem Arbeitsleben bei, und so war es meistens ein gelungener Abend.

Jedenfalls für die Jungs. Sie amüsierten sich prächtig, während wir höflich lachten, wo unser Einsatz gefragt schien. Und uns ansonsten tödlich langweilten.

Small Talk zwischen Paaren ist zwar ganz nett, aber kein Ersatz für intime Plaudereien unter Frauen. Deshalb haben wir diese Runden wieder abgeschafft. Seitdem treffen wir uns meistens bei Neele.

Erstens hat sie weder Mann noch Kind und damit keine festen Mitbewohner, die sie erst vor die Tür setzen müsste, bevor sie uns zur trauten Runde empfängt. Und zweitens hat sie einen riesigen Fernseher sowie eine beachtliche DVD-Sammlung. In der Stefan allerdings vergeblich nach den Meisterwerken seiner geliebten japanischen Avantgarde-Regisseure suchen würde. Bei Neele gibt's nur amerikanische Romanzen und Komödien. Glücklicherweise haben Martina und ich bei Kinofilmen zuverlässig denselben Geschmack wie sie.

»Ach nee, muss das sein? Bitte nicht diese Kitschnummer mit Meryl Streep und Clint Eastwood!« Erstaunt schauen wir Martina an. Normalerweise liebt sie Kitschromanzen. Was soll da an *Die Brücken am Fluss* so falsch sein?

»Ich weiß gar nicht, was du hast. ›Als Mann und Kinder für ein Wochenende aus dem Haus sind, begegnet die Farmerin Francesca einem Fotografen und verliebt sich in ihn. Die beiden verbringen ein Wochenende voller Leidenschaft …‹ Klingt doch sehr vielversprechend«, sage ich ungeduldig. Neele nickt und legt den Film ein.

Der hält dann leider doch nicht ganz, was er verspricht.

Am Ende folgt Francesca nämlich nicht etwa dem Fotografen in ein neues Leben, sondern bleibt daheim bei ihrer Familie.

»Völlig unglaubwürdig, dieser Schluss«, röhrt Neele und schenkt sich entrüstet Wein nach. »Eine Frau im vollen Besitz ihrer geistigen Kräfte würde doch niemals einen Kerl wie Clint Eastwood wieder ziehen lassen! Auf Leidenschaft und Abenteuer an seiner Seite verzichten, um mit ihrem angetrauten Gatten in der Pampa weiter Kühe zu züchten! Also wirklich, nicht verheiratet zu sein ist wie jeden Tag einmal freigesprochen zu werden.«

Ich schiele betreten rüber zu Martina. Die hat den Film mit starrem Blick verfolgt und seit Längerem gar nichts mehr gesagt.

»Es gibt eben nur Treue oder Dauer«, philosophiert Neele erbarmungslos weiter, »deshalb gibt's bei mir auch nur Treue, solange der Vorrat reicht. Danach such ich mir was Neues. Aber klar, in einer Ehe ist so was natürlich nicht möglich«, fügt sie nach kurzem Nachdenken mitleidig hinzu.

»Du hast gut reden. Was weißt du denn schon vom Eheleben?« Es klingt wütend; gleichzeitig hat Martina verdächtig nasse Augen.

Stockend fängt sie an, von ihrem Schulschwarm Michael zu erzählen. Den hat sie vor zwei Monaten überraschend wiedergetroffen. Ausgerechnet in der Tiefgarage ihrer Wohnanlage. Neue Nachbarn soll man ja freundlich aufnehmen, und alte Liebe rostet nie; jedenfalls sind die beiden sich ziemlich schnell ziemlich nahegekommen.

»Mit Stefan ist es einfach nicht mehr so prickelnd«, sagt Martina entschuldigend. »Halt wie alle Tage Erbsensuppe. Warm und sättigend – aber zwischendurch hat man einfach mal Hunger auf was anderes. Mit Michael war es … unglaublich aufregend.«

Wir hoffen auf ein paar neckische Details, leider vergeblich. »Ich hab die Geschichte letzte Woche beendet. Ich hatte ein zu schlechtes Gewissen. Die Kinder. Stefan. In letzter Zeit ist er mir gegenüber so aufmerksam, und zur Belohnung betrüge ich ihn mit einer Jugendliebe aus dem Nachbarhaus … Das habe ich nicht mehr ausgehalten. Ich wollte immer eine Familie. Jetzt habe ich sie, da kann ich nicht einfach sagen: ›Sorry, ich bin dann mal weg, mich die nächsten Jahre selbst verwirklichen.‹«

»So ein Quatsch, das sind doch alles spießige Moralvorstellungen!«, unterbricht Neele sie. »Wir haben alle nur ein Leben, da *muss* man sich geradezu zwischendurch ein bisschen persönliche Erfüllung gönnen. So gesehen ist ein Seitensprung voll in Ordnung, finde ich.«

Sie lächelt Martina aufmunternd zu. »Du solltest strahlen, anstatt hier heulend auf dem Sofa zu sitzen. Is' doch alles prima gelaufen: Du hattest deinen Spaß, niemand hat was gemerkt, und jetzt schmeckt dir die Erbsensuppe bestimmt wieder viel besser. Sandra, wie siehst du das?«

Angestrengt betrachte ich Neeles Orchideenzucht auf dem Designerregal vor dem Panoramafenster, ganz so, als könnte ich mich gar nicht losreißen von diesem entzückenden Anblick.

Was soll ich jetzt sagen?

Ich für meinen Teil wäre schon glücklich, wenn es in meinem Leben derzeit überhaupt Erbsensuppe gäbe. Aber das werde ich hier und jetzt natürlich nicht zugeben. Auch nicht, dass ich in letzter Zeit einige Male versucht habe, mir tatsächlich ein bisschen persönliche Erfüllung zu angeln. Thomas ist schließlich oft geschäftlich unterwegs, da ergibt sich der eine oder andere Freiraum.

Aber irgendwie scheine ich für One-Night-Stands nicht geeignet zu sein. Mein erster Versuch scheiterte schon vor dem Vorspiel, weil mein potenzieller Gespiele plötzlich

Sehnsucht nach seiner Frau bekam. Der zweite Versuch scheiterte nach dem Vorspiel, weil wir beide zu betrunken waren, um noch Taten folgen zu lassen.

Und der dritte Versuch, tja, der scheiterte bereits beim Abendessen.

»Du, ich könnte doch mal für dich kochen«, hatte mir der Marketingleiter eines Messekunden verführerisch zugeflüstert. Kulinarisch interessierte Männer fand ich schon immer sehr anziehend, besonders wenn sie obendrein auch noch sehr anziehend aussehen.

Es ließ sich auch alles äußerst vielversprechend an. Die Luft knisterte vor Erotik, und fast hätten wir uns schon vor dem Essen die Kleider vom Leib gerissen. Hätten wir mal! Aber dann wollte er mir vorher unbedingt seine Kochkunst demonstrieren und servierte mit stolzgeschwellter Brust sein Lieblingsessen. Auberginengulasch.

Wussten Sie schon, dass Auberginen erhebliche Störungen im Magen-Darm-Trakt auslösen können? Seit jenem Abend weiß ich es auch. Und ich werde heute noch rot bei der Erinnerung daran, wie ich mich überstürzt verabschiedete in der Hoffnung, es vor der großen Explosion noch bis nach Hause zu schaffen.

»Also, ich würde Thomas nie betrügen«, erkläre ich. Selbstverständlich ohne zu erwähnen, dass mein Edelmut nicht etwa auf meine untadeligen Moralvorstellungen zurückzuführen ist, sondern einzig und allein auf mein Auberginendesaster. Danach habe ich mir resigniert jeden weiteren Anlauf in Richtung außereheliche Aktivität aus dem Kopf geschlagen.

»So eine Ehe ist ein verantwortungsvolles Projekt, da geht's nicht nur um *joy and fun*, sondern darum, gemeinsam durchs Leben zu gehen, und zwar durch die guten *und* die schlechten Zeiten. Sex ist da nun wirklich nicht alles.«

»… aber ziemlich viel«, quatscht Neele dazwischen, was ich der Einfachheit halber überhöre.

»Viel wichtiger ist doch, dass man dem anderen vertrauen kann. Dass man gemeinsame Ziele und Wünsche hat. Dass man miteinander alt werden will«, höre ich mich predigen.

Martina steht das Schuldbewusstsein ins Gesicht geschrieben. Dabei beneide ich sie glühend. Nicht nur um ihr Abenteuer, sondern vor allem um ihren Mut.

Sie hat sich immerhin getraut zuzugreifen, als das Schicksal eine alte Liebe in ihre Tiefgarage wehte. Auch ich träume von erotischen Begegnungen mit alten oder gerne auch neuen Liebhabern. Aber der Einzige, mit dem ich zuverlässig in der Kiste lande, ist und bleibt mein Kuschelschlafanzug.

Sandra Heller, vor 20 Jahren warst du eine der abenteuerlustigsten Studentinnen der gesamten Uni. Du warst berüchtigt für deine große Klappe und deine Kompromisslosigkeit. Und heute?

Heute bin ich 43 und mache mir mehr Gedanken über die Höhe meiner Rente als über die Länge meiner Orgasmen. Ich weiß über Tarife für zahnärztliche Zusatzversicherungen bedeutend besser Bescheid als über ausgefallene Beischlafstellungen. Ich diskutiere mit meinen Freundinnen öfter das Für und Wider eines Schlupflider-Liftings als das Für und Wider von Sex am Strand.

Und manchmal denke ich geradezu gerührt an die lustigen Mädelsromane zurück, die ich früher so gerne gelesen habe. Gott, war das Leben da einfach! Von Zwängen des täglichen Broterwerbs, Briefen vom Finanzamt, auslaufenden Waschmaschinen und Streitereien über mangelhaft trocken gewischte Duscharmaturen war darin keine Rede.

Es ging ausschließlich um die Eroberung von Märchenprinzen, nicht um ihre tägliche Pflege während der nächsten 40 Jahre und noch weniger um geeignete Methoden ihrer Entsorgung. Die Protagonistinnen hatten so niedliche Sorgen wie Pickel, Cellulitis und Körbchengröße, und wer auf die richtige Diät setzte und die neueste Schminktechnik beherrschte, dem gehörte die Welt.

So kann das natürlich nicht ewig weitergehen. Deshalb werden die Frauen in den Mädelsromanen wohl auch nie älter als 40. Danach ist so eindeutig Schluss mit lustig, dass es offenbar sogar den Autorinnen vor Schreck die Sprache verschlägt.

Jedenfalls sind für meine Altersgruppe nur noch Kochbücher, Anti-Stress-Anleitungen und Beziehungsratgeber im Angebot. Lustige Romane gibt es erst wieder über rüstige Rentnerinnen. Frauen zwischen *Mondscheintarif* und *Rostfrei* kommen in der Regel ausschließlich in sozialkritischen Fernsehdramen über zerrüttete Familien vor, die von der Kritik für ihre Realitätsnähe gelobt und nach 23:00 Uhr im Regionalprogramm ausgestrahlt werden.

Folglich habe ich die Welt der lustigen Mädelsromane hinter mir gelassen und mich mit dem Ernst des Lebens arrangiert.

Also in erster Linie mit meinem Chef und meinem Mann. Beides zugegebenermaßen keine Traumbesetzungen für so wichtige Rollen in meinem Leben. Aber in meiner Eigenschaft als zukünftige Mittvierzigerin bin ich altersweise genug, um zu wissen, dass das Leben kein Streichelzoo ist. Dass sämtliche Sinnfragen unterm Strich nichts anderes sind als eine stinknormale Midlife-Crisis. Und dass ich es zwar besser hätte treffen können, aber auch bedeutend schlechter, wie meine Mutter immer sagt.

So gesehen ist jedes Streben nach Veränderung mit einem unkalkulierbaren Risiko verbunden. Deshalb verzichte ich lieber von vornherein auf Experimente aller Art und beschränke mich auf gepflegte Selbstironie.

Die bringt immer Lacher, im Gegensatz zu Gejammer,

mit dem man seinen Zuhörern nach einer gewissen Zeit gehörig auf den Zeiger geht. Selbstironie zeugt hingegen von erfrischendem Pragmatismus gegenüber den Widrigkeiten des Alltagslebens.

Wobei ich mir nicht ganz sicher bin, ob ich diese Turbulenzen allein dadurch überstehen werde, dass ich humorvoll auf Distanz zum eigenen Selbstmitleid gehe und ein paar Jahre lang tief durchatme.

3

»Sandy, ich möchte, dass du mich morgen in Berlin auf der Fernsehmesse vertrittst. Du hast so viel Arbeit mit dem Projekt gehabt, da sollst du auch selbst die Früchte ernten dürfen.«

Der Meidner hat sich das gütige Lächeln eines Vaters ins Gesicht geklemmt, der seiner kleinen Tochter eine unverhoffte Freude macht.

Die Ratte.

Bei der Übergabe von Messeständen an Neukunden gibt es in der Regel keine Früchte zu ernten, sondern jede Menge Ärger. Messebau ist ein hektisches Geschäft, da geht immer irgendwas schief. Unter irrwitzigem Zeitdruck müssen dann Lösungen und Erklärungen für genervte Kunden gefunden werden.

In diesem Fall auf Französisch. Nicht gerade Meidners Stärke, wie ich zuverlässig weiß, seit er nach einem Geschäftsessen im ›Les Halles‹ dem Kellner lässig *»il conto, per favore«* zurief.

»Super, Joe, da freu ich mich!«, lüge ich, während ich krampfhaft überlege, wie ich vor der Abreise noch alles schaffen kann, was ich schaffen muss. Martinas schlauer Meditationskalender empfiehlt für diesen Fall: »Wenn du es eilig hast, gehe langsam.« Hübsch formuliert, aber wie das funktionieren soll, ist mir völlig schleierhaft.

Mir ist schwummerig zumute. Kein Wunder, meine To-do-Liste ist jetzt schon so lang, dass mein gesamter Jahresurlaub nicht ausreichen würde, um sie abzuarbeiten. Dabei verzichte ich schon seit Längerem auf meine Mittagspause.

Ein Sandwich am Schreibtisch verkrümelt zwar die Akten, ist aber, rein kalorientechnisch betrachtet, genauso nahrhaft wie der Mittagsteller beim Griechen.

Krankfeiern kommt überhaupt nicht mehr infrage. Im Augenblick probiere ich sogar aus, ob es möglich ist, eine waschechte Wintergrippe im Büro auszukurieren. Vorläufiges Endergebnis: eigentlich kein Problem, sofern man eine Großpackung Taschentücher und einen Kanister Hustensaft in der Nähe hat. Und einen Chef, dem die Leistungsbereitschaft jedes Einzelnen bedeutend wichtiger ist als die Ansteckungsgefahr für alle.

»Wenn Sie so weitermachen, liegen Sie irgendwann richtig auf der Nase«, ermahnt Frau Springer mich und stellt mir fürsorglich eine heiße Zitrone hin. »Unser Mittagessen ist nicht so wichtig – das sollten wir in Ruhe nachholen, wenn Sie aus Berlin zurück sind.«

Mit schlechtem Gewissen stimme ich zu. Wohl wissend, dass »in Ruhe« auch nach Berlin ein schöner Traum bleiben wird. Denn dann muss ich mich nicht nur um die ganzen Sommermessen kümmern, sondern auch um Herrn Dr. Schnurer. Der sprüht nur so vor schwachsinnigen Ideen für die Geburtstagsveranstaltung und brennt darauf, sie alle mit mir zu diskutieren.

Wie gut, dass ich jetzt den nächsten Termin mit ihm absagen kann. Eine Dienstreise ist da ja ein unschlagbares Argument. Leider wird aber auch der Mädelsabend heute ohne mich stattfinden müssen.

Als ich Neele anrufe, will sie mir prompt eine Predigt über die unselige Opferbereitschaft weiblicher Angestellter halten, die ich jedoch mit einem knappen »Du hast gut reden, du Beamtin« entschlossen abwürge. Dieser Tag ist auch ohne Vorwürfe aus dem Freundinnenkreis schwer genug zu ertragen.

Er hatte schließlich schon damit angefangen, dass ich

mich im Büro mal wieder vor lauter Hektik nicht mehr daran erinnern konnte, ob ich den Herd auch wirklich ausgemacht hatte. In solchen Fällen muss ich erst panikerfüllt Frau Leitner aus dem ersten Stock um umgehende Kontrolle der Schalter bitten, bevor ich die in mir tobenden Feuersbrunstfantasien bändigen und mich auf meine Arbeit konzentrieren kann.

Morgen diese blöde Berlinreise und heute ackern bis mindestens neun, anstatt mit den Mädels entspannt *Ein unmoralisches Angebot* anzugucken – da bewahrt mich eigentlich nur die Aussicht auf einen ruhigen Restabend zu Hause vor dem sofortigen Nervenzusammenbruch. Mit etwas Glück muss Thomas sogar noch länger arbeiten als ich, und ich kann mir in meinem roten Schaukelstuhl ganz entspannt ein Gläschen Wein genehmigen.

❖ ❖ ❖

»Das macht doch nichts!«, versucht Thomas mich zu trösten. Aber ich bin untröstlich. Und das, obwohl nicht etwa er unseren Hochzeitstag vergessen hat, sondern ich.

Meine Augen wandern von dem festlich gedeckten Esstisch mit dem großen Rosenstrauß zu seinem Gesicht. In seinem Blick ist nicht der Hauch eines Vorwurfs zu entdecken. »Heute ist doch Dienstag. Der gilt für die meisten Menschen inzwischen als schlimmerer Tag als der Montag. Da passt du voll in die Statistik, Engel.«

Über eine bestätigte Statistik freut sich Thomas wahrscheinlich mehr als über jedes Hochzeitstaggeschenk. Erleichtert stoße ich mit ihm an.

Er sieht gut aus für Anfang 50. Ein paar Falten mehr um die Augen und ein paar Haare weniger auf dem Kopf als damals bei unserem ersten Date, aber noch dieselbe gute Figur.

Ob die Frauen bei ihm im Büro ihn wohl angraben?, schießt es mir durch den Kopf. Schließlich hatte auch ich einst keck versucht, den Mann hinter dem dunklen Zweireiher hervorzulocken. Und ich darf von mir behaupten, dass ich durchaus erfolgreich war.

Oder? Ich war jedenfalls sehr lange überzeugt davon, dass das schon noch wird. So lange, bis ich irgendwann einsehen musste: Das wird wohl nichts mehr …

Warum hast du ihn dann überhaupt geheiratet?, keift mein innerer Staatsanwalt plötzlich dazwischen.

Hau ab, du störst! Ich feiere gerade Hochzeitstag!, keife ich zurück. Und kann doch nicht verhindern, dass mir Thomas' Heiratsantrag in den Sinn kommt.

Er machte ihn mir hoch über München im Riesenrad. Bei einem Piccolo Champagner, den er mit in die Gondel geschmuggelt hatte. Dabei hasst Thomas Volksfeste; er hatte das alles nur mir zuliebe veranstaltet.

Natürlich nahm ich seinen Antrag gerührt an. Gerührt und auch ein klitzekleines bisschen pragmatisch, wie ich mir leicht verschämt eingestehe. Immerhin war ich bereits drei Jahre zuvor bei ihm eingezogen, da tut man sich relativ schwer, auf solche Schicksalsfragen ebenso diplomatisch wie triftig begründet mit »nein, danke, du, später vielleicht, oder so« zu antworten.

Und genau genommen gab es ja auch nichts, was dagegen gesprochen hätte, Thomas zu heiraten. Nichts außer dem vagen Gefühl, möglicherweise nicht die richtige Entscheidung zu treffen.

❖ ❖ ❖

Auf der Zugfahrt nach Berlin gebe ich mich noch der Illusion hin, dass mich am Messestand der Moulin Rouge TV Produktion ein glücklicher Geschäftsführer erwartet, der sich überschwänglich für den gelungenen Messestand bedankt und bei einem Glas Champagner spontan einen Zehnjahresvertrag mit der Meidner Fair & Event Design GmbH unterzeichnen will.

Das würde natürlich voraussetzen, dass der Stand tatsächlich fantastisch gelungen ist. Doch das scheint nicht der Fall zu sein. Champagner sehe ich jedenfalls nirgends, dafür einen kleinen, dunkelhaarigen Mann, der in gebrochenem Englisch gerade ein paar ratlos blickende Leute unserer Standbaucrew anbrüllt. Er wirkt wie eine Mischung aus Nicolas Sarkozy und Rumpelstilzchen. Genau die Art Kunde, die so richtig Freude macht.

Todesmutig stelle ich mich ihm vor und frage in meinem schönsten Französisch, was das Problem ist. Ein Stand ohne Standbeleuchtung ist bedauerlicherweise ein großes Problem.

Ich schaue ungläubig in meine Unterlagen: Auf meiner Packliste fürs Lager sind die Kisten mit der Lichttechnik noch aufgeführt. Auf der Liste des Transportunternehmens nicht mehr.

Des Rätsels Lösung dürfte unser Praktikant sein. Ich wusste schon vorher, dass er eher der allseitig ahnungslose Typ ist. Aber dass er schon überfordert ist, wenn eine Excel-Tabelle mehr als eine Seite hat, ist mir neu. Leider wurde er uns von Ferdi Hinterhuber aufs Auge gedrückt, sodass ich ihn jetzt schlecht anrufen kann, um ihm in klaren Worten zu sagen, was ich gerade über ihn denke.

Dafür rufe ich den Meidner an. Geteiltes Leid ist halbes Leid; außerdem sehe ich schon seit Längerem nicht mehr ein, warum ich eigentlich im Alleingang sämtliche Probleme seiner Firma lösen sollte. Missmutig verspricht er, sich was einfallen zu lassen, und beendet grußlos das Gespräch.

Die Stunden vergehen, ohne dass er noch mal von sich

hören lässt. Doch als ich mich gerade mit dem Gedanken abfinde, von Rumpelstilzchen am frühen Abend öffentlich guillotiniert zu werden, lädt ein Typ in Messebauklamotten eine ganze Palette Beleuchtungsequipment bei uns ab. Geistesabwesend schüttele ich ihm die Hand. Gerettet!

❖ ❖ ❖

»Sie sprechen aber wirklich sehr gut Französisch!«, sagt der Typ mit der Lichttechnik zu mir. Ich hatte ihn zwar nicht explizit zu dem Umtrunk eingeladen, den wir nach der Standabnahme immer für die Bautruppe geben, aber wo er jetzt schon mal da ist und mir den ersten netten Satz des Tages spendiert, schaue ich ihn mir etwas genauer an als vorhin.

Groß, schlank, kurze dunkelblonde Haare, ein paar Lachfältchen um die graublauen Augen, gepflegte Hände. Wie einer von den typischen Messebau-Tattoo-Kerlen sieht er nicht aus.

»Ich hab nur im Bautrupp vom Meidner angeheuert, um mir in den nächsten Wochen ein bisschen Überbrückungsgeld zu verdienen«, erzählt er, als ob er meine Gedanken gelesen hätte. »Ich sitze sozusagen auf gepackten Koffern. Sobald ich meine Zulassung von der französischen Architektenkammer habe, geh ich nach Frankreich. Mein Patenonkel hat da ein Architekturbüro, das ich weiterführe, wenn er jetzt in Rente geht.«

»Kleine Klitsche in der tiefsten Provinz«, grinst er mit einem Gesichtsausdruck, der eigentlich eher zu einer unbefristeten Stelle bei Frank Gehry passen würde. »Aber dafür Frankreich. Außerdem hatte ich nach vier Jahren Galeerendienst bei einem von den Stararchitekten hier die Nase voll von diesem ganzen Gerangel um Aufträge für Bürotürme und Einkaufszentren. Ich meine, ich hab schließlich mal

Architektur studiert, um Menschen ein Zuhause zu bauen, nicht um die Renditen von Immobilienfonds zu steigern. Ich heiße übrigens Benno. Benno Schmidt.«

Versonnen schaue ich Benno Schmidt an. Nach Frankreich gehen, das war schon immer mein Traum. Am liebsten in eins von diesen kleinen Städtchen im Süden, mit einem platanenbestandenen Dorfplatz, wo vor dem Apéro eine Runde Boule gespielt wird. Mir irgendeinen Job suchen, den lieben langen Tag diese wunderbare Sprache sprechen. Und ansonsten zwischen rotem Bordeaux und Bœuf Bourguignon, zwischen Café Crème und Crème Caramel mein Leben genießen wie damals dieser Gott in Frankreich.

Das war mein Plan.

Leider brachte ich es dann nach dem Studium und einem längeren Frankreichurlaub nur zur Bodenstewardess von Air France. Und das nicht etwa in Frankreich, sondern in Frankfurt.

»Echt, Sie gehen nach Frankreich? Wohin denn da?«, frage ich neiderfüllt. Wenn er jetzt »Provence« oder »Côte d'Azur« sagt, werde ich ihn bitten, mich zu adoptieren.

»Na ja, die Provence ist es nicht«, sagt Benno. Enttäuscht nehme ich einen Schluck Rotwein. Gleichzeitig bin ich irgendwie erleichtert. Wenn er erzählt hätte, dass er nach Avignon zieht, hätte ich mir wieder nächtelang Vorwürfe gemacht, dass ich zu so was nie den Hintern hochbekommen habe.

»… aber es ist ein bisschen wie die Provence. Weniger Lavendel, dafür aber auch weniger Touristen. Pyrénées-Orientales, schon mal gehört?«

Ich verschlucke mich fast an meinem Wein. Pyrénées-Orientales. Klar weiß ich, wo das ist. Wenn man in Cannes am Strand steht und die Küste entlang immer nach Westen läuft bis kurz vor Spanien, dann ist man irgendwann da. Weinberge. Ginster. Pinienhaine. Jede Menge Burgen und

Klöster. Pittoreske kleine Hafenstädtchen. Sonne satt. Traumblaues Meer.

Das will ich auch. Und zwar sofort. Gleich falle ich vor Neid in Ohnmacht.

»Mein Patenonkel wohnt in Céret, kennen Sie das? – Macht nichts, kennt hier kaum jemand. Ist aber trotzdem sehr hübsch. Natursteinhäuser, Platanenalleen, Bouleplätze, Terrassenbistrots, der kleine Bäcker nebenan und so …«

»… Ja, ja, und da gehen Sie mit Ihrer Frau jeden Morgen frisches Baguette kaufen, nachdem Sie mit dem 2CV zu einem von diesen wildromantischen Stränden gefahren und eine Runde geschwommen sind …«, fabuliere ich mit nicht ganz waschechter Fröhlichkeit.

Wahrscheinlich hat dieser Benno nicht nur einen Onkel und ein Jobangebot in Südfrankreich, sondern obendrein auch eine von diesen grazilen, hübschen, blonden, klugen Gattinnen, die fünf Fremdsprachen sprechen, herausragend gut kochen und ihrem Mann ein gemütliches Zuhause sowie zahlreiche süße blonde Kinderchen schenken.

»Schön wär's«, antwortet Benno. »Aber Céret liegt nicht am Meer, sondern im Hinterland. Und meine Freundin, oder besser gesagt Ex-Freundin, hat mir vor zwei Monaten per SMS mitgeteilt, dass sie keine Lust hat, hier ihre Karriere aufzugeben, um für mich in der französischen Pampa das Heimchen am Herd zu geben.«

»Das tut mir aber leid!«, lüge ich mit neu erwachter Hoffnung.

Hoffnung? Auf was denn, bitte schön? Sandra Heller, sag mal, spinnst du?, schimpft mein innerer Staatsanwalt. Kaum erzählt dir ein wildfremder Kerl was von Frankreich, da führst du dich auf wie einer von diesen hysterischen Teenies auf einem Konzert von Robbie Williams! Wie wär's mal mit etwas mehr Distanz? Es geht schließlich nicht um *dein* Leben! Außerdem verabschiedest du dich doch gleich sowieso von dem Typen und siehst ihn nie wieder!

Da hat er bestimmt recht. Trotzdem habe ich gerade überhaupt keine Lust auf seine Kommentare. Kurz entschlossen drehe ich seine Lautstärke runter. Während er tonlos weiterschimpft, wende ich mich wieder Benno zu.

»Und Sie brauchen da unten nicht zufällig eine Sekretärin? Ich würde hier sofort alles stehen und liegen lassen und Ihnen sogar freiwillig jeden Morgen einen Kaffee an den Schreibtisch bringen …«

Verwirrt registriere ich, dass sich mein Körper ganz ohne mein Zutun in Flirtbereitschaft versetzt hat. Das ganze Programm, mit Baucheinziehen, große runde Augen machen, verführerisch lächeln, Kopf schräg legen und so. Fehlt eigentlich nur noch, dass meine Hände sich selbstständig machen und meine Stimme rauchige Kommentare wie »Sie gefallen mir. Sie gefallen mir sogar sehr« abgibt.

Diesem Impuls kann ich gerade noch widerstehen. Seiner Einladung zum Abendessen allerdings nicht. Zumal er mir das beste Cassoulet von ganz Berlin ankündigt: »Zehn Minuten von hier, ein kleiner Franzose. Hausmannskost und ehrliche Weine.«

Normalerweise wäre ich ja *nie* zu einem wildfremden Mann ins Auto gestiegen. Aber jetzt ist nicht normalerweise. Ich liebe nämlich Cassoulet. Weiße Bohnen mit Tomaten, Würstchen und Entenfleisch im Ofen gebacken. Köstlich! Und mit einem ordentlichen Roten aus dem Languedoc im tiefsten Winter wirklich genau das Richtige.

Außerdem habe ich seit heute Morgen nichts Vernünftiges in den Magen bekommen.

Und überhaupt: Was ist schon dabei, mit einem Arbeitskollegen schnell einen Happen essen zu gehen?

Während ich mich so grazil wie möglich auf der mit dunkelrotem Samt bezogenen Bank des kleinen Restaurants niederlasse, überlege ich nervös, ob ich eventuell folgenden Versuchungen freudig erregt erliegen sollte. Mein Staatsanwalt schüttelt schweigend, aber missbilligend den Kopf. Also gut. Ich denke noch mal nach. Aber nur kurz.

Office fuck, never luck, muss ich widerstrebend zugeben. Sex mit Firmenmitarbeitern ist nicht gut, schon aus Prinzip. Einerseits. Andererseits: Einmal ist keinmal, und was Martina kann, kann ich ja wohl schon lange.

Mit zärtlicher Entschlossenheit wende ich mich wieder Benno zu. Auf einmal fühle ich mich ganz leicht und beschwingt. Was natürlich auch am Rotwein liegen könnte, aber wer wird schon in derart magischen Momenten kleinlich Gläser zählen?

Verträumt schaue ich Benno zu, wie er sein Cassoulet probiert. Er wirkt wie eine gute Wahl für einen Seitensprung. Gescheit, humorvoll, gelassen. Nicht zu jung, nicht zu alt. Aufmerksam, aber nicht aufdringlich. Außerdem hat er mich zu meinem Lieblingsessen eingeladen, anstatt mir selbst gekochtes Auberginengulasch zu servieren.

Was, wenn er auf exotische Stellungen steht?, jammert mein Selbstbewusstsein auf einmal dazwischen. Vor Schreck bleibt mir eine Portion Cassoulet im Hals stecken.

Zugegebenermaßen bin ich in dieser Hinsicht etwas verunsichert, seit ich neulich beim Friseur eine *Cosmopolitan* mit großem Sex-Special durchgeblättert habe. Ich meine, ich bin ja eher ein Kind von *Bravo*. Die hat sich auch sehr um meine Aufklärung verdient gemacht. Aber »How to do the Kamasutra« auf 40 bebilderten Sonderseiten, das war damals einfach noch nicht drin.

Ich muss daraus schließen, dass ich im Vergleich zur Jugend von heute, die von der Fachpresse bereits in frühestem Alter in die Geheimnisse von Lotusstellung, Affenschaukel und Gangbang eingeführt wird, unter dramatischen erotischen Bildungslücken leide.

Gerade will ich mich damit abfinden, eine weitere Nacht meines Lebens in der Abgeschiedenheit meines Kuschelschlafanzugs zu verbringen, um jedweder Blamage vorzubeugen, da erscheint Thomas vor meinem geistigen Auge. Auch das noch. Wenn ich jetzt obendrein ein schlechtes Gewissen kriege, kann ich den Abend gleich knicken.

Aber nein, ich erinnere mich nur auf einmal daran, dass er mal gesagt hat, die Deutschen würden durchschnittlich nicht mehr als 4,8 Stellungen praktizieren.

So oft mir diese Statistiken auch auf den Geist gehen – manchmal sind sie ein echter Segen. Vier Komma acht, die kriege ich ja wohl auch noch hin.

❖ ❖ ❖

Nix kriege ich hin, gar nichts. Von wegen vier Komma acht. Ich wäre schon mit den Komma acht nach der Vier glücklich gewesen. Aber selbst die waren mir nicht vergönnt. Erst aufregende Nacktheit, elektrisierende Berührungen – und dann Feierabend. Benno ist einfach eingeschlafen. So viel zu meinen Qualitäten als Verführerin.

Oh Gott. Am liebsten würde ich jetzt aufstehen und mit dem Taxi zum psychologischen Notdienst fahren.

❖ ❖ ❖

Zum Glück bin ich liegen geblieben. Benno wachte nämlich wieder auf. Er war total verlegen und entschuldigte sich ganz süß bei mir. Er hat die letzten vier Tage ohne Pause durchgearbeitet, der Arme.

Dann, tja, dann ist es doch noch eine überaus leidenschaftliche Nacht geworden. Alles war auf einmal ganz einfach. Und sexy. Und nur meine natürliche Schüchternheit hindert mich daran, an dieser Stelle freudestrahlend jede Menge intime Details auszuplaudern.

Vorsichtig löse ich mich aus Bennos Umarmung. Er hat sich im Schlaf an mich gekuschelt und bis jetzt nicht mehr losgelassen. Was mir die unendliche Wonne bescherte, die ganze Nacht seine zarte Haut zu spüren. Ich hatte ganz vergessen, wie erotisch das ist – seit die Libido meines Gatten sich peu à peu von uns verabschiedet hat, ist er ja immer sorgsam darauf bedacht, eine Schicht Schiesser Feinripp (weiß, kochfest, ohne Eingriff) zwischen sich und meinen Kuschelschlafanzug zu bringen.

Und dann riecht Benno auch noch so gut. Männlich mit einem winzigen Hauch von Zedern und Lavendel.

Verträumt betrachte ich die groß gemusterte Blümchentapete und die altmodischen Möbel meines kleinen Pensionszimmers. Gestern hatte ich mich noch wahnsinnig darüber aufgeregt, in welche Absteige Joe mich mal wieder gesteckt hat, bloß um ein paar Euro zu sparen – aber heute kommt es mir so vor, als sei hier, genau hier, das Paradies.

Jetzt reicht's aber endgültig, bloß wegen ein paar lumpiger Orgasmen ergehst du dich hier in übelster Kitschromanlyrik, das darf ja wohl nicht wahr sein!, kreischt mein innerer Staatsanwalt auf. Aber du bist nicht Rosamunde Pilcher, du bist nichts weiter als eine gewöhnliche Ehebrecherin! Entrüstet klopft er von außen gegen die Fensterscheibe meines kleinen Paradieses.

Ich werfe ihm einen letzten Blick zu. Dann lasse ich mit einem entschlossenen Griff die Jalousien herunter. Für Vorwürfe ist es morgen früh auch noch früh genug.

Irritiert muss ich feststellen, dass sich in meinem Kopf eine unwiderstehliche Vision breitmacht: Wir stehlen uns einen Tag. Einen Tag voller Lachen und Lust und Leben. Auszeit. Sabbatjahr in Kurzversion.

Danach will ich auch ohne Jammern und Klagen Thomas'

Feinripp ehren, bis dass der Tod uns scheide, versprochen. Aber diesen einen Tag mit Benno, den möchte ich unbedingt haben. Als kleinen Trostpreis dafür, dass aus uns beiden sowieso nichts werden kann.

Gerade als ich mich bang frage, was Benno überhaupt von meiner Idee hält, schlägt er die Augen auf und lächelt mich an. »Wirklich schade, dass du verheiratet bist und ich demnächst von hier weggehe«, sagt er.

Traurig schauen wir einander an. Da blitzt plötzlich ein Licht in seinen Augen auf. »Ich finde, dafür haben wir einen Trostpreis verdient. Ich weiß natürlich nicht, wie du das siehst«, fügt er verunsichert hinzu. »Aber ich hab heute zum ersten Mal seit Wochen frei. Und diesen Tag, den würde ich wahnsinnig gerne mit dir verbringen.«

❖ ❖ ❖

Unglaublich, wie leicht auf einmal alles ist, wenn man sich für etwas entschieden hat, das man wirklich will. Ohne auch nur einen Hauch von schlechtem Gewissen rief ich Joe an, legte trockenen Reizhusten sowie aufrichtiges Bedauern in meine Stimme und erklärte, dass ich ihm aufgrund einer verschleppten Erkältung leider erst am nächsten Tag wieder zur Verfügung stehen könne.

Der Anruf bei Thomas fiel mir natürlich bedeutend schwerer. Doch sein Handy war abgeschaltet, und als seine Sekretärin mich leicht zickig daran erinnerte, dass er auf einer Klausurtagung zum Thema »Risikominimierung bei offenen und geschlossenen Immobilienfonds« weilte und nicht gestört werden wollte, war ich sehr erleichtert.

Ich strahle Benno an und fühle mich verwegen. Abenteuerlustig wie seit Jahren, ach was: Jahrzehnten, nicht mehr.

Happiness now.

Draußen vor den Fenstern des Frühstücksraums glitzern

weiß überpuderte Weiden vor strahlend blauem Himmel. Der Lietzensee schimmert wie Perlmutt in der Wintersonne, ganz so, als ob die himmlischen Mächte heute einem Hollywoodregisseur die Wettergestaltung überlassen hätten.

So richtig falsch kann dieses kleine Abenteuer nicht sein, schießt es mir durch den Kopf, sonst gäbe es heute Sturmtief mit Eisregen.

»Und? Was wollen wir jetzt machen mit unserem gestohlenen Tag?«, frage ich Benno fröhlich. Und hoffe, dass er jetzt nicht »Reichstag, Naturkundemuseum und abends Komische Oper – das wär doch schön!« oder etwas in der Art sagt.

So hat mein einziger Berlintrip mit Thomas ausgesehen. Ich wünschte mir zwar sehnlichst einen Besuch in der Delikatessenabteilung des KaDeWe, doch dafür reichte die Zeit leider nicht.

Benno lächelt. »Also falls du Sightseeing machen möchtest, komm ich natürlich mit. Aber ich fänd's am schönsten, wenn wir einfach hier in der Gegend bleiben, um den See spazieren, auf dem Steg vom Bootshaus-Café gemütlich in der Sonne sitzen, Glühwein trinken, vielleicht ein kleiner Mittagsschlaf …« An der Stelle wird er tatsächlich ein bisschen rot.

»Am Nachmittag könnten wir dann Charlottenburg erkunden und bei ›Melanie‹ vorbeigehen, das ist die beste Confiserie von Berlin – warst du da schon mal? Sagenhafte Pralinen, und dann erst dieser Mandelkuchen – genau wie in der Provence! Und wenn du dann noch nicht müde bist, könnten wir weiterbummeln zum ›Vinum‹, das ist ein super Weinladen, wo man auch was zu essen kriegt, alles hausgemacht – was guckst du denn auf einmal so komisch? Willst du lieber zur Museumsinsel?«

Er schaut besorgt, und ich muss mich sehr zusammenreißen, um ihm nicht vor den versammelten Frühstücksgästen eine Liebeserklärung zu machen.

Das ist doch sicher alles ein Traum, oder? Gleich schaltet sich Thomas' Radiowecker ein, und Mozart oder Vivaldi holen mich mit sanfter Gewalt heim in meinen öden Alltag.

Ich streichele Bennos Hände. »Museumsinsel finde ich echt gut«, sage ich und versuche, meine Gefühle hinter einem möglichst coolen Gesichtsausdruck zu verbergen. »Aber Mittagsschlaf und Mandelkuchen finde ich einfach bedeutend besser.«

❖ ❖ ❖

Benno kuschelt sich an sein Kissen und schaut mich an. Im Halbdunkel betrachte ich seine langen Wimpern und denke an die letzten 24 Stunden. Wenn ich jetzt sage, dass wir seelenverwandt sind, heißt es bestimmt wieder, ich würde klingen wie aus dem Kitschroman.

Und wenn schon. Mit meinen eigenen Gefühlen kenne ich mich selbst immer noch am besten aus, das wird ja wohl niemand ernsthaft bezweifeln. Und diese Stunden mit Benno … Ich kann mich nicht erinnern, wann ich das letzte Mal so entspannt und glücklich war.

Nein, nicht nur wegen der Orgasmen (obwohl die echt atemberaubend waren). Auch weil Benno und ich dieselbe Frankreichleidenschaft haben. Und denselben Spaß am Kochen und übrigens auch denselben Humor. Auch weil er sich so für Sachen begeistern kann. Auch weil er erstaunlich oft genau das sagt, was ich gerade denke. Und umgekehrt.

Und auch weil er immer ganz fest meine Hand hielt und zwischendurch stehen blieb, um mich zu küssen. Anstatt zwischendurch stehen zu bleiben, um über die statistischen Besonderheiten der näheren und weiteren Umgebung zu referieren.

Halt, stopp. Solche Vergleiche sind Thomas gegenüber ungerecht. Er ist ein lieber Kerl und hat das nicht verdient. Außerdem sind Vergleiche bekanntlich das Ende des Glücks und der Anfang der Unzufriedenheit.

Wobei ich allerdings im Augenblick das Gefühl habe, als sei bei mir das genaue Gegenteil der Fall.

Alles ist so vertraut. Als ob wir schon ewig zusammen seien. Nur eben ohne einschlägige Erschlaffungserscheinungen. Ich kann kaum glauben, zu welcher Hochform mein erotisch vernachlässigter Körper aufgelaufen ist. Immerzu wollte ich »Dass ich *das* noch erleben darf!« rufen, aber daraus hätte Benno vielleicht unvorteilhafte Rückschlüsse auf mein Alter gezogen. Und das hat man natürlich als Geliebte nicht so gern.

Als Geliebte? Sandra, jetzt drehst du völlig durch!, höre ich meinen Staatsanwalt von ferne schimpfen. Für eine Affäre ist Benno völlig ungeeignet. Jetzt nicht, weil er für Meidner Fair & Event Design arbeitet. Und später nicht, weil er dann weg ist. Ganz nebenbei bemerkt bist du außerdem verheiratet!

Stimmt. Ich stelle mir vor, wie der Meidner – die alte Klatschtante – Wind von unserer *amour fou* bekommt, Thomas anruft und ihm alles erzählt. Ich stelle mir vor, wie unglücklich Thomas sein wird.

Panik steigt in mir auf, vermengt mit einem sagenhaft schlechten Gewissen. Eine eher ungünstige Kombination in Situationen, in denen souveräne Gelassenheit gefragt ist. Als Benno dann auch noch verschlafen »Komm doch einfach mit mir mit nach Frankreich« in mein Ohr murmelt, werfen meine Nerven das Handtuch.

»Benno, wir kennen uns doch gar nicht«, sage ich und versuche, nicht an die Sache mit der Seelenverwandtschaft zu denken. »Du gehst bald weg, und ich bin eine verheiratete Frau. Ich liebe meinen Mann. Die Stunden mit dir waren ein Traum, den ich nie vergessen werde. Aber er passt einfach nicht in unsere Wirklichkeit. Bitte versuch nicht, mit mir noch mal in Kontakt zu treten, das würde uns nur alle unglücklich machen«, erkläre ich pathetisch. Und verkneife es mir heldenhaft, hemmungslos loszuflennen.

Benno schweigt. Er sieht traurig aus. Als sei das ein Schicksalsschlag für ihn und nicht etwa das vorhersehbare Ende eines Two-Nights-Stands.

Mensch, Sandra, jetzt läufst du deinem Glück davon, genau wie Meryl Streep in *Die Brücken am Fluss*, durchzuckt es mich. Erschrocken schiebe ich den Gedanken beiseite.

Als ich Benno zum Abschied noch mal küsse, widerstehe ich trotzdem nur knapp dem Reflex, alles zurückzunehmen und für den Rest meines Lebens zu ihm unter die Bettdecke zu krabbeln.

4

Auf der Zugfahrt zurück nach München wollte ich zwar ordentlich was wegarbeiten. Doch dann rutschte ich die ganze Zeit aufgewühlt auf meinem Sitz hin und her wie Hanni und Nanni nach dem ersten Mal. Meine Gefühle fuhren Achterbahn mit mir, und ich schwankte im Sekundentakt zwischen überschäumender Freude über mein kleines geheimes Benno-Wunder – und bodenlosem Frust darüber, dass es schon vorbei war.

Ein Weilchen versuchte ich es mit Autosuggestion und murmelte mantramäßig »Is' besser so« vor mich hin. Leider mit beschränktem Erfolg.

Um mich abzulenken, beschloss ich, mein Handy endlich einzuschalten. Vielleicht hatte Benno ja inzwischen angerufen.

Dazu hätte er allerdings meine Telefonnummer haben müssen. Die hatte ich ihm, tapfer, wie ich gewesen war, gar nicht erst gegeben. Und in der Firma würden sie meine private Handynummer nicht an einen aushilfsweise angeheuerten Standmonteur rausgeben, den im Büro niemand kannte.

Insofern war es nicht weiter erstaunlich, dass der erste Anrufer nicht etwa der Mann meiner Träume war, sondern Joe Meidner. Er meldete, die Leute von Moulin Rouge seien unterm Strich sehr zufrieden mit dem Stand und wollten auch einen für die Fernsehmesse in London. Ein lukrativer Auftrag. Der Meidner quittierte ihn allerdings nicht mit Lob für meine Arbeit, sondern mit der dringenden Aufforderung, am Montag möglichst schon um acht im Büro zu sein.

Kaum hatte ich Joe abgewimmelt, rief meine Mutter an, um mir von einem sensationellen Keksrezept zu erzählen, das sie gerade gefunden hatte. »Sie sind mit Himbeermarmelade gefüllt und heißen ›Je länger je lieber‹ – ist das nicht lustig?«, fragte sie begeistert.

Die gute Seele. Sie wäre bestimmt schockiert gewesen, wenn sie in diesem Moment meine Gedanken hätte lesen können. Die fanden »je länger je lieber« einfach großartig. Wenn auch nicht unbedingt im Zusammenhang mit Backblechen und Himbeermarmelade.

Ein weiterer Anruf setzte meinen kleinen Fantasien abrupt ein Ende. Dr. Schnurer. Er teilte mir mit, er erwäge, für das musikalische Begleitprogramm statt Vicky Leandros lieber Nicole zu engagieren. »*Ein bisschen Frieden*, das ist doch ein topaktuelles Statement! Und es passt so wunderbar zum pazifistischen Grundverständnis von Grünthal Elektro-Gartengeräte. Finden Sie nicht auch?«

Ich fand Dr. Schnurer und seine Nicole ziemlich lästig und teilte ihm daher meinerseits mit, dass mein Akku gleich leer sei.

Eine unverzeihliche Lüge wichtigen Kunden gegenüber, gewiss. Aber gewissen wichtigen Kunden gegenüber wird es dafür immer mildernde Umstände geben.

Genervt schaltete ich mein Handy wieder aus und versuchte, ein bisschen zu dösen. In den letzten beiden Nächten hatte ich schließlich nicht allzu viel Schlaf bekommen. Doch kaum hatte ich die Augen geschlossen, brachen mit orkanartiger Wucht die zwei großen Fragen über mich herein, die sich jede Frau nach einem Seitensprung stellen muss. Erstens: Wird mein Mann was merken? Und zweitens: Werde ich meinen Freundinnen was davon erzählen?

Punkt zwei war vergleichsweise leicht zu klären. Diskretion ist das A und O in diesem Bereich, wie der Kenner weiß. Also würde ich eisern schweigen. Okay, vielleicht ein paar klitzekleine Andeutungen. Unter Freundinnen ist man ja gewissermaßen moralisch verpflichtet, einander über alle wesentlichen Ereignisse im Leben zu informieren.

Punkt eins bereitete mir deutlich mehr Kopfzerbrechen. Was, wenn Thomas' animalisch-viriler Instinkt erwachte und er die Revierverletzung durch einen Rivalen witterte?

Die Erinnerung an einen Artikel über einen sagenumwobenen sechsten Sinn, der in solchen Fällen Alarm schlägt, stieg in mir hoch und bescherte mir einen Adrenalinstoß, der bei jedem handelsüblichen Lügendetektor einen sofortigen Kurzschluss verursacht hätte. Nur mühsam konnte ich mich damit beruhigen, dass der animalisch-virile Instinkt von Thomas nun bereits seit Jahren tief und fest schlief.

Und daran hat mein Abenteuer mit Benno Schmidt offenbar nicht das Geringste geändert. Zu Hause ist alles wie immer. Thomas kommt spät von der Arbeit, und wir schauen uns bei einer Pizza rusticale und einer Flasche Rotwein das große Montagskino im ZDF an. Es gibt *Eine verhängnisvolle Affäre*. Unter den Umständen irgendwie unpassend, finde ich. Aber ich lasse mir natürlich nichts anmerken.

Als Thomas mir zärtlich über den Bauch streichelt, hoffe ich spontan auf eine Fortsetzung der erotischen Aktivitäten vom Vorabend. Der berühmte Kick halt, den One-Night-Stands angeblich dem ermatteten Beziehungssex verpassen. Aber er murmelt nur: »Da kann man mal wieder sehen, dass Sex nicht unbedingt glücklich macht«, kuschelt sich enger an mich und stellt den Ton ein bisschen leiser.

❖ ❖ ❖

Wenn es nach Joachim Meidner ginge, müssten Arbeitnehmer ihre Arzttermine grundsätzlich auf das Wochenende legen. Oder Urlaub dafür beantragen. Auf die längere Abwesenheit eines Mitarbeiters vom Arbeitsplatz reagiert er immer so ungehalten, als würde jemand mutwillig sein gesamtes Privatvermögen aufs Spiel setzen.

»Muss das sein, ausgerechnet heute Nachmittag? Da wollte ich mit dir über den Anschlussauftrag von den Franzosen sprechen!«

Tja, Joe, Pech gehabt. Ganz schlechtes Argument. Hättest du »Da wollte ich mit dir über deine Beförderung sprechen« gesagt, dann hätte ich den Termin beim Frauenarzt vielleicht ein drittes Mal abgesagt. Aber so erkläre ich dem Meidner mit bekümmerter Miene, dass der Termin leider unaufschiebbar sei.

Ich bin auch tatsächlich bekümmert. Allerdings nicht, weil ich ihm eine solch bittere Enttäuschung bereite. Sondern weil ich die Stunden, die jetzt für den Arzttermin draufgehen, mit Sicherheit am nächsten Wochenende im Büro verbringen muss. Denn alles, was ich nicht erledige, bleibt liegen, womöglich mit dramatischen Folgen. So gesehen sollte ich mir nicht nur die Mittagspause, sondern auch den Harndrang zumindest während der Kernarbeitszeit endgültig abgewöhnen.

❖ ❖ ❖

Kurz bevor ich das Büro verlasse, schaue ich mit klopfendem Herzen noch mal schnell in meine Mails. Keine Nachricht von Benno.

Verdammt.

Hätte ich ihm nur nicht diesen bescheuerten »Wir-dürfen-uns-nie-wiedersehen«-Vortrag gehalten. Dann würde Benno sich bestimmt melden. Und ich würde ihm seine Bitte um ein Wiedersehen nicht abschlagen. Man darf ja nicht grausam sein.

Und überhaupt: Aller guten Dinge sind drei. Das steht zwar nicht in Martinas Meditationskalender, ist aber trotzdem eine allgemeingültige Erkenntnis. So gesehen hätte ich sogar noch ein Mal gut.

Eine Argumentation von bestechender Logik. Heftig wallen meine Fantasien auf, in Gedanken führe ich Benno bereits mit laszivem Lächeln meinen bordeauxfarbenen Spitzen-BH vor – da durchfährt mich ein furchtbarer Verdacht. Was, wenn Benno gar kein Wiedersehen will, Seelenverwandtschaft hin oder her? Was, wenn er das Intermezzo mit mir und meinen vier Komma acht Stellungen unterm Strich eher öde fand?

Dann würde er sich natürlich nicht bei mir melden. Und ich, ich würde wochenlang mein Handy bewachen, entsetzlich leiden und einen gewaltigen Teil meines ohnehin nicht sehr ausgeprägten Selbstbewusstseins für immer im Ozean meiner Komplexe versenken.

Okay, vielleicht würde ich auch ein bisschen abnehmen. Aber das wäre nur ein schwacher Trost.

Aus dieser Perspektive betrachtet, erscheint mir mein vorsorglicher Verzicht plötzlich überaus weise. Ich war unkeusch in Gedanken, Worten und Taten. Aber das ist jetzt ein für alle Mal vorbei. Anstatt zur Wiederholungstäterin in Sachen Sündenfall zu werden, sollte ich dringend etwas Gutes tun. Schon allein, um die himmlischen Mächte darüber hinwegzutrösten, dass es mir an jeglicher Reue fehlt.

Da kommt mir mein Bruder gerade recht. Er ist der Gutmensch in unserer Familie. Schon vor Tagen hat er mir eine Rundmail mit dem Betreff »Armut und Krankheit in Mali« geschickt. Bisher habe ich sie noch nicht gelesen. Denn Daniel schreibt sowieso jedes Mal mehr oder weniger dasselbe: einen Bericht über seine Aktivitäten als Entwicklungshelfer in einem Dorf nördlich von Timbuktu, gefolgt von einem tagesaktuellen Spendenaufruf.

Mal bittet er um Geld für Krankenhausbetten oder Schulbücher, mal will er lieber Sachspenden. Dieses Mal geht's um alte Fahrräder. Wir sollen sie lieber nach Mali schicken, schreibt er, als sie für ein paar Euro bei eBay zu verscheuern oder im Keller vergammeln zu lassen.

Ich fühle mich ertappt. In unserem Keller warten mindestens zwei ausrangierte Fahrräder darauf, dass ich mich irgendwann dazu aufraffe, sie zu verkaufen. Ein Schicksal, das sie mit einem leicht veralteten DVD-Rekorder, einem Toaster, dessen Farbe mir nicht mehr gefiel, einer seit unserer Hochzeit unbenutzten Küchenmaschine und einem voll funktionsfähigen Dampfbügeleisen teilen.

Unsere alten Fahrräder kommen also nach Mali, so viel steht fest. Großzügig packe ich im Geiste bereits das Dampfbügeleisen und die Küchenmaschine dazu, als mir einfällt, dass man damit da unten möglicherweise nicht allzu viel anfangen kann. Ich beschließe daher, diese Sachen endlich zu verkaufen und den Erlös meinem Bruder zukommen zu lassen. Ein bisschen was an gutem Karma müsste dadurch doch eigentlich auch auf mich abfallen, allen unkeuschen Taten zum Trotz.

❖ ❖ ❖

Es ist immer dasselbe. Wenn ich den Mantel schon in der Hand habe, kommt der Meidner garantiert mit irgendetwas Dringendem an, das keine Minute Aufschub duldet. Jedenfalls seiner Meinung nach. Ich höre genervt zu, verspreche umgehende Bearbeitung, natürlich gerne auch nach Feierabend von zu Hause aus, hetze zur U-Bahn – und sehe nur noch die Schlusslichter.

In den zehn Minuten Zwangspause bemitleide ich mich heftig dafür, dass ich mein ganzes Leben im Laufschritt verbringe. Sobald ich dazu komme, Luft zu holen oder gar eine Pause zu machen, kriege ich gleich ein schlechtes Gewissen.

»Langsam« habe ich offenbar völlig verlernt. Immer ist so irrsinnig viel zu tun, alles ist grundsätzlich dringend oder wichtig oder beides zusammen. Kaum habe ich eine Sache erledigt, kommen zehn neue rein.

Manchmal möchte ich schreiend mein Firmenhandy zum Fenster rauswerfen. Und den Firmenlaptop gleich hinterher. Allerdings habe ich inzwischen gelernt, solche Krisen durch die sofortige Zufuhr eines doppelten Espresso und einer Tafel Bitterschokolade zu entschärfen, bevor meine nervliche Situation eskaliert.

Denn es hilft ja nichts. Meine Rente liegt in weiter Ferne. Außerdem: Um später überhaupt eine halbwegs vernünftige Pension zu bekommen, muss ich mich gnadenlos nach der Decke strecken und die nächsten 20 Jahre weiterhin im fünften Gang durch meinen Alltag rauschen.

So gesehen ist es für so gehetzte Leute wie mich geradezu ein Segen, dass man beim Arzt kaum zu spät kommen kann, weil man als Kassenpatient sowieso erst ewig nach dem vereinbarten Termin drankommt. Also verzichte ich darauf, meinem Pünktlichkeitswahn zu folgen und auf den letzten 800 Metern von der U-Bahn zur Praxis einen Sprint hinzulegen.

Stattdessen übe ich Bummeln. Gar nicht so einfach, aber mit eisernem Willen gelingt es mir tatsächlich, meinen Standard-Sandra-Schnellschritt merklich zu verlangsamen.

Betont müßig schaue ich in die Auslage eines italienischen Feinkostladens – und denke, mich trifft der Schlag: In der hintersten Ecke der dazugehörigen Bar sitzt Martinas Stefan. In inniger Umarmung mit einer Frau, die erkennbar nicht Martina ist. Sofern Martina nicht kürzlich spontan ihre Haare verlängern und feuerrot hat färben lassen. Was ich sehr bezweifle.

Mein erster Impuls ist, aus reiner Solidarität mit meiner Freundin da reinzustürmen wie eine entfesselte Furie und Stefan in klaren Worten zu sagen, was ich von Ehebrechern halte.

Ich habe den Türgriff schon in der Hand und meine flammende Rede fertig formuliert im Kopf, da fällt mir ein, dass die Sachlage vielleicht doch ein bisschen komplizierter ist. Nicht nur sitze ich selbst in einem Haus aus meterdicken Glasbausteinen. Auch Martina hat es in letzter Zeit bekanntlich an ehelicher Treue fehlen lassen. Da ist es möglicherweise angebracht, den Türgriff wieder loszulassen und vor irgendwelchen überstürzten Aktionen erst mal nachzudenken.

❖ ❖ ❖

Im Wartezimmer fische ich mir mit geübtem Griff die *Gala* aus dem Zeitschriftenstapel. *Psychologie heute* und *Geo* sind natürlich intellektuell bedeutend anspruchsvoller. Sie kranken aber meines Erachtens daran, dass sie so radikal auf jegliche Prominenten-Berichterstattung verzichten.

Wobei ich mich heute kaum auf die exklusiven Hintergrundberichte über George Clooney, Brad Pitt und Ernst August von Hannover konzentrieren kann. Zu sehr bin ich in Gedanken noch bei dem, was ich gerade gesehen habe.

Eigentlich müsste ich Martina sofort davon erzählen. Oder nicht? »Wenn Stefan mal was laufen hat, will ich es gar nicht wissen!«, hat sie mal gesagt. Aber ob sie das auch wirklich meint? Ich werde den Fall mit Neele erörtern müssen. Mal sehen, was die dazu sagt.

Die Sprechstundenhilfe reißt mich aus meinen Gedanken. »Frau Heller, bitte.« Gehorsam trotte ich ins Untersuchungszimmer. Alles Routine. »Machen Sie sich bitte unten frei«, Abstrich, »Machen Sie sich bitte oben frei«, Ultraschall. Seit Jahren habe ich Zysten. Mein Arzt vermisst sie gelegentlich neu, und das war's.

Aber diesmal ist irgendwas anders. Er fährt mit dem

Schallkopf lange auf meiner rechten Brust hin und her und murmelt schließlich: »Das hier gefällt mir nicht.«

Für diesen Satz sollte er umgehend mit dem großen Preis für den feinfühligsten Ärztekommentar des Jahres ausgezeichnet werden.

Doch bevor ich ihm das an den Kopf werfen kann, schickt er mich zur Mammografie im selben Haus gegenüber. Als die mich gleich drannehmen, wird mir mulmig. Ein Gefühl, das nicht dadurch besser wird, dass der Radiologe, der mir eine halbe Stunde später den Umschlag mit den Aufnahmen aushändigt, mit Hasenblick irgendwas von »Ihr Arzt sollte sich das gleich anschauen« murmelt.

Mit schwummerigem Magen gebe ich die Bilder bei der Sprechstundenhilfe ab und setze mich wieder ins Wartezimmer.

Ist das jetzt die Strafe für eine winzig kleine harmlose Affäre?, schießt es mir durch den Kopf. Ich muss meinen gesamten Restverstand zusammenklauben, um mich davon zu überzeugen, dass ein Tumor wohl in den seltensten Fällen innerhalb von drei Tagen heranwächst.

Die nächsten 30 Minuten dauern so lange, dass ich gute Chancen hätte, gegen meinen Frauenarzt einen Prozess wegen seelischer Grausamkeit zu gewinnen. Als ich endlich wieder dran bin, schaut er betont sachlich. »Gleich in medias res. Leider besteht der Verdacht auf ein Mammakarzinom. Ich habe für Sie bereits einen Termin für einen Kernspin ausgemacht. Der wird uns letzte Klarheit bringen. Sie können doch morgen früh, oder?«

Ich will Luft holen und antworten, dass ich morgen früh leider keinesfalls Zeit habe, weil ich einen wichtigen Termin mit der Firma Grünthal Elektro-Gartengeräte wahrnehmen muss und daher unabkömmlich bin.

Aber es kommt keine Luft.

Einen Moment lang denke ich, ich ersticke. Das darf ja

wohl alles nicht wahr sein. Ich komme mir vor wie im falschen Film. Ich bin's doch, die Sandra! Nie im Leben habe *ich* Krebs! Schließlich habe ich mir schon vor vier Jahren das Rauchen abgewöhnt und lebe auch ansonsten sehr gesund! Okay, relativ gesund, aber die anderen essen auch nicht mehr Brokkoli als ich und müssen sich trotzdem nicht gleich mit einem Tumor rumschlagen.

Krebs. Auf einmal dämmert mir, dass sich so also der Ernstfall anfühlt. Und dass sämtliche Probleme, mit denen ich in meinem bisherigen Leben gehadert habe – Arbeitsstress, Sexfrust, Neigung zu Hautunreinheiten und Augenringen –, Peanuts sind im Vergleich zu dem, was da gerade auf mich zukommt.

Bis eben war ich eine ganz normale Frau um die 40, mit einem normalen Job, einer normalen Ehe und einer normalen Möchtegern-Affäre. Heile Welt eben. Verzweifelt wünsche ich sie mir zurück, zur Not sogar inklusive Joe Meidner, Dr. Schnurer und vegetativer Stecklingsvermehrung. Aber sie ist weg.

5

Ich habe eigentlich immer gedacht, dass ich bei richtig schlechten Nachrichten filmreif in Tränen ausbrechen oder wenigstens ein bisschen hysterisch werden würde. Aber nein, ich bleibe so ruhig, als ginge es nicht um mein Leben, sondern um ein paar Grünthal-Gartengeräte. Das nennt man wohl Schockstarre.

Die hält bei mir allerdings gerade mal bis zum Praxisausgang an.

Kaum bin ich draußen auf der Straße, steigen die ersten Schluchzer in mir hoch. Meine nicht wasserfeste Wimperntusche verschliert mir die Kontaktlinsen, kopflos laufe ich die dunkle Straße entlang – direkt hinein in einen schneefeuchten Wintermantel.

»Geht es Ihnen nicht gut? Kann ich Ihnen helfen?«, höre ich eine vertraute Stimme fragen. Meine Kollegin Renate Springer. Was macht die denn hier?

Ein Blick in ihre freundlichen blauen Augen reicht, um bei mir endgültig alle Schleusen zu öffnen. Ich heule los wie ein verlassenes Seehundbaby. »Jetzt kommen Sie erst mal mit zu mir! Ich wohne gleich um die Ecke. Ich mach uns einen Tee, und Sie erzählen mir, was los ist«, sagt Frau Springer energisch.

Ein überzeugender Plan. Zumal mir beim besten Willen kein anderer einfällt. Mein Hirn hat sich offenbar für eine sofortige Notabschaltung entschieden und ist selbst mit so simplen Aufgaben wie der Wahl des Heimwegs völlig überfordert.

Drinnen im Warmen, in Renate Springers Ohrensessel

gekuschelt, erzähle ich ihr alles, nur gelegentlich unterbrochen durch Heulen und Naseputzen.

Sie verschont mich mit »Oh Gott, Sie Arme!«, »Das ist ja furchtbar!« und ähnlichen demoralisierenden Beileidsbekundungen. Stattdessen hört sie aufmerksam zu und stellt nur gelegentlich ein paar Fragen.

»Ich hol uns erst mal ein paar Beruhigungstropfen«, sagt sie am Ende, verschwindet in der Küche und kommt mit einer Flasche Champagner zurück. »Die habe ich für solche Notfälle immer im Kühlschrank liegen. Damit hat mich eine Freundin damals glatt vor dem Durchdrehen gerettet.«

Durchdrehen? Renate Springer, die Frau, die sich noch nicht mal von Joe Meidners cholerischen Anfällen aus der Ruhe bringen lässt?

»Ich hatte vor zwölf Jahren Brustkrebs. Operation, Chemo, Strahlen, das volle Programm.«

Ich bin so platt, dass ich darüber fast meinen eigenen Horror vergesse. In der Firma weiß niemand davon. Von Renate Springer weiß sowieso niemand etwas, außer dass sie ihre Arbeit gut macht, wenig redet und neben unserer betagten Buchhalterin die Einzige ist, die sich hartnäckig weigert, den Meidner »Joe« zu nennen und zu duzen, wie das alle anderen müssen.

»Bei Bewerbungen auf Sekretärinnenstellen ist man erfreulicherweise noch nicht dazu verpflichtet, dem Arbeitgeber eine detaillierte Anamnese vorzulegen«, erklärt sie lächelnd. Sie sieht aus wie das blühende Leben. Von irgendwelchen Rückständen ihres Ringens mit einer der Geißeln der Menschheit keine Spur, sieht man von ihren kurz geschnittenen grauen Haaren mal ab. »Die waren schon vor der Chemo grau«, sagt sie, als sie meinen Blick bemerkt.

Chemo. Bei dem Wort kriege ich dann doch wieder einen

fetten Kloß im Hals. Eine Vision glatzköpfiger, hohlwangiger Elendsgestalten an dicken Schläuchen überkommt mich.

»Halt, stopp. Ein Schritt nach dem anderen. Es gibt so viele unterschiedliche Befunde; Chemo ist längst nicht immer nötig. Also keine überflüssige Panikmache, okay?«

Diese Frau kann Gedanken lesen. »Nach dem Kernspin wissen wir mehr. Jetzt schauen Sie erst mal, dass Sie diesen Abend einigermaßen hinter sich bringen. Wollen Sie, dass ich Ihnen ein paar Schlaftabletten mitgebe? Sonst wälzen Sie sich bestimmt doch nur die ganze Nacht hin und her. Und *den* Stress können Sie sich nun wirklich ersparen. Schon allein, um morgen früh halbwegs ausgeschlafen den Herausforderungen des Tages zu begegnen – meinen Sie nicht auch?«

Sie lächelt mir aufmunternd zu, und auf einmal bin ich sehr dankbar, dass ich auf der Straße ausgerechnet mit ihr zusammengestoßen bin. Sie strahlt so eine Art Krebsveteranen-Gelassenheit aus, die mir hilft, mich einigermaßen zu beruhigen.

Allmählich bekomme ich sogar tatsächlich Hunger. Ein gutes Zeichen. Solange ich Appetit auf eine Portion Spaghetti habe, bin ich noch nicht verloren.

❖ ❖ ❖

Ausgestattet mit ein paar Schlaftabletten und einer festen Umarmung trat ich dann bald den Heimweg an. Ich schaffte es sogar, einen Zwischenstopp im Supermarkt zu machen und schluchzfrei mein Abendessen einzukaufen. Fast war ich ein bisschen stolz auf die Souveränität, mit der ich durch die Regale marschierte.

»Mit der Sache hast du möglicherweise noch ein ganzes Weilchen zu tun«, hatte Renate Springer zum Abschied gesagt. »Für deine Nerven ist es da das Beste, wenn du dich damit abfindest, dass du eh nichts ändern kannst – und dir einfach möglichst viel Gutes tust.«

Viel Gutes. Mir ist zwar nicht ganz klar, wie das mit *dem* Schreckgespenst im Nacken funktionieren soll. Aber mein Nahziel heißt sowieso erst mal »Spaghetti bolognese mit extra viel Käse«. Danach werden wir schon sehen.

Während ich die Zutaten für die Sauce klein schneide und Renate Springers Schampus zur weiteren Beruhigung meiner Nerven durch ein großes Glas Rotwein abrunde, steigt unvermittelt eine überbordende Sehnsucht nach Benno in mir hoch.

Panisch schiebe ich den Gedanken weg und versuche konzentriert, meinen Mann herbeizusehnen. Ganz so, wie es in derartigen Situationen das Natürlichste und übrigens auch das einzig Angemessene ist.

Allerdings ist Thomas für drei Tage auf Geschäftsreise. Und anstatt ihn inbrünstig herbeizusehnen, um mich in seinen Armen auszuweinen, bin ich komischerweise froh, erst mal alleine zu sein.

Thomas gehört zu den Männern, die bei Nachrichten über schlimme Krankheiten im Bekanntenkreis blass und schweigsam werden und so schnell wie möglich das Thema wechseln. Verdrängung der eigenen Vergänglichkeit oder so was. Da muss ich keine Hellseherin sein, um zu wissen, dass er mit einer Gruselkrankheit wie Krebs überhaupt nicht wird umgehen können.

Unter den Umständen ist es sowohl für ihn als auch für mich mit Sicherheit das Beste, wenn ich erst mal den Kernspin abwarte. Dasselbe gilt, bei Licht betrachtet, auch für meine Eltern und meine Freundinnen. Die Gespräche mit ihnen werden meine mühsam aufgebaute Fassung in null Komma nichts wieder in Schutt und Asche legen. Und geheult habe ich heute schon genug.

Ich ziehe den Telefonstecker raus, schlucke eine von Renates Tabletten und schlafe sofort ein.

❖ ❖ ❖

In die Kernspin-Röhre geschoben zu werden ist nicht nur für Klaustrophobiker ein Albtraum. Auch ich wäre am liebsten mit einem gemurmelten »Da liegt wohl eine Verwechslung vor« aus der Praxis geflüchtet. Dann jedoch sagte ich mir, dass diese Untersuchung ein Klacks ist gegen das, was möglicherweise noch auf mich zukommen wird.

Mit einer unheimlichen Ruhe ließ ich die Röhre über mich ergehen. Und mit derselben unheimlichen Ruhe nehme ich nun die endgültige Diagnose entgegen.

So ein Schockzustand hat durchaus seine Vorteile. Ich kann sogar den Ausführungen meines Frauenarztes folgen. Und das ist auch gut so. Denn er verkündet mir strahlend, ich hätte geradezu unglaubliches Glück im Unglück: ein sehr kleiner, abgekapselter Tumor, an leicht zugänglicher Stelle. Frühzeitig entdeckt wegen meines vorbildlichen Vorsorgerhythmus, setzt er lobend hinzu.

Siedend heiß fällt mir da ein, dass ich den letzten Termin wegen meinem ganzen Jobstress absolut unvorbildlich x-mal verschoben habe.

Doch bevor ich dazu komme, mir deswegen höllische Vorwürfe aufs Haupt zu laden, redet er weiter. Letzte Gewissheit würde erst die Untersuchung der Lymphknoten bringen, doch die operative Entfernung des befallenen Gewebes mit anschließender Strahlentherapie würde vermutlich ausreichen.

Keine Brustamputation? Keine Chemo? Keine Glatze? Gehört das denn nicht alles automatisch ins Pauschalprogramm, wenn es einen einmal erwischt hat?

Obwohl ich nicht genau weiß, was Lymphknoten überhaupt sind, geschweige denn, ob sie meinem Arzt auch wirklich gefallen werden, fange ich vor Erleichterung an zu schluchzen. Schluchzer, die zur Ouvertüre für einen ordentlichen Heulkrampf geraten, als mir klar wird, dass mir die volle Nummer im Gruselkabinett zwar mit etwas Glück erspart bleibt. Nicht aber die Diagnose selbst.

❖ ❖ ❖

Ein Schritt nach dem anderen. Sich möglichst viel Gutes tun. Mit den eigenen Kräften haushalten. Wie Mantras murmele ich Renates weise Worte vor mich hin. Als ich mich ruhig genug fühle, hole ich tief Luft und mache mich daran, endlich meine Lieben zu informieren.

Jetzt, wo nichts mehr zu deuteln ist, will ich es hinter mich bringen. Je schneller du es schaffst, trotz allem wieder eine gewisse Normalität in dein Leben zu bringen, desto besser, hat Renate gesagt. Also dann.

Der erste Name auf meiner geistigen Liste ist Benno. Bennobennobenno. Alles würde ich dafür geben, mich in seine Arme zu flüchten, mich von ihm ganz festhalten und trösten zu lassen.

Einerseits.

Andererseits würde ich inzwischen auch ziemlich viel dafür geben, dieses ganze Abenteuer ungeschehen zu machen. Oder wenigstens radikal aus meinem Gedächtnis streichen zu können.

Klingt albern, ich weiß. Aber seit der Diagnose hat sich mein innerer Staatsanwalt mit meinem schlechten Gewissen und meinem angeborenen Hang zum Aberglauben gegen mich verbrüdert und zischt mir pausenlos »Das kommt davon!« ins Ohr. Da sollte ich besser gar nicht erst auf den Gedanken kommen, Bennos Nummer zu wählen.

Mal ganz abgesehen davon, dass ich sie gar nicht habe.

Ich hole noch einmal tief Luft, dann rufe ich endlich Thomas an. Er wird leichenblass, das kann ich durchs Telefon sehen.

»Das ist ja furchtbar, Engel!«, ruft er.

Wie nicht anders zu erwarten, bringt sein Entsetzen meine Tränenproduktion sofort wieder auf Hochtouren. Jemand sollte mal einen psychologischen Leitfaden für solche Situationen schreiben. Da drin müsste gleich auf den ersten Seiten klargestellt werden, dass derartige Schreckensbezeugungen sicherlich gerechtfertigt sind. Den Betroffenen helfen sie aber leider keinen Zentimeter weiter. Eher im Gegenteil.

Der Schock ist für Thomas jedenfalls eindeutig noch größer als für mich. Er weiß überhaupt nicht, was er sagen soll. Und greift, wie immer in solchen Situationen, zu seinem einzigen Rettungsanker. Der Statistik.

»Wusstest du, dass Frauen im Laufe ihres Lebens im Schnitt eine ganze Badewanne vollweinen?«, fragt er mit einer Mischung aus Zärtlichkeit und wissenschaftlichem Interesse in der Stimme.

Eine etwas ungewöhnliche Form der Anteilnahme. Trotzdem irgendwie rührend.

Abgesehen davon bin ich ihm schon dankbar dafür, dass er nicht auf den Gedanken kommt, mir den neuesten Forschungsstand über die Überlebenswahrscheinlichkeit bei Mammakarzinomen zu referieren.

Mein Vater reagiert ähnlich panisch wie Thomas und gibt mich überstürzt an meine Mutter weiter. Die will sich gleich ins Auto setzen und zu mir kommen. Doch bei aller Angst um mich selbst wird mir ausgesprochen bange bei dem Gedanken daran, welche Folgen ihr Entschluss in dieser seelisch belastenden Situation für den fließenden Verkehr zwischen Laim und Schwabing haben könnte.

Nachdem ich ihr dieses Vorhaben ausgeredet habe, wird

sie auf einmal wohltuend pragmatisch. »Du brauchst eine zweite Meinung von einem richtigen Spezialisten«, erklärt sie energisch. »Ich werde sofort meine alten Arzthelfer-Connections aktivieren.«

»Aber Mama, du warst Zahnarzthelferin. Wie willst du da an einen Spitzen-Gynäkologen rankommen?«

»Das überlass mal mir. Sag mal, Kind, willst du nicht zu uns kommen, solange Thomas noch auf Geschäftsreise ist? So ganz allein zu Hause, da fällt dir doch bestimmt die Decke auf den Kopf!«

Einen Moment lang bin ich versucht, die Einladung meiner Mutter anzunehmen. In der Stunde der Not zurückzukriechen ins elterliche Nest und mich wie früher mit Hühnersuppe und Schokoladenpudding trösten zu lassen.

Doch dann denke ich an die ganzen Ratschläge, die meine *Apotheken-Umschau*-geschulte Mutter mir im Rahmenprogramm servieren würde, von Kurkumatherapie bis Eigenurinbehandlung. Nee, dann doch lieber zu Hause bleiben.

»Danke, Mama, lieb von dir. Aber in meinen eigenen vier Wänden fühl ich mich momentan am wohlsten. Und Thomas kommt ja auch bald wieder«, sage ich. Und wundere mich ein bisschen über die Zärtlichkeit in meiner Stimme.

Unter normalen Umständen hätte ich sie nämlich missmutig darauf hingewiesen, dass ich kein Kind mehr bin, sondern leider Gottes schnellen Schrittes auf die 50 zugehe.

Aber die Umstände sind nicht mehr normal.

Mein Gruseln vor dem Älterwerden, vor Menopause, Bindegewebsverfall und Altersarmut hat sich seit gestern komplett in Luft aufgelöst, wie ich zu meinem Erstaunen feststelle. Im Nachhinein betrachtet sind das schließlich relativ bedeutungsarme Probleme, wenn man auf einmal gar nicht mehr weiß, ob man die 50 überhaupt erreicht.

Eine doppelte Portion Selbstmitleid will sich in meinem

Kopf breitmachen, aber ich schiebe sie entschlossen weg. Bringt ja nichts. Es gibt nun mal keine Überlebensgarantie vom Baby bis zum Best Ager. Da ist es das Klügste, nicht weiter zu planen als bis zum nächsten Abend. Für den habe ich Neele und Martina eingeladen.

Aber vorher muss ich noch Joe Meidner hinter mich bringen.

❖ ❖ ❖

Renate schenkt mir ihr schönstes Aufmunterungslächeln, als ich ins Büro komme. Ich habe sie gleich nach meinen Eltern angerufen. Und genau wie gestern hat sich ihre Ruhe am Ende auf mich übertragen.

»Seine Majestät hatte heute Morgen ausgesprochen schlechte Laune«, sagt sie fröhlich, »aber nach deinem Anruf war er wie vom Donner gerührt. Er hat seitdem noch kein einziges Mal geflucht. Noch nicht mal, als ihm sein Latte macchiato aus Versehen über seine abwasserfarbene Designerjeans gekippt ist.«

Es gibt sie noch, die ausgleichende Gerechtigkeit, denke ich befriedigt. Gleichzeitig scheint mir der Tag, an dem ich dem Meidner beinahe in voller Absicht ein ähnliches Missgeschick beschert hätte, auf einmal wie Lichtjahre entfernt.

Schon komisch, wie sich durch so eine Diagnose innerhalb von Sekundenbruchteilen das ganze Leben ändert. Mit dem Dauerärger über Joe ist es auf einmal wie mit der Angst vor dem Altwerden. Alles kein Thema mehr.

Der Meidner steht sogar auf, als ich in sein Büro komme. Eine nie zuvor erlebte Ehre. Sonst lässt er mich aus Prinzip immer erst mal fünf Minuten wie bestellt und nicht abgeholt im Zimmer stehen, während er noch schnell ein wichtiges Telefonat mit einem Golfpartner führt, einen Zeitungsartikel zu Ende liest oder seinen Klingelton neu einstellt.

»Sandy-Babe, was machst du denn für Sachen?«, ruft er mit einem Gesichtsausdruck, in dem sich tatsächlich echtes Mitgefühl zu spiegeln scheint. »Das stehen wir zusammen durch. Mach dir keine Sorgen um deinen Job. Ich werde mich persönlich darum kümmern, dass meine beste Kraft so schnell wie möglich wieder zu Kräften kommt!«

Ich bin gerührt. So viel Menschlichkeit habe ich dem Meidner gar nicht zugetraut. Gerade will ich mich überschwänglich für seine netten Worte bedanken, da klingelt sein Telefon. Ferdi Hinterhuber. Joe stellt gleich auf Lautsprecher, dann informiert er seinen stillen Teilhaber über mein schweres Schicksal.

Einen Moment lang hört man nichts bis auf Ferdis schweres Übergewichtigenschnaufen. Schließlich brummt er in seinem feierlichsten Bayerisch: »Mei, Mädel, du packst des, da bin i mia ganz sicher! Kopf hoch, Brust raus!«

❖ ❖ ❖

Bei dem Gedanken an Ferdis Rat kann ich noch Stunden später einen hysterischen Lachkrampf nur knapp unterdrücken. Um mich zu beruhigen, blättere ich in Martinas Meditationskalender. Obwohl der mir mit seiner Seelsorgeröligkeit allmählich schwer auf den Keks geht.

Auch in Gesundheitsfragen hat er, wie nicht anders zu erwarten, einen passenden Besserwisserspruch im Angebot: »In der einen Hälfte des Lebens opfern wir unsere Gesundheit, um Geld zu erwerben. In der anderen Hälfte opfern wir Geld, um die Gesundheit wiederzuerlangen.«

Na großartig. Da bin ich also angelangt. Warum sagt einem so was eigentlich niemand, *bevor* man die besten Jahre seines Lebens für Überstunden im Dienst von Job und Karriere verpulvert?

Wehmütig schaue ich mich in unserer Wohnung um,

ganz so, als ob ich demnächst für immer Abschied nehmen müsste. Wie oft werde ich noch mit Thomas auf unserem Sofa gemütlich *Tatort* gucken können? Wird die kümmerliche Zwergkiefer womöglich länger leben als ich? Wird es mir noch vergönnt sein, Thomas vom Kauf einer neuen Einbauküche zu überzeugen?

Mein Verstand versucht, die in mir aufschäumende existenzielle Verzweiflung aufzuhalten. Mein Frauenarzt hat schließlich nicht etwa von einer lebensbedrohlichen Situation gesprochen, sondern von ganz erheblichem Glück im Unglück. Aber es ist zu spät. Dieses ominöse K-Wort hat eine Aura von Verdammnis, die extrem gewöhnungsbedürftig ist. Besonders für frisch Betroffene.

Endzeitstimmung schüttelt mich, und als Martina und Neele kommen, falle ich ihnen schluchzend in die Arme. Sie schalten gleich um auf Kriseninterventionsteam.

»Lass deine Gefühle ruhig raus, das erleichtert. Weinen ist gut für dich«, tröstet Martina mich. »Weißt du, wenn du deine Trauer unterdrückst, dann ist das ungünstig, dann sammelt sie sich in deinem Körper an und schadet dir …«

Auch das noch. Meine Endzeitstimmung verschärft sich, ich bin nur noch ein rotznasiges Bündel Elend.

»Mensch, Martina, jetzt hör aber auf mit deiner ewigen Küchenpsychologie!«, ruft Neele. »Das ist doch alles dummes Zeug. Krebs kommt nicht von unterdrückter Trauer oder so, sondern von Gendefekten und Schadstoffen in der Umwelt. Sandra ist krank geworden, sie wird jetzt behandelt, und dann wird sie wieder gesund. Basta.«

So wie Neele das sagt, klingt alles ganz klar, eindeutig und überstehbar. Mein Verstand meldet sich auch wieder zu Wort und weist mich darauf hin, dass Verzweiflung nicht gerade gut ist fürs Immunsystem. Das habe ich mal irgendwo gelesen, als dieses Thema für mich noch so weit weg war wie Touristenentführungen in der Sahara: ein Drama, das es nur in der Zeitung gibt, aber niemals in echt, im eigenen Leben.

»Sandra, ich kann mir vorstellen, wie du dich fühlst. Aber bitte, sieh's als Herausforderung, nicht als Drama. Deine Prognose ist doch super, das hast du uns selber erzählt. Klar ist es trotzdem schlimm, Brustkrebs zu haben. Aber Darmkrebs ist bestimmt noch ein bisschen schlimmer, meinst du nicht?«

Ich schnappe nach Luft und will mir solche gefühllosen Kommentare entschieden verbitten. Doch dann sage ich nichts. Neele hat recht, ich habe Glück im Unglück, und das Leben geht weiter. Muss weitergehen. Also höre ich entschlossen auf zu heulen und gebe meinen beiden besten Freundinnen endlich was zu trinken.

❖ ❖ ❖

Nachdem Neele und Martina gegangen sind, sitze ich noch lange in meinem feuerroten Schaukelstuhl und denke nach. Es war ein sehr netter Abend. Und das Beste daran war, dass es irgendwann nicht mehr um Krankheiten ging, sondern um so erfrischend normale Fragen wie die besten Wirsingrezepte und die Wirksamkeit von regenerierenden Augencremes für die reifere Haut.

Martina jammerte über Annika, Neele schwärmte von Alberto, und über weite Strecken war eigentlich alles wie immer. Als Martina einen Witz erzählte, konnte ich sogar lachen. Beste Freundinnen sind anscheinend für Krisenmanagement aller Art bedeutend besser geeignet als Beziehungspartner.

Ich merke, wie sich die Anspannung der letzten Stunden löst. Gut so. Mein Magen und meine Schultermuskulatur sehen offenbar endlich ein, dass ihre bisherige Dauerverkrampfung kein geeignetes Mittel ist, um mit den vor mir liegenden Herausforderungen fertigzuwerden.

Wobei die größte Herausforderung vermutlich nicht in Diagnose und Behandlung besteht, sondern in der Angst davor.

»Angst ist normal. Aber sie ist auch schrecklich lästig, denn sie ändert ja nichts an deiner Lage. Sie macht dir nur den Umgang damit schwerer«, hat Renate gesagt.

Wie wahr. Dummerweise ist es ganz schön schwer, Panik auszubremsen, wenn sie sich gerade mit Schwung auf die Gehirnwindungen werfen will. Aber ich beschließe feierlich, genau das zu schaffen. Alle Welt lobt immer meinen analytischen Verstand. Der wird mich jetzt bitte schön nicht im Stich lassen.

❖ ❖ ❖

Als Thomas am nächsten Abend blass und übernächtigt nach Hause kommt, wird mein analytischer Verstand erst mal auf eine harte Probe gestellt.

Mir war natürlich vorher klar, dass mein Mann kaum über Nacht zu einer Art Bruce Willis herangereift sein würde, der mir mit männlicher Stärke, Zuversicht, gepflegtem Galgenhumor und extrabreiten Schultern über diese Lebenslage hinweghelfen würde. Doch dass ausgerechnet ich am Ende ihn würde trösten müssen, das hätte ich mir dann doch nicht träumen lassen.

Typisch Frau. Selbst auf der Intensivstation machen wir uns wahrscheinlich mehr Sorgen um die nervliche Verfassung unserer Männer als um unseren eigenen Gesundheitszustand.

Immerhin: Drei Gläser Wein und viele Mutmacherparolen aus der Allgemeinplatzkiste später sitzen wir eng umschlungen auf dem Sofa, schauen uns in die Augen und geloben einander, dass wir das zusammen durchstehen werden.

»Wir schaffen das!«, beschwört Thomas mich, sich und

den Rest der Welt. Plötzlich wird sein Blick sehr entschlossen.

Genauso plötzlich und entschlossen küsst er mich. Mit einer Leidenschaft, wie er sie zuletzt in meinem Traum am Neujahrsmorgen an den Tag gelegt hat. Vor meinen Augen verwandelt er sich. Nicht in Bruce Willis, klar. Auch nicht in Superman. Aber immerhin in einen für seine Verhältnisse geradezu feurigen Liebhaber.

Was natürlich nicht heißt, dass er sich zu wildem Sex quer durch Küche, Bad und Wintergarten hinreißen lässt. Wie immer kommt er erst im Schlafzimmer so richtig in Fahrt, und auch erst, nachdem er Hemd, Hose, Unterwäsche und Socken ordentlich auf seinem stummen Diener abgelegt hat.

Trotzdem kann ich mein Glück kaum fassen. Offenbar hat der Gedanke, dass vielleicht bald nichts mehr so sein wird, wie es mal war, seine Libido von den Toten auferweckt. So was soll's ja geben.

Letztlich ist es mir aber auch egal, woher seine Lust so plötzlich kommt. Hauptsache, sie ist wieder da.

Ich genieße die Gunst der Stunde in vollen Zügen. Als mir meine Fantasie mittendrin ein scharfes Bild von Benno in die Hirnwindungen schickt, rufe ich mich geradezu entsetzt zur Ordnung. Im unmittelbaren Vergleich schneidet Benno zwar bedeutend besser ab. Doch die Zeit der Vergleiche ist hiermit ein für alle Mal vorbei.

Energisch füge ich all den tapferen Beschlüssen der letzten Zeit einen weiteren hinzu: Ich werde Benno endlich vergessen und mich an meinem wiedergefundenen Eheglück mit dem getreuen Thomas erfreuen bis ans Ende meiner Tage. Jawohl, das werde ich.

6

Nach einer so üblen Diagnose wie Krebs setzen sich sofort alle Hebel in Bewegung. Kaum schrillt der Katastrophenalarm, da bringt einen auch schon eine Ambulanz mit Blaulicht ins Krankenhaus, mit deutscher Präzision und Schnelligkeit werden sämtliche Gefahrenherde umgehend entschärft, und ehe man überhaupt Zeit hat, sich ernsthaft den Kopf zu zerbrechen, ist das Schlimmste auch schon überstanden.

So habe ich mir das vorgestellt. Und so ist es auch. Jedenfalls in der Schwarzwaldklinik. Das weiß ich genau; ich habe das dortige Ärzteteam schließlich jahrelang am Bildschirm begleiten dürfen.

Doch überall dort, wo Sascha Hehn sich nicht persönlich um den zeitnahen Einsatz von Tupfer und Skalpell kümmern kann, liegen gut und gerne drei Wochen zwischen Diagnose und Operation. Zumindest bei so »minder schweren Fällen« wie mir.

Mein Frauenarzt hat mir fürsorglich eine beruhigend große Packung Beruhigungsmittel verschrieben. Außerdem hat er für mich einen Besprechungstermin bei einem Chirurgen vereinbart. »Dr. Braunau ist in München *der* Spezialist für plastische Chirurgie. Er nimmt zwar nur Privatpatienten, aber wenn Sie sich das leisten können, sollten Sie sich von ihm operieren lassen.«

Beim Meidner hatte ich bisher keine Gelegenheit, es zu nennenswertem Reichtum zu bringen. Aber wenn's um die Gesundheit geht, darf man nicht am falschen Ende sparen. Also mache ich mich auf den Weg zu einer Audienz bei

Dr. Braunau. Seine Bogenhausener Marmorresidenz steht in beeindruckendem Kontrast zu den verschrammelten Praxen, in denen ich sonst verkehre. Da kann ich seine sagenhaften Honorarvorstellungen gut nachvollziehen. Von irgendwas will die ganze Pracht ja bezahlt sein.

Ein feiner Mann und offenbar eine Koryphäe auf seinem Gebiet, wie ich seinen wortreichen Ausführungen entnehme. Sanft gewiegt von seinem väterlichen Ärztesingsang, habe ich das Gefühl, meinen Retter vor mir zu haben. Endlich!

Doch dann lässt er beiläufig ein paar Bilder missratener Operationsnarben über seinen Computerbildschirm flimmern. Wohl um mir anzudeuten, was mir bei jedem anderen Arzt so alles widerfahren könnte.

Eine ausgesprochen feinfühlige Marketingaktion. Sie bringt mich trotz aller Angst um mich selbst so auf die Palme, dass ich ihm um ein Haar meine großkalibrige Handtasche mitten in sein selbstgefälliges Grinsen semmele.

Als ich Thomas am Abend von meiner Beinahe-Handgreiflichkeit berichte, ist er nicht sonderlich überrascht.

»Statistisch gesehen liegst du mit diesem Bedürfnis voll innerhalb der Norm, Engel«, erklärt er mir liebevoll. »Immerhin wurde jeder sechste Internist schon einmal von einem Patienten verprügelt.«

Da wird die erste Statistik über tätliche Auseinandersetzungen mit geldgierigen Chirurgen sicher nicht lange auf sich warten lassen.

❖ ❖ ❖

Ähnlich denkwürdig verläuft mein Termin für die »zweite Meinung«, den meine Mutter tatsächlich über den Neffen einer Freundin einer Ex-Kollegin für mich organisiert hat. Erst sitze ich zwei Stunden in einer von diesen Krankenhaus-Wartezonen herum, über die mal jemand einen Bildband veröffentlichen sollte.

Oder vielleicht lieber nicht. Zur Hebung der Stimmung und zur Stärkung der Selbstheilungskräfte tragen solche Räumlichkeiten jedenfalls nur in beschränktem Umfang bei.

Als ich endlich drankomme, muss ich noch mal eine Extraportion Geduld nachschieben, denn der Piepser des Arztes piepst pausenlos. Alles dringende Fälle offenbar.

Dringende Fälle von privaten Abendverabredungen, wie ich dann mitbekomme, als er mit ärztlicher Gründlichkeit über zur Auswahl stehende Restaurants und Theatervorführungen debattiert. Als Patientin freut man sich da wirklich sehr über Arbeitsethos und Einfühlungsvermögen der nachwachsenden Medizinergeneration.

Vielleicht machen die Ärzte das alles absichtlich. Um die Kranken davon abzuhalten, im Selbstmitleid zu versinken, und stattdessen gesunde Wut in ihnen zu schüren. Oder so. Jedenfalls wirft dieser Herr Doktor obendrein so reichlich mit medizinischen Fachausdrücken um sich, dass ich seine »zweite Meinung« gerade mal ansatzweise verstehe.

Kurz erwäge ich, mit vollem Körpereinsatz den Grundstein für eine topaktuelle Statistik über Handgreiflichkeiten zwischen Patientinnen und Gynäkologen zu legen. Doch dann beschränke ich mich auf ein energisches »Ihr Medizinerlatein ist mir völlig unverständlich. Erklären Sie mir die Sachen bitte so, dass ich sie auch verstehe.«

Treffer, versenkt.

Einen Moment lang starrt Gott in Weiß mich an, als wolle er auf der Stelle den Blitz in mich fahren lassen – doch dann schluckt er und fängt von vorne an. Auf Deutsch. Wir leben schließlich im Internetzeitalter, da riskiert kaum noch ein Mediziner, beim friedlichen Googeln seines eigenen Namens auf Totalverrisse von ehemaligen Patienten zu stoßen.

Apropos Internet: Um mir ein möglichst vollständiges Bild meiner gesundheitlichen Lage zu machen, habe ich da natürlich auch recherchiert.

Aber nur eine knappe Viertelstunde lang. Zu demoralisierend. Bei der Masse an Symptomen, Diagnosen, Infos, Theorien, Gerüchten und Schreckgeschichten fängt man ja schon als kerngesunder Mensch spontan an zu kränkeln. Wer an mehr leidet als an einem leichten Schnupfen, sieht sich da zwangsläufig schon bei der Letzten Ölung. Manchmal ist es offenbar ausgesprochen vernünftig, nicht bis ins letzte Detail Bescheid zu wissen.

Das alles hat Renate mir sowieso schon prophezeit und mir einen Termin bei dem Arzt verschafft, der sie damals operiert hat. Auch Dr. Hameister ist einer von den bekannten Experten. Aber einer mit einer Seele da, wo bei dem anderen Typen nur ein Kreditkartenlesegerät eingebaut war.

Ich schaue in seine klugen braunen Augen, denke mir, dass diese blöde Bankenwerbung »Vertrauen ist der Anfang von allem« vielleicht doch nicht so blöd ist, und mache einen Operationstermin mit ihm aus.

❖ ❖ ❖

Vertrauenerweckender Chirurg hin oder her – in der Wartezeit bis zum Termin muss ich mit der bangen Frage nach dem Zustand meiner Lymphknoten leben. Aber da ich davon ohnehin erst nach der OP erfahren werde, schiebe ich jeden Gedanken daran sofort weg. Bis zum Krankenhaus jeden einzelnen Tag genießen, heißt die Devise.

Und das gelingt mir erstaunlich gut. Nicht zuletzt deshalb, weil der Mensch offenbar seit damals in der Höhle notgedrungen eine gewisse Routine im Umgang mit Schocks und schlimmen Zeiten entwickelt hat. Es ist jedenfalls unglaublich, wie schnell sich selbst inmitten von Angst und Adrenalin wieder so etwas wie Normalität einstellt.

Und dass so eine Krankheit, nüchtern betrachtet, zumindest *eine* gute Seite hat, das ist mir schon am Morgen nach der Diagnose klar geworden. Da wachte ich zwar zur gewohnten Weckzeit auf, blieb dann aber noch zwei Stündchen im Bett und döste zu meiner eigenen Überraschung halbwegs entspannt vor mich hin.

Diesen Tag würde die Meidner Fair & Event Design GmbH ohne die treuen Dienste von Sandra Heller auskommen müssen. Diesen und viele weitere Tage auch.

Seit jenem Morgen ist meine höchstpersönliche Riesenstressmaschine einfach so zum Stillstand gekommen. Termindruck: weg. Leistungsdruck: weg. Kundendruck: weg. Chefdruck: weg.

Einerseits bin ich geradezu erschüttert darüber, dass ich erst richtig krank werden musste, um zu kapieren, dass selbst die superwichtigsten Stressmacher unterm Strich nichts weiter sind als Schall und Rauch. Und dass ich ihnen genau aus diesem Grund niemals so hilflos ausgeliefert war, wie ich immer geglaubt habe. Andererseits genieße ich mein neues Leben in der stressfreien Zone in vollen Zügen.

Dr. Schnurer hat es zwar tatsächlich gewagt, mich auf meinem privaten Handy anzurufen, um mit mir die Frage »Nicole oder vielleicht doch lieber Heino« zu diskutieren. Ich brachte ihn mit einem resoluten »Tut mir leid, aber ich bin erkrankt und werde mich bis auf Weiteres nicht um Ihr Projekt kümmern können« zum Schweigen. Merke: Wenn man schon so eine Dreckskrankheit hat, ist es völlig okay und obendrein außerordentlich wirksam, sie strategisch zu nutzen, um sich Nervensägen aller Art vom Hals zu schaffen.

So befriedigt ich bin, dass mich in der Firma alle in Ruhe lassen – ein bisschen irritiert bin ich schon darüber. Da habe ich Stunden, Tage und Wochen meines Lebens für meinen Job geopfert, immer in der Annahme, dass der Laden ohne meinen heldenhaften Einsatz umgehend aus dem Ruder laufen würde. Jetzt falle ich geradezu unvorstellbar lange aus – und was passiert?

Nichts. Der Betrieb geht einfach weiter. Von Renate weiß ich nur, dass der Meidner mehr flucht als sonst und inzwischen sogar zwei Golfturniere absagen musste, um Termine wahrzunehmen, die er sonst kalt lächelnd mir aufs Auge gedrückt hätte.

Zunächst hat er offenbar unseren Praktikanten zu meiner Krankenvertretung ernannt. Eine preiswerte Lösung, die obendrein von Ferdi Hinterhuber wärmstens befürwortet wurde.

Nachdem dieses Experiment erwartungsgemäß in die Hose gegangen ist, hat er für die Dauer meiner Krankheit zähneknirschend einen Event Designer engagiert.

So wie Renate mir diesen jungdynamischen Manuel Weber mit seinem gegelten Kurzhaarschnitt und seiner schmalen, eckigen Hornbrille schildert, weiß ich gleich, dass er mir zutiefst unsympathisch ist. Leider habe ich gar nicht erst die Chance, ihm das auch zu demonstrieren.

Er meldet sich nämlich einfach nicht bei mir. Ich bin ganz offensichtlich so ersetzbar, dass meine Vertretung noch nicht mal eine fernmündliche Einweisung von mir benötigt.

Das gibt mir schon zu denken. Ich meine, ich habe natürlich nie ernsthaft darauf gehofft, dass Joe Meidner dereinst eine marmorne Plakette vor meinem Büro enthüllen würde, auf der »Hier lebt und arbeitet Sandra Heller. Sie ist und bleibt unsere Beste« eingraviert ist. Doch dass mein Wirken so sang- und klanglos in Vergessenheit gerät – das erfüllt mich dann doch mit einer gewissen Frustration.

In die sich allerdings allmählich die wahrhaft wegweisende Erkenntnis mischt, dass ein paar Überstunden weniger für diese Firma wohl auch schon mehr als genug gewesen wären.

Hoffentlich werde ich mich an diese Erleuchtung auch noch nach meiner Genesung erinnern.

❖ ❖ ❖

»In der Mitte der Nacht beginnt der neue Tag«, hat Martinas Meditationskalender neulich schwadroniert. Das war kurz nach der Diagnose, und da ging's mir so mies, dass ich für diese Glückskekssprüche nun wirklich keinen Sinn hatte. Ich wollte aufspringen und den Kalender mit Schwung in den Altpapiercontainer feuern. Doch unglücklicherweise war ich so deprimiert, dass ich noch nicht mal vom Sofa hochkam. Geschweige denn die Treppe runter und in den Hof zu den Mülltonnen.

So viel zum Thema Schwung an schlechten Tagen.

Inzwischen stehe ich buddhistischen Weisheiten wieder etwas aufgeschlossener gegenüber. Denn seit ich weiß, dass ich diese Krankheit habe, sind ein paar seltsame Dinge passiert.

Zuerst war ja der Stress weg. Für einen Workaholic wie mich ist das ein unglaubliches Gefühl. So als ob nach Jahren im Schleudergang auf einmal jemand die Stopptaste für mich gedrückt hätte. Ich traue mich kaum, es zuzugeben, aber mitten in diesem ganzen Horror überkommt mich eine riesenhafte Erleichterung. Und eine innere Ruhe, die ich sonst wahrscheinlich erst nach drei Monaten Selbstfindungsmeditation in Goa erlangt hätte.

Es ist, als könne mein Kopf auf einmal glasklar zwischen wichtig und unwichtig unterscheiden. Eine Kunst, die mir früher so fern war wie Byzantinistik und Nuklearphysik.

Was hat mir eine Praktikantin mal gesagt? Genau: »Wichtig ist am Ende auch egal.« Damals habe ich sie für diese rotzfreche Antwort auf einen dringenden Arbeitsauftrag hochkant rausgeschmissen. Heute muss ich mir verschämt eingestehen, dass sie möglicherweise nicht völlig unrecht hatte.

Na ja, und dann ist da die unfassbare, ja geradezu wundersame Auferstehung unseres Liebeslebens. Bevor Thomas dem Charme der vegetativen Stecklingsvermehrung erlag, hat es in unserer Beziehung ja durchaus etwas gegeben, das diesen Namen verdiente.

Nun aber schnackseln wir, um es mal mit einem Wort meiner Lieblingsfürstin Gloria von Thurn und Taxis auszudrücken, ganz so, als ob jede Nacht unsere letzte sein könnte. Einmal meldete sich Thomas sogar einen Tag krank, nur um mit mir noch ein paar Stündchen im Bett zu bleiben. Eine bis dato geradezu unerhörte Vorstellung.

Erst vermutete ich, dass er sich hinter meinem Rücken endlich zu einer Viagra-Kur entschlossen hatte. Doch als ich das Thema mal beiläufig ansprach, wütete er wie immer gegen industrielle Medikamente aller Art und hielt mir einen zweistündigen Kurzvortrag über statistisch nachweisbare Heilerfolge durch Homöopathie und Bachblüten.

Nein, das Revival seiner Manneskraft verdankt sich offenbar einzig und allein der Binsenweisheit, dass man sein Glück immer erst dann erkennt, wenn man Gefahr läuft, es ein für alle Mal zu verlieren.

In meinen Hirnwindungen scheint sich dieselbe Erkenntnis auszubreiten. Denn ich kann auf einmal wieder richtig sehen!

Früher beschränkten sich meine Sinneswahrnehmungen ja im Wesentlichen auf erstens meinen Sexfrust und zweitens die Meidner Fair & Event Design GmbH, meine diversen Telefone und den Computerbildschirm vor meiner Nase. Den Rest meiner Umgebung blendete ich so weit wie möglich aus. Sieht man von Thomas, meinen Freundinnen, raffinierten Nudelgerichten und französischem Rotwein mal ab, betrachtete ich fast alles als ein mehr oder weniger störendes Hindernis zwischen mir und meiner Arbeit. Und so kam es wohl, dass ich eine Ewigkeit wie in Schwarz-Weiß durch mein Leben schlurfte.

Mensch, was war ich bloß für ein Zombie!

Das wird mir allerdings jetzt erst klar. Jetzt, da meine Augen wieder auf Farbansicht umgeschaltet haben und sich mit einer Mischung aus wiederentdeckter Neugier und Wehmut in meinem Leben umschauen. Thomas im dunklen Business-Anzug, Martinas herbstfarbene Molligenmode, Neeles dunkelrot lackierte Fingernägel – tausend Mal gesehen, tausend Mal übersehen.

Bis jetzt eben. Jetzt berührt mich einfach alles. Sogar Thomas' Sukkulenten. Sogar unser hässlicher rosa Couchtisch. Sogar Joe Meidners fettiger Pferdeschwanz. (Wobei ich ganz froh bin, dass ich den in absehbarer Zeit nicht mehr zu Gesicht bekomme.)

Staunend laufe ich durch meine Tage wie durch einen botanischen Garten. Überall gibt es was zu entdecken, überall leuchtet es gelb, blau, rot, grün. Auch meine Nase und meine Ohren haben sich nach jahrelangem Stand-by wieder eingeschaltet. Auf einmal merke ich, dass die Luft nach Natur duftet (jedenfalls im Englischen Garten). Dass Vögelein zwitschern. Dass der Wind zart meine Haut streichelt.

Genau, Sandra, bloß keine Scheu vor poetischen Anwandlungen. Das alles klingt nicht nur nach Kitschroman. Es fühlt sich auch an wie Kitschroman. So muss sich Dornröschen gefühlt haben, als sie damals wachgeküsst wurde.

Na ja, nicht ganz. Bei Dornröschen kam ein Märchenprinz zu Besuch. Bei mir klopft gerade das Schicksal an die Tür.

7

Das Schicksal hat es dann beim Anklopfen bewenden lassen und ist weitergezogen, anderswo Leute heimsuchen. Meine Operation verlief gut. Und vier Tage später teilt mir mein Arzt freudestrahlend mit, dass meine Lymphknoten völlig in Ordnung sind. Vor Erleichterung breche ich in Tränen aus.

Kein Wunder, diese vier Tage sind mir vorgekommen wie mindestens vier Ewigkeiten. Im Krankenhaus liegen und warten müssen gehört definitiv nicht zu meinen Spezialitäten. Der Blick auf die schneebedeckten Tannen vor dem Fenster meines Zimmers ließ düstere Friedhofsgedanken in mir aufsteigen.

Sogar die bewährte Ablenkung durch verstärkten Fernsehgenuss funktionierte plötzlich nicht mehr. Auf das Double-Feature von *Die Hard* verzichtete ich trotz Bruce Willis von vornherein, weil ich mich schon vor dem Titel gruselte. Und bei der *Dallas*-Wiederholung, für die ich mich tags darauf entschied, fand ich die ollen Intrigenkamellen von J. R. auf einmal so fies, dass ich nach zehn Minuten zitternd auf Kinderkanal umschaltete und anderthalb Stunden Zeichentrickfilme gucken musste, um mich wieder halbwegs zu beruhigen.

»Das ist normal, das sind die Nerven«, tröstete Renate mich, als sie mich am nächsten Abend besuchte, zusammen mit einer Pizza und einer Flasche Prosecco.

»Es geht nichts über eine kleine Abwechslung zu Käsebroten mit Hagebuttentee«, prostete sie mir zu.

Habe ich schon erwähnt, wie großartig es ist, in schweren

Zeiten gute Freundinnen zu haben? Nichts gegen Väter und Ehegatten, aber die sind ja bei Krankenhausbesuchen meistens von vornherein so eingeschüchtert, dass sie es noch nicht mal auf die Reihe kriegen, die mitgebrachten Blumen aus dem Papier zu wickeln. Geschweige denn, aufmunternde Patientengespräche zu führen.

Thomas ist in der Hinsicht erwartungsgemäß ein hoffnungsloser Fall. Selbst wenn er nach Kräften versuchte, mich mit lustigen Statistiken ein wenig aufzuheitern. Normalerweise hätte ich auch bestimmt darüber geschmunzelt, dass die Beinhaare von Frauen pro Monat um 0,635 Zentimeter wachsen. Und dass Tausendfüßler nie mehr als 680 Füße haben. Alles sehr interessant, wirklich.

Aber rückblickend betrachtet waren Renate, Neele und Martina mir bis zur endgültigen Entwarnung dann doch eine wesentlich solidere seelische Stütze.

Neele in ihrer handfesten Art hätte mir zwar fast den Nervenzusammenbruch beschert, dem ich bei *Dallas* noch knapp entgangen war. Sie hielt es nämlich für eine großartige Idee, mir Lance Armstrongs Buch *Tour des Lebens. Wie ich den Krebs besiegte und die Tour de France gewann* mitzubringen.

»Krebs besiegen und durch Frankreich fahren – das ist doch genau das Richtige für dich!« Sie war gar nicht mehr zu bremsen in ihren Visionen, welch gewaltige Kräfte dieses Buch in mir freisetzen würde.

Kann schon sein, dass das irgendwann so sein wird. Vorerst setzten die Memoiren von Herrn Armstrong in mir erst mal nur beträchtliche Mengen Adrenalin frei. Dazu Schwindelgefühle und leichten Brechreiz.

Kurz entschlossen drückte ich Neele ihr Geschenk wieder in die Hand. Mit wackeliger Stimme hörte ich mich ihr erklären, dass diese ganzen Krebsbiografien für unsereins ungefähr so aufmunternd sind wie *Meyers Großes Gesund-*

heitslexikon für einen Hypochonder. Und dass ich für meinen Teil mir erst wieder ein paar Jährchen lang ein dickeres Fell wachsen lassen würde, bevor ich so was lese. Wenn überhaupt.

»Hab ich irgendwie geahnt«, maulte Neele. »Dabei geht's in dem Buch doch gar nicht um Brustkrebs, sondern um Hodenkrebs!«

Mein Blick sprach mehrere Bände. Doch für ein Streitgespräch fühlte ich mich noch nicht kräftig genug. Also widmete ich mich lieber dem Geschenk, das Martina mir mitgebracht hatte. Ein kleiner geschliffener Bergkristall. »Bergkristalle wirken harmonisch und vitalisierend. Sie sind der Schlüssel zu Klarheit und innerem Gleichgewicht«, sagte sie feierlich. »Er wird dir helfen, deine Energie zu bündeln und wieder klar zu sehen.«

Neele schnaubte verächtlich. Mit Esoterik hat sie nichts am Hut. Und ich eigentlich auch nicht. Außerdem mache ich mir seit dem beruhigenden Lymphknotenbefund um meine persönliche Energiebündelung und Klarsicht keine allzu großen Sorgen mehr. Trotzdem trage ich den Kristall seitdem sicherheitshalber immer bei mir. Man weiß ja nie.

❖ ❖ ❖

Als Thomas mich aus dem Krankenhaus abholt, strahlt die Sonne vom Himmel. »Für Ende Februar ungewöhnlich warm«, sagt das Autoradio. Auch Thomas berichtet detailgenau von den Durchschnittstemperaturen der letzten 30 Jahre und den neuesten Beweisen für die globale Klimaerwärmung.

Ich höre gar nicht zu. Denn ich schwebe auf Wolke 29, mindestens. Ich bin noch mal mit einem blauen Auge davongekommen!

Ich bin raus aus dem Krankenhaus, Münchens Altstadtring draußen vor den Autofenstern scheint mir traumhaft schön, der Meidner ist weit, und vor mir liegen noch mindestens zwei, wenn nicht sogar drei Monate Entspannung, bevor ich wieder bei ihm antreten muss. Okay, vor mir liegen auch sechs Wochen Strahlentherapie. Aber nach allem, was Renate mir darüber erzählt hat, ist das ein Spaziergang im Vergleich zu dem, was mir obendrein noch alles hätte blühen können.

Wir fahren an der Theatinerkirche vorbei, deren ockergelbe Türme vor dem blauen Himmel geradezu göttlich leuchten. Nicht, dass ich in irgendeiner Form religiös veranlagt wäre – aber plötzlich überkommt mich ein seliges Gefühl. In meinen Hirnwindungen, sonst von vielstimmigem Gebrabbel erfüllt (Was soll ich heute Abend kochen? Soll ich mir Uggs kaufen oder doch lieber Pumps? Wie schaffe ich es, dem Meidner einen neuen Laptop aus dem Kreuz zu leiern? Wie lange wird Thomas' erotisches Hoch wohl halten?), herrscht auf einmal erhabene Stille.

Mitten in diese Stille hinein erkläre ich diesen Tag feierlich zum ersten Tag meines neuen Lebens.

Ich hatte seit der Diagnose viel Zeit nachzudenken. Und das Ergebnis steht nun fest:

Ich werde in Zukunft alles besser machen.

Ich werde mir jeden Tag was Gutes tun. Die stille Schönheit des Alltagslebens entdecken. Mein Glück im Winkel mit Thomas endlich schätzen lernen. Souverän und gelassen meinen Job erledigen. Rechtzeitig die Notbremse ziehen, wenn mir alles zu viel wird. Mich mehr um meine Eltern und um meine Freundinnen kümmern. Wieder mit dem Fahrrad zur Arbeit fahren.

Ich werde auf meine Ernährung achten. Nicht so viel trinken (außer an Feiertagen und besonderen Anlässen). Mich bescheiden an jedem Tag erfreuen, den ich ohne gesundheitliche Katastrophe erleben darf.

Hört, hört!, tönt mein innerer Staatsanwalt vom Rücksitz aus. Wer's glaubt, wird selig!

Ich höre gar nicht hin. Mild lächele ich ihn im Rückspiegel an, bis er ganz durchscheinend wird und schließlich leise seufzend verschwindet. Das ist jetzt meine zweite Chance, und diese Chance werde ich nutzen. Nicht so wie der Schmidtbauer bei uns im Haus, der immer noch an seinem zweiten Herzinfarkt rumlaboriert.

»Heute ist Premiere: mein Leben, zweiter Teil!«, fasse ich meine guten Vorsätze für Thomas zusammen. Er schaut etwas fragend. Dann grinst er breit und orakelt: »Na, da hab ich ja zu Hause genau die richtige Überraschung für dich!«

Jetzt gucke ich fragend. Eigentlich hasst Thomas Überraschungen, von Pizza sorpresa an aufwärts bis zu Überraschungsgeschenken, Überraschungsgästen und Überraschungspartys. Aber vielleicht hat er sich ja überwunden und zu Hause so eine Art Begrüßungsfest für mich organisiert?

Als wir zur Tür reinkommen, kann ich weder *»Welcome back«*-Girlanden entdecken noch einen Haufen fröhlicher Freunde, die mir mit einem Glas Punsch in der Hand um den Hals fallen. Eigentlich sieht alles aus wie immer.

Ich will schon lautstark die angekündigte Überraschung einfordern, da spüre ich etwas an meinem Fuß und mache fast einen Satz zur Seite vor Schreck. Thomas lacht. Und ich schaue runter. An meinen Füßen reibt sich ein Kätzchen. Es ist ganz schwarz, nur über den Augen hat es zwei weiße Flecken. Und es schnurrt. Offenbar gefallen ihm meine Socken.

»Mein Kollege Detlef hat ihn in der Mülltonne gefunden. Armes Kerlchen. Da dachte ich, ich bring ihn dir mit. Schließlich ist statistisch bewiesen, dass Haustiere auf Menschen eine beruhigende und gesundheitsfördernde Wirkung haben …« Erwartungsvoll und auch leicht verlegen schaut Thomas mich an. Ich bin restlos begeistert.

Eine Begeisterung, die einen Moment lang ins Stocken gerät, als Thomas sagt: »Ich dachte, wir nennen ihn Detlef. Ja, nach meinem Kollegen, der ihn gefunden hat!«

Der arme Kater. Mit so einem Namen wäre er traumatisiert fürs Leben. Und mit der Stimulierung meines Immunsystems wäre es dann bestimmt auch Essig.

In meinen Hirnwindungen sirren in Sekundenbruchteilen Tausende von Namen wild durcheinander, bis ich es auf einmal weiß: »Also ich würd ihn lieber Belmondo nennen. Du weißt schon, wie der Schauspieler, der immer allen zeigt, wo es langgeht. Das passt doch viel besser zu einem coolen Kater als Detlef. So heißen doch nur Herrenhandtaschenträger.«

»Du immer mit deinem Frankreichtick«, murmelt Thomas enttäuscht. Doch dann hebt er den kleinen Kater hoch und legt ihn mir in die Arme. »Hier, Belmondo, das ist Frauchen. Ich hoffe, dass du ihr viel Freude machst.« Belmondo miaut zustimmend. Damit ist das Thema Katzentaufe durch.

Jedenfalls abgesehen von einem kleinen, höchst persönlichen Nachtrag: Als ich spätabends, nach durchaus solidem Blümchensex mit Thomas, noch ein Weilchen wach liege, kuschelt Belmondo sich an meinen Bauch. Und auf einmal wird mir klar, wie ich auf diesen Namen gekommen bin.

Benno. Der sieht ein bisschen aus wie der junge Jean-Paul, natürlich ohne die dicke Nase und den altmodischen Seitenscheitel. Aber dieses überwältigende Lächeln, die strahlenden Augen und natürlich diese leckeren Lippen …

SANDRA! Hör sofort auf damit! Solche ehebrecherischen

Gedanken passen nun wirklich überhaupt nicht zu deinem neuen Leben. Benno ist wahrscheinlich längst in Frankreich, und du wirst ihn nie wiedersehen. Genau wie du selbst es damals nach der zweiten Nacht gefordert hast.

Richtig, Schluss damit, sage ich mir. Nicht ohne zu bemerken, dass dieses Fazit durchaus etwas überzeugender hätte rüberkommen können.

Seufzend gebe ich mich meinem streng moralischen Über-Ich geschlagen und rolle mich auf die andere Seite. Vorsichtig, um Belmondo nicht zu stören. Mit Katzen kuscheln, die Belmondo heißen, werde ich ja wohl noch dürfen. Und warum er so heißt, tja, das bleibt mein süßes Geheimnis.

❖ ❖ ❖

Sich jeden Tag was Gutes tun ist ein klasse Vorsatz. Und ganz einfach zu verwirklichen. Jedenfalls wenn man bis auf Weiteres krankgeschrieben ist.

Draußen wirbeln dicke, nasse Schneeflocken durch die Luft. Die ganz üble Sorte, die sofort jeden Wintermantel durchweicht und sich auf der Straße zu tiefen, grauen Pfützen vereinigt. Genau das, was man dringend braucht, wenn man morgens zur Arbeit hetzt.

Normalerweise würde ich jetzt mit nassen Füßen am Schreibtisch sitzen und die extraschlechte Winterlaune vom Meidner ertragen müssen. Stattdessen lungere ich gemütlich mit Belmondo auf dem Sofa herum und kraule ihn am Bauch.

Er ist inzwischen zum vollwertigen Familienmitglied avanciert, hat einen Stammplatz auf unserem Fernsehsofa und darf auch sonst eigentlich alles. Alles, außer in Thomas' Sukkulentenzucht herumspazieren. Er macht allerdings nicht den Eindruck, als ob er darüber unglücklich sei.

Ausgesprochen empört war er hingegen über das Futter, das wir ihm zuerst hingestellt haben. Unsere liebevoll ausgesuchten Schlemmerhäppchen für die anspruchsvolle Katze fraß er nur unter Protest und mit demonstrativer Todesverachtung.

Instinktiv versuchte ich es daraufhin mit französischen Ölsardinen, die ich noch im Vorratsschrank hatte. Volltreffer. Thomas kaufte gleich sämtliche Supermarktbestände in einem Radius von fünf Kilometern auf.

»Um ihren täglichen Energiebedarf zu decken, muss eine Katze im Schnitt acht bis fünfzehn Mäuse fressen. Stell dir die Menge mal in Ölsardinen vor«, sagte er besorgt, bevor er losfuhr.

Auch wenn er es mit Haustieren nicht so hat, gibt er sich doch große Mühe. Wahrscheinlich weil mir Belmondo tatsächlich ausgesprochen gut bekommt. Keine Ahnung, ob das an seiner Anhänglichkeit und seinem wohligen Schnurren liegt oder vielleicht doch eher an den Benno-Restbeständen in meinem Gedächtnis. Jedenfalls ist Belmondo mir ein unentbehrlicher Gesprächspartner für alle Dinge des Lebens geworden.

Ich erzähle, er lauscht aufmerksam und scheint alles, was ich sage, genau zu verstehen. Aber er schweigt. Eine ausgesprochen angenehme Form der Kommunikation. Nur manchmal verrät ein Gähnen oder sein genervt wedelnder Schwanz, dass er mit mir nicht einer Meinung ist.

»Und? Was sagst du zu meiner Bouillabaisse?« Erwartungsvoll schaue ich Belmondo an. Wenn er französische Ölsardinen frisst, weiß er vermutlich auch französische Fischsuppe zu schätzen. Er leckt sein Probiertellerchen blitzeblank und schnurrt. Gut. Ich werde mich also heute Abend bei meinen Gästen nicht blamieren. Thomas muss zu einem Geschäftsessen, da habe ich die Gelegenheit beim Schopf ergriffen und Martina, Neele und Renate zum Essen eingeladen. Als kleines Dankeschön für ihre Hilfe in schweren Stunden.

Rein arbeitstechnisch ist es inzwischen ein großes Dankeschön geworden. Den ganzen Tag habe ich geschält, geschnippelt, mariniert, zusammengerührt, angebraten, eingekocht und abgeschmeckt. Für viele Frauen ist das ja der Albtraum. Aber für mich ist Küchenarbeit das reinste Glück. Eine quasi meditative Tätigkeit und damit ein Highlight meines neuen täglichen Verwöhnprogramms.

Ich kann mich gar nicht mehr erinnern, wann ich das letzte Mal Zeit genug hatte, ein festliches Drei-Gänge-Menü zu kochen. Typisches Powerfrauenschicksal: eine professionell ausgestattete Küche inklusive Kupferkasserollen, Messerblock, zwei Pfeffermühlen und zwei Salzmühlen (für Fleur de Sel und Himalaja-Salz), meterweise prachtvoll fotografierte Kochbücher im Regal – und am Ende langt es zeitlich trotzdem nur für Tiefkühlpizza oder Schlemmerfilet à la Bordelaise.

Wohlwollend betrachten Belmondo und ich mein Hühnchen in Estragonrahm und meinen französischen Apfelkuchen. Ich will mir gerade ein zweites Probeglas Weißwein genehmigen – als Gastgeberin muss man schließlich sicherstellen, dass die gereichten Getränke nicht korken –, da klingelt es an der Tür. Kurz darauf stürmt Neele herein.

Ich bin ganz froh, dass sie zu früh dran ist, denn ich möchte mit ihr über meine Stefan-Beobachtung reden. Was ich damals in dem italienischen Feinkostladen gesehen habe, kommt mir zwar inzwischen vor wie Lichtjahre entfernt, aber es geht schließlich um Martina.

»Sie hat doch selber immer gesagt, dass sie's gar nicht wissen will, wenn Stefan jemals was laufen haben sollte. Also sagst du ihr auch nix, ist doch einfach«, sagt Neele, ohne zu zögern.

»Außerdem hast du dich ja vielleicht getäuscht. Oder die

Sache ist inzwischen vorbei, dann würdest du nur unnötige Unruhe stiften. Statistisch gesehen erzählt zwar jede Person, die von einem Geheimnis erfährt, dieses Geheimnis mindestens einer Person weiter. Aber ich persönlich finde, dass man nun wirklich nicht alles ausplaudern sollte.«

Stimmt. Übrigens auch was Benno und mich betrifft. In diesem Moment ringe ich mich endgültig dazu durch, diese Geschichte für mich zu behalten.

Es ist natürlich zugegebenermaßen verlockend, ein klitzekleines bisschen mit einer heißen Affäre anzugeben, die mir meine Freundinnen seit Jahren nicht mehr zutrauen. Aber die heiße Affäre ist inzwischen Schnee von vorgestern.

Und wenn ich einmal anfange, davon zu erzählen – wer weiß, zu welchen leichtfertigen Geständnissen ich mich dann hinreißen lasse? Mann meiner Träume, Seelenverwandtschaft und so. Neele würde mir daraufhin viele bohrende Fragen stellen, die ich mir alle schon selbst gestellt und dann entschlossen weggesperrt habe. Da kann ich niemanden gebrauchen, der diese mühsam geschlossene Tür wieder aufreißt.

Erfreulicherweise gibt es für uns vier auch so genug Gesprächsthemen. Wobei: Martina und sogar Neele müssen erkennbar erst eine gewisse Ehrfurcht vor Renate ablegen. Als Chemo-Veteranin hat sie automatisch Heldinnenstatus. Obwohl sie schon lange wieder gesund ist, schauen meine Freundinnen sie an, als habe sie erst neulich eine Runde Fingerhakeln mit dem Sensenmann überstanden.

Renate sieht ihre Blicke und lacht. »Bitte keine nachträglichen Beileidsbekundungen. Mir geht's besser denn je! So eine Krankheit kann ja auch eine Chance sein. Ich hab damals jedenfalls mein Leben entrümpelt. Hab endlich der Wahrheit ins Auge geblickt und mich von einem Mann getrennt, mit dem ich schon lange nicht mehr glücklich war. Hab mich kritisch in meinem Bekanntenkreis umgeschaut und diese ganzen hohlen Small-Talk-Freundschaften einschlafen lassen. Und dann bin ich zwei Monate nach Australien gefahren, ganz allein. Es war ein richtiger Befreiungsschlag. Danach ging's nur noch aufwärts.«

Sie trinkt genussvoll einen Schluck Wein. »Na ja, wenn man vom Meidner mal absieht. – Und du, Sandra? Was willst *du* jetzt machen mit deinem geschenkten Leben?«

»Erst mal muss sie sich jetzt um ihren Körper kümmern. Selbstheilungskräfte aktivieren, ihr wisst schon«, sagt Martina, bevor ich überhaupt den Mund aufmachen kann. »Du solltest dir einen guten Heilpraktiker suchen. Diese ganze Schulmedizin ist doch durch die Pharmaindustrie von Grund auf korrumpiert. Und Entspannungstechniken musst du unbedingt lernen! Ich kann dir einen wunderbaren Meditationslehrer empfehlen.«

»Kann schon sein«, redet Neele dazwischen. »Aber ich finde, Sandra sollte vor allem ihre Lebensgeister aktivieren. Und dafür sollte sie sich möglichst bald einen neuen Job suchen. Und am besten einen neuen Mann gleich mit dazu. Der Meidner beutet dich bloß aus. Und Thomas ist zwar ein toller Mann. Das weiß niemand besser als ich – schließlich habe ich euch damals miteinander bekannt gemacht. Aber du jammerst jetzt schon seit Jahren, dass zwischen euch nicht viel mehr ist als gepflegte Langeweile …«

Typisch Neele, Klartext bis zum Knock-out. Neu ist nur, dass sie Thomas für einen tollen Mann hält. Bei Gelegenheit werde ich sie mal zu ihrem Sinneswandel befragen. Ich räuspere mich. »Die Zeiten haben sich geändert. Ich hab in den letzten Wochen viel dazugelernt. Über mein Leben, über Glück und Zufriedenheit und so.«

Jetzt schauen mich alle erwartungsvoll an. »In Martinas Meditationskalender stand heute: ›Glückselig ist, wer mit dem Bestehenden zufrieden ist. Wie auch immer es sei.‹«, zitiere ich feierlich.

Neele verdreht die Augen. Martina hingegen nickt heftig. Sie ist offenbar ganz begeistert, dass ihr Geburtstagsgeschenk auf so fruchtbaren Boden gefallen ist.

»Genau das hab ich vor. Mit dem zufrieden zu sein, was ich habe, anstatt immerzu darüber zu jammern, was ich alles nicht habe.«

An der Stelle guckt Belmondo leider Gottes überaus skeptisch. Und gießt damit prompt Wasser auf Neeles Mühlen. »Löbliche Vorsätze, wirklich. Aber die nimmt dir ja noch nicht mal deine eigene Katze ab.«

Ich werde ihm zur Strafe die Sardinenration kürzen.

»Und was weise Sprüche angeht, da kann ich dir auch ein paar bieten«, fährt Neele fort. »Wie wäre es zum Beispiel mit ›Es gibt kein richtiges Leben im falschen‹?«

»Mensch, Neele, als ob du immer so genau wüsstest, wo's im Leben langgeht! Es wär echt spannend, zu dem Thema mal deine 123 Ex-Lover zu befragen!«, gifte ich zurück. »Menschen können sich ändern, nur für den Fall, dass dir das bisher entgangen ist. Thomas und ich haben jedenfalls durch die Krankheit emotional wieder zusammengefunden und sind sehr glücklich miteinander.«

»In *jeder* Hinsicht«, füge ich hinzu. In einem Ton, der Neele hoffentlich von inquisitorischen Fragen über den genauen Verbesserungsgrad meines ehelichen Sexlebens abhält. Sie ist ja auch so ein Zahlenmensch. Am Ende muss ich ihr womöglich nachweisen, dass wir inzwischen über dem sagenhaften Vier-Komma-acht-Stellungen-Durchschnitt liegen.

Was wir nicht tun. Aber ich würde mir eher die Zunge abbeißen, als das zuzugeben.

»Is' ja gut – reg dich nicht auf. Für mich ist Freundschaft halt mehr als gemeinsames Proseccotrinken. Ich finde, dass gute Freundinnen manchmal geradezu die Pflicht haben, unbequeme Fragen zu stellen. Schließlich will ich doch nur, dass es dir möglichst gut geht.«

Ich scheine immer noch recht grimmig zu gucken, denn sie redet eilig weiter. »Wobei Prosecco an sich natürlich trotzdem nicht zu verachten ist. Vor allem, wenn man ihn in seiner Heimat genießen kann.«

Sie macht eine kunstvoll gedehnte Spannungspause.

»Jedenfalls hab ich den vorläufig letzten meiner 124 Lover dazu überredet, uns demnächst für ein Wochenende die Ferienwohnung seiner Familie am Gardasee zu überlassen. Ist das nicht super? Ein Hoch auf Alberto!«

Genau, ein Hoch auf Alberto! Wir haben ihn zwar bisher nicht persönlich kennengelernt – Neele ist vor ein paar Jahren dankenswerterweise dazu übergegangen, uns nur noch die Männer vorzustellen, mit denen es »wirklich was Ernstes ist« –, aber in diesem Moment schließe ich ihn spontan ins Herz.

Gleichzeitig überkommt mich bei aller Freude über dieses Angebot eine gewisse Nachdenklichkeit: Da muss erst so was passieren wie meine Erkrankung, damit wir endlich das gemeinsame Wellness-Wochenende gebacken kriegen, von dem wir seit Jahren reden. Ziemlich schwache Leistung, Jobstress hin, Familienverpflichtungen her. Wenn's im Bereich »sich jeden Tag was Gutes tun« um mehr geht als Schuhkäufe und Lieblingsessen, müssen wir offenbar alle noch reichlich dazulernen.

Immerhin: Der Gardasee ist ein guter Anfang. Vor lauter Begeisterung haben wir in weniger als fünf Minuten einen passenden Termin festgezurrt und packen geistig schon die Reisetaschen. »Was ist mir dir, Renate, kommst du auch mit? In der Wohnung ist bestimmt Platz genug für vier!«

Ich werfe Neele einen dankbaren Blick zu. Manchmal würde ich sie für ihre direkte Art am liebsten *one way* nach Patagonien verfrachten lassen – aber dann wieder zeigt sie ein umwerfend großes Herz.

»Nee, lass mal, ich finde, die Jugend sollte da unter sich

bleiben. Ihr würdet euch doch nur über meine elektrische Rheumadecke lustig machen«, grinst Renate. »Aber es ist super, dass ihr das so kurz entschlossen macht. Ich hab nämlich auch einen kleinen Kalenderspruch parat: ›Das Glück folgt der Entschiedenheit.‹ So gesehen werden das bestimmt ein paar tolle Tage!«

8

Ich bin immer noch krankgeschrieben; also verbringe ich die Zeit bis zur Abreise in unsere tollen Tage im Wesentlichen damit, mich mit allerlei besinnlichen Fragen zu befassen. Woher kommt der Mensch? Wohin geht der Mensch? Gibt es ein Leben nach dem Tod? Werde ich noch in diesem Leben lernen, wie man Sachertorte backt?

Auch das Thema Selbstheilungskräfte beginnt mich zu interessieren. Nur so, rein theoretisch. Mein netter Dr. Hameister hat mir immerhin inzwischen mehrfach versichert, dass die Strahlentherapie bei mir rein prophylaktisch ist. Und dass das Rückfallrisiko in meinem Fall kleiner ist als das Risiko, in einen Verkehrsunfall mit Blechschaden verwickelt zu werden.

»Eigentlich sind Sie wieder so gut wie gesund«, hat er bei der letzten Untersuchung mit leuchtenden Augen zu mir gesagt.

Über das »so gut wie« könnte ich natürlich bei näherem Nachdenken schwer ins Grübeln geraten. Ich bin schließlich eher der ängstliche Typ. Weshalb ich auch nach wie vor bei jeder passenden Gelegenheit darüber grüble, ob ich auch wirklich den Herd ausgemacht habe.

Tatsache ist aber, dass ich mich schon wieder sehr gesund fühle. Fast so, als ob ich Bäume ausreißen könnte. Liegt wohl an der Kombi aus Schock, Erkenntnis und guten Vorsätzen für mein geschenktes Leben, wie Renate es genannt hat. Also eigentlich alles bestens.

Jedenfalls so lange, bis wieder mal ein entferntes Familienmitglied oder eine Freundin aus Studienzeiten von diesem Krebs erfährt, spontan anruft und sich bestürzt über mein schweres Schicksal zeigt. Echt, manchmal denke ich, diese Krankheit wäre eine ganze Ecke leichter zu verdauen, wenn einen die Leute nicht so behandeln würden, als stünde man schon mit einem Bein in der Grube.

Einerseits ist es natürlich großartig zu sehen, wie viele meiner Mitmenschen sich Sorgen machen. Ich persönlich finde es auch ausgesprochen angenehm, wenn sie über Krebs *reden*, anstatt einfach abzutauchen, weil sie schon allein vor dem Wort mehr Schiss haben als vor Naturkatastrophen und dem Totalverlust ihrer Spareinlagen.

Andererseits ist es manchmal gewöhnungsbedürftig, welche Geschichten unsereins dann so zu hören bekommt. Kaum einer weiß ja, was er in dem Fall sagen soll. Also wird erst tragisch geguckt und dann erzählt, was das medizinische Gruselkabinett alles hergibt: »Meine Oma hatte ja auch Krebs«, »Der Kollege meines Mannes, also den hat's ja damals richtig hart erwischt«, »Du, mein Onkel liegt auch gerade im Krankenhaus«.

Manchmal gehen solche Geschichten gut aus, so nach dem Motto: Es sah zappenduster aus, sein Arzt hat ihm keine drei Monate mehr gegeben – und stell dir vor, das ist jetzt zehn Jahre her, und der Sowieso, der lebt immer noch und ist putzmunter.

Im Idealfall erfährt man sogar, warum die Geschichte so gut ausgegangen ist: revolutionäre Behandlungsmethode ausprobiert, Mistelkur gemacht, Jakobsweg entlanggepilgert, jahrelang nur Geißblatttee getrunken.

Unglücklicherweise kriegt man aber auch Geschichten ohne Happy End zu hören, à la »Mein Schäferhund hatte auch Krebs, der ist dann leider dran gestorben, tja«. Da kann man dann dabei zugucken, wie selbst Leute wie ich, die sich eigentlich schon wieder wohlauf fühlen, in null Komma nix doch noch leichenblass werden.

Auf solche Storys kann ich prima verzichten. Übrigens genauso wie auf diese ganzen typischen Besserwisserkommentare von »Hättest du dich nur besser ernährt« bis »Hättest du dich nur mehr um dein Karma gekümmert«.

Doch selbst wenn man die Ohren noch so konsequent auf Durchzug stellt – irgendwas von solchen Kommentaren bleibt immer hängen. Also raffe ich mich kurz vor dem Trip an den Gardasee dazu auf, sicherheitshalber meine Selbstheilungskräfte auf Trab zu bringen. Mit einem Termin beim Heilpraktiker und einem Schnupperkurs in transzendentaler Meditation.

❖ ❖ ❖

Das mit der Meditation habe ich dann gleich wieder aufgegeben. Im Lotussitz »Ich bin ruhig. Ich bin ganz ruhig und entspannt« zu murmeln ist nicht so mein Ding.

Schon allein deshalb, weil ich dadurch immer hibbeliger werde. Es ist mir ein Rätsel, wie das mit der Entspannung überhaupt funktionieren soll, wenn einem nach fünf Minuten immer mindestens ein Bein einschläft und Räucherstäbchenschwaden zu nervösen Nasenzuckungen führen.

Überhaupt: Zum Entspannen brauche ich eigentlich gar keinen Meditationskurs. Das kann ich zu Hause beim Plätzchenbacken auch ganz hervorragend. Und es steht nirgends geschrieben, dass man nur in der Weihnachtszeit Kekse backen darf. Dann schon lieber Backwahn als Bhagwan.

Als ich das meinem Meditationslehrer erklärte, reagierte er überaus freundlich und gelassen. Muss am jahrelangen Zen-Training liegen. Oder an der Tatsache, dass die Kursgebühr nicht zurückerstattet wird.

Jedenfalls war die Schnupperstunde bei ihm wesentlich angenehmer als der Termin bei der Heilpraktikerin einige Tage zuvor.

Frau Dr. Ücker-Waldhausen schlug mir diverse Maßnahmen zur Stärkung meines Immunsystems vor. »Wir sollten zunächst unbedingt eine psychoenergetische Aura-Messung vornehmen, damit ich mir ein Bild von Ihrem emotionalen Zustand machen kann«, sagte sie und wirkte sehr kompetent. »Im Anschluss rate ich auf alle Fälle zu Darmsanierung und Ozonblutwäsche – eine gründliche Körperentgiftung ist bei Ihrer Krankengeschichte absolut unverzichtbar. Danach regelmäßig Ginkgo-Infusionen und eine Regenerationskur nach den fünf Elementen. Zusätzlich ein paar Vitalpilze – und Sie werden sehen, Sie werden sich fühlen wie neugeboren!«

Das klang alles sehr vielversprechend. Allerdings leider auch recht kostenintensiv.

Als ich Frau Dr. Ücker-Waldhausen gestand, dass meine Finanzen es mir wahrscheinlich nicht erlauben würden, bei ihr mehr auszuprobieren als Schüßler-Salze und die heilende Kraft der Küchenkräuter, gefror ihr gütiges Lächeln und machte einem ausgesprochen besorgten Gesichtsausdruck Platz. »Ich möchte Sie nicht beunruhigen. Aber Sie leiden an einer potenziell lebensbedrohlichen Krankheit. Als Kassenpatientin sind Sie da so gut wie verraten und verkauft. Aber Sie müssen natürlich selbst wissen, was Ihnen Ihre Gesundheit wert ist.«

Die Erinnerung an die Marmorpraxis von Dr. Braunau stieg in mir hoch. Ich hätte es ja nicht gedacht, aber er wird sich den großen Preis für besonders ausgeprägte Geschäftstüchtigkeit im Umgang mit Krebspatienten wohl doch teilen müssen. Mit Frau Dr. Ücker-Waldhausen.

Ich verkündete ihr, dass ich soeben beschlossen hätte, meine prekäre Gesundheit voll und ganz dem Bergkristall meiner lieben Freundin Martina anzuvertrauen, und verließ hoch erhobenen Hauptes die Stätte ihres Wirkens.

❖ ❖ ❖

»Was haltet ihr davon, wenn wir im Alter wieder eine WG aufmachen würden? Natürlich behindertengerecht ausgebaut, mit einem eigenen Badezimmer für jede von uns und Einliegerwohnung für einen gut aussehenden, kräftigen Krankenpfleger.«

Neele nimmt einen großen Schluck von ihrem Campari Soda und schaut uns Beifall heischend an.

»Ich meine, Martinas Kinder sind dann aus dem Haus. Und eure Männer suchen sich doch eh spätestens mit 65 was Jüngeres. Wenn wir erst mal so alt sind, liegt das Männerangebot für uns quasi bei null, wenn man von Pflegefällen auf der Suche nach gerontologischer Betreuung mal absieht. Da können wir es uns doch unter uns Mädels so richtig gut gehen lassen. Wenn wir sparsam genug leben, ist vielleicht sogar jedes Jahr ein WG-Ausflug nach Jamaika drin!«

Mmmhh, Jamaika. Martina und ich kichern unerwachsen und schauen verträumt in die Palmwedel über uns. Wir sitzen faul im warmen Sonnenschein auf der Terrasse einer Bar am Gardasee und werfen den Enten Grissinistückchen zu. Die Luft riecht nach Frühling und nach den Zitronenbäumen an der Uferpromenade.

Kaum zu fassen, dass unsere Lieben in München in diesem Moment immer noch mit den Graupelschauern eingedeckt werden, die wir gestern am Brenner hinter uns gelassen haben. Gardasee unterm frisch blauen Märzhimmel – ein wahrhaft göttliches Gefühl. Und garantiert mindestens genauso gut für die Gesundheit wie Vitalpilze und Ginkgo-Infusionen.

»Finde ich eine super Idee, das mit der Alte-Mädels-WG«, sage ich und blinzele durch meinen Bergkristall auf das blaugrüne Wasser des Sees. »Ist halt noch ein bisschen weit weg. Und ich will mir ja eigentlich nicht mehr so viele Gedanken um die Zukunft machen. Ihr wisst schon, Leben ist jetzt und so.«

»Klar wissen wir das schon, du hast es uns ja seit unserer Abfahrt auch gefühlte elfundneunzig Mal erklärt«, mault Neele. »Trotzdem sollte man auch Träume haben. Und Projekte für die Zukunft. Das hält jung und dynamisch. Martina, was meinst du denn dazu?«

Martina fläzt sich gerade sehr undynamisch in ihrem Korbstuhl herum. Mit Muße steckt sie sich eine von den grünen Oliven in den Mund, die wir zu unseren Drinks serviert bekommen haben.

»Tja, also, Träume sind super, klar. Hmm. Andererseits hab ich die Kinder, da muss ich zwangsläufig auf dem Teppich bleiben. Annika hat uns zwar letzte Woche wutschnaubend verkündet, dass wir sie voll ankotzen und dass sie deshalb so schnell wie möglich ausziehen will. Aber Nico und Lea werden uns wohl noch ein paar Jahre erhalten bleiben. Na ja, und Stefan sagt mir ständig, dass er ohne mich überhaupt nicht leben könnte. Da finde ich es irgendwie illoyal ihm gegenüber, mein Alter ohne ihn zu planen …«

Illoyal – dass ich nicht lache. Spontan will ich Martina über die Frau mit den feuerroten Haaren ins Bild setzen. Doch Neele wirft mir einen warnenden Blick zu, und ich schlucke widerwillig runter, was mir schon auf der Zunge lag. Ich möchte Martina ja auch nicht unser Ferienwochenende verderben.

Trotzdem finde ich, dass irgendeine moralische Instanz in unserem Lande mal verbindlich klären sollte, was in solchen Fällen nun wirklich das beste Verhalten unter besten Freundinnen ist: reden oder nicht reden?

Vielleicht schreibe ich ja mal einen Brief an Dr. Dr. Rainer Erlinger, den Gewissensmann des *SZ-Magazins*. Oder an Pfarrer Fliege. Da die beiden mir aber im Augenblick unter keinen Umständen weiterhelfen können, bleibt mir nichts anderes übrig, als das Thema zu wechseln.

Wie gut, dass das umständehalber ziemlich einfach ist:

»Einigen wir uns doch einfach darauf, dass wir heute nicht weiter planen als bis zur nächsten Mahlzeit. Wollen wir bei Luigi Spaghetti vongole essen gehen, oder kochen wir zusammen was Schickes?«

❖ ❖ ❖

Martina war mehr für Essengehen. Sie wurde aber von Neele und mir überstimmt. Wir beide waren einfach hin und weg von den appetitlichen Auslagen der kleinen Lebensmittelgeschäfte entlang der Altstadtgassen: hausgemachte Steinpilzravioli und Trüffeltaglierini, frische Gardaseeforellen, gut abgehangene Parmaschinken und beeindruckend große Mortadellas, die wunderbarsten italienischen Käsespezialitäten, verlockende Zabaione-Krapfen. Und natürlich diese herrlichen Obst- und Gemüseläden. Frisches Basilikum in großen duftenden Bündeln, leuchtend rote Datteltomaten, fingerdünne junge Zucchini, zartgrüne Salatsprossen, dicke violett-weiße Knoblauchknollen.

Ein Traum für jeden Koch. Das Angebot auf dem Viktualienmarkt ist zwar auch nicht zu verachten – aber da fehlt halt einfach das mediterrane Ambiente.

Nun liegt der Gardasee streng genommen nicht direkt am Mittelmeer. Doch der Blick von der Terrasse unserer kleinen Ferienwohnung lässt einen geografische Haarspaltereien wie diese glatt vergessen. Die Wohnung am Hang oberhalb eines kleinen alten Städtchens bietet uns ein Postkartenpanorama über Olivenbäume, Zypressenwipfel und Ziegeldächer hinweg auf den See und die bergige Landschaft am anderen Ufer.

Immer wenn ich zum Terrassengeländer gehe und hinunterschaue auf den Ort, wird mir ganz warm ums Herz. Und wehmütig.

Erst denke ich, es hat irgendwie was mit Hape Kerkeling

zu tun. Schließlich lese ich gerade *Ich bin dann mal weg*. Ist ja inzwischen fast so was wie eine Pflichtlektüre bei Lebens-, Sinn- und Gesundheitskrisen aller Art.

Nachdenklich betrachte ich die hübsch geschwungene Kirchturmkuppel des Örtchens. Sollte ich etwa auch ein bisschen pilgern, als Dankeschön für rasche Genesung, zum Seelenreinigen und zur weiteren Besänftigung himmlischer Mächte?

Doch dann wird mir schlagartig klar, was los ist. Es sind diese herrlich rotorange leuchtenden Ziegeldächer. Genau so sehen sie in der Provence auch aus. Ich habe den Anblick geliebt, damals, als ich nach dem Studium zwei Monate kreuz und quer durch Südfrankreich gefahren bin. Da gab es auch so tolle Gemüseläden und Feinkostgeschäfte, fällt mir auf einmal wieder ein. Und die Leute hatten irgendwie alle die Ruhe weg. Genau wie hier die Einheimischen unten am See. Hektik gibt's da einfach nicht. Dafür jederzeit gerne ein kleines Schwätzchen.

Heiße Sehnsucht steigt in mir auf. Und ein unglaublich beschwingter Tatendrang.

Das ist es. Ich werde mir was richtig *großes* Gutes tun. Genau wie Renate damals mit ihrer Australienreise. Nach der Strahlentherapie werde ich mit Thomas und Belmondo auf eine schöne lange Frankreichfahrt gehen. Auf den Pfaden meiner Jugend wandeln. Menton, Cannes, Montpellier, Sète – ich komme!

Und wenn ich schon mal in der Gegend bin, könnte ich Thomas für ein, zwei Stündchen in einem von diesen Sukkulentengärten absetzen, die es da unten überall gibt, und einen kleinen Abstecher nach Céret zu Benno machen – was ist schon dabei, einen alten Freund zu besuchen?, schießt es mir durch den Kopf.

Seit Wochen habe ich jeden Gedanken an ihn mit äußerster Strenge verdrängt – aber jetzt, wo es einem von ihnen gelungen ist, sich bis in mein Bewusstsein durchzukämpfen, erscheint mir meine Idee unglaublich verlockend.

Freudestrahlend stelle ich das Basilikumhacken ein und verkünde Neele und Martina meinen bahnbrechenden Entschluss. Nur den Benno-Teil lasse ich sicherheitshalber weg.

Neele schenkt mir Prosecco nach und zwirbelt an ihren Haaren herum. Kein gutes Zeichen.

»Träume sind wichtig, hab ich vorhin selber gesagt«, windet sie sich. »Aber sie müssen schon ein klitzekleines bisschen mit der Realität zusammenpassen, findest du nicht?« Ich nicke brav. Keine Ahnung, was sie mir damit sagen will.

»Gut, dass du's selber einsiehst. Thomas kriegt doch schon allergische Pusteln im Gesicht, wenn er nur das Wort ›Frankreich‹ hört. Ich weiß nicht, wie es mit Belmondo aussieht, aber normalerweise hassen Katzen Autofahrten. Und der Meidner lässt dich nie im Leben für vier Wochen in Urlaub, nachdem du gerade erst drei Monate krankgeschrieben warst. So viel zum Thema Traum und Realität.«

Na klasse. Es geht doch nichts über Mutmacher und Optimisten im Freundeskreis. Hoffnungsvoll schaue ich Martina an. Vielleicht lässt die wenigstens ein paar gute Haare an meinem Spontanprojekt.

Aber sie wendet den Blick ab. »Du, öh, apropos Thomas. Ich hab da was auf dem Herzen, was ich dir schon eine ganze Zeit sagen will. Hoffentlich verderb ich dir jetzt damit nicht das Wochenende, aber ich finde, als eine deiner besten Freundinnen hab ich einfach die Pflicht, es dir zu sagen.«

Die Frau spricht in Rätseln. Und überhaupt, wieso redet sie auf einmal von Beste-Freundinnen-Pflichten? Hat sie vorhin irgendwelche einschlägigen Schwingungen von mir mitbekommen? Steht sie im Gegensatz zu mir in telepathischer Verbindung mit Pfarrer Fliege? Ist was mit Thomas?

»Es ist wegen Thomas.«

Eine Adrenalinwelle überspült mich, groß genug für eine

mehrstufige Herzverkrampfung. »Mensch, Martina, mach's nicht so spannend. Was ist los? Hast du ihn mit einer anderen Frau gesehen?«

»Nein, nein, wie kommst du denn auf die Idee?«, beeilt sie sich zu sagen. »Es ist nur: Ich habe neulich mit meinem Heilpraktiker über dich gesprochen. ›Krebs fängt im Kopf an‹, hat er gesagt. Und dann hat er mir ein Buch geliehen, da steht drin, dass Krankheitsbilder immer ungelöste seelische Probleme widerspiegeln. Wer es mit der Bandscheibe hat, der hat sich zu viel aufgeladen, wer Magenprobleme hat, frisst zu viel in sich hinein und so. Alles super einleuchtend, wirklich. Na ja, und da hab ich mir gedacht ...«

Verlegen schaut sie an mir vorbei auf den See. »Also, ich meine, bist du eigentlich noch nie auf den Gedanken gekommen, dass dein Brustkrebs was mit deinem verkorksten Sexlife mit Thomas zu tun hat? Könnte doch sein – du warst so viele Jahre so unglücklich darüber. Neele, du kannst dich doch bestimmt auch daran erinnern, wie Sandra uns damals nach ein paar Gläsern zu viel ihr Herz ausgeschüttet hat. Sag du doch auch mal was!«

Doch Neele zieht es vor zu schweigen.

Fassungslos starre ich meine beiden Freundinnen an. Da habe ich mich so auf dieses Wellness-Wochenende gefreut – und was kommt dabei heraus? Ein Zwangsaufenthalt in der Psychokiste.

Renate hat mich schon vor Wochen gewarnt, dass küchenpsychologisch geschulte Geister im Freundes- und Bekanntenkreis einen gerne mit diesem mitleidigen »Krebs?-Musste-ja-so-kommen-bei-deinen-Problemen«-Gesicht anschauen.

»Sag immer gleich, es sind die Gene«, hat sie mir damals geraten, »das hält die anderen davon ab, dir tiefschürfende Vorträge über die Gesamtheit deiner seelischen Verwerfungen vom Embryonalstadium bis zur Gegenwart zu halten.«

»So ein Quatsch, das sind die Gene«, erkläre ich energisch. »Oder vielleicht noch der Alkohol, hat mein Frauenarzt gesagt.«

Oops, über diese Warnung von Dr. Hameister wollte ich eigentlich weder nachdenken noch reden, da vergeht einem ja gleich jede Freude an Weinen und Spirituosen. Doch Neele und Martina steigen gar nicht erst ein auf dieses unfreiwillige Angebot, statt meines Sexlebens lieber meinen Alkoholkonsum zu diskutieren.

Und offen gestanden kann ich es ihnen nicht verübeln. Zu genau erinnere ich mich jetzt an diesen verheulten Verzweiflungsanfall, auf den Martina anspielt. Hatte ich total verdrängt, aber jetzt sehe ich wieder alles vor mir.

Es muss etwa zwei Jahre nach unserer Hochzeit gewesen sein. In diesen zwei Jahren war Thomas' ohnehin nicht gerade ausgeprägter Sexualtrieb peu à peu versandet.

Morgens sprang mein Gatte unter Umgehung seiner ehelichen Pflichten in aller Frühe aus dem Bett, um vor der Arbeit noch joggen oder Fahrrad fahren zu können. Abends hing er endlos vorm Fernseher und kam erst ins Bett, wenn ich schon in der zweiten Tiefschlafphase war. Und wenn sich trotzdem rein zufällig – und rein theoretisch – mal die Gelegenheit für ein Schäferstündchen bot, dann hatte er garantiert Kopfschmerzen. Oder er musste plötzlich ganz dringend telefonieren.

Am Anfang versuchte ich, dieses Problem pragmatisch zu lösen. Zur einschlägigen Weiterbildung las ich Bücher mit Titeln wie *So werde ich eine Sexgöttin* und *Der ultimative Sex – so bringen Sie Ihren Partner um den Verstand*. Ich kochte Erotikmenüs mit aphrodisierenden Zutaten, kaufte Spitzenunterwäsche und Sextoys für sie und ihn, ich vertauschte in konspirativer Absicht Thomas' Lieblings-Heinz-Rühmann-DVD mit einem Porno, ich versuchte es mit selbst gebackenen Haschkeksen zum Nachtisch und der luststeigernden

Kräutermischung einer Wunderheilerin aus dem entfernteren Bekanntenkreis meiner Mutter.

Erfolg: gleich null. Streng genommen sogar deutlich unter null, wenn ich berücksichtige, dass Thomas von meinen Austern in Ingwerschaum heftigen Durchfall bekam und von den Haschkeksen nicht etwa eine stabile Erektion, sondern einen mehrstündigen Lachkrampf.

In der Folge wich mein fruchtloser Pragmatismus zunächst heftigem Misstrauen und wilden Eifersuchtsanfällen auf sämtliche Frauen in Thomas' Umgebung, bis hin zu seiner 63-jährigen Fußpflegerin.

In dieser Phase versuchte ich eine kurze Zeit lang auch, mit handfesten Szenen eine alles erklärende Aussprache zu erzwingen, nach dem Motto: Ich muss nur lange genug auf seiner Potenzschwäche herumhacken, dann wird er mir schon irgendwann sagen, woran es liegt.

Wenn ich daran denke, wie ich damals getobt habe, schäme ich mich heute noch. »Ich dachte immer, nur Frauen kriegen im Bett Migräne« gehörte noch zu den harmloseren Vorwürfen. Was ich nach »Warum ist deine Erektionsstatistik nur so dermaßen lausig?« und »Gib doch zu, dass du nur noch auf vegetative Stecklingsvermehrung stehst!« noch so keifte, habe ich erfolgreich verdrängt.

An Thomas perlte das alles sowieso einfach ab. Während ich schrie und heulte, saß er schweigend am Tisch, hörte dem Ticken der Küchenuhr zu und schob Brotkrümel von links nach rechts und wieder zurück. Nur einmal blickte er auf, sah mich nachsichtig an und sagte: »Aber Engel, Sex ist nicht alles. Und die Beischlaffrequenz lässt im Laufe einer Ehe schon allein aus hormonellen Gründen beträchtlich nach, das ist statistisch erwiesen. Dafür wachsen Liebe und Vertrautheit – das ist es doch, was zählt. Reicht dir das denn nicht?!«

Nein, es reichte mir nicht. Ich wurde immer verzweifelter. Ich quälte mich mit Selbstvorwürfen von »Ich gefalle ihm nicht mehr« bis »Ich schaffe es nicht, seinen G-Punkt zu finden«. Als ich eines Tages in der Zeitung unter der Überschrift »Oversexed und underfucked« einen ganzseitigen Artikel über die Allgegenwart des Sexuellen in der westlichen Gesellschaft entdeckte, bekam ich einen hysterischen Anfall. Und auf der Straße musste ich mich ungeheuer zurückhalten, um nicht jeden halbwegs attraktiven Mann, der des Weges kam, lüstern ins nächstgelegene Hotelzimmer zu zerren.

In diesem desolaten Zustand war ich, als Neele damals Martina und mich in die neu eröffnete »Kinky Bar« einlud.

Schon beim ersten Blick auf die Cocktailkarte wäre ich fast in Tränen ausgebrochen. Aber dann dachte ich: Lieber austrinken als reinheulen, und bestellte im Laufe des Abends hintereinanderweg alles, was mich anmachte. Erst einen »Sex on the Beach«. Dann einen »Latin Lover«, dann einen »Porno-Wodka« und dann einen »Barman's Sperm«.

Nach dem zweiten »Orgasm« wurde mir schwindlig. Ich beschloss, sicherheitshalber auf Wein umzusteigen, und bestellte ein Viertel Liebfrauenmilch. Die gab mir den Rest.

Auf der Suche nach einem festen Halt für meine Augen starrte ich aus dem Fenster auf die andere Straßenseite. Da hing ein riesiges Plakat für Armani-Unterwäsche. Mit einem extrem sexy Unterwäsche-Model. Hemmungslos lechzte ich seinen ausgebeulten Slip an.

»Ey, Mädels, habt ihr schon gesehen, wie prächtig der Kerl ausgestattet ist? Also mit dem würde ich jetzt am liebsten für neuneinhalb Wochen auf eine einsame Insel fliegen«, lallte ich. Und dann fing ich hemmungslos an zu flennen.

Ich kann mich umständehalber nicht mehr so genau daran erinnern, was ich Martina und Neele damals eigentlich alles erzählt habe. Aber es muss offenbar einen bleibenden Eindruck hinterlassen haben. Sonst würden die beiden mich hier und jetzt nicht so besorgt anschauen.

»Jetzt guckt nicht so komisch. Genießt lieber die Aussicht auf den See. Sonst hätten wir auch in München bleiben können«, sage ich leichthin und wende mich wieder meinem Basilikum zu. »Ich find's ja süß von euch, dass ihr euch solche Sorgen um mich macht. Aber das ist alles schon lange kein Thema mehr, das wisst ihr doch.«

Nach dem Riesenkater damals habe ich beschlossen, mich mit Thomas zu arrangieren. Liebe ist wichtiger als Sex. »Suche impotenten Mann fürs Leben« ist da eigentlich gar nicht so weit hergeholt.

»Und seit ich krank war, geht bei uns in der Kiste wieder die Post ab. Hab ich euch neulich erst erzählt. Also, ihr seht: inzwischen alles bestens. Kommt, darauf trinken wir einen!«

Fröhlich proste ich meinen beiden Freundinnen zu, verdrücke mich in die Küche, um noch eine Flasche Prosecco zu holen, und hoffe insgeheim, dass bis zum altersbedingten Rückgang meiner Libido zwischen Thomas und mir auch alles bestens bleibt.

9

Vor der Strahlentherapie hatte ich ja schon ein bisschen Schiss. Dank mitfühlender Mitmenschen aus der »Krebs?-Da-muss-ich-Ihnen-gleich-was-erzählen«-Abteilung schwirrten mir diverse Spukvorstellungen im Kopf herum, von Strahlenblues bis Verbrennungsgefahr.

Doch Renate winkte ab, als ich ihr vor dem ersten Termin von meinen Befürchtungen erzählte: »Das ist nicht der Rede wert. Du wirst sehen, das Schlimmste daran ist, dass man für die paar Sekunden Strahlen jeden Tag ins Krankenhaus muss und da ewig im überfüllten Wartezimmer rumhockt, bevor es losgeht.«

Inzwischen habe ich vier von den sechs Wochen hinter mir, und ich muss sagen: Sie hat mal wieder recht gehabt. Der Einzige, der im Augenblick möglicherweise leidet, ist Thomas. Denn an der bestrahlten Stelle darf man sich nicht waschen. Doch bisher ergreifen weder er noch Belmondo die Flucht, wenn ich ins Zimmer komme. Also ist auch diese Herausforderung für meine beiden Männer zumindest derzeit noch zu bewältigen.

Apropos Mann: Zwischen Thomas und mir läuft immer noch alles recht gut. Zweiter Frühling. Okay, kein Frühling aus dem Bilderbuch – aber immerhin. Auf Frühling folgt bekanntlich Sommer, und außerdem darf man auch nicht *zu* anspruchsvoll sein.

Die zarte zweite Blüte unserer innerehelichen Zärtlichkeiten hat offenbar sogar unsere Zwergkiefer überzeugt. Ihr Wohlergehen steht und fällt anscheinend tatsächlich mit dem Zustand unserer Beziehung, wie Martina damals bei unserer Hochzeit in ihrer esoterischen Art orakelt hat.

Die Zwergkiefer hat jedenfalls aufgehört zu nadeln und dafür neue Triebe gebildet. Da soll noch mal einer behaupten, Pflanzen hätten kein Gemüt.

Kiefergrün, Katzenschnurren, Kuschelstimmung: Im Augenblick leben wir wie im Heimatfilm. Mit dem Unterschied, dass ich meine Rolle geringfügig umgeschrieben habe. Das nahrhafte Frühstück, das die treu sorgende Ehefrau ihrem Gatten normalerweise im Morgengrauen serviert, fällt bei uns ersatzlos weg. Ich ziehe es vor, gemeinsam mit Belmondo gründlich auszuschlafen.

Und seit Thomas von dem statistisch belegbaren Zusammenhang zwischen Strahlentherapie und Müdigkeit gehört hat, schleicht er sich extraleise aus dem Haus. Ein Hoch auf die medizinische Wahrscheinlichkeitsrechnung.

Wenn ich ausgeschlafen habe, bringe ich den Bestrahlungstermin hinter mich, und dann werkele ich den ganzen Tag zu Hause herum. Eigentlich hatte ich mir ja vorgenommen, diese letzten Wochen vor dem Wiedereintritt in Joe Meidners Hamsterrad jeden Tag mindestens eine Stunde durch den Englischen Garten zu joggen. Zur Verbesserung der physischen Fitness, Stärkung des Immunsystems, Abwehr depressiver Stimmungsschübe und so.

Doch das Wetter ist nun schon seit Längerem ausgesprochen demotivierend, was sportliche Outdoor-Aktivitäten betrifft. Schneesturm im April – da fragt man sich manchmal, ob diese Geschichte mit der Klimaerwärmung nicht vielleicht doch nur eine Zeitungsente ist.

Andererseits passt Schneesturm ausgezeichnet zu dem mentalen Entspannungsprogramm, das ich mir verordnet habe. Beschwingt backe ich Kekse, bis der Ofen glüht.

In meditativer Verzückung mahle ich Nüsse, walke Teige, steche Herzen, Sterne und Bärchen aus, verteile Marmeladenkleckse, bestäube die fertigen Kunstwerke mit Puderzucker oder tauche sie in heiße Kuvertüre ein. Immer aufmerksam beobachtet von Belmondo, der mir zwar keine große Hilfe ist, aber stets lobend miaut, wenn ich wieder ein Blech mit duftenden Keksen aus dem Ofen ziehe.

Als kleines Dankeschön für seinen seelischen Beistand habe ich ihm sogar Hafer-Rosinen-Mäuse gebacken, aber seine Brekkies mit Thunfisch und jungem Gemüse scheinen ihm dann doch lieber zu sein.

Macht nichts, meine Kekse finden auch so reißenden Absatz. Seit mir langsam die Blechdosen ausgehen, beschenke ich alle meine Lieben mit Spitzbuben, Butterstangen, Baiserbussis, Feigenknusperchen, flammenden Herzen und was mich sonst noch so an Keksrezepten spontan anmacht.

Die Reaktionen sind durchweg enthusiastisch. Thomas findet erwartungsgemäß die feinen Fernsehkekse mit Schokoladenüberzug am besten. Der Meidner ließ mir über Renate ausrichten, ich sei einfach die Beste, und forderte in einem Atemzug eine weitere Lieferung garantiert nussfreier Plätzchen an. Meine Mutter kam extra vorbei, um mit mir gemeinsam endlich die sagenhaften »Je länger je lieber« zu backen, und war ganz begeistert von all den neuen Rezepten, die ich aufgetan habe.

Nur Neele und Martina reagierten nicht gerade so, wie man das eigentlich von besten Freundinnen erwartet. Als ich ihnen stolz eine Auswahl meiner Kekse anbot und eifrig erklärte, wie sie alle heißen, verschluckte sich Neele gleich beim ersten Bissen vor Lachen und konnte sich gute zehn Minuten gar nicht mehr beruhigen.

Mit sehr konzentriertem Gesichtsausdruck klopfte Martina ihr auf den Rücken und reichte ihr ein Taschentuch für die Lachtränen. Dann sagte sie, ganz offensichtlich mühsam um Beherrschung kämpfend: »So, so, Hausfreundchen, Witwenküsse, Nougatzipfel und Feigenknusperchen, sagst du … Sandra, nimm's mir nicht übel, aber wenn du nicht neulich erst steif und fest behauptet hättest, dass es dir mit Thomas in der Kiste wieder besser geht, würde ich sagen, dass deine Rezeptauswahl ziemlich tief blicken lässt.«

❖ ❖ ❖

Obwohl ich finde, dass die Reaktion meiner beiden Freundinnen nichts weiter beweist als eine ausgeprägt schmutzige Fantasie, bin ich froh, dass Thomas nicht auf ähnliche Gedanken gekommen ist. Doch der erfreut sich einfach nur harmlos an unserem Leben im Heimatfilm.

So sehr, dass er die Idylle nun offenbar perfekt machen will.

»Engel, lass uns rausziehen aufs Land. Frische Luft und Ruhe, das ist doch genau das, was dein Körper braucht. Und Belmondo könnte auch endlich raus ins Grüne. Der Arme, er hat doch hier gar keinen Auslauf. Deswegen hat er heute Morgen übrigens schon wieder versucht, sich in meinen Sukkulentengarten zu schleichen. Na, was sagst du dazu?«

»Du und ich und Belmondo in einem kleinen Häuschen am See? Also das wär wirklich ein Traum!«, jubele ich.

Gleichzeitig bin ich seltsamerweise sehr froh, dass ich Thomas dabei nicht in die Augen schauen muss, weil ich ihn gerade im dichten Berufsverkehr zum Flughafen kutschiere.

Sandra Heller, was ist denn jetzt schon wieder los mit dir?

Gute Frage. Einerseits sehe ich alles genau vor mir. Ein Häuschen mit Garten, bunt leuchtenden Blumenbeeten, einem alten Apfelbaum und einer sonnigen Terrasse für uns und für Thomas' Sukkulentensammlung. Ein Bauernbett aus duftendem Fichtenholz mit rot-weiß karierter Bettwäsche. Eine wunderbare Aussicht auf die Berge. Gemüse kaufen beim Biobauern nebenan. Schwätzchen mit dem Bäcker, der noch jeden Morgen frische Semmeln für unser geraniengeschmücktes Dorf backt. Belmondo auf der Jagd nach echten bayerischen Landmäusen. Eine Idylle bis zum Ende unserer Tage.

Bis zum Ende unserer Tage.

Ich glaube, genau das ist das Problem.

Mensch, Sandra, geht's noch?, höre ich meinen inneren Staatsanwalt vom Rücksitz schimpfen.

Manchmal denke ich, wir sollten unseren Wagen verkaufen und uns endlich einen Zweisitzer anschaffen.

Du hast gerade eine schwere Krankheit glimpflich überstanden, schimpft mein Staatsanwalt ungerührt weiter, deine Beziehung ist wieder in Form, dein Mann will mit dir an den Tegernsee ziehen – und du hast nichts anderes zu tun, als rumzujammern! Wo sind eigentlich deine ganzen guten Vorsätze geblieben, von wegen »Glück im Winkel mit Thomas genießen«, »mich bescheiden an jedem Tag erfreuen« und so weiter? Wolltest du nicht aufhören mit der ewigen Unzufriedenheit? Und überhaupt, was hast du eigentlich gegen eine Idylle bis ans Ende eurer Tage?

Tegernsee ist natürlich was ganz anderes! Da wäre ich sofort Feuer und Flamme, aber so konkret hat Thomas das doch gar nicht gesagt!, verteidige ich mich kleinlaut. Es klingt etwas lahm.

Eigentlich weiß ich selber gar nicht genau, was mir an dieser ganzen Idee nicht richtig behagt. Verzweifelt suche ich mein Hirn nach Gründen ab. Und bin ganz erleichtert, als ich endlich einen finde.

»Ach, Thomas, das ist eine so tolle Idee!«, mogele ich mich über meine Zweifel hinweg. »Aber wie machen wir das denn mit der Finanzierung? Also ich hab in diesen unsicheren Zeiten ehrlich gesagt ein bisschen Angst, einen

Kreditvertrag mit 20 Jahren Laufzeit zu unterschreiben. Wenn einer von uns seinen Job verliert, dann stehen wir im Regen …«

»Daran hab ich auch schon gedacht; die Arbeitsplatzsicherheit ist schließlich in den letzten Jahren schon rein statistisch ziemlich geschrumpft. Also werden wir einfach was mieten. Du bist doch noch ein paar Wochen krankgeschrieben, da kannst du dich doch mal im Internet nach schönen Häusern umsehen. Ich freu mich schon auf die Besichtigungstouren mit dir!«

Besichtigungstouren! Sofort hellt sich mein Gemüt wieder etwas auf.

Bei Besichtigungstouren sind wir ein eingespieltes Team. Zwar eher im Burgen- und Schlössersegment als im Bereich Einfamilienhäuser, aber das Prinzip wird sicherlich leicht übertragbar sein: Vor der Besichtigung darf Thomas einen kleinen Abstecher in die lokale Flora machen, um nach seltenen Sukkulenten zu jagen. Und nach der Besichtigung darf ich uns einen von diesen leckeren bayerischen Landgasthöfen aussuchen, wo ich mich bei Bier und Bauernente von den Anstrengungen des Tages erholen kann.

»Darauf freue ich mich auch, Liebling!«, sage ich warm. Ich freue mich tatsächlich. Wenn auch, offen gestanden, mehr auf bayerisches Gasthausessen als auf die vier Wände für den Rest unseres Lebens.

Auf einmal sehe ich ganz deutlich vor mir, wie ich als alte Frau in einer mir unbekannten Landhausküche am Backofen stehe. Ich backe Berge von Plätzchen und räume sie in turmhoch gestapelte Blechdosen. Während Thomas, zum kleinen grauen Hutzelgreis geworden, mit Spinnweben überzogen in einem Schaukelstuhl sitzt, im Statistischen Jahrbuch liest und schaukelt.

Und schaukelt und schaukelt.

Bis sein Schaukeln die Blechdosentürme ins Wanken bringt. Einer nach dem anderen stürzen sie um wie Kamine bei Industriesprengungen. Und begraben uns mit lautem Getöse unter sich. Ich sehe noch, wie Belmondo dem Inferno zeternd als Einziger entrinnt.

Mit schreckgeweiteten Augen starre ich auf mein Schicksal – bis mich das Auto hinter uns mit lautstarkem Gehupe wieder zurückholt in die Wirklichkeit.

Hoffentlich wird sich die Suche nach unserem Heim fürs Leben wenigstens noch ein Weilchen hinziehen.

❖ ❖ ❖

Kaum habe ich Thomas am Terminal 2 abgeliefert, muss ich auch schon rüberrasen zum Terminal 1, wo Daniels Flieger gerade gelandet ist. Eine Viertelstunde später kommt mein Bruder mit breitem Grinsen auf mich zumarschiert und schwenkt mich so mühelos durch die Luft, als wäre ich nicht Sandra Heller sondern Victoria Beckham nach zwei Monaten Nulldiät.

Die zehn Stunden Flug von Bamako mit Umsteigen in Casablanca und Paris sind offenbar spurlos an ihm vorübergegangen. Jedenfalls sieht er aus wie das blühende Leben. Groß und stark, braun gebrannt, die hellen Haare von der Sonne gebleicht. Wenn er nicht mit mir verwandt wäre, würde ich mich glatt in ihn verlieben.

»Tausend Dank, dass du Andrea vertrittst und mich abholst! Mensch, Sandra, ich freu mich so, dass du diese ganze Krebsgeschichte heil hinter dich gebracht hast! Du siehst einfach super aus. Entspannt und erholt. Sogar deine ewigen Augenringe sind weg! Diese Krankheit war unterm Strich wahrscheinlich ein richtiger Segen für dich. Sonst hättest du dich für diesen komischen Pferdeschwanztypen noch totgearbeitet …«

Der komische Pferdeschwanztyp hat heute Morgen angerufen und mich sozusagen auf Knien angefleht, ihm zu helfen.

»Sandy-Babe, du glaubst ja nicht, was hier los ist!«, hat er durch die Leitung gegreint. »Alle unsere Großkunden fragen jeden Tag nach dir. Die Leute von Moulin Rouge warten auf dein neues Standkonzept für die Messe in London. Der Designleiter von Clolux Sanitäranlagen möchte auch wieder einen großen Stand mit uns machen. Der Schnurer will für seine blöde Rasenmäherparty keinen anderen als dich und hat schon gedroht, dass er sich einen anderen Event-Veranstalter sucht, wenn er nicht bald wieder mit dir an der Konzeption arbeiten kann. Und deine Krankheitsvertretung ist mit dem ganzen Ansturm offenbar hoffnungslos überfordert!«

An dieser Stelle lächelte ich befriedigt. Na also. Alles andere hätte mich auch sehr verwundert.

»Sandra, bitte! Kannst du nicht von zu Hause aus wenigstens ein bisschen für uns arbeiten, solange du noch krankgeschrieben bist? Ich lass dir auch gleich morgen einen neuen Laptop liefern, versprochen! Ohne dich schaffen wir es einfach nicht. Hier ist Land unter, da kannst du uns doch nicht im Stich lassen!«

Okay. Ich gebe zu, ich war ein bisschen geschmeichelt. Einen neuen Laptop darf man natürlich auch nicht leichtfertig zurückweisen. Und nach meiner wochenlangen Backmeditation fühle ich mich ruhig und gelassen wie Buddha nach drei Monaten unterm Baum der Weisheit.

Keine Frage, meine Krankheit hat mich zu einem vollkommen anderen Menschen gemacht. Und damit zu einer vollkommen relaxten Mitarbeiterin.

»Is' gut, Joe. So ein bis zwei Stündchen am Tag, das müsste machbar sein«, antwortete ich großmütig und fühlte mich wie eine Heldin der Arbeit.

Ich blöde Kuh.

Das sagt jedenfalls Daniel, als ich ihm von dem Telefonat erzähle. »Jetzt schimpf mal nicht mit mir, sonst kannst du dich in Zukunft wieder von Mama vom Flughafen abholen lassen«, drohe ich ihm.

Das sitzt. Beim letzten Mal hat Mama beim Einparken einen Shuttle-Bus gestreift. Lackschaden im gehobenen vierstelligen Bereich und zwei Stunden Gekeife mit der Flughafenpolizei, bis alles geklärt war.

»Komm schon, reg dich nicht gleich auf. Erzähl lieber mal: Was passiert denn so in Deutschland? Wir kriegen in Mali ja gar nicht alles so richtig mit«, fragt Daniel hastig. Kein sehr origineller Themawechsel, aber immerhin.

Erleichtert fange ich an, von Knut zu erzählen. Wie schön weiß sein Fell ist, was er inzwischen alles frisst, wie süß er mit seinem Pfleger spielt, wie viele Promis ihn schon im Zoo besucht haben und …

»Also ich glaub's nicht. Der deutsche Innenminister baut am Big-Brother-Staat, die Welt steht kurz vor einer gigantischen Wirtschaftskrise, die Polkappen schmelzen, der Iran baut die Atombombe – und alles, wofür du dich interessierst, ist ein Eisbär?«

Beschämt starre ich auf die Rücklichter des Autos vor uns und hoffe inständig, dass Daniel nicht auch noch die brandneue *Bunte* gesehen hat, die auf dem Rücksitz liegt.

»Und seit wann liest du überhaupt solchen Müll? Sag mal, was ist eigentlich aus der Sandra geworden, die jeden Tag die *taz* von vorne bis hinten durcharbeitet? Die alle gerade greifbaren Mitmenschen mit Begeisterung in stundenlange politische Grundsatzdiskussionen verwickelt?«

Wenn ich Daniel jetzt sage, dass mir mein Leben schon seit Längerem zu anstrengend ist, um mich noch mit den Feinheiten des pakistanischen Politbarometers und den sozioökologischen Spätfolgen des Flaschenpfandgesetzes zu befassen, wird er mir eine ausgiebige Predigt über die Verantwortung des Einzelnen für das große Ganze halten. Die doppelt schwer erträglich sein wird, weil sie erstens aus dem Munde eines engagierten Entwicklungshelfers kommt, der zweitens mein jüngerer Bruder ist.

Die Vorbildfunktion, die ich als jugendliche Rebellin und NATO-Doppelbeschluss-Gegendemonstrantin mal für ihn hatte, ist jedenfalls spätestens ab heute für immer verloren. Selbst wenn ich ihm mitteile, dass ich jährlich eine größere Summe an Greenpeace überweise, ein Patenkind bei World Vision habe und unsere leeren Flaschen regelmäßig zum Container trage.

Nee, dann schon lieber meinerseits beherzt das Thema wechseln. »Die Bunte hat Neele mir gestern mitgebracht, da muss irgendwo ein Artikel über einen adeligen Steuerhinterzieher drin sein, den sie gerade am Wickel hat«, lüge ich schamlos, »also reg dich nicht auf. Erzähl du mir lieber was. Wie geht's zum Beispiel Markus?«

Dabei will ich eigentlich gar nicht wissen, wie es Markus geht. Er ist nämlich nicht nur Daniels bester Freund. Er war auch mal meine ganz große Liebe.

Es war eine tolle Zeit. Wildes Leben, wilder Sex. Wir lebten von der Hand in den Mund, verschwendeten keinen Gedanken an morgen. An übermorgen erst recht nicht.

Zu Studienzeiten ging das ja. Aber danach war irgendwann Schluss. Nach meinem Frankreichtrip stellte ich mich dem Ernst des Lebens und nahm die Stelle als Bodenstewardess bei Air France an. Markus hingegen bekam einen Posten als Entwicklungshelfer in Burkina Faso angeboten. »Komm doch einfach mit! Du sprichst fließend Französisch, irgendeinen Job werden wir da schon für dich finden!«

Typisch Markus. Ein »Wird-schon-alles-irgendwie-gutgeh'n«-Optimist aus dem Bilderbuch.

Trotzdem war ich mir nicht sicher, ob ich das wollte,

irgendeinen Job irgendwo in der Sahelzone. Außerdem hatte ich Angst vor Tropenkrankheiten, marodierenden Räuberbanden und afrikanischen Riesenspinnen.

Und vor allem Angst vor so einem Sprung ins kalte Wasser. Das war für meinen Geschmack einfach zu viel Veränderung. Also redete ich mich heraus. »Ich komm nach, sobald du für uns eine Bleibe gefunden hast. Bestimmt!«

Doch anstatt nachzukommen, habe ich mich dann Knall auf Fall in Thomas verliebt. Schon allein, weil er das genaue Gegenteil von Markus war. Seriös, ernsthaft, solide, zuverlässig, auf liebenswerte Weise altmodisch und gut situiert – anstatt mit nichts weiter unterwegs als einer Gitarre und einem Haufen idealistischer Flausen im Kopf.

Tja.

Markus ist inzwischen ein renommierter Umweltexperte, lebt im Senegal und berät im Auftrag der EU westafrikanische Regierungen im Bereich nachhaltige Fischerei. Er ist glücklich verheiratet, hat zwei Kinder und meines Wissens noch nie irgendwelche Probleme mit Tropenkrankheiten und afrikanischen Riesenspinnen gehabt.

»Gut, dass du fragst: Markus lässt dich ganz herzlich grüßen! Er hat für seine Familie gerade ein Häuschen am Atlantik gekauft, zwei Autostunden von Dakar entfernt. Er kann da viel von zu Hause aus arbeiten und ist total happy!«

Danke, das reicht. Gerade will ich einen garantiert unverfänglichen Musiksender suchen, um mir weitere herzige Details zu ersparen, da kommt mir der Spruch in den Sinn, den Martinas Meditationskalender heute für mich bereithielt. Wie war das noch? »Denke lieber an das, was du hast, als an das, was dir fehlt.«

Irgendwann werde ich diesen blöden Kalender zum Fenster rauswerfen.

❖ ❖ ❖

»Sandy! Ich darf dich doch Sandy nennen, oder? Joe hat mir gerade 'ne Message gemailt – du bist wieder im Team! *That's great*, wir beide legen bestimmt eine super Performance hin! Ich schick dir jetzt mal die Shortlist mit den dringendsten Deadlines rüber und briefe dich mit allen aktuellen Infos. Und dann sollten wir möglichst bald *conference calls* mit allen Topkunden ansetzen und die *main targets* zwischen uns aufteilen. Ich bin ja jemand, der ausgesprochen proaktiv an die Sachen rangeht. Innovative Effizienzmaximierung, du verstehst schon!«

Oh Gott. Dieses Businessgeschwafel ist ja noch schlimmer, als ich es mir vorgestellt habe. Dabei hat Renate neulich Manuels Wichtigmänner-Sprech schon ziemlich talentiert nachgemacht.

Verzweifelt reibe ich an dem Bergkristall in meiner Hosentasche. Der soll doch meine Energie bündeln. Wenn ich nur heftig genug bündele, reicht es vielleicht, um Manuel Weber spontan zu Staub zerfallen zu lassen? Intensiv stelle ich mir einen eingestaubten Bürostuhl vor, auf dem nur noch ein einsamer BlackBerry und eine Angeberarmbanduhr davon zeugen, dass da bis vor Kurzem noch meine Krankheitsvertretung gesessen hat.

Aber es scheint nichts zu passieren, Manuel schwallt einfach weiter auf mich ein. Bergkristalle sind auch nicht mehr das, was sie mal waren.

»Wo Sie schon so nett fragen – mein Name ist Sandra, Sandra Heller«, sage ich förmlich. Vielleicht kann ich den Duz-Zwang der Meidner Fair & Event Design GmbH wenigstens so lange vermeiden, wie ich noch krankgeschrieben bin.

»Gerne, Sandra. Mir ist an einer win-win-Kooperation mit dir gelegen. Ich will doch möglichst viele Synergieeffekte zwischen uns triggern! Lass uns zusehen, dass wir zielorientiert die strategischen Schlüsselbereiche definieren und einen möglichst reibungslosen Transaktionsfluss erreichen.«

Na super. Das ist mit Sicherheit nicht der Beginn einer wunderbaren Freundschaft. Der Typ ist mit seinen 35 Jährchen im Vergleich zu mir erfahrungsmäßig ein Fliegengewicht, redet aber schon so daher, als sei er einer der fünf Wirtschaftsweisen. Woher nehmen Männer eigentlich immer dieses unverschämte Selbstbewusstsein? Als ich Jobanfängerin war, habe ich mich kaum getraut, den Mund aufzumachen. Geschweige denn, meinen Vorgesetzten ein Ohr abzukauen.

Aber ich bin nun mal nicht Manuels Vorgesetzte. In Sachen Gehalt sind die Verhältnisse sogar umgekehrt, wie ich kurz vor diesem denkwürdigen Telefonat erfahren musste. An dem Tag, an dem Renate mir steckte, dass Manuel bedeutend mehr verdient als ich, griff ich wutentbrannt zum Telefon und brüllte Joe Meidner zehn Minuten nonstop zusammen. Das erste Mal in meinem Leben. Es war der reinste Genuss.

Wenn auch einer, der mit der zenmäßigen Gelassenheit, die ich mir für mein neues Leben vorgenommen habe, nun wirklich nicht das Geringste zu tun hat.

»Sandy-Babe, bitte beruhige dich. Bei kurzfristigen Krankenvertretungen muss man immer ein bisschen tiefer in die Tasche greifen. Du weißt schon, als Ausgleich dafür, dass man den Leuten keine Festanstellung bieten kann!«

Gut, dagegen konnte ich erst mal nichts sagen. Wunschgemäß beruhigte ich mich ein bisschen.

»Außerdem hab ich mit dem Ferdi schon abgesprochen, dass dein Gehalt dann auf dieselbe Höhe aufgestockt wird, wenn du erst wieder da bist und der Manuel wieder weg.«

Und der Manuel wieder weg. Ein Satz, den ich mir auf der Zunge zergehen ließ wie einen meiner Nugatzipfel. Meine Wut war wie weggeblasen. Stattdessen fing ich an mich zu schämen. Für meine bösen Unterstellungen gegenüber dem zweifellos besten und großzügigsten Arbeitgeber im Großraum München.

»Ehrlich, Joe? Das ist aber schön!«, stammelte ich verlegen. Und warf vor lauter schlechtem Gewissen gleich den Backofen an, um ihm eine Extraportion seiner geliebten nussfreien Kekse zu backen.

10

Die letzten paar Wochen meiner Krankschreibung habe ich das meditative Plätzchenbacken dann eingestellt. Ich wollte mich gründlich mit dem Vermietungsangebot im bayerischen Voralpenland vertraut machen, ohne ständig an meine Vision von den einstürzenden Keksdosen denken zu müssen. Schließlich hat Thomas bestimmt recht; das Landleben wird uns guttun.

Vor allem natürlich, wenn es sich in einer Landhausvilla mit Seeblick abspielen würde. Oder in einem charmant renovierten Bauernhof, der keine Wünsche offenlässt.

Am Anfang bin ich auf solche Angebote total abgefahren. Schon allein wegen der verlockenden Fotos auf den Immobilienseiten im Internet. Ein Häuschen schöner als das andere. In einen exklusiven Traum vom Wohnen am Wörthsee mit einem grünen Bereich für Feng-Shui-Liebhaber und offenem Kamin für alle Wohnstile habe ich mich sogar spontan verliebt. Auch das außergewöhnliche Bauernhaus in sonniger Lage mit Kammermusikambiente und Außenwhirlpool fand ich auf Anhieb interessant. Obwohl mir nicht ganz klar war, was genau mit Kammermusikambiente gemeint war.

Doch leider Gottes sind die Mieten für diese Objekte nur bezahlbar, wenn man bei der Glücksspirale die 7.000 Euro monatliches Haushaltsgeld bis zum Lebensende gewonnen hat.

Mir blieb also nichts anderes übrig, als mich mehr in Richtung freundliche Doppelhaushälfte, wunderschönes Reihenmittelhaus und witzig renovierter Bungalow zu orientieren.

Natürlich alle idyllisch und ruhig gelegen, aus hochwertigen Materialien erbaut, lichtdurchflutet, mit hohem Freizeitwert, herrlicher Südterrasse oder wenigstens Südbalkon.

Recht bald sind wir zum ersten Mal auf Besichtigungstour gegangen. Ein komplett renoviertes Haus mit großem Grundstück in Fast-Alleinlage bei Lenggries anschauen. Ein absolutes Schnäppchen, hatte die Maklerin erzählt. Und sie hat nicht gelogen: Das Haus ist wirklich ein Schnäppchen. Jedenfalls für LIDL-Fans, die die Geburt einer neuen Filiale gleich unterhalb ihres Gartens live mitverfolgen wollen.

Wo wir einmal in der Ecke waren, besichtigten wir auch gleich die luxuriöse DHH mit EFH-Feeling in Garmisch und eine liebevoll gestaltete Doppelhausvilla im mediterranen Stil mit Zugspitzblick. Belmondo hatten wir wohlweislich zu Hause gelassen. Und es stellte sich recht schnell raus, dass das auch gut so war. Denn auch ohne ihn war unser Katzenjammer groß genug.

In Wirklichkeit sehen die Häuser halt immer ganz anders aus als im Internet. Oder es wird einfach nicht die ganze Wirklichkeit gezeigt. Bei der luxuriösen DHH zum Beispiel hätte uns ein Foto des konsequent in Braungelb gehaltenen 70er-Jahre-Badezimmers die Viertelstunde Irrfahrt durch Garmisch glatt erspart. Und dass zwischen der Doppelhausvilla und dem Zugspitzblick mehrere Hochspannungsmasten dicke Überlandleitungen durch die Aussicht ziehen, hatte mir auch keiner gesagt.

»Du musst schon ein bisschen Geduld haben. Statistisch gesehen muss man 64,5 Objekte besichtigen, bis man das richtige findet«, tröstet Thomas mich, als wir am frühen Abend erschöpft beim »Fischmeister« am Starnberger See zusammensitzen.

Nachdenklich schaue ich durch die kleinen Fenster des umgebauten Gutshauses hinaus auf den See. 64,5 Besichtigungen. Auf jede Besichtigung kommen mindestens sieben Objekte, die bereits nach eingehender Prüfung der im Internet verfügbaren Informationen durch den Rost fallen. Macht nach Adam Riese über 451,5 zu sichtende Internetangebote. Mindestens.

»Du willst doch jetzt nicht etwa die Flinte ins Korn werfen, nur weil das Traumhaus auf Anhieb nicht dabei war!«, mahnt Thomas mich zärtlich. »Denk dran, wie schön wir drei es haben werden, wenn wir erst auf dem Land leben. Die gute Luft! Die himmlische Ruhe!«

Ich schlucke. Über die himmlische Ruhe habe ich mir während unserer Besichtigungstour auch ein paar Gedanken gemacht. So was ist ja im Urlaub ein Traum. Häuschen im Grünen, statt Verkehrslärm nur fröhliches Vogelgezwitscher und so. Doch auf Dauer besteht die nicht unerhebliche Gefahr, dass himmlische Ruhe zu bodenloser Langeweile mutiert.

Mal abgesehen von dieser eher philosophischen Betrachtung wird mir schon ganz anders, wenn ich nur daran denke, jeden Tag vom Tegernsee oder von Garmisch mit dem Bummelzug nach München rein und abends wieder zurückfahren zu müssen.

Selbst wenn meine Mutter mir ihr Auto schenkt – was sie zu Lebzeiten mit Sicherheit nicht tun wird –, müsste ich täglich zwei Stunden Fahrt zur besten Rushhour-Zeit einplanen. Oder mich auf eine komplizierte Mitfahr- und S-Bahn-Kombination mit Thomas einlassen. Und außerdem: Bei strahlendem Sommersonnenschein ist das ja vielleicht alles ganz nett. Aber spätestens nach dem ersten 14-tägigen Tiefdruckgebiet mit ergiebigem Nieselregen werde ich vom Landleben die Nase voll haben.

»Keine Sorge, so schnell lass ich mich doch nicht entmutigen!«, behaupte ich lächelnd.

Jetzt am besten gleich den Stier bei den Hörnern packen.

»Aber vielleicht sollten wir versuchen, ein Traumhäuschen zu finden, das im S-Bahn-Einzugsbereich liegt? So mittelweit von München entfernt, wo die Bahnen noch alle 20 Minuten fahren? Das ruhige Landleben nützt uns doch gar nix, wenn wir uns jeden Tag stundenlang zur Arbeit und wieder zurück quälen müssen …«

Thomas guckt enttäuscht. Kein Wunder. Je weiter wir draußen Richtung Berge wohnen, desto reichhaltiger werden seine örtlichen Sukkulentenfunde ausfallen. Im Geiste sieht er sich wahrscheinlich schon in einem Bauernhäuschen oberhalb von Wildbad Kreuth leben und einen der spektakulärsten Hauswurzgärten des bayerischen Alpenraums anlegen. Ganzjährig geöffnet für junge und jung gebliebene Fettpflanzenfans.

»Schade, ich würde so gerne da leben, wo meine geliebten Sukkulenten zu Hause sind!«, brummelt er. Doch als Experte, der den Durchschnitts-Benzinverbrauch seines Autos während der letzten fünf Jahre ebenso referieren kann wie das durchschnittliche Verkehrstempo auf den Münchner Ring- und Ausfallstraßen unter besonderer Berücksichtigung der lokalen Großwetterlage, kann er sich meinen Argumenten letztlich nicht verschließen.

»Also gut, S-Bahn-Einzugsbereich. Du bist mir natürlich wichtiger als meine Sukkis, Engel. Und für deine Gesundheit brauchst du jetzt natürlich nicht noch mehr Stress!«

Gerettet. Dankbar schwöre ich Thomas, mir bei der weiteren Suche nach unserem Traumhaus wirklich ganz besondere Mühe zu geben. Ich werde schon eines finden.

Früher oder hoffentlich auch später.

❖ ❖ ❖

»Wenn ihr wüsstet, wie gut ihr's habt! Ich beneide euch so sehr!«, schluchzt Neele in ihr Taschentuch. Es ist das letzte aus der Packung. Die anderen liegen schon vollgeheult auf Neeles edlem hellgrauem Veloursteppich.

Martina und ich schauen uns an. Wir können es beide nicht richtig glauben. Unsere beste Freundin beneidet uns um genau das spießige Eheleben, auf dem sie sonst mit Vorliebe rumhackt?

»Sonst sagst du doch immer: ›Eine Ehe ist ein Jahr lang Feuer und 30 Jahre lang Asche.‹ Wie wär's, wenn du dich mal für eine Meinung entscheiden würdest?«

Heftigeres Schluchzen. »Asche ist immer noch besser als heiße Luft«, schnieft sie in ihr Taschentuch. »Ich hab echt so was von die Nase voll davon, mir ständig einen neuen Lover suchen zu müssen! Ich werde nächstes Jahr 40, da will ich endlich auch in einen sicheren Hafen! So richtig das volle Programm, von mir aus sogar mit *Sportschau*, Kegelklub und wöchentlichen Besuchen bei den Schwiegereltern!«

Neele kauert auf ihrem Designersofa wie ein ausgesetzter Hund auf dem Grünstreifen eines Autobahnrastplatzes. Ihre sonst tadellos manikürten und lackierten Fingernägel sind angeknabbert, und anstelle eines taillierten Businesskostüms trägt sie den ehemals dunkelblauen Jogginganzug von Fruit of the Loom, in dem sie schon zu unseren Studenten-WG-Zeiten Schutz suchte, wenn es ihr schlecht ging. Ein Bild des Jammers.

Und das alles wegen Alberto.

»Er hat mir glatt gesagt, ich sei ihm zu raumfüllend und zu dominant – könnt ihr euch das vorstellen?«

Martina und ich verkneifen uns gerade noch ein Nicken. Wir haben uns beide schon des Öfteren gefragt, wie die Männer es eigentlich länger als ein paar heiße Nächte mit Neele aushalten. Bei dem, was sie sich da so täglich anhören müssen. Im Bereich zwischenmenschliches Kommunikationsverhalten ist unsere Freundin ja bisweilen etwas gewöhnungsbedürftig. Aber jetzt ist wahrscheinlich nicht der geeignete Moment, um das zu thematisieren.

»Er findet, dass ein Mann einer Frau eine starke Schulter bieten sollte, und nicht umgekehrt«, schluchzt Neele. »Ja, was soll ich denn bitte schön tun – umschulen auf Handarbeitslehrerin? In Zukunft den Männern gegenüber einen auf kleines schüchternes Mädchen machen? Mir die Haare blond färben, immer lieb sein und mir mit runden Kulleraugen die große weite Welt erklären lassen? Und dabei dachte ich, er sei glücklich mit mir! Wie konnte er mir das nur antun?«

Eine interessante Frage. Bisher war es nämlich in der Regel umgekehrt. Neeles zahlreiche Lover dachten immer, sie sei glücklich mit ihnen.

Jedenfalls bis zu dem Tag, an dem Neele sie verließ, getreu ihrem Motto: »Treue nur, solange der Vorrat reicht.« Den einen oder anderen von ihnen habe ich später noch mal zufällig wiedergesehen. Alle haben sie mit feuchten Augen »Wie konnte sie mir das damals antun?« gefragt. Doch auch darauf sollte ich Neele jetzt besser nicht ansprechen.

»Kopf hoch, Neele, neues Spiel, neues Glück! Du weißt doch, Ehe ist wie Erbsensuppe, also nur kein falscher Neid. Im Gegensatz zu uns kannst du doch jetzt wieder nach Herzenslust die angesagtesten Liebestechniken erforschen!«, versucht Martina unsere Freundin aufzumuntern.

Deren Schluchzer werden hörbar leiser. Eilig redet Martina weiter: »Abgesehen davon: Eine Beziehung zwischen einer emanzipierten erfolgreichen deutschen Frau und einem süditalienischen Machomann, das wäre doch auf Dauer sowieso nicht gut gegangen. Oder wärst du etwa mit ihm in seine Familienresidenz da unten in Kalabrien gezogen, unter ein Dach mit seiner Mamma und seiner Schwester? Das hätte doch schon bei der ersten bilateralen Diskussion um die korrekte Zubereitung von Spaghetti carbonara Mord und Totschlag gegeben!«

Jetzt muss Neele sogar ein bisschen lachen. Sie putzt sich die Nase, wirft Taschentuch Nummer zehn auf den Teppich und schenkt sich und uns vom guten Roten nach. Brunello di Montalcino, Jahrgang 1999. »Ein Geschenk von Alberto«, sagt sie mit kleiner Stimme.

Wir halten die Luft an. Bitte jetzt kein Rückfall in die Schluchzphase.

»Er hat damals gesagt, ich soll mir die Flasche für eine besondere Gelegenheit aufheben«, grinst sie schwach. »Passt doch. Übrigens, apropos Spaghetti carbonara: Habt ihr Hunger? Ich hab uns was Kleines gekocht.«

Martina und ich schauen einander erleichtert an. Nicht nur, weil Neele ihren Tiefpunkt offenbar überwunden hat. Sondern auch, weil wir ihren Tiefpunkt jetzt stundenlang gemeinsam vermessen haben und entsprechend ausgehungert sind.

Rotwein soll zwar auch recht nahrhaft sein, aber nur Rotwein ist dann doch ein bisschen wenig. Für meinen Magen jedenfalls.

Begeistert stürme ich in Neeles todschicke Bulthaup-Küche, um endlich zu sehen, was da schon seit unserer Ankunft so gut riecht. Oder besser gesagt: gerochen hat. Denn in den würzigen Duft nach Gemüse und Kräutern hat sich vor einiger Zeit eine merkwürdige Obernote gemischt. Eine Obernote von angebrannter Karotten-Ingwer-Suppe, wie ich beim Anheben des ersten Deckels feststelle.

Auf der Warmhalteplatte ruht unter dem zweiten Deckel ein Hühnchen in einer Sauce aus Mandeln und Backpflaumen. Es sieht wirklich haargenauso aus wie auf dem Foto aus dem *Großen Kochbuch der marokkanischen Küche*, das noch aufgeschlagen auf dem Küchentisch liegt.

Meine ohnehin große Bewunderung für Neele steigt ins Unermessliche. Wenn ich ernsthaft Kummer habe, schaffe ich es noch nicht mal, eine Büchse Maggi-Reistopf mit Huhn ordnungsgemäß in einen Topf zu schütten. Geschweige denn, ihn ohne größeres Malheur warm zu machen. Und Neele zaubert uns hier trotz eines schweren Schicksalsschlags alle Wonnen des Orients auf den Tisch.

»Ein Hoch auf die Köchin!«, jubeln Martina und ich im Chor. »Mensch, ist das toll, dass du uns erhalten bleibst! Für uns wäre das doch ein entsetzlicher Verlust gewesen, wenn du in Zukunft nicht mehr für uns gekocht hättest, sondern für eine kalabrische Schwiegermutter!«

Wahre Freundschaft ist natürlich ganz und gar uneigennützig. Aber wenn's um mein leibliches Wohl geht, ist ein Schuss gesunder Egoismus durchaus vertretbar.

Bleibt im Nachhinein zu ergänzen, dass Neeles Huhn ungenießbar war. Verheult, wie sie war, hat sie sich vergriffen und ein Suppenhuhn gekauft anstatt einer Maispoularde. Suppenhühner sehen zwar genauso goldgelb appetitlich aus. Sie sind aber bedeutend zäher. Was bei einem Gericht, in dem das Hühnchen laut Kochbuch bis zum perfekten Zartheitsgrad maximal 30 Minuten gegart werden darf, zu einem nicht unerheblichen Problem wird.

Aber Martina und ich sind ja wohlerzogen. Energisch säbelten wir an unseren Hühnerstückchen herum, als ginge es um eine weihnachtliche Laubsägearbeit, und lobten überschwänglich die leckere Backpflaumensauce.

Neele sagte nichts. Schweigsam beschäftigte sie sich mit ihrem Hühnerbein. Jedenfalls bis zu dem Moment, in dem es ihr mit Schwung vom Teller flutschte. »Dieses Huhn muss mehr Flugstunden auf dem Buckel haben als der Rote Baron«, brach es aus ihr hervor. »Wie gut, dass ich es nur für euch gekocht habe, und nicht für Alberto und seine Mamma! Das hätten die mir doch ewig vorgeworfen!«

❖ ❖ ❖

Mein letzter Bestrahlungstermin ist überstanden! Sogar mit heiler Haut, wenn ich das mal so salopp sagen darf. 30 Bestrahlungen, und von den prophezeiten Verbrennungen keine Spur. Das bestrahlte Feld ist nur ein bisschen gerötet, das ist alles. Kein Wunder, ich habe mich ja auch sechs Wochen lang brav an das Waschverbot gehalten.

Aber damit ist jetzt Schluss. Ich werde diesen Tag mit einem opulenten Schaumbad feiern. Inklusive Champagner auf dem Badewannenrand, festlichem Kerzenlicht und musikalischer Begleitung durch Händels *Wassermusik*. Lang entbehrte Wannenwonnen.

Voller Vorfreude radele ich vom Sendlinger Tor durch den Englischen Garten zurück nach Schwabing. Es ist ein herrlicher Tag. Die Sonne scheint, als wolle sie Mitte Mai schon den Sommer einläuten. Amseln zwitschern, überall sprießt auf einmal saftiges Grün. Und alle Leute scheinen sich just heute dazu entschlossen zu haben, ihre Wintermuffigkeit endgültig einzumotten. Weit und breit gibt's jedenfalls nur fröhliche Gesichter.

Auch mein Gesicht muss ziemlich fröhlich aussehen. Denn mir geht's *unglaublich* gut. Heute habe ich endgültig alles überstanden.

Am Anfang war's natürlich ein Schock – keine Frage. Doch im Rückblick will ich diese Phase meines Lebens nicht missen.

Ich habe viel dazugelernt. Eine wertvolle Lehre, für die ich dem Zen-Meister meines Lebens in tiefster Dankbarkeit verbunden bin.

Ich fühle mich leicht, innerlich geläutert, glücklich. Eins mit dem Kosmos und seinen Geschöpfen.

Nichts und niemand wird mich aus diesem begnadeten Seelenzustand jemals wieder herausreißen können.

Zu Hause angekommen, widme ich mich erst mal hingebungsvoll Belmondo. Als er meine transzendentale Verzückung spürt, miaut er lobend. Es kann natürlich auch sein, dass sein Kommentar sich in erster Linie auf die frische Portion französischer Ölsardinen bezieht, die ich in seinen Napf fülle. Aber ich ziehe die andere Interpretation vor. Intuitives Verständnis zwischen Mensch und Tier, das passt bedeutend besser zu meinen kosmischen Glücksgefühlen als profaner Katzenappetit.

Überwältigt von der Reinheit meiner Empfindungen, nehme ich einen Schluck Champagner. Ich weiß, ich weiß, Chai oder wenigstens Yogi-Tee wären angesichts meiner rasch fortschreitenden Erleuchtung sicherlich die angemessenere Wahl. Aber Champagner schmeckt einfach bedeutend besser.

Gerade bin ich in mein Milch-Lavendel-Bad mit wertvollen Pflegesubstanzen geklettert, da klingelt das Telefon.

Verdammt.

Klingelnde Telefone haben mich schon immer in einen Zustand höchster Alarmbereitschaft versetzt. Ich muss geradezu zwanghaft rangehen. Und bedauerlicherweise bin ich offenbar noch nicht so erleuchtet, dass ich störende Geräusche aller Art einfach wegmeditieren kann. Seufzend steige ich aus der Wanne, eile tropfend zum Telefon und nehme das Gespräch an.

»Hallo, Sandy, äh, Sandra! Stör ich dich gerade?« Nicht nur gerade, sondern eigentlich immer, du Lackaffe.

Das wär mal eine ehrliche Antwort. Doch so viel Aggression ist mit meiner Entrückung natürlich völlig unvereinbar. »Gibt's denn was Dringendes, Manuel? Ich stecke gerade mitten in einer wichtigen Sache!«

Dass die wichtige Sache mein Milch-Lavendel-Bad ist, geht ihn schließlich nichts an. Und erfreulicherweise gibt es noch keine Telefone mit Bildschirm.

»Also, ich wollte nur kurz fragen, ob du Skype hast. Wenn nicht, kannst du es ganz einfach installieren. Dein neuer Laptop hat Kamera und Mikro, mehr braucht man nicht. Dann kann ich dir nämlich meinen Vorschlag für den Stand von den Clolux-Leuten rüberschicken, und wir können gleich drüber diskutieren. So richtig Auge in Auge, das ist doch viel mehr Fun!«

Skype. Dunkel erinnere ich mich, dass Daniel mir mal was davon erzählt hat. »Das ist super, da kann man sich anschauen, während man miteinander redet. Fast genauso, wie wenn man sich gegenübersitzt!«, hatte er geschwärmt. Ohne das wachsende Entsetzen in meinen Augen zu bemerken. Leute wie den Meidner, den Schnurer und meine nervtötende Krankheitsvertretung auch noch angucken zu müssen, während sie mich zutexten, ist so ziemlich das Letzte, was ich brauche. Zumindest in diesem Leben.

Und mal abgesehen von der Frage nach den Grenzen der ästhetischen Zumutbarkeit, die sich meines Erachtens bei manchen Gesprächspartnern geradezu aufdrängt, gibt es ja obendrein die ganze technische Problematik.

Nicht, dass ich dem Fortschritt im IT-Bereich generell ablehnend gegenüberstehe. Aber allmählich wird mir doch einiges zu viel. Ich meine, ich bin noch im Zeitalter von Tipp-Ex und Telefonkabeln aufgewachsen. Da tut man sich mit all den neuen technischen Errungenschaften irgendwann ein bisschen schwer.

Zwar habe ich im Laufe der letzten 17 Jahre diverse Computerprogramme erlernt und kann von mir behaupten, dass ich den Umgang mit den wichtigsten fünf Prozent ihres Anwendungsradius sicher beherrsche. Ich habe die Funktionsmenüs von mindestens vier verschiedenen Handyherstellern erfolgreich begriffen und wieder vergessen. Und im lösungsorientierten Umgang mit Bürokopierern der gehobenen Bauart kann mir sogar kaum jemand das Wasser reichen.

Aber jetzt auch noch skypen, twittern, podcasten und feedreaden? Mich auf XING, Myspace und Facebook positionieren? Nein, danke, ohne mich.

Für diese Spielchen fühle ich mich langsam zu alt. Und ich befinde mich damit in bester Gesellschaft, wie ich aus zuverlässiger Quelle von Neele, Renate und Martina weiß.

Manchmal sehne ich mich inzwischen sogar nach der guten alten Zeit zurück, als im Büro noch das Faxgerät gemütlich vor sich hinratterte, die Post einmal am Tag auf den Tisch geliefert wurde anstatt nonstop in den E-Mail-Eingang, und die Handy-Standleitung zwischen Mitarbeitern, Chefs und Kunden noch nicht erfunden war.

»Ach, Manuel, das tut mir jetzt aber leid«, heuchele ich hingebungsvoll, »ich bin heute noch den ganzen Tag unterwegs, Nachuntersuchungen und so, Sie wissen schon.«

Noch so ein kleiner Ausgleich für diese Erkrankung: Notlügen dieser Art sind nicht nur als völlig legitim anzusehen – es geht schließlich um gesundheitsschützende Stressreduktion –, sondern sie werden auch garantiert von niemandem hinterfragt.

»Warum legen Sie mir Ihre Clolux-Pläne nicht einfach auf den Schreibtisch? Ich schau sie mir dann nächste Woche gleich an, wenn ich wieder da bin.«

Und wenn du endlich wieder weg bist. Halleluja.

Nichts gegen Krankheitsvertretungen, aber meine hat sich in den letzten Wochen als außerordentlich anstrengend erwiesen.

»Also das ist ja wohl ein völlig hausgemachtes Problem. Was arbeitest du auch während deiner Krankschreibung? Bist du eigentlich von allen guten Geistern verlassen?«, hat Renate mein Jammern mitleidlos kommentiert, als sie neulich zu Besuch war. Und ich habe nicht so recht gewusst, was ich darauf antworten sollte. Ununterdrückbares Verantwortungsgefühl? Typisch weibliche Erziehung zur fleißigen Arbeitsbiene? Protestantisches Arbeitsethos? Große Gefühle für Joe Meidner und seinen Saftladen?

»Der Manuel, der kann das alles doch gar nicht ohne mich. Wenn ich nicht dabei bin und aufpasse, richtet der mehr Schaden an, als er mir nützt. Also nee, bevor ich hinterher sein Chaos wegräumen muss, mach ich die Arbeit lieber gleich selbst.«

Renate hat mich auch weiterhin überaus skeptisch angeschaut, bereitwillig assistiert von Belmondo, der inzwischen entschieden zu oft gegen mich Partei ergreift. Wenn das so weitergeht, werde ich mit ihm mal zum Tierpsychologen gehen müssen.

»Kommt schon, guckt nicht so bekümmert, ihr beiden«, habe ich fröhlich entgegnet. »Bald bin ich sowieso wieder im Büro, Manuel wird ausrangiert, und alles wird gut.«

11

Alles wird gut. Mensch, Sandra, sogar auf deine alten Tage bist du immer noch so naiv, als seist du mit Heidi zusammen beim Almöhi aufgewachsen.

Dabei habe ich mich auf meinen ersten Arbeitstag sogar richtig gefreut. Kaum zu glauben, welch segensreiche Folgen ein paar Monate Ferien vom Chef für die Motivation haben. Meine war ja, rückblickend betrachtet, auf der nach unten offenen Bürofrustskala schon besorgniserregend tief gesunken. Doch nun fahre ich mit dem Fahrstuhl hoch zu unserer Büroetage und fühle mich richtig gut. Wie nach einer langen Reise wieder zu Hause angekommen.

Selbst die recht gewöhnungsbedürftige Farbgestaltung des Meidner'schen Imperiums gefällt mir auf einmal. Womöglich hat Joe damals recht gehabt, als er auf Anraten eines Farbpsychologen aus Ferdi Hinterhubers Bekanntenkreis blauen Teppich mit gelben Büromöbeln kombinierte.

»Während das freundliche Gelb anregend und heiter wirkt und für Intuition und Kontaktfreudigkeit steht, vermittelt das edle Dunkelblau Seriosität und philosophische Vertiefung. Diese Farbkombination lässt Ihre Kunden intuitiv die Kernkompetenzen der Meidner Fair & Event Design GmbH spüren«, hat es in dem wolkigen Konzeptpapier geheißen, das wir damals alle lesen mussten.

Für mich persönlich lässt diese Farbkombination die Kunden höchstens spüren, dass der Meidner unter einer für einen Messedesigner ausgesprochen bedenklichen Geschmacksverwirrung leidet. Aber das habe ich ihm natürlich nie gesagt.

Gut gelaunt laufe ich den dunkelblauen Gang zu meinem Büro entlang, vorbei an Joes Büro. Durch die offene Tür sehe ich ihn telefonieren. Er winkt mir geistesabwesend zu und malt weiter Männchen in seinen Terminkalender. Ein herzliches Willkommen sieht anders aus, aber egal.

Von der Teeküche hinten am Ende des Ganges macht Renate mir hektisch Zeichen, die ich nicht recht deuten kann. »Versteck die Konferenzgummibärchen – ich bin wieder daaaa!«, rufe ich ihr fröhlich zu, reiße schwungvoll die Tür zu meinem Büro auf – und falle fast in Ohnmacht.

Was nicht nur an dem süßlichen Aftershave liegt, das in der Luft hängt wie Patchouli-Aroma in einem Indienshop. Nein, es liegt in erster Linie daran, dass Manuel Weber mitnichten weg ist, sondern höchst präsent. Und zwar an meinem Schreibtisch. Genauer gesagt: auf meinem Schreibtischstuhl, mit den Füßen (Cowboystiefel – igitt!) auf meiner Schreibtischplatte.

Verzweifelt reibe ich an dem Bergkristall in meiner Hosentasche und bündele Energien, was das Zeug hält. Aber wie schon beim letzten Mal weigert sich dieses blöde Teil auch jetzt standhaft, meine Krankheitsvertretung zu Staub zerfallen zu lassen.

»Wunderbar, ich sehe, ihr seid euch schon nähergekommen«, beendete Joe mein Wunschdenken. »Sandy-Babe, ich finde, ihr solltet die aktuell laufenden Projekte noch gemeinsam abwickeln, bevor Manuel uns wieder verlässt. Ich möchte schließlich nicht, dass du dich überarbeitest. Du bist ja, genau genommen, noch Rekonvaleszentin.«

Ich schlucke. Gegen diese Form der Fürsorglichkeit kann ich wenig sagen. Am wenigsten Sachen wie: »Ich arbeite gerne rund um die Uhr für dich, wenn du nur diesen Schleimbeutel mit seiner bescheuerten Intellektuellenbrille entsorgst!«

»Ach, übrigens, aus diesem Grund möchte ich dir auch die Reise nach London zur Abnahme des neuen Moulin-Rouge-Messestandes nicht zumuten. Du hattest doch in Berlin schon genug Ärger mit denen. Und der Manuel hat das Projekt sowieso fast im Alleingang realisiert, dann soll er jetzt auch seinen Kopf hinhalten, oder?«

Verschwörerisch zwinkert er mir zu und rechnet ganz offensichtlich damit, dass ich mich bei ihm freudestrahlend für diese Rücksichtnahme bedanke.

Ich bin aber nicht dankbar. Ich bin total genervt.

Nicht, dass ich so scharf darauf bin, mich wieder mit dem Sarkozy-Rumpelstilzchen wegen irgendwelcher unvollständig oder gar nicht gelieferter Standelemente rumzustreiten. Aber Joe hätte mich wenigstens fragen können, bevor er so eine schicke Geschäftsreise einfach an eine Aushilfe delegiert. Oder etwa nicht?

»Noch was, Sandy, du hast doch nichts dagegen, dass Manuel bei dir im Büro arbeitet, bis Ende Juni unsere Praktikantenkammer wieder frei wird, oder? Braves Mädchen. So, Kinder, vertragt euch, und frohes Schaffen allerseits.«

Weg ist er.

Sprachlos starre ich auf Manuels jungministermäßig nach hinten gegelte Haare. »Menschenskind, sieht der affig aus«, ist der einzige Gedanke, den ich fassen kann. Ich stehe unter Schock, kein Zweifel.

»Ich geh mir erst mal 'n Kaffee holen«, bringe ich schließlich heraus und flüchte in die Teeküche, wo Renate Gott sei Dank immer noch zugange ist. »Ich hab noch versucht, dich zu warnen«, sagt sie mitfühlend, als sie mein Gesicht sieht. »Nimm's nicht so schwer. Die paar Wochen mit dem Typen bringst du mit links hinter dich. Du weißt doch inzwischen selbst, dass es 'ne Menge schlimmere Dinge im Leben gibt, stimmt's?«

Ich nicke und schäme mich heftig für den Ärger, der sich

innerhalb von Sekundenbruchteilen in mir ausgebreitet hat, ganz so, als hätte es die buddhistische Gelassenheit meines neuen Lebens nie gegeben.

»Weißt du, vielleicht ist er sogar ganz nett. Versuch doch einfach, ein paar gute Seiten an ihm zu entdecken. Er hat bestimmt welche! Wirst schon sehen, die machen sein Businessgeschwafel gleich leichter erträglich.«

Ich schaue sie zweifelnd an. »Du meinst, ich werde ihn und sein Aftershave besser ertragen, wenn ich herausfinde, dass er Vegetarier ist und bei *Titanic* geweint hat? Also ich weiß nicht.«

»SPRIN-GER! Müssen Sie für meinen Kaffee erst in Kolumbien die Bohnen pflücken, oder was ist los? Ich muss Ihnen wohl mal wieder eins auf die Nase geben!«

»Versuch's einfach! Was anderes bleibt dir eh nicht übrig. Außer natürlich, du schmeißt dem Meidner seinen Kram vor die Füße und gehst jetzt erst mal auf deine heiß ersehnte Frankreichreise.«

Sie nimmt das Kaffeetablett, flüstert noch »Ich sollte ihm eine kleine Nussecke dazu servieren, findest du nicht auch?« und verschwindet in Joes Büro.

Seufzend gehe ich zurück zu meinem. Frankreich ist keine Option. Ich habe mich bisher noch nicht mal getraut, Thomas auf das Thema anzusprechen, um unsere eheliche Harmonie nicht zu gefährden. Außerdem will ich erst mal meine Beförderung – der Meidner hat sie mir schließlich versprochen! Wer weiß, vielleicht ist diese ganze Manuelnummer nur ein Test von ihm. Meine Sozialkompetenz ausloten oder so. Ich werde mich der Herausforderung stellen müssen.

Entschlossen knipse ich mein professionellstes Lächeln an und öffne die Tür. Immerhin hat Manuel sich inzwischen an den Besuchertisch verkrümelt. Mitsamt seinem Laptop, seinen Cowboystiefeln und einer von diesen überdimensionierten Fahrradkuriertaschen, die offensichtlich gerade megamäßig angesagt sind.

»Lass uns doch heute Nachmittag mal alles, was ansteht, ausführlich besprechen. Jetzt würde ich erst mal gerne in Ruhe meine Post anschauen.«

Am Freundlichkeitsgrad meines Tonfalls werde ich noch arbeiten müssen. Aber für den Anfang geht es.

Ich setze mich an meinen Schreibtisch und fange an, den Eingangskorb durchzusehen. Prospekte, Fachzeitschriften. Ein paar Werbebriefe. Ein Stapel Gesprächsnotizen, verfasst in Manuels Wichtigtuerdenglisch. Eine offenbar von mir abzuzeichnende Rechnung über ein audiovisuelles »Business-Media-Center« von Bang & Olufsen. Als ich den Betrag sehe, verschlägt es mir fast den Atem.

Doch bevor ich Manuel dazu kritisch befragen kann, entdecke ich eine weitere Gesprächsnotiz. Das letzte Blatt, ganz unten auf dem Grund des Eingangskorbs. Offenbar liegt es da schon eine halbe Ewigkeit herum. In Renates runder Handschrift steht darauf: »Benno Schmidt bittet um Rückruf«, gefolgt von einer Handynummer.

Ich spüre, wie mir schlagartig eine heftige Röte ins Gesicht steigt. Verlegen schiele ich zwischen meinen Locken hindurch rüber zu Manuel. Doch der tippt gerade wie ein Wilder auf seinem Laptop herum – mit jämmerlichem Zweifingersuchsystem, wie ich beiläufig registriere – und hat von meiner Wallung offenbar nicht das Geringste mitbekommen.

Was heißt hier überhaupt Wallung? Erotischer Flashback träfe es bedeutend besser. Ich fühle mich wie zurückversetzt in unser kleines Pensionszimmer. Ich kann Benno sehen, riechen, fühlen, schmecken. Bei der Erinnerung an seine überragenden Liebhaberqualitäten bekomme ich eine Gänsehaut vor Lust. Und vor Entsetzen: Er hat monatelang vergeblich auf meinen Rückruf gewartet!

Ich muss ihn sofort anrufen. Vielleicht ist er ja noch in München. Wir könnten uns treffen. Wir könnten … – »Sandy, du bist ja ganz rot im Gesicht. Geht's dir nicht gut? Soll ich das Fenster aufmachen?«

Besorgt schaut Manuel mich an. Oh Gott. In einer Mischung aus Panik und Scham zerreiße ich den Zettel mit Bennos Handynummer in kleine Schnipsel und werfe sie in den Papierkorb, als seien sie hochansteckend. Ich frage mich nur, womit.

❖ ❖ ❖

Das ist jetzt fünf Wochen her. Fünf Wochen, in denen ich mich im Fünfminutentakt gefragt habe, wieso um Himmels willen ich Bennos Nummer weggeworfen habe.

Sandra Heller. Für einen kurzen Augenblick hielt sie den Schlüssel zu ihrem Schicksal in Händen. Doch dann überkam sie eine große Furcht, und sie warf ihn fort, weil ihre schönen grünen Augen den Blick eines Unwürdigen kreuzten.

Wie kann man bloß so blöd sein!

Inzwischen weiß ich immerhin, dass ich noch nicht mal weiß, ob Benno mit Nachnamen nun Schmidt oder Schmitt oder Schmid heißt. Nach mehreren Stunden erfolgloser Suche im Telefonbuch und vergeblichen Anrufen bei diversen B. Schmidts und B. Schmitts habe ich jedenfalls entkräftet aufgegeben.

Neulich habe ich mich dann überwunden und unter einem Vorwand versucht, seine Nummer über Frau Schoppel rauszukriegen. Doch unsere betagte Buchhalterin lächelte nur maliziös. »So, so, Aushilfe war er, sagen Sie. Also über meinen Tisch ist da nichts gelaufen. Aushilfsjobs regelt Herr Meidner gelegentlich in bar, damit spart er sich die Sozialversicherung. Aber das muss bitte unter uns bleiben.«

Natürlich. Seufz. Andererseits: Was würde ich denn tun, wenn ich Bennos Nummer hätte? Ihn anrufen und »Ich weiß jetzt, dass ich ohne dich nicht leben kann – lass uns zusammen fortgehen« ins Telefon raunen? »Gib mir alles, und zwar sofort?«

Und überhaupt, wer weiß, warum er mich damals überhaupt in der Firma erreichen wollte.

Vielleicht, weil er es vor Sehnsucht einfach nicht mehr ausgehalten hat. Aber vielleicht auch nur, damit ich ihm seine Zeugnisse amtlich beglaubigt ins Französische übersetze. »Oder was meinst du, Belmondo?«

Belmondo schüttelt unwillig den Kopf, und ich habe das Gefühl, wenn er könnte, würde er mir jetzt eine Standpauke zum Thema »Das Herz ist willig, aber der Geist ist schwach« halten.

Womit er vermutlich recht hätte. Doch was nützt diese Erkenntnis, wenn mein mageres Selbstbewusstsein wie üblich weiter zweifelt.

»Glaubst du, er denkt noch an mich? Ich meine, ein so toller Mann, der bleibt doch in freier Wildbahn niemals lange alleine.«

Einen Moment lang sehe ich vor meinem geistigen Auge, wie Neele ihn uns bei unserem nächsten Treffen stolz als ihren neuen Freund vorstellt. Die reinste Horrorvorstellung. Beste Freundin hin oder her – diesen Hauptgewinn würde ich ihr nicht gönnen.

Pfui, Sandra, schäm dich! Auch Belmondo guckt ganz vorwurfsvoll.

Manchmal ist mir seine hellseherische Art geradezu unheimlich. Aber das soll ja in engen Beziehungen zwischen Haustieren und ihren Besitzern durchaus normal sein, wie man so hört.

Ich werfe Belmondo einen prüfenden Blick zu. Er guckt unbeeindruckt zurück. Schließlich wendet er sich gähnend ab und macht es sich in meinem Schaukelstuhl bequem. Mit dem Rücken zu mir.

Resigniert notiere ich »Studium der Tierpsychologie« auf der mentalen Liste meiner Zukunftsprojekte und wende mich widerstrebend wieder meiner Horrorvorstellung von Neele und Benno zu. Diesmal mit eingeschaltetem Verstand. Ergebnis: mal wieder völlig umsonst aufgeregt.

Denn Neele ist derzeit erstens recht verliebt in einen namhaften Fernsehproduzenten, den sie vor ein paar Jahren mal wegen Steuerhinterziehung drangekriegt hat und der ihr seitdem schöne Augen macht. Seit Kurzem, wie gesagt, mit Erfolg. Was sind schon ein paar Tausend Euro Strafzahlung gegen das Wunder der Liebe!

Na ja, und zweitens ist Benno sowieso bestimmt schon in Céret, und ich bin hier, beziehungsweise demnächst im bayerischen Voralpenland. Und wenn sie nicht gestorben ist, dann bereut sie das noch heute.

❖ ❖ ❖

Im Büro ist inzwischen wieder alles wie immer. Der Meidner hat sein Mitleid mit meiner schweren Erkrankung lange vergessen, kultiviert seine schlechte Laune wie eh und je und lädt skrupellos schwindelerregende Arbeitsmengen auf meinem Schreibtisch ab. »Wo ich doch jetzt mit euch beiden eine Doppelspitze hab«, sagt er gerne feixend, wenn er mal wieder mit einem dringenden Arbeitsauftrag ins Zimmer stürmt. Selbstverständlich ohne vorher anzuklopfen.

Auch Dr. Schnurer ist wieder zu meinem treuen Begleiter durch die Arbeitstage geworden. Es vergeht kein Tag, an dem er nicht anruft oder vorbeikommt, um mit mir sämtliche Facetten seines Groß-Events bis ins letzte Detail zu besprechen.

Seit gestern ist immerhin die Frage der musikalischen Begleitung geklärt. Dr. Schnurer hat sich nach reiflicher

Überlegung für Marianne und Michael entschieden. Er ist zu der Überzeugung gelangt, dass Volksmusik dem erdverbundenen Charakter seiner Gärtnerklientel letztlich am meisten entgegenkommt.

Meinetwegen. Hauptsache, ich muss mir keine aktuellen Demo-CDs von Heino und Nicole mehr anhören. Dafür stehe ich jetzt vor der schwierigen Aufgabe, im Dialog mit dem Schnurer und leider auch mit Manuel eine ansprechende Präsentationsform für die Produkte der Grünthal Elektro-Gartengeräte GmbH zu konzipieren. Diese sollen nämlich »spielerisch« in den Programmablauf des Geburtstagsempfangs integriert werden.

So ganz klar ist mir nicht, was der Schnurer damit meint. Rasenmäherwettrennen? Elektrosensenduelle? Laubbläsergeschicklichkeitsspiele? Goodie Bags mit niedlichen kleinen Rasenscheren und Gartenhäckslern? Oder sollen wir womöglich den Veranstaltungsort – angedacht ist aus naheliegenden Gründen der Gartensaal des Prinzregententheaters – komplett mit Kunstrasen auslegen, damit die Gäste nach Herzenslust elektrische Rasenroboter ausprobieren können?

Eine ziemlich schwachsinnige Idee, ich weiß. Ich habe sie auch gleich wieder verworfen. Aber Manuel ist auf denselben Gedanken gekommen und hat sich nicht entblödet, dem Schnurer einen entsprechenden Vorschlag zu machen. Mit vernichtenden Folgen, hihi: »Junger Mann, bevor Sie weitere technisch nicht realisierbare Pläne entwickeln, sollten Sie einmal persönlich bei uns vorbeikommen und sich mit unserem Sortiment vertraut machen.«

Leider Gottes muss diese Firmenvisite Manuel immens inspiriert haben, denn inzwischen sprüht er vor Ideen für das Event und wird nicht müde, mich damit zuzuschwafeln.

Überdies ist er ganz offensichtlich der neue beste Freund

von Dr. Schnurer. Eine Entwicklung, die ich einerseits mit Erleichterung, andererseits mit einer gewissen Eifersucht zur Kenntnis nehme.

Übrigens genau wie die kameradschaftlichen Bande, die sich während meiner Abwesenheit zwischen Manuel und Joe entwickelt haben. Die beiden haben ihre gemeinsame Begeisterung für den FC Bayern entdeckt und diskutieren stundenlang angeregt den Tabellenstand der Bundesliga. Und das, obwohl Joe normalerweise die Pausen seiner Mitarbeiter mit der Stoppuhr kontrolliert und sich über jedwede Überziehung extrem verärgert zeigt. Was für uns andere offenbar auch weiterhin gilt.

»Der Manuel besorgt dem Meidner immer Tribünenkarten – wusstest du das nicht? Er kennt wohl jemanden in der Verwaltung der Allianz Arena«, klärt Renate mich schließlich auf.

Dieser alte Schleimer. Einen auf MBA-Superman machen und dann dem Chef in den Arsch kriechen. Widerlich, so was.

Ich bin froh, dass Martinas Meditationskalender wie eine ständige Mahnung auf meinem Schreibtisch liegt. Sonst hätte ich mich schon längst vergessen und ihm schwer die Meinung gegeigt. Aber da ich mich dank Guru-erprobter Weisheiten wie »Nichts begehren, das ist der Weg« halbwegs beherrsche, habe ich meine Standpauke erst mal auf Halde gelegt. Zu all den anderen ungehaltenen Reden ungehaltener Frauen, wie Renate heiter anmerkte.

Wobei »ungehalten« nicht der richtige Ausdruck für meinen Zustand ist. Ich bin nicht ungehalten.

Ich bin ungenießbar.

Wenn meine Freundinnen mich besorgt fragen, warum ich ständig so gereizt bin, sage ich, es liegt an Manuel. Und am Meidner. Und am Schnurer. Und an der Menopause. Und so.

Dabei müsste ich, wenn ich ganz ehrlich wäre, »und an Thomas« sagen, anstatt mich mit diesem vagen »und so« aus der Affäre zu ziehen.

Denn mit Thomas ist allmählich auch wieder alles wie immer. Küsschen, Kuscheln, Licht aus.

Vor ein paar Monaten haben wir sozusagen im Angesicht des Todes unser Liebesleben auf wundersame Weise wiederbeleben können. Doch inzwischen ist meine gesundheitliche Krise überstanden. Der Alltag hat das Regiment wieder übernommen. Und ich muss mich wohl allmählich damit abfinden, dass Thomas' Wiederentdeckung der Libido kein Wunder war, sondern nichts weiter als ein sexuelles Strohfeuerchen.

Die Beanspruchung der letzten Monate scheint Thomas' Potenz einfach zu viel geworden zu sein. Sie hat sich überstürzt wieder von uns verabschiedet, und auch meine mit dem Mut der Verzweiflung eingesetzte bordeauxfarbene Seidenwäsche hat sie bisher nicht zur Rückkehr bewogen.

Also ist bei uns in der Kiste seit einiger Zeit wieder alles auf Normalnull. Tote Hose. Wie gewonnen, so zerronnen.

Klar, dass diese Situation unbefriedigend ist, im wahrsten Sinne des Wortes. Und dass meine Laune entsprechend störanfällig ist. Schließlich leide ich unter dem weltweit ersten zweiten Frühling, der nicht in einen heißen Sommer mündet, sondern direkt in die Winterpause.

❖ ❖ ❖

Ich weiß ja nicht, wie Sie das sehen, aber für mich gehören familiäre und gesellschaftliche Verpflichtungen von Haus aus eher selten in die Kategorie »angenehmer Zeitvertreib«. Zu wenig Spaß. Zu viel Small Talk.

Als brave Ehefrau kann ich mich allerdings anstehenden Pflichtterminen nicht immer entziehen, schon aus Mangel an Ausreden. »Migräne«, »Halsweh«, »Magen-Darm-Grippe« und dergleichen können einem zwar erholsame Nachmittage im Bett bescheren. Bei regelmäßigem Gebrauch läuft man allerdings Gefahr, als unglaubwürdig eingestuft zu werden.

Mir blieb daher diesmal gar nichts anderes übrig, als mit Thomas nach Düsseldorf zu fahren. Zur Hochzeit einer Kollegin. Und um seine Mutter zu besuchen, wenn wir schon mal in der Gegend sind.

Sechs Stunden Autobahn, während draußen das herrlichste Wetter herrscht. Na toll. Genau das, was ich dieses Wochenende so dringend brauche wie ein Loch im Kopf. Wenn ich dieser Autofahrt nicht wenigstens irgendwas Positives abgewinnen kann, wird meine ohnehin recht instabile Stimmung ganz im Eimer sein, noch bevor unser erster Programmpunkt überhaupt begonnen hat.

»Du, Thomas, wie wär's, wenn wir dieses Jahr endlich mal nach Frankreich in Urlaub fahren würden?«

Ein ausgesprochen cleverer Schachzug. Thomas sitzt nämlich am Steuer. Also kann er unmöglich die Augen schließen und den Kopf nach hinten lehnen, wie er es sonst machen würde, um jeglichen Streit zu vermeiden.

»Ach, Engel, ich frage mich wirklich, warum du diesen Frankreichtick hast. Statistisch gesehen ist er absolut unvertretbar – weißt du das eigentlich? Die Beschäftigten in der französischen Touristikbranche und Gastronomie gelten als die unfreundlichsten in ganz Europa!«

»Du immer mit deinen blöden Statistiken. Ich hab da ganz andere Erfahrungen gemacht. Und dann das gute Essen. Die Weine. Diese wunderbaren Landschaften – da findest du doch bestimmt auch ganz viele tolle Sukkulenten, die es in der Schweiz nicht gibt!«, füge ich strategisch geschickt hinzu und komme mir vor wie Miss Machiavelli persönlich.

»Unsinn! In der südwesteuropäischen Bergwelt ist eine mit der Schweiz vergleichbare Vegetation vorherrschend«, doziert Thomas. Er hat dieses gewisse Etwas in der Stimme, das darauf hindeutet, dass nun ein längerer Vortrag über Sukkulentenbiotope oberhalb von 1.000 Höhenmetern folgen wird. So viel zum Thema strategische Geschicklichkeit.

»Aber du warst noch nie Frankreich. Als Wissenschaftler müsstest du dir doch wenigstens einmal einen persönlichen Eindruck verschaffen, anstatt einfach nur deine Vorurteile zu pflegen«, schieße ich zurück. Lieber ein Dialog mit Streitpotenzial als ein Monolog über Fettpflanzen.

»Nein, danke. Mir reicht es schon zu wissen, dass die Franzosen im Jahr 500 Millionen Schnecken verspeisen. Stell dir die nur mal auf einem Haufen vor. Da wird einem ja speiübel. Also wirklich, so was muss ich mir nicht auch noch persönlich angucken. Und überhaupt: Was hast du eigentlich gegen das Engadin? Wo wir da doch immer so glücklich waren!«

Gut beobachtet. Wobei die Betonung für mich auf »waren« liegt.

Am Anfang fand ich die Schweiz ja großartig. Alles so aufgeräumt und zuverlässig und sauber. Urige Hotels, wunderbare Wanderwege, köstliche Rösti. Aber aus urig wird spätestens dann öde, wenn man zum zehnten Mal in demselben Zimmer wohnt – Thomas ist da sehr traditionsbewusst –, und selbst die besten Rösti hängen einem irgendwann zum Hals raus.

Ganz zu schweigen von den Mitgästen. Karierte Hemden, atmungsaktive Multifunktionswanderhosen, patente Kurzhaarfrisuren, immer ein freundliches »Grüezi« auf den Lippen.

Und in der Regel schreiend langweilig.

Nicht unbedingt für Thomas, der es glänzend versteht,

die Leute am Nachbartisch in leidenschaftliche Diskussionen über die Artenvielfalt der Steinbrechgewächse im unteren Oberengadin zu verwickeln. Aber für mich. Inzwischen überkommt mich glatte Panik bei dem Gedanken daran, dass ich noch in 20 Jahren meinen Jahresurlaub in Zimmer 35 des Kurhotels Bergün verbringen werde.

»Thomas, Liebling, ich liebe das Engadin – das weißt du doch.« Auf eine Notlüge mehr oder weniger kommt's in meinem Leben auch nicht mehr an.

»Aber ich würde so gerne ein bisschen mehr von der Welt sehen. Lass uns doch *einmal* woanders hinfahren. Bitte. Dann freuen wir uns umso mehr, wenn wir nächstes Jahr wieder die Schönheiten der Schweiz genießen können. Du hast doch selbst gesagt, dass Glück was mit Abwechslung zu tun hat. ›Zwischen Genussfähigkeit und Kontinuität besteht nachweisbar eine negative Korrelation‹, das hast du mir vor ein paar Monaten gesagt – weißt du noch?«

Ein dreifaches Hoch auf mein Gedächtnis. Und auf seins hoffentlich auch.

Hastig fahre ich fort: »Als ich das nicht kapiert habe, hast du es mir mit dem Beispiel von der Torte und der Currywurst erklärt. Wer immer nur Torte isst, hat auf Dauer viel weniger Freude daran als jemand, der zwischendurch auch mal Currywurst auf den Tisch bekommt, hast du gesagt. Daran musst du dich doch erinnern!«

Erwartungsvoll schaue ich Thomas an. Er nickt widerstrebend. Puuhh. Im dritten von drei Sätzen überlegen nach Punkten gewonnen.

Die nächste Stunde verbringe ich damit, Thomas mit der Behutsamkeit einer Sonderpädagogin zu entlocken, wo er sich denn sonst noch einen Urlaub vorstellen könnte. Die Seychellen, Mexiko und Thailand sind zu meinem Leidwesen aber erwartungsgemäß nicht dabei. Österreich und die italienischen Dolomiten kann ich wegen der räumlichen

Nähe zur Schweiz glücklicherweise nach kurzer Diskussion vom Tisch bringen. Aber mehr scheint Thomas beim besten Willen nicht einzufallen.

Gerade will ich resignieren und mich auch für dieses Jahr in mein Rösti-Schicksal fügen, da murmelt er widerwillig: »Vielleicht La Palma.«

Ich kann mein Glück kaum fassen. Kanaren, das hätte ich ja nie zu hoffen gewagt! Schon sehe ich Thomas und mich in romantischen kleinen Badebuchten turteln, durch lauschige Fischerörtchen flanieren und bei einem tropischen Cocktail den Sonnenuntergang über dem Atlantik bewundern.

»Da könnten wir einen richtig schönen Wanderurlaub machen. Der höchste Berg ist immerhin über 2.400 Meter hoch«, sagt er mit sekündlich steigendem Elan. »Und letztes Jahr haben uns doch unsere Tischnachbarn im Hotel erzählt, dass man da mit etwas Glück sogar seltene Sukkulenten aus dem afrikanischen Vegetationsraum finden kann, erinnerst du dich?«

Ich erinnere mich selbstverständlich kein bisschen. Aber das spielt keine Rolle. Hauptsache, wir fahren überhaupt woandershin. Und wenn ich Thomas erst mal auf La Palma habe, werde ich ihm mit etwas Geschick sicherlich auch ein paar geruhsame Badetage abringen können. Schließlich stand in einer der letzten Ausgaben von *Brigitte Woman* ein längerer Artikel über die Schönheit von La Palmas Lavaständen. Irgendwo werden da doch bestimmt auch ein paar halbwegs interessante Fettpflanzen vor sich hin wachsen.

❖ ❖ ❖

»Wussten Sie eigentlich, dass der Buchstabe Q in deutschen Texten nur mit einer Wahrscheinlichkeit von 0,02 Prozent vorkommt?«

»Woher wissen Sie denn *so was*?« »Das ist ja interessant!« Mit neu erwachter Begeisterung löffeln die Hochzeitsgäste an unserem Tisch ihre Quarkmousse, ganz so, als ob Thomas ihnen soeben das Geheimnis des ewigen Lebens verkündet hätte.

Vergnügt zwinkert er mir zu, sichtlich erfreut darüber, dass er mit seinen statistischen Bonmots mal wieder erfolgreich die ganze Tafel unterhält. Wenn er nur genauso spritzig wäre, wenn wir zu zweit zu Hause hocken.

Verstohlen beobachte ich unsere sechs Tischnachbarn. Trotz einer schier endlosen kirchlichen Hochzeitszeremonie und eines offenbar ebenso endlosen Festessens scheinen sie hellwach zu sein und sich prächtig zu amüsieren. Auf den ersten Blick jedenfalls. Auf den zweiten entdecke ich ein paar untrügliche Anzeichen dafür, dass der eine oder andere sich hinter seiner sorgsam zurechtgelächelten Fassade uferlos anödet. Genau wie ich.

Die Konversationsthemen werden im Laufe des Tages auch nicht gerade spannender. An unserem Tisch bisher erschöpfend abgehandelt: Braut und Bräutigam, Wetter, aktuelle Filmpremieren, Traditionen (»Ist es angesichts des Hungers in der Welt noch moralisch vertretbar, bei Hochzeiten Reis zu werfen?«), die schönsten Urlaubsziele innerhalb und außerhalb Europas.

Und natürlich die großen Themen der Generation 40 plus: Cholesterinspiegel, Pulswerte, Nobelrestaurants, Starorthopäden, Espressomaschinen, Gleitsichtbrillen, Kapitalanlagen, Rente.

Einen Moment lang erwäge ich, spaßeshalber ein etwas prickelnderes Thema in die Debatte zu werfen. Partnertausch. Gruppensex. Die interaktiven Gestaltungsmöglichkeiten des Web 2.0 unter besonderer Berücksichtigung von YouPorn. Meine erotisch unterforderte Sinnenwelt spült mir weitere einschlägige Gesprächsthemen ins Bewusstsein, doch in letzter Sekunde besinne ich mich auf meine gute Kinderstube.

Die verbietet mir auch, mich über die Rede des Brautvaters auszulassen. »Wenn wir in Afrika wären, müsstest du mir für meine Tochter ganz schön viele Kamele geben«, hat er seinem Schwiegersohn launig zugerufen. Um sodann mit einem fröhlichen »Trainerwechsel!« seine Verantwortung für die Braut in die Hände des hoffnungsvollen Bräutigams zu legen.

Ein Auftritt von bemerkenswerter Peinlichkeit. Selbst die Brautleute – sie Diplom-Mathematikerin, er Altphilologe, beide Mitte 40 – guckten etwas beklommen zu Boden.

Genau wie Thomas und ich damals, als sein Vater auf unserer Hochzeit zu fortgeschrittener Stunde seine gesammelten Weisheiten zum Anlass kundtat. »Wie hält man 30 Jahre Ehe aus? – Nicht zuhören und falsche Antworten geben!«, posaunte er ins Mikrofon. Und erklärte später in kleiner Runde mit einem Seitenblick auf seine Frau, in einer Ehe gäbe es nun mal immer einen, der leidet, und einen, der sich langweilt.

Damals saß Thomas' Mutter blass und verhärmt neben ihrem Hubert und rührte verlegen in ihrem Kaffee. Ich an Marthas Stelle wäre ja spätestens in dem Moment auf die Damentoilette geflohen, als er Thomas' Trauzeugen »Ach, wissen Sie, so viele Jahre dasselbe Modell, das hängt einem halt irgendwann zum Hals raus« zuseufzte. Aber sie saß einfach nur still da und schob gottergeben ihr Tischkärtchen hin und her.

Vor zwei Jahren stellte sich dann heraus, dass Hubert sich im zarten Alter von 70 Jahren in eine halb so alte rumänische Manikürefachkraft verliebt hatte und ihr ein eigenes Nagelstudio kaufen wollte. Von Marthas Familienerbe.

Doch wie das Leben so spielt: Kurz nachdem Martha sich

von diesem Schock erholt und die Scheidung eingereicht hatte, starb Hubert überraschend. Vermutlich eine Überdosis Viagra. Aber sein Hausarzt hat natürlich geschwiegen wie ein Grab.

Ich habe Martha zuletzt bei der Beerdigung gesehen, vor etwas mehr als einem Jahr. Sie war noch blasser und verhärmter als sonst, und wir machten uns ernsthaft Sorgen um sie.

Umso überraschter war ich, als ich sie jetzt wiedersah. Sie war nicht wiederzuerkennen. Die lustige Witwe in Person. Topmodisch gekleidet, gepflegtes Make-up, flotte Frisur. Gesundheitlich superfit und offenbar hervorragend vernetzt mit einer ganzen Clique quirliger älterer Damen. »Neulich waren wir alle in *Endlich Witwe* – das war vielleicht ein Spaß!«, erzählte sie uns begeistert und nahm einen großen Schluck von ihrem Gin Tonic.

Noch so eine erstaunliche Veränderung. Früher trank sie höchstens mal ein Gläschen Kräuterlikör. »Die Queen Mum hat auch jeden Tag einen Gin Tonic getrunken und ist damit 101 geworden!«, erklärte Martha, als sie meinen Blick bemerkte. »Ich fühl mich putzmunter, da will ich noch möglichst lange meinen Spaß haben!«

Kein Zweifel, ihr Witwendasein hat sie um Jahrzehnte verjüngt. Eine erfreuliche Entwicklung.

Gleichzeitig erfüllt mich diese Beobachtung mit einer gewissen Beunruhigung. Bonmots aus Neeles reichhaltiger Sammlung ehefeindlicher Sprüche klingen in meinen Ohren: »Eine Ehe ist wie ein Jahr Feuer und 30 Jahre lang Asche. ›Bis dass der Tod euch scheide‹ ist angesichts der steigenden Lebenserwartung in unseren Breitengraden einfach zu viel verlangt. Alle glauben, dass die Liebe über die Zeit siegt – doch am Ende siegt immer die Zeit über die Liebe. Erst kommen die großen Gefühle, dann kommt die Gewohnheit, und dann ist es zu spät.«

Nachdenklich schaue ich dem Brautpaar hinterher, das gerade glücklich an unserem Tisch vorbeitanzt. Wie gut, dass die beiden im Gegensatz zu mir noch keine Ahnung haben, welche Wendungen so ein Eheleben nehmen kann.

12

Freitag, 10. August. Mein Meditationskalender hat heute »Nichts zu tun ist besser, als mit viel Mühe nichts zu schaffen« anzubieten. Eine Aussage, der ich mich inhaltlich voll anschließen kann. Wobei ich normalerweise trotzdem im Bereich »mit viel Mühe nix schaffen« rotiere wie der berühmte Hamster im Rad.

Nur heute habe ich ausnahmsweise die Gelegenheit, mit »Nichtstun« unbehelligt durch den Arbeitstag zu kommen. Denn heute ist Sitzung. In unserem blau-gelben Konferenzzimmer sitzen sechs Herren: der Meidner, Ferdi Hinterhuber, Manuel Weber, Dr. Schnurer und zwei weitere gewichtige Entscheidungsträger der Firma Grünthal Elektro-Gartengeräte.

Ich bin die einzige Frau. Und ich kann von Glück sagen, dass die Herrschaften mich noch nicht rausgeschickt haben, Kaffee kochen und Häppchen zurechtmachen.

Denn mit kreativem Input meinerseits scheint keiner der Anwesenden zu rechnen. Ferdi geriert sich wortreich als graue Eminenz. Joe hängt seine 35 Jahre Branchenerfahrung an die größte Glocke, die er finden kann. Und Manuel, dieser alte Schleimer, versucht mit einer »gestern Nacht spontan konzipierten« Tischvorlage zu punkten. Was ihm prompt giftige Blicke vom Meidner einträgt. Der hasst es nämlich, wenn ein Subalterner es wagt, seine Chef-Aureole auch nur ansatzweise zu überstrahlen, Tribünentickets hin oder her.

Erregt wogen die Wortbeiträge auf und ab. An einer schnellen, pragmatischen Lösung scheint niemand interessiert. Es gehört für mich zu den großen Rätseln der Menschheit, warum Männer in Sitzungen lieber selbstverliebte Monologe halten, als miteinander zu reden. Uhren im Wert von Tausenden von Euro am Handgelenk, aber nicht für zwei Cent zuhören können.

Egal. Hauptsache, niemand fragt mich nach meiner Meinung. Müde greife ich mir noch einen Konferenzkeks und schaue unauffällig aus dem Fenster. Draußen scheint die Sonne hoch vom Himmel. Genau wie die letzten Wochen. Wochen, die ich im Wesentlichen im Büro verbracht habe. Ich habe zwar noch keinen Schlafsack in meinem Aktenschrank deponiert, um zur Not unterm Schreibtisch übernachten zu können. Doch den allergrößten Teil meines Tages, den schufte ich wie ein chinesischer Minenarbeiter.

Schon allein, um im aufkeimenden Konkurrenzkampf mit diesem Jungschnösel nicht den Kürzeren zu ziehen und um meine Beförderung gebracht zu werden. Als ich das neulich Renate erklärte, guckte sie mich sorgenvoll an. »Der Meidner verspricht immer allen alles, das weißt du doch. Diese sagenumwobene Beförderung kommt vielleicht irgendwann. Aber Leben ist jetzt!«

»Musst du mir eigentlich immer meine eigenen Sprüche unter die Nase reiben?«, zeterte ich. »Ich kann deshalb trotzdem nicht einfach kündigen und mich für den Rest meines Lebens im Ruheraum der Wellness-Oase am Marienplatz verschanzen!«

Wütend funkelte ich Renate an. Was mir im gleichen Moment leidtat. Denn nur ihr habe ich es zu verdanken, dass ich die Meidner Fair & Event Design GmbH überhaupt noch irgendwie weiter ertrage.

Jeden Tag aufs Neue bete ich mir vor, wie dankbar ich für meinen Job sein muss, heutzutage, in der Krise, nach meiner Krankheit – und trotzdem schleppe ich mich immer widerwilliger hin. Vor allem, seit ich mich mit dieser lächerlichen Frage aus dem großen Psychotest von *Brigitte Woman* rumquäle, als hinge von der richtigen Antwort mein Leben ab.

»Was bringt Ihnen Ihr Job außer Geld?«, hat da gestanden. Ich vermute, dass an der Stelle Antworten erwartet werden wie »Abwechslung«, »Motivation«, »geistige Befriedigung« oder womöglich sogar »Spaß«. Und nicht etwa das Wort mit den drei Buchstaben, das mein genervtes Gehirn als einzige Antwort ausspuckt: »NIX«.

Unter diesen Umständen kann von »bescheiden die kleinen Freuden des Lebens genießen« keine Rede mehr sein. Meine Gelassenheit im Umgang mit den Widrigkeiten des Alltagslebens lässt ebenfalls extrem zu wünschen übrig.

Dabei hatte ich mir während meiner Krankheit vorgestellt, dass es als Ausgleich für den erlittenen Krebsschock Weisheit eimerweise auf mich hinabregnen würde. Genauso halt, wie es immer in der *Bunten* steht: »Durch diesen Schicksalsschlag hat sie sich vollkommen verändert«, »Seitdem genießt sie jeden Tag ihres Lebens, als ob es der letzte wäre« und so.

Schön wär's.

Meine Entrückung, meine zenmäßige Gelassenheit, meine guten Vorsätze, mich nie wieder stressen zu lassen und mir jeden Tag was Gutes zu tun – das alles ist so restlos weggespült wie eine Sandburg nach der Flut. Wirklich deprimierend, wie schnell sich gute Vorsätze heutzutage in Schall und Rauch auflösen.

Besonders, wenn es sich um meine eigenen handelt.

Aber ich bin nun mal schon genervt, wenn ich morgens ins Büro komme. Ich verzichte vor lauter Arbeit zähneknirschend auf meine Mittagspause. Ich mache wesentlich mehr Überstunden, als diese Klitsche verdient. Ich denke deutlich öfter »Ich hasse meinen Job«, als für meine persönliche Work-Life-Balance gut ist, und renne schon wieder genau wie früher alle drei Stunden zur Damentoilette, um meine Augenringe zu überschminken.

Und überhaupt, apropos Augenringe: Neulich traf ich abends den Schmidtbauer von über uns im Treppenhaus. Hellgrauer Teint, mittelgrauer Aktenkoffer, dunkelgraue Augenringe. Gerade wollte ich ihm mitleidig »Sie sollten einfach nicht mehr so viel arbeiten, nach Ihrem zweiten Herzinfarkt!« zurufen, da nahm er meine Hand, schaute mich mahnend an und sagte eindringlich: »Frau Heller, Sie sehen schrecklich müde aus. Wissen Sie, es geht mich ja nichts an, aber … Nach einer so schweren Erkrankung sollte man wirklich kürzertreten.«

Ich starrte ihn an und schnappte nach Luft. Hektisch durchsuchte ich meine Hirnwindungen nach einer schneidigen Antwort. Doch mir fiel nichts ein.

Die Sekunden dehnten sich zu den berühmten Ewigkeiten, und am Ende machte ich wortlos kehrt, rannte zur Parfümerie in der Hohenzollernstraße und investierte blindlings ein halbes Monatsgehalt in Entspannungsmasken, stark deckende Make-ups und einen Concealer der Luxusklasse für besonders beanspruchte Augenpartien.

Als ob das eine Lösung sei.

Das einzige Highlight auf weiter Flur war vor ein paar Wochen die Richard-Gere-Retro auf dem Münchner Filmfest. Stefan hatte Martina, Neele und mir auf unseren ausdrücklichen Wunsch über seine Redaktion Ehrenkarten für *Ein Mann für gewisse Stunden* besorgt.

Beim anschließenden Empfang fiel Stefan mir trotz dieser netten Geste gleich zweifach unangenehm auf. Erstens, weil er meinte, unseren cineastischen Geschmack mit einem süffisanten »Da kann man doch mal sehn, wovon die Damenwelt so träumt« kommentieren zu müssen. Klar, du Depp, was bleibt einem auch anderes übrig, wenn man mit einer Erbswurst wie dir verheiratet ist?

Na ja, und zweitens, weil Erbswurst-Stefan sich tatsächlich nicht entblödete, uns die Frau mit den feuerroten Haaren vorzustellen!

»Gaby ist Filmkritikerin für die *SZ*. Auf den Festivals tauschen wir uns immer aus«, erklärte er leutselig und wurde noch nicht mal rot dabei. Grund genug hätte er gehabt: Nach dem, was ich damals in dem italienischen Feinkostladen gesehen habe, geht es eher um den Austausch diverser Körperflüssigkeiten als um den Austausch fachlicher Einschätzungen über neue Meisterwerke des japanischen Avantgarde-Kinos.

Arme Martina. Aber Neele und ich hatten uns ja darauf geeinigt, ihr nichts zu sagen. Daran halte ich mich auch.

Trotzdem komme ich mir vor wie eine Verräterin. Was meine Laune nur noch weiter dimmt. Übrigens genau wie unsere Haussuche. Die zieht sich hin wie der berühmte Kaugummi. Stunde um Stunde durchforste ich am Wochenende die Angebote im Internet. Thomas und ich nutzen jede freie Minute, um uns geeignete Objekte anzuschauen. Aber irgendwie war bisher immer der Wurm drin.

Fand ich jedenfalls.

Mal lag der Garten nach Norden anstatt wie versprochen nach Süden, mal entpuppte sich die »Laufnähe zur S-Bahn« als klassische Marathondistanz. Mal war mir das Wohnzimmer zu klein, mal fiel mir auf, dass der nächste Supermarkt unzumutbar weit weg war, und ein anderes Mal wohnte der Vermieter im selben Haus. Für mich persönlich ein absolutes No-go.

Eine Doppelhaushälfte in Steinebach gefiel Thomas ausgesprochen gut. Aber nachdem ich ihn auf die potenzielle Geruchsbelästigung durch die chemische Reinigung gleich nebenan aufmerksam gemacht hatte, strich er sie wieder von der Liste. Wenn auch schweren Herzens, wie er noch Tage später immer wieder betonte.

Wenn ich's mir recht überlege, muss ich mich schämen. Da will Thomas für mich und meine Gesundheit aufs Land ziehen, und ich habe nichts anderes zu tun, als ein Haus nach dem anderen abzulehnen. Natürlich in jedem einzelnen Fall mit vollkommen berechtigten Argumenten, oder etwa nicht?

Trotzdem bleibt ein schales Gefühl. Bei mir und offenbar auch bei ihm. Es wird Zeit, dass wir in Urlaub fahren. Mal ganz raus aus der Mühle und was Neues erleben …

»Sandy-Babe, wo du gerade so verträumt zum Fenster rausschaust: Könntest du uns noch eine Kanne Kaffee besorgen?«

Verschreckt reiße ich die Augen auf. Ich sitze nicht mit Thomas im Strandcafé auf La Palma, sondern immer noch mit Joe in der Sitzung.

Gottergeben trotte ich zur Teeküche und werfe die Kaffeemaschine an. Vor Frust rege ich mich noch nicht mal mehr darüber auf, dass immer nur die Frauen zum Kaffeeholen geschickt werden. Positiv denken, heißt die Devise.

Aus dieser Perspektive betrachtet, gehört mein Chef zu den Menschen, auf die man sich wirklich immer verlassen kann.

❖ ❖ ❖

Ich muss unbedingt aufhören, immer nur um den eigenen Bauchnabel zu kreisen. Anderen Leuten geht's nun wirklich viel schlechter als mir. Und zwar nicht nur in Mali, sondern auch hier in München.

Martina zum Beispiel. Die hat heute herausgefunden, dass Stefans viele Überstunden nicht etwa auf den japanischen Avantgarde-Film zurückzuführen sind. Sondern auf Gaby.

»Stellt euch vor, da blättere ich in einer von Stefans Filmkritikblättchen, da sind immer so interessante Promi-Fotos drin, von den Partys auf den Festivals und so«, erklärt sie Neele und mir schluchzend, als wir uns auf die Schnelle zu einem Krisengipfel in der Pfälzer Weinstube treffen. »Und was sehe ich auf einem Riesenfoto von Veronica Ferres beim Tanzen mit so einem dicklichen Filmfuzzi? Im Hintergrund knutscht mein Stefan diese Gaby!«

Angewidert zeigt sie uns ihr Beweisstück. Kein Zweifel: Von Ferne und etwas unscharf, aber trotzdem deutlich erkennbar schlabbert Martinas Gatte seine werte Kollegin ab. Eine Hand an ihrem Ausschnitt, die andere an ihrem Hintern. Ein furchtbares Bilddokument. Zumal die beiden auch noch sehr unvorteilhaft getroffen sind.

Lautstark will ich der Empörung Ausdruck verleihen, die seit meiner Beobachtung damals in mir brodelt – als mir Martinas Geständnis ihrer Tiefgaragen-Affäre durch den Kopf schießt.

»Das war doch was ganz anderes!«, heult Martina in ihre Serviette. Ihre Verzweiflung scheint ihr telepathische Fähigkeiten zu verleihen.

»Ich blöde Kuh hab die Geschichte mit Michael doch fast sofort wieder beendet, weil ich meiner Familie das nicht antun wollte!«, schnieft sie. »Immer dieses schlechte Gewissen, immer diese heimlichen Treffen, immer die Angst, dass alles auffliegt – und mein werter Gatte lässt ungeniert die Weltpresse an seinem Liebesglück teilhaben!«

Neele und ich tauschen einen Blick. Keine Frage, jetzt ist nicht der Moment, das Gesprächsthema auszuweiten auf eine Grundsatzdiskussion über eheliche Treue.

In Martinas Verzweiflung mischt sich unterdessen ein ordentlicher Schuss Wut. »Stefan hat natürlich zuerst alles abgestritten, dieser Arsch. ›Du immer mit deiner bescheuerten Eifersucht!‹, hat er mich angebrüllt. ›Also wirklich, du siehst Gespenster! Gaby ist eine Kollegin, das ist alles, verdammt noch mal!‹ – Männer sind doch wirklich echt das Letzte. Lügen so lange wie gedruckt, bis man ihnen schwarz auf weiß das Gegenteil beweist! Selbst als ich ihm das Foto gezeigt habe, wollte er sich noch irgendwie rausreden. So nach dem Motto: ›Weißt du, das kann doch passieren, bisschen zu viel getrunken, klasse Party, nette Gesellschaft – da kommt man sich schon mal näher. Eine kleine unschuldige Knutscherei, mehr war da nicht – ich schwöre!‹«

Obwohl sie todunglücklich ist, schnaubt Martina verächtlich. »Unschuldige Knutscherei, dass ich nicht lache. Ich hab vor unserer ›Aussprache‹ ein bisschen rumtelefoniert, mit ein paar Frauen von Stefans Kollegen, mit denen ich befreundet bin. Und siehe da: Das geht offenbar schon seit fast einem Jahr so. Auf den Festivals gelten die beiden quasi als altes Ehepaar. Alle haben sie es gewusst – und niemand hat mir was gesagt!«

Martina versagt die Stimme. Sie schluchzt hemmungslos. Neele und ich schauen uns betreten an. Jetzt mit einem beschwichtigenden »Aber du hast doch selber immer gesagt, dass du gar nicht wissen willst, was dein Mann so treibt« zu reagieren, ist sogar für Neele keine Option.

Doch bevor wir unser kollektives Schuldgefühl runterschlucken und ein paar Worte des Trostes formulieren können, steigern sich Martinas Tränen zu einem veritablen Weinkrampf. Die Kellnerin guckt schon ganz besorgt.

»Und wisst ihr, was das Schlimmste ist? Das Schlimmste ist meine herzige Tochter Annika! Anstatt auf meiner Seite zu stehen, hat sie mir glatt erklärt, wer heutzutage noch so verbohrt auf Treue besteht, der sei ja wohl ein bürgerliches Arschloch …«

»Na großartig. Da weiß man doch als Frau gleich, dass es sich gelohnt hat, jahrelang Windeln zu wechseln und Breichen in verschmierte Mäuler zu stopfen, anstatt kinderlos Highlife zu machen«, murmelt Neele und zwirbelt an ihren Haaren herum.

Was bekanntlich kein gutes Zeichen ist. Offenbar formuliert sie in Gedanken gerade an einem Satz in der Richtung »Hast du nicht damals Kinder gekriegt, um im Leben nie mehr alleine zu sein?«

Vor vielen Jahren ist das tatsächlich Martinas Ansage gewesen. Doch es wäre ausgesprochen unfair, sie in diesem schwachen Moment daran zu erinnern. Zumal sie seitdem mehrfach öffentlich bedauert hat, dass es selbst für schwer erziehbaren Nachwuchs weder Rückgabe- noch Umtauschrecht gibt. Nein, eine Ausweitung der Kampfzone vom untreuen Gatten auf treulose Nachkommen wäre jetzt eher ungünstig.

Entschlossen gebe ich dem Gespräch eine andere Richtung: »Und, was wirst du jetzt machen? Willst du vielleicht erst mal bei uns wohnen?«

»Danke, Sandra, lieb von dir. Aber ich hab doch die Kinder. Für die beiden Großen bin ich zwar nicht mehr als eine Art Putzfrau, aber Lea braucht mich. Nee, ich hab Stefan rausgeschmissen. Echt, ich hab so was von die Nase voll. Am liebsten würde ich ja gleich die Scheidung einreichen. Aber wisst ihr, wir stehen finanziell nicht so super da, und in Stefans Redaktion wollen sie jetzt Personal abbauen. Ich weiß sowieso nicht, wie das alles weitergehen soll …«

Sie starrt verheult auf die hölzerne Tischplatte und panscht mit dem Zeigefinger in einer kleinen Pfütze verschütteten Silvaners herum. »Ich schaff das schon«, sagt sie schließlich mehr zu sich selbst als zu uns. »Bitte, lasst uns das Thema wechseln. Wie geht's denn euch überhaupt?«

Neele antwortet einsilbig. So richtig gut scheint es ihr

auch nicht zu gehen. Vermutlich ist die Romanze mit dem Fernsehproduzenten schon wieder am Ende. Aber sie hat erkennbar keine Lust, darüber zu reden.

Auch mir kommt es irgendwie unpassend vor, vom beständigen Tiefdruckgebiet zwischen Thomas und mir zu berichten. Ist ja auch nichts wirklich Neues.

Also erzähle ich lieber von meinen tagesaktuellen Ärgernissen an der Jobfront. Nervende Kunden, tyrannischer Chef, blöder Besserwisserkollege …

»Mensch, Sandra, du jammerst rum, als ob du bei Aldi an der Kasse sitzen müsstest!«, unterbricht mich Martina. »Dabei solltest du dich einfach nur freuen, dass du einen interessanten Job hast und ansonsten gesund und munter bist!«

Sieh an, erst einen auf Häufchen Elend machen und dann knallhart austeilen. Beleidigt höre ich auf zu reden.

»Jetzt guck nicht so beleidigt!«, sagt Martina. »Ist doch wahr. Schau mich an; ich hab gerade ein paar richtig existenzielle Probleme am Bein. Und du, du regst dich über Kleinkram auf, den du mit einem simplen Anti-Stress-Ratgeber mit links in den Griff kriegen würdest.«

»Ach ja? Und du meinst, so blöde Meditationskalendersprüche wie ›Du willst wissen, was Wasser ist? Trink es oder spring hinein‹ helfen mir weiter, wenn mein Chef mir mal wieder 'ne 80-Stunden-Woche aufs Auge gedrückt hat?«

Okay, das war gemein. Entsprechend verärgert reagiert Martina. »Ja, mein Gott, dann such dir halt 'nen neuen Chef! Bist ja nicht mit dem Kerl verheiratet!« Gereizt funkelt sie mich an. Kaum zu glauben, wie dicht beieinander existenzielle Verzweiflung und akute Zickigkeit liegen.

Ich will mich spontan dazu aufschwingen, ihr einen Vortrag darüber zu halten, dass beste Freundinnen zusammenhalten sollten wie Pech und Schwefel, anstatt heimtückisch übereinander herzufallen – da höre ich mich kleinlaut sagen, dass ich mich einfach nicht traue zu kündigen. Aus Angst vor den Folgen. Ich meine, auf dem Arbeitsmarkt sucht man nicht gerade händeringend nach Mittvierziger-Diplom-Übersetzerinnen mit Fachgebiet Messebauklitsche. Und dann meine Krankheit; bei der Vorgeschichte stellt einen doch keiner ein, da muss ich dem Meidner doch geradezu dankbar sein, dass er mir meinen Job freigehalten hat. Und …

Zu meinem Entsetzen steigen mir Tränen in die Augen. Martina nimmt tröstend meine Hand. Das gereizte Funkeln ist aus ihrem Blick verschwunden. Es hat einem tieftraurigen Ausdruck Platz gemacht. Wenn das so weitergeht, werden wir gleich beide vor unserem Hausschoppen sitzen und Rotz und Wasser heulen.

»Ich mach mir doch nur Sorgen um dich«, murmelt Martina versöhnlich. »Stress ist so was von ungesund. Trotzdem bist ausgerechnet du schon wieder so wahnsinnig gestresst, als hättest du nicht neulich erst einen Schuss vor den Bug gekriegt. Und als hättest du nichts, aber auch wirklich gar nichts dazugelernt.«

Jetzt starre ich auf die Maserung der Tischplatte und mansche in den Resten von Martinas Weinpfütze herum.

»Du, es gibt so gute Anti-Stress-Ratgeber, die sind echt eine Riesenhilfe! – Nein, nicht so philosophisch wie der Meditationskalender. Praxisorientiert und mit lauter konkreten Tipps!«, fügt sie schnell hinzu, als sie meinen Blick sieht. »Als Lea damals kam und ich nicht wusste, wie ich das mit den drei Kindern schaffen sollte, hat mir das *Große Anti-Stress-Buch für Frauen* wirklich geholfen. Allein so ein Tipp wie der, dass man sich jeden Abend vor dem Einschlafen an drei schöne Momente des Tages erinnern soll – echt super entspannend! Mache ich heute noch!«

Aufmunternd zwinkert sie mir zu. Dabei müsste ich eigentlich sie trösten. Ich bin so gerührt, dass ich gleich nach unserem Aufbruch zum Buchladen renne und mir dieses Anti-Stress-Buch kaufe. Obgleich sich bisher weder Martinas Meditationskalender noch der Bergkristall als wirklich hilfreich erwiesen haben. Aber wer weiß, vielleicht fehlt es mir ja nur an der richtigen inneren Einstellung.

13

Bei allem Ärger über die Meidner Fair & Event Design GmbH – sie hat auch eine gute Seite. Nämlich die, dass ich vor lauter Hetzerei nicht dazu komme, meine natürliche Neigung zum Selbstmitleid auszuleben.

Es ist unmöglich, sich mit bohrenden Fragen nach Ursachen, Formen und Folgen erotischer Unterversorgung zu quälen, wenn im Posteingang mehrere Dutzend Mails darauf warten, endlich geöffnet zu werden, während Chef, Kunden und Kollegen einem in Zehnminutenintervallen Infos, Anfragen und Aufträge auf den Tisch knallen. Oder aber, was noch schlimmer ist, ihre Anliegen auch noch in epischer Breite erklären. Während man verstohlen auf die Uhr schielt, sich fragt, wie man das wohl wieder alles vor Mitternacht schaffen soll, und sich trotzdem nicht traut, die Schwätzer mit einem energischen »Also ich weiß ja nicht, was Sie heute noch vorhaben, aber ich muss jetzt dringend was wegarbeiten« vor die Tür zu setzen.

Diesen Satz habe ich heute eine gefühlte Ewigkeit auf der Zunge hin und her geschoben wie einen abgelutschten Kirschkern. Natürlich ohne mich zu trauen, ihn endlich auszuspucken. So was kann ich vielleicht Manuel sagen. Aber keinesfalls Herrn Dr. Schnurer – er ist schließlich derzeit einer unserer wichtigsten Kunden.

Obendrein läuft der Countdown für sein Rasenmäher-Event. Freitag in einer Woche wird es stattfinden. Und der Schnurer ist jetzt schon so nervös, als ginge es nicht um eine erweiterte Betriebsfeier, sondern um die Eröffnung der Olympischen Spiele.

Entsprechend intensiv müssen Manuel und ich ihn in dieser heißen Phase betreuen. Befehl von Joe. Vor allem: Befehl von Ferdi Hinterhuber. Und der ist in der Wahl seiner rhetorischen Mittel nicht zimperlich, wenn jemand es wagt, seine bayerische Gemütsruhe mit geschäftlichem Ärger zu stören. Die Szene vor ein paar Jahren, als er Joe zusammenbrüllte, dass die Lampen an der Decke zitterten, gehört zu den wenigen Highlights meiner Tätigkeit in dieser Firma.

Mir selbst möchte ich einen solchen Zusammenstoß natürlich nach Möglichkeit ersparen. Deshalb höre ich mir nun schon seit Stunden gottergeben alles an, was Herr Dr. Schnurer so kurz vor seiner Veranstaltung noch an Wünschen und Sorgen hat. Aber nun sind wir mit meinem Verantwortungsbereich durch, und ich darf alles Weitere Manuel überlassen.

Während ich mit wachem Blick demonstriere, wie sehr mich die Frage der Steckdosenpositionierung am Veranstaltungsort fasziniert, denke ich über einen Kostenvoranschlag nach, der heute Morgen in meiner Post lag. Leihmiete, ziemlich happig. Für den Einsatz eines audiovisuellen Business-Media-Centers von Bang & Olufsen auf dem Grünthal-Event.

Offenbar für genau das gleiche Ding, das der Meidner erst vor ein paar Monaten für die Firma angeschafft hat.

»Alle unsere Messe- und Event-Kunden wollen heutzutage so was für ihre Veranstaltungen haben. Wenn wir denen unsere Technik für teures Geld vermieten, hat sich die Anschaffung doch in null Komma nix amortisiert!«, hatte er mir unwirsch erklärt, als ich damals zu fragen wagte, warum ich eine so hohe Rechnung abzeichnen sollte.

Eine einleuchtende Erklärung. Nur dass der Kostenvoranschlag für den Einsatz des Business-Media-Centers auf dem Rasenmäherempfang nicht von uns stammt, sondern von einem Veranstaltungstechnik-Verleih. Sehr seltsam.

Meine Neugier ist geweckt. Nichts hält mich mehr auf meinem Stuhl, zumal Dr. Schnurer Manuel gerade mit viel Liebe zum Detail von der Feier erzählt, die er damals zum 50. Geburtstag des Firmengründers ausgerichtet hat.

Mit einer gemurmelten Entschuldigung verlasse ich mein Büro und husche in Renates Vorzimmerdamenkämmerchen. Der Moment ist günstig. Der Meidner hat sich gerade verabschiedet. Er ist zu einem Businesslunch eingeladen und wird erfahrungsgemäß erst am späten Nachmittag wieder ins Büro kommen. Wenn überhaupt.

Renate weiß sofort, worum es geht. »Die Kiste stand doch erst ein paar Tage unter Joes Besuchertisch«, sagt sie munter. »Ich erinnere mich so genau, weil ich jedes Mal gedacht habe, dass unsereins für so 'n Teil ein paar Monate arbeiten muss. Dann haben wir das Gerät an die Clolux-Leute vermietet, für die Sanitärmesse Anfang Juli – weißt du noch? Seitdem müsste es eigentlich im Lager sein und brav auf seinen nächsten Einsatz warten.«

Kurzerhand greift sie zum Telefon und ruft im Lager an. »Was? Derzeit nicht im Bestand? Ja, ist das Teil denn verliehen oder was?«

Während am anderen Ende der Leitung unser Lagerleiter wortreich Auskunft gibt, breitet sich auf Renates Gesicht ein Grinsen aus wie rosa Tinte auf Löschpapier. »Du, danke, dass du das für mich nachgeschaut hast.«

»Der gute Joe«, sagt sie feixend, nachdem sie aufgelegt hat. »Opfert seine kostbare Freizeit, um diese teure Anschaffung höchstpersönlich einem ausgedehnten Belastungstest zu unterziehen.«

Ich muss ziemlich verständnislos gucken, denn sie redet gleich weiter: »Das Teil ist jedenfalls von der Sanitärmesse nicht mehr zurück ins Lager gekommen, sondern wurde laut Lieferschein an Meidners Privatadresse geliefert.«

Irritiert frage ich mich, für welches Firmen-Event Joe

demnächst seine eigene Villa als Location zur Verfügung stellt.

So was nennt man »voll auf der Leitung stehen«, glaube ich. Denn plötzlich kommt mir eine unter uns Mitarbeitern böse belästerte Angewohnheit unseres verehrten Herrn Geschäftsführers in den Sinn: Er beansprucht grundsätzlich alle Weihnachtsgeschenke von Lieferanten und Kunden an die Meidner Fair & Event Design GmbH für sich persönlich.

Und zwar selbst dann, wenn sie ausdrücklich für einzelne Kollegen oder für alle bestimmt sind.

Champagner, teure Rotweine, Zwiesel-Gläser, Delikatesskörbe, Markenkugelschreiber und sonstige Beutestücke packt er in große Taschen und schafft sie umgehend zu sich nach Hause. Natürlich nicht, ohne uns mit großer Geste die eine oder andere Schachtel Billigpralinen weiterzureichen, die auch immer irgendjemand der Firma verehrt.

»Du meinst …?«

»Klar meine ich!«, feixt Renate. »Es wäre zwar keine von diesen Millionenbetrügereien, die es bis in die *Tagesschau* schaffen. Aber Ferdi würde es trotzdem nicht gefallen. Welcher Firmeninhaber stellt schon gerne fest, dass er seinem Geschäftsführer unfreiwillig schicke Geschenke gemacht hat?«

»Immer langsam«, versuche ich sie einzubremsen. »Vielleicht ist das Teil ja nur aus Versehen bei ihm gelandet. Er hat es provisorisch in den Keller gestellt und dann vergessen. Du weißt doch, wie er ist.«

»Eben. Deshalb bin ich mir ziemlich sicher, dass unser Joe inzwischen daheim Bild und Ton in allerhöchster Qualität genießt.«

»Ja und?«, frage ich resigniert. Mein Interesse an dieser Geschichte ist schon wieder erloschen. Selbst wenn Renate recht hat, hilft uns das kein bisschen weiter. Denn falls wir den Meidner darauf ansprechen, wird er sich kaum von jetzt auf gleich in einen Traumchef verwandeln, uns Gehaltserhöhungen spendieren und die Arbeitszeit auf 35 Stunden reduzieren, nur weil er Angst hat, dass wir sein kleines Geheimnis an Ferdi verraten. Wahrscheinlicher ist, dass er sich ganz einfach rausredet. Und uns postwendend feuert.

»Man weiß nie, wozu so was mal gut sein kann«, erwidert Renate. »Wenn der Meidner sich das nächste Mal krankmeldet, um seinen Vorabendkater auszukurieren, werde ich jedenfalls ausnahmsweise keinen Fahrradkurier bestellen, sondern ihm seine Post selber vorbeibringen. Mal sehn, vielleicht lädt er mich ja auf ein Tässchen Kaffee ein, und ich kann mich ein bisschen umschauen.«

Vor meinem geistigen Auge sehe ich Renate, wie sie James-Bond-mäßig Joes Villa nach Beweisstücken durchsucht, während er in der Küche an der Espressomaschine zugange ist.

Oh nein! Was ist das? Er schleicht ihr hinterher und will sie mit einem Nylonstrumpf erwürgen, als sie gerade die Bang & Olufsen-Anlage fotografiert!

»Sandra-Schätzchen, so entsetzt, wie du gerade guckst, guckst du entschieden zu viele Krimis. Ich will doch kein Drogenkartell ausforschen, sondern nur unserem Zwerg Nase ein bisschen auf den Zahn fühlen. Und das find ich voll gerechtfertigt, so wie der uns immer schikaniert. Ich meine, wir machen da zwar alle immer brav eine Faust in der Tasche. Aber wer sich nicht irgendwann wehrt, der lebt verkehrt!«

Wow, welch ein Schlusswort! Bewundernd schaue ich Renate an und wünsche mir, wenigstens einmal im Leben genauso klare Vorstellungen zu haben wie sie. Und sie genauso entschlossen zu verfolgen.

❖ ❖ ❖

Sandra Heller! Wenn du wirklich noch was fürs Leben dazulernen willst, reicht es nicht, kluge Bücher zu kaufen. Du musst sie schon auch lesen!

Mein innerer Staatsanwalt schimpft lauthals weiter, aber ich schalte die Ohren auf Durchzug. Das Leben ist schwer genug, auch ohne die Stimme des Gewissens, die einem ständig predigt, was man zu tun hat und was zu lassen.

Mal ganz abgesehen davon stimmt es gar nicht, dass ich das *Große Anti-Stress-Buch für Frauen* gekauft und ins Regal gestellt habe. Ich habe die ersten Kapitel genau gelesen, ehrlich.

Okay, ich habe sie überflogen. Zu mehr habe ich mich dann doch nicht aufraffen können. Weil ich nämlich sofort gemerkt habe, dass mich dieses Buch nicht etwa beruhigt, sondern nur noch mehr in Wallung bringt.

Ich meine, wer unter Stress leidet, leidet schließlich darunter, dass er keine einzige freie Minute hat. Wann, bitte schön, soll ich da die Zeit finden, mich in die Geheimnisse asiatischer Gelassenheit zu vertiefen und täglich ein Stündchen zu meditieren, um störende Gedanken loszulassen? Vielleicht zwischen vier und sechs in der Früh, mit anschließenden Tai-Chi-Übungen im Englischen Garten zur Begrüßung des neuen Tages? – Neinneinnein, völlig ausgeschlossen.

Und ungesund obendrein. Jedenfalls hat Thomas mir kürzlich erst bestätigt, was ich persönlich schon immer wusste: Aufstehen vor 7:20 Uhr ist ganz schlecht, biorhythmisch gesehen. Morgen-Grauen eben.

Überhaupt kranken diese ganzen Anti-Stress-Tipps meines Erachtens an mangelnder Durchführbarkeit. Kann schon sein, dass es entspannend ist, im Büro Lavendelöl zu versprühen, entschleunigende Mantras zu murmeln und zu jeder vollen Stunde zehn Minuten Schongymnastik zu machen. Trotzdem kriege ich für mein Teil schon grüne

Pusteln, wenn ich mir vorstelle, wie der blöde Manuel feixen würde, wenn ich meine Schultern kreisen lasse oder zur Stärkung meiner Rückenmuskulatur die Adlerübung mache.

Dann schon lieber weiter unter Nackenverspannungen leiden, als zur Lachnummer für die Kollegen zu werden.

Außerdem würde mein werter Chef sämtliche Bemühungen in dieser Richtung sowieso als Arbeitszeitdiebstahl werten und sich selbst dann noch wahnsinnig darüber aufregen, wenn ich entspannende ätherische Öle literweise in sein Büro kippen würde.

Es bleibt mir also nichts anderes übrig, als nach Großkampftagen wie heute zu den bewährten Hausmitteln auf dem Stressbekämpfungssektor zu greifen: Rotwein, Cheeseburger, Fernsehsofa. Wobei ich zugeben muss, dass ich vorhin trotzdem deprimiert war, als ich so dasaß und in Begleitung von Claus Kleber meinen Burger in mich hineinschaufelte.

Der Anblick unserer ebenfalls wieder recht deprimiert wirkenden Zwergkiefer trug auch nicht dazu bei, meine Stimmung zu heben. Kein Wunder. Ist schon unangenehm, wenn man so eindringlich an vergessene Silvestervorsätze erinnert wird.

In meinem Kopf bewölkte es sich zusehends. Wie war das gleich? »Seit ihrer Erkrankung genießt sie jeden Tag ihres Lebens, als ob es der letzte sei«? Dass ich nicht lache. Wenn heute der letzte Tag meines Lebens wäre, hätte ich selbst den total vergeigt.

Kein Wunder, dass ich einfach nicht einschlafen kann. Ich kuschele mich fester in mein Plumeau, mache Atemübungen zur Beruhigung meines vegetativen Nervensystems und versuche, mich an die drei schönsten Momente des Tages zu erinnern, ganz so, wie es in meinem Anti-Stress-Buch empfohlen wird.

Die drei schönsten Momente – ich lach mich tot. Mein Hirn kann nur mit den drei *miesesten* Momenten des Tages dienen. Und es lässt sich auch nicht davon abbringen, sie wieder und wieder vor meinem geistigen Auge abzuspulen.

Auf Platz drei der Gesamtwertung steht der Moment heute Morgen, als eine meiner sündteuren Kontaktlinsen für immer im Abfluss verschwand. Woraufhin Thomas mir ausführlich erklärte, dass Steinböcke im Haushalt 16,4 Prozent häufiger verunglücken als der Durchschnitt.

Sehr tröstlich, echt.

Platz zwei musste ich heute Nachmittag nach Punkten an meinen letzten Zusammenstoß mit Manuel vergeben. Als er mir feixend einen Zeitungsartikel mit der Überschrift »Frauen sind fleißig, Männer sind erfolgreich« überreichte, hätte ich ihn um ein Haar mit meinem Kugelschreiber erstochen.

Und auf Platz eins der Miese-Momente-Liste steht mit uneinholbarem Vorsprung ausgerechnet mein Versuch, mir an diesem beschissenen Tag endlich mal was Gutes zu tun.

Nach dem Büro war ich auf den letzten Drücker in den Supermarkt gestürzt und hatte meinen Einkaufswagen wie im Rausch mit Backzutaten vollgepackt. Frustkauf nennt man so was wohl. Nur dass andere Frauen eher im Damenoberbekleidungs- oder Handtaschensegment zuschlagen als bei Vollkornmehl, Vanillezucker und gemahlenen Mandeln.

Jedenfalls stand ich mit meinem übervollen Einkaufswagen hoffnungslos eingekeilt in der Schlange an der Kasse – als ich durch die Panoramascheiben draußen im letzten Abendlicht Benno vorbeigehen sah! Benno hier, in München!

Wenn ich nur den Mumm gehabt hätte, meinen blöden Wagen einfach in der blöden Schlange stehen zu lassen, rauszuhechten und ihm laut rufend hinterherzuspurten, hätte das mit Abstand der schönste Moment des Tages werden können. Oder sogar der schönste Tag seit unserer ersten Begegnung.

Oder die beste Entscheidung meines Lebens. Halt je nachdem, wie sich das Ganze weiterentwickelt hätte.

Aber nein, ich bin sittsam in der Schlange geblieben wie das sprichwörtliche brave Mädchen. Als ginge es um den heiligen Gral und nicht um ein paar lausige Backoblaten.

Super, Sandra. So kommst du weder in den Himmel noch sonst irgendwohin.

Frustriert starre ich in die Dunkelheit. Neele kommt mir in den Sinn. Kurz bevor wir uns in der Pfälzer Weinstube verabschiedeten, hatte sie uns von einer wissenschaftlichen Studie erzählt. Forscher haben festgestellt, dass Frauen, statistisch gesehen, heutzutage zwar reicher, gesünder, erfolgreicher, gebildeter und sexuell befreiter sind als jemals zuvor – aber komischerweise trotzdem immer unglücklicher werden.

Das wollte ich erst gar nicht glauben. Doch ich muss sagen, wenn ich mir Neele, Martina und mich so anschaue, taugen wir momentan nicht unbedingt als Beweis des Gegenteils. Von Glück und Frohsinn keine Spur, dafür Midlife-Crisis, so weit das Auge reicht.

Was nützt uns diese ganze Frauenbefreiung, wenn wir es nicht gebacken kriegen, auch was Schönes damit anzufangen?

14

Schlechte-Laune-Schäden im Job können Sie ganz einfach vermeiden, indem Sie die anderen gleich morgens warnen: ›Heute ist nicht mein Tag.‹ Dann weiß jeder gleich Bescheid und kommt Ihnen nicht zu nahe.«

Danke vielmals, neunmalkluges Anti-Stress-Buch. Super Idee. Aber was macht man, wenn sich die schlechte Laune länger hinzieht? Ich werde kaum bis zum Erreichen des Rentenalters tagtäglich »Heute ist nicht mein Tag« murmeln und darauf hoffen können, dass die anderen diese niedliche Warnung tatsächlich beherzigen und mir nicht allzu sehr auf den Geist gehen.

Zumal sich die Zauberformel beim Hauptverursacher meiner Stimmungsstörungen am Arbeitsplatz sowieso regelmäßig als wirkungslos erweist. Oder sogar zum Rohrkrepierer wird. So wie heute Morgen. Da habe ich nicht richtig aufgepasst und musste prompt mit dem Meidner Aufzug fahren. Auch nicht gerade ein Ereignis, das einem den Montagmorgen versüßt.

Um dieses blöde Fahrstuhlschweigen zu vermeiden, dachte ich mir jedenfalls, ich könnte den »Nicht-mein-Tag«-Satz mal wieder an Joe ausprobieren. Man soll die Hoffnung ja nie aufgeben.

»Das sieht man. Mensch, Sandy-Babe, du siehst echt scheiße aus! Also vor dem Schnurer-Event solltest du unbedingt noch ein paar Mal auf die Sonnenbank, sonst denken die Gäste noch, ich sei ein Sklaventreiber!«

Meidners glucksendes Lachen erfüllte den Aufzug. Angstschreie aus seinem Munde wären mir in diesem Moment bedeutend lieber gewesen. Doch erstens hatte ich dummerweise meine Maschinenpistole zu Hause vergessen, und zweitens befanden sich fünf weitere Personen mit uns im Aufzug. Zu viele Zeugen, die ich ebenfalls alle hätte niedermähen müssen.

Jedenfalls, wenn ich so ein Racheengel wäre wie diese dünne blonde Braut aus *Kill Bill*.

Bin ich aber nicht. Ich bin nur Sandra Heller. Und die hat sich noch nicht mal getraut, ihrem Chef ein kesses »Apropos Aussehen: Vor wie vielen Jahren hast du eigentlich zum letzten Mal in den Spiegel geguckt?« zu entgegnen. Geschweige denn, ihm auch nur ein einziges seiner gelbgrauen Resthaare zu krümmen.

Stattdessen flüchtete ich – kaum hatten sich die Aufzugstüren geöffnet – wortlos auf die Damentoilette, erging mich in Mordfantasien und erneuerte mein Make-up. Mühsam gelang es mir, mich über diesen demoralisierenden Wochenanfang hinwegzutrösten, indem ich mir zehn Minuten lang halblaut »Es kann nur besser werden« vorbetete.

Ziemlich naiv. Denn ich habe die Rechnung natürlich ohne meinen Lieblingskollegen Manuel gemacht. Der Countdown für unser großes Rasenmäher-Event läuft, unsere gemeinsame To-do-Liste würde, legte man die Seiten aneinander, von München bis Augsburg reichen, die Checkliste, die Herr Dr. Schnurer »zur Sicherheit« für uns verfasst hat, erinnert umfangmäßig an *Meyers Großes Konversationslexikon* – und der blöde Manuel hat nichts anderes zu tun, als am Telefon mit irgendeinem Kumpel ausufernd über diese neuen Spieler zu diskutieren, für die der FC Bayern 70 Millionen hingelegt hat.

Zweimal bin ich wutentbrannt in sein Büro gestürzt, weil seine Leitung belegt war. Zweimal machte er mir beschwichtigende Zeichen – wie ich diese »Jetzt-reg-dich-malwieder-ab«-Geste hasse – und laberte fröhlich weiter über seine Ribérys und Lucatonies.

Beim dritten Mal trete ich entschlossenen Schrittes an seinen Schreibtisch und ziehe den Telefonstecker aus der Buchse.

»Bist du verrückt? Das war der Head of Marketing von adidas, mit dem stehe ich ganz kurz vor einem super Deal für einen Messestand!«, brüllt Manuel.

»Und wenn's der Papst persönlich mit einem Zehnjahresvertrag für den Weihnachtsmarkt im Vatikan wäre – wir müssen uns jetzt erst mal um den Schnurer kümmern!«, brülle ich zurück. »Glaubst du etwa, ich mach die ganze Arbeit alleine, während du hier einen auf Fußballexperte machst und dich gemütlich am Bauch kratzt?«

»Was heißt hier gemütlich am Bauch kratzen – ich bin total im Stress! Gleich hab ich ein Meeting mit dem Schnurer, noch ein paar Sachen besprechen. Das wird dauern – rechne heute besser nicht mehr mit mir.«

Ein kurzer Blick auf meine Armbanduhr lässt mich endgültig zur Furie mutieren. »Es ist gerade mal drei Uhr, und du willst für den Rest des Tages mit diesem Schwätzer schwafeln, anstatt hier deinen Job zu machen? Wir hinken dem Zeitplan doch jetzt schon hinterher! Wenn wir die Sache ordentlich über die Bühne bringen wollen, müssen wir jetzt mal langsam die Ärmel hochkrempeln und die ersten Nachtschichten einlegen, sonst schaffen wir das doch nie!«

»Lass mich mal eins klarstellen«, erwidert Manuel gefährlich leise. »Meine Arbeitsweise geht dich nichts, aber auch gar nichts an. Hauptsache, der Schnurer ist am Ende happy, okay? Falls es dir entgangen sein sollte: Im Business ist inzwischen *management by objectives* angesagt. Da gehen der Joe und ich völlig konform! Wenn das Ziel erreicht wird, ist der Weg dahin irrelevant! Also halt einfach die Klappe und kümmer dich um deinen eigenen Job, anstatt mir ständig reinzuquatschen! Was mischst du dich da überhaupt rein? So wie du hier powerst, könnte man glatt meinen, du hast schon wieder vergessen, dass du vor ein paar Monaten erst todkrank warst! Hast du denn eigentlich gar nichts dazugelernt?«

Verdammt. Das hat mir doch Martina erst neulich um die Ohren gehauen. Hat sie etwa hinter meinem Rücken mit diesem Typen über mich getratscht?

Tränen wollen mir in die Augen schießen. Ganz ruhig, Sandra, beschwöre ich mich verzweifelt. Vor den Augen des Gegners loszuflennen ist für Frauen absolut tabu. Selbst wenn ein Angriff noch so deutlich unter die Gürtellinie geht. Sonst heißt es gleich wieder »Heulsuse« und dass man Frauen schon allein deshalb nicht in Führungspositionen holen darf, weil sie ihre Gefühle nicht im Griff haben.

»Das ist ja wohl das Letzte!«, kreische ich. Im Zweifelsfall lieber schreien als schluchzen, hat Neele mal gesagt.

»Wenn wir am Freitag unser Ziel erreichen, liegt das bestimmt nicht an deinem dummen Gequatsche, sondern an meiner Arbeit! Wenn hier alle so wären wie du, dann gäb's nur Business-Lunches und Think Tanks, und alle würden sie nur noch gespreizt rumlabern, anstatt ihre Aufgaben zu erledigen! He, draußen steht die Krise vor der Tür, schon gehört? Da kann ich nicht einfach sagen: ›Sorry, ich war krank und muss mich schonen, ich komm dann mal so um zehn und geh dafür schon um fünf.‹ Die Zeiten sind hart, da müssen wir alle mitanpacken! Uns nicht ein Bein ausreißen, sondern beide, wenn wir unseren Job behalten wollen!«

Manuel guckt spöttisch, was mich nur noch weiter auf die ohnehin schon ziemlich hohe Palme treibt.

»Was grinst du denn so blöd? Wenn der Schnurer nicht zufrieden ist, wird Joe uns beide keine 24 Stunden später hochkant rausschmeißen, da kannst du Gift drauf nehmen!!«

Manuels Blick wandelt sich von spöttisch zu eisig. »So, so. Also, was dich betrifft, so erlaube ich mir, dich darauf hinzuweisen, dass du dir gerade völlig umsonst deine beiden hübschen Beine ausreißt. Du stehst nämlich sowieso auf der Abschussliste!«

Mir wird auf einen Schlag eiskalt. Gefühlte zwei Liter bisher mühsam unterdrückter Tränen schießen mir in die Augen, als ob da drinnen irgendwo jemand eine Staumauer weggesprengt hätte.

Kurz durchzuckt mich der Gedanke an meine nicht wasserfeste Wimperntusche. Er wird jedoch weggespült von einem überwältigenden Gefühl der Verzweiflung.

»Wer sagt das? Woher weißt du das? Du willst mich doch nur verunsichern, du Arsch!«

Schniefend und schluchzend starre ich ihn an. Ich rechne damit, Hohn in seinen Augen zu sehen. Schon allein wegen der schwarzen Schlieren, die mein Gesicht wahrscheinlich in diesem Moment überziehen. Doch zu meiner Überraschung ist jede Kälte aus Manuels Blick verschwunden.

»Er hat's mir vor ein paar Wochen gesteckt, als wir nach dem Mega-Event Bayern gegen Schalke noch auf ein paar Drinks losgezogen sind. Nach dem dritten Glas wird er immer ziemlich redselig. ›Mensch, Manu, du als stellvertretender Geschäftsführer – wir beide wären doch ein Bombenteam!‹, hat er gesagt.«

Der Kerl soll *meine* Beförderung kriegen? Ich muss aussehen, als würde ich eine meiner aktuellen Mordfantasien spontan in die Tat umsetzen wollen. Manuel redet etwas schneller weiter.

»Ich hab ihn gefragt, was denn mit dir ist. ›Die Heller hab ich so gut wie abgeschossen. Ist mit Ferdi alles geklärt, schon seit der letzten Mitarbeiterbeurteilung‹, hat er geantwortet. Mit diesem schmierigen Schweinchen-Schlau-Gesichtsausdruck, du weißt schon.«

»Und warum erzählst du mir das alles? Dein Bett ist doch offenbar bereitet, musst nur noch reinspringen!«, sage ich verbittert.

»Sandra, *you won't believe it,* aber ich mag dich gut leiden. Und zwar obwohl du mir mit deiner gestressten Art manchmal wahnsinnig auf den Nerv gehst. Und …« – er macht eine Kunstpause – »… obwohl ich weiß, dass diese Sympathie nicht auf Gegenseitigkeit beruht. Du hast schließlich nie einen Zweifel daran gelassen, dass du mich für ein arrogantes Arschloch hältst. Man kann auch nicht unbedingt sagen, dass du dir besondere Mühe gegeben hättest, die eine oder andere gute Seite an mir zu discovern. Stimmt's?«

Peinlich berührt schlage ich die Augen nieder. Was meine Wangen nicht daran hindert, sich feuerrot zu färben. In meinen Hirnwindungen jagen Gedankenfetzen wild durcheinander, nur um sich plötzlich in seltener Einmütigkeit um einen Satz aus Martinas Meditationskalender zu scharen: »Wahrheiten, die man besonders ungern hört, hat man besonders nötig.«

Ich hasse dieses Ding.

»*Anyway.* Ich hau hier sowieso bald ab. Hab vor ein paar Tagen ein super Offer bekommen, das ich wohl annehmen werde. Du glaubst doch nicht etwa, ich werde auf diesen fadenscheinigen Vorschlag eingehen und dann für den Meidner und seinen Saftladen die ganze Arbeit machen? Noch dazu auf dem Rücken einer Kollegin, die er auf die ganz fiese Nummer ausgebootet hat?«

Manuel lächelt mich an. Er *lächelt*! Anstatt mich für meine Borniertheit mindestens drei Köpfe kleiner zu machen, was – wie mir in den letzten 45 Sekunden glasklar geworden ist – mehr als gerechtfertigt wäre.

Oh Mann, fühle ich mich schlecht. Doch der dunkelblaue Meidner-Velours in Manuels Büro tut sich nicht auf, um mich zu verschlucken. Er lässt mich einfach vor seinem Schreibtisch stehen. Erbarmungslos.

»Ich … Ich weiß nicht, was ich sagen soll«, stottere ich. »Ich weiß auch nicht, was ich jetzt machen soll. Der Joe hat doch immer gesagt, ich sei sein bestes Pferd im Stall …« Mir versagt die Stimme. Das ist alles zu viel für mich. Irgendwie fühlt es sich fast noch schlimmer an als der Moment damals beim Frauenarzt, als ich von der Diagnose erfuhr.

»Kopf hoch, Sandra, ist doch nur ein Job und nicht dein Leben. *You will survive.* Du hast in der letzten Zeit deutlich Schlimmeres überstanden, da stehst du diese Zwergenschikane doch locker durch. Allerdings fände ich es echt *great,* wenn du jetzt nicht gleich zum Meidner rennen und ihn lautstark zur Rede stellen würdest. Mir ist zwar im Prinzip egal, was der Kerl über mich denkt. Aber es gibt bestimmt eine wesentlich elegantere Lösung für dein Problem. Denk ein bisschen drüber nach, ehe du was unternimmst. So, und jetzt muss ich wirklich dringend zum Schnurer, den Nachmittag verschwafeln«, grinst er.

Als er die Klinke schon in der Hand hat, flüstert er augenzwinkernd: »Rache ist übrigens ein Gericht, das kalt genossen am besten schmeckt! Wusstest du das?«

❖ ❖ ❖

Lieber Gott, lass mich jetzt dem Meidner nicht begegnen, sonst passiert ein Unglück. Ich lausche einen Moment an Manuels Tür, bevor ich sie öffne. Alles ruhig. Oder fast: Aus Meidners Büro dringt Fußballpublikumsgegröle. Wahrscheinlich guckt er wieder Eurosport. Er hat sich erst vor Kurzem einen neuen Flachbildschirm für sein Büro gegönnt, natürlich rein zu Repräsentationszwecken.

Ich husche auf die Damentoilette. Um mein Make-up zu restaurieren und mich ein bisschen zu sammeln. Beides hängt ja eng zusammen, wie sicherlich jede Frau sofort bestätigen wird, die schon einmal nach einer Büroschreierei Zuflucht in diesen gekachelten Meditationsräumen gesucht hat.

»Was ist denn mit dir los? Mal wieder mit Manuel aneinandergeraten?« Renate steht plötzlich neben mir am Waschbecken und legt mitfühlend eine Hand auf meine Schulter. Ich schlucke. Ich habe ihr Mitleid nicht verdient. Oder jedenfalls nicht so richtig. Ich schlucke noch einmal. Dann hole ich tief Luft und erzähle ihr alles. Sogar, wie sehr ich mich nun für mein Verhalten Manuel gegenüber schäme. Obwohl ich das am liebsten weglassen würde. Bei aller weiblichen Bereitschaft zur schonungslosen Selbstkritik ist es schwer zuzugeben, dass man sich nicht gerade mit Ruhm bekleckert hat.

»Weißt du was? Wir hauen jetzt hier ab und gehen erst mal einen trinken!«, sagt Renate. »Ich hab eh gleich Feierabend.«

»Aber ich nicht! Ich hab noch Berge von Arbeit für das Grünthal-Event auf dem Schreibtisch, und durch den Krach mit Manuel hab ich so viel Zeit verloren, dass ich heute bestimmt bis nach Mitternacht im Büro bleiben muss, wenn ich das alles schaffen will!«

»Sag mal, Sandra, wie blöd bist du eigentlich? Da hast du gerade erst erfahren, dass dein Chef dich feuern will – und denkst trotzdem nur an deine Arbeit? Wenn du deinen Job sowieso verlierst, können dir die Schnurers dieser Welt doch völlig egal sein!«

Entrüstet will ich Renate einen Kurzvortrag über Professionalität und Arbeitsethos und Verantwortung halten. Doch dann macht es klick in meinem Kopf, und mir dämmert: Sie hat wie üblich recht.

Außerdem brauche ich jetzt auf den Schock sowieso erst mal einen Drink. Oder zwei.

Kurz entschlossen klopfe ich bei Joe an, murmele was von »Muss leider kurzfristig zum Arzt« und setze darauf, dass er es sich schon wegen meiner verheulten Augen nicht antun wird, mich intensiver zu den Gründen für diesen spontanen Arzttermin zu befragen.

Manche Dinge wollen Chefs dann eben doch nicht unbedingt wissen. Vor allem, wenn die Dinge was mit Tränen, Krankheiten und ähnlich lästigen Umständen zu tun haben könnten.

Eine halbe Stunde später sitzen wir in der kuscheligen Plüschatmosphäre vom ›Tambosi‹ am Odeonsplatz bei unserem zweiten Glas Rotwein. Im Parterre ist der Laden schon ziemlich voll, aber im ersten Stock, wo diese gemütlichen gepolsterten Sesselchen stehen, ist es zu dieser Tageszeit wie immer fast leer. Langsam erhole ich mich vom ersten Schreck.

»Ich glaub schon, dass Manuel die Wahrheit gesagt hat. Aber wir sollten trotzdem Beweise finden, bevor wir uns über alles Weitere Gedanken machen«, schlägt Renate vor. Offenbar beflügelt durch den guten Vino, hat sie schon wieder auf Sherlock-Holmes-Modus umgeschaltet.

»Und wie willst du das machen? Joe entführen, fesseln und ihm so lange Ohrenhaare rausreißen, bis er zugibt, dass er mich feuern will?«

Renate schüttelt sich. »Iihhh, hör auf!«, quiekt sie. »Nee, ich hatte eher an die gute alte Spurensicherung gedacht. Du müsstest dich halt mal gründlich in seinem Büro umschauen. Oder, besser gesagt, in seinem Rechner. Der Meidner hat doch diese Aktennotizenmanie. Vielleicht hat er ja was aufgeschrieben. Diese komische ›Mitarbeiterbeurteilung‹, von der er Manuel erzählt hat, klingt jedenfalls so.«

Ich denke nach. Einerseits weiß die gesamte Firma, dass Joe sein Passwort mit Tesafilm unter die Tastatur geklebt hat, weil er unfähig ist, es sich zu merken. An seine Daten ranzukommen wäre also gar nicht mal das Problem. Andererseits: Was wird mir diese ganze Aktion bringen außer herzinfarktverdächtigen Adrenalinschüben? Wenn der Meidner mich feuern will, wird er das tun, ob ich nun irgendwelche Beweise dafür finde oder nicht.

»Das bringt doch alles nix. Außerdem habe ich keine Ahnung, wie ich in sein Büro kommen soll. Dafür hast ja noch nicht mal du den Schlüssel!«

»Ich nicht. Aber meine liebe alte Freundin Erika Schoppel. Der Vater vom Meidner hat ihn ihr damals gegeben, und nach seiner Amtsübernahme hat Joe sich nicht getraut, ihn wieder zurückzufordern. Wozu auch, sie gehört für ihn quasi zum Inventar. So behandelt er sie übrigens auch«, fährt sie nachdenklich fort. »Ich werde sie einfach mal fragen. Mehr als Nein sagen kann sie nicht. Verraten wird sie uns jedenfalls bestimmt nicht.«

Renate sieht mir offenbar an, dass ich von ihrem Plan nicht gerade begeistert bin. »Mensch, Sandra, gestern hast du mir noch die Ohren vollgejammert, wie sehr du deinen Job hasst, und heute guckst du so, als ob du dich am liebsten auf die Gleise werfen würdest vor lauter Angst davor, dass der blöde Meidner dich feuert! Das darf ja wohl nicht wahr sein! Noch nie was von den Bremer Stadtmusikanten gehört? ›Etwas Besseres als den Tod findest du überall!‹ Wo bleibt dein Kampfgeist, verdammt noch mal?«

Gute Frage. Mein persönlicher Kampfgeist hat von Haus aus eher wenig Ähnlichkeit mit sowjetischen Kugelstoßern. Und heute ist er mir im Laufe dieser zahlreichen anstrengenden Diskussionen irgendwie völlig abhandengekommen. Ich bin nur noch müde und will dringend ins Bett. Mich an Belmondo kuscheln und nichts mehr hören und sehen vom Rest der Welt.

Das ist zwar sehr verständlich. Und natürlich auch sehr tröstlich. Aber es wird mein Problem keinen Millimeter weit entschärfen. Bei dem Gedanken daran, dem Meidner morgen früh ohne jeden Plan im Hinterkopf mein übliches »Guten-Morgen-Joe«-Lächeln schenken zu müssen, wird mir speiübel. Dann schon lieber meinen Kampfgeist zur Ordnung rufen. Und zwar sofort.

»Wie gut, dass ich einen persönlichen Militärberater habe«, lächele ich Renate zaghaft an und winke den Kellner herbei. »Ich hab zwar keine Ahnung, was ich in Joes Büro finden könnte, aber ich werde einfach mal suchen. Wer sich nicht wehrt, der lebt verkehrt, wie du neulich so schön gesagt hast. Darauf einen Underberg!«

❖ ❖ ❖

Die vier Tage bis zu Dr. Schnurers Groß-Event verbringe ich wie in Trance. Meine Hirnwindungen fühlen sich an, als ob jemand sie mit 50 laufenden Metern Verbandswatte umwickelt hätte. Dass ich trotzdem sowohl meine Arbeit als auch die ständigen Begegnungen mit dem Feind mehr oder weniger gut bewältigen kann, habe ich allein meiner jahrelangen Routine zu verdanken. Und natürlich meinem ausgeprägten schauspielerischen Talent.

Einerseits bin ich mir sicher, dass Joe, wenn er mich wirklich und tatsächlich kündigen will (was ich immer noch nicht glauben kann), auf alle Fälle erst nach der Rasenmäherparty zur Tat schreiten wird. Andererseits habe ich eine Riesenangst davor, mir tatsächlich Zugang zu seinem Büro zu verschaffen. Und noch mehr Angst davor, was ich möglicherweise dort finde.

Dabei kann ich mich über mangelnde moralische und logistische Unterstützung nicht beklagen. Nur leider nicht von Thomas, denn der ist in Rom auf einem internationalen Kongress zum Thema »Risikomanagement im Kommunikationsbereich« und hat kaum Zeit, mit mir zu telefonieren.

Geschweige denn, darüber nachzudenken, ob er die Themen dieses Kongresses nicht vielleicht probeweise auf seine eigene Ehe anwenden sollte.

Neele und Martina hingegen sind einfach großartig. »Jetzt lass dir mal keine Angst einjagen. Der kann dich gar nicht so einfach feuern. Es gibt schließlich ein Kündigungsschutzgesetz! Und ich kenne übrigens einen super Arbeitsrechtler, der wird diesem fettigen Pferdeschwanz schon sagen, wo's langgeht!«, ruft Neele erregt. Sie sitzt bei mir in der Küche und schiebt sich noch ein Stück von der Pizza quattro stagioni XXL in den Mund, die uns kurz zuvor von einem vietnamesischen Motorradkurier geliefert worden ist.

In *der* Krise ist mir sogar die Lust am Kochen vergangen.

»Dass du dich da mal nicht vertust, Neele. Heutzutage dürfen doch Leute schon gefeuert werden, wenn sie ohne ausdrückliche Genehmigung eins von den angetrockneten belegten Brötchen essen, die nach irgendwelchen Sitzungen übrig bleiben. Stand neulich erst in der Zeitung«, räsoniert Martina.

Sehr ermutigend. Kann Joe mich wirklich feuern, nur weil ich in der Vergangenheit den einen oder anderen Bleistift habe mitgehen lassen? Siedend heiß fällt mir die Fernsehreportage von vor zwei Tagen über verdeckte Überwachungskameras wieder ein, mit denen offenbar immer mehr Chefs ihre Mitarbeiter bespitzeln. Hat Joe in unserer Büromaterialkammer etwa auch so ein Ding installiert? Mir wird schlecht.

»Aber das mit dem Arbeitsrechtler ist auf alle Fälle eine gute Idee. – Sandra, was hast du denn, du bist ja ganz blass!«, unterbricht sich Martina. »Komm, keine Panik. Jetzt warte doch erst mal ab, was überhaupt los ist. Das hast du doch damals bei deinen Lymphknoten auch geschafft. *Don't cross the bridge before you come to it!*«

Sie setzt ihr beruhigendstes Buddha-Lächeln auf und tätschelt mir die Hand. Ich finde das sehr rührend, schließlich hat sie mit Erbswurst-Stefans außerehelicher Affäre selber genug Ärger am Bein.

»Musst du uns jetzt auch noch mit englischen Sinnsprüchen missionieren?«, fragt Neele gereizt. »Also ich bin mehr dafür, dass wir uns jetzt schon mal überlegen, wie Sandra dem Meidner im Falle eines Falles eins auswischen könnte. So 'n paar kleine fiese Fantasien, das ist unheimlich gut gegen innere Aggressionen – ihr werdet sehen. Ich könnte deinem Chef zum Beispiel meine Kollegen von der Sonderfahndung Schwarzarbeit auf den Hals hetzen; diese Messebaufirmen haben doch alle Dreck am Stecken …«

Einen Moment lang kann ich genau vor mir sehen, wie Joachim Meidner unter dem tosenden Beifall seiner Belegschaft von vier uniformierten Polizisten in Handschellen aus seinem Büro geführt wird. Eine wunderbare Vorstellung.

Leider extrem unrealistisch.

»Jetzt drückt mir erst mal die Daumen, dass ich mit dieser Bürodurchwühlaktion nicht ein gigantisches Eigentor schieße«, sage ich bedrückt. »Wenn der Joe mich dabei erwischt, bin ich weg vom Fenster, selbst wenn er mich bis dahin eigentlich gar nicht feuern wollte.«

Okay, das ist jetzt ein bisschen übertrieben. Es ist äußerst unwahrscheinlich, dass der Meidner oder sonst irgendwer mich erwischen wird. Wir haben nämlich nach reiflicher Überlegung beschlossen, meine Aktion auf den Abend der Grünthal-Veranstaltung zu legen. Da wird sich der Meidner mit Schnurers mediterranen Köstlichkeiten vollstopfen und bis zum Morgengrauen beidhändig VIP-Champagner kippen. Kaum vorstellbar, dass er mich dabei vermissen wird. Zumal Manuel – der gute, liebe, nette Manuel – versprochen hat, mich im Zweifelsfall zu decken.

Nicht nur er, sondern auch Erika Schoppel hat sich als außerordentlich hilfsbereit erwiesen. Echt, wenn Kollegen immer so zusammenhalten würden, anstatt sich gegenseitig zu beharken, könnten ihnen die Chefs längst nicht so hemmungslos auf der Nase herumtanzen. Jedenfalls hat unsere Buchhalterin mir ohne jedes Zögern den Schlüssel zu Joes Büro gegeben.

Als sie meinen erstaunten Gesichtsausdruck bemerkte, lächelte sie. »Wissen Sie, ich habe mich Herrn Meidner gegenüber stets loyal verhalten. Schon allein wegen seines Vaters, der mich immer überaus korrekt behandelt hat. Sogar über gewisse ... Bilanzverschönerungen« – bei dem Wort wurde sie ein bisschen rot – »habe ich geschwiegen wie ein Grab. Und trotzdem ...«

Sie blickte aus dem Fenster. Ich dachte schon, sie hätte den Faden verloren, da redete sie weiter.

»Erinnern Sie sich noch, dass ich vor zwei Jahren zehn Wochen krank war? Von Herrn Meidner habe ich damals die ganze Zeit nichts gehört. Noch nicht einmal ein Anruf mit Genesungswünschen. Jedenfalls, als ich wieder gesundet war, habe ich natürlich überprüft, ob meine Krankenvertretung auch korrekt gearbeitet hat. Und was finde ich?«

Ihre Augen schimmerten auf einmal feucht, und ihr altmodischer Dutt bebte vor Zorn. Aus der Jackentasche ihres lindgrün karierten Wollkostüms holte sie umständlich ein spitzenverziertes Stofftaschentuch und putzte sich die Nase.

»Eine Rechnung über ein Abendessen im ›Königshof‹ für zwölf Personen, mit Austern, Champagner und feinsten Weinen. Aus Anlass meines 30. Dienstjubiläums!«

Der Meidner, diese alte Schweinebacke. Dass er gerne auf Firmenkosten mit Kumpels aus Studententagen essen geht, weiß in der Firma jeder. Mit Ausnahme von Ferdi Hinterhuber natürlich. Der würde das kaum goutieren. Aber gleich ein ganzes Familienfest als Betriebsspesen zu deklarieren, das ist noch mal was anderes.

»Das Einzige, was an Herrn Meidners Angaben auf dem Beleg stimmte, war mein Jubiläum. Oder waren Sie etwa bei dem Essen dabei? Oder Frau Springer? Na also. Selbst Herr Hinterhuber war nicht dabei. Der hat mich nämlich an diesem Tag als Einziger angerufen, mir gratuliert und ausdrücklich bedauert, dass es die finanziellen Mittel der Firma nach Meinung von Herrn Meidner derzeit nicht erlauben, eine Feier für mich auszurichten. Er hat mir dann einen Blumenstrauß geschickt. Den hat er offenbar aus eigener Tasche bezahlt. Ich habe nämlich keinen Beleg darüber in der Buchhaltung gefunden«, sagte sie. Sie klang jetzt nicht mehr wütend, sondern nur müde.

»Natürlich habe ich Herrn Hinterhuber nicht über diesen Spesenbetrug informiert. Schließlich bin ich, obwohl mich das alles sehr verletzt hat, eine Vertrauensperson und keine Denunziantin. Aber als Frau Springer mir erzählte, was Herr Meidner jetzt mit Ihnen vorhat, da war für mich das Maß voll. Also nehmen Sie den Schlüssel nur, Kindchen, schauen Sie sich gründlich um, und machen Sie sich vor allem keine Sorgen um mich. Selbst wenn Herr Meidner wüsste, dass Sie den Schlüssel von mir haben – er könnte mich gar nicht kündigen, aus vielerlei Gründen. Abgesehen davon gehe ich nächstes Jahr sowieso in Pension. Also: viel Glück!«

❖ ❖ ❖

Ein leises Klicken des Schlüssels im Schloss, und ich bin drin. Mit Herzrasen, das sicher kilometerweit zu hören ist, schließe ich die Tür von innen und werfe einen angsterfüllten Blick durch die Panoramafenster zur Straße. Alles wie immer. Keine Spur von schwarz maskierten Sturmtrupps, die geräuschlos an Drahtseilen hinuntergleiten, die Scheiben zerschlagen und mich mit vorgehaltenen Maschinenpistolen zwingen, mich zu ergeben. Dabei habe ich die gestern Nacht im Traum so deutlich vor mir gesehen, dass ich vor Schreck schreiend aufgewacht bin. Das schlechte Gewissen wahrscheinlich.

Oder zu viele *Tatorte.*

Ich kann nicht glauben, dass ich tatsächlich hier bin. Mut und Entschlossenheit gehören ja normalerweise nicht zu meinen herausragenden Eigenschaften. Doch die Wut bringt ganz neue Seiten an mir zum Vorschein.

Sicherheitshalber lasse ich das Licht aus und warte ein Weilchen reglos am Türrahmen. Ruhig Blut, Sandra. Bisher ist doch alles nach Plan gelaufen. Ich habe das Grünthal-Event unauffällig verlassen, als Herr Dr. Schnurer nach einer selbst für seine Verhältnisse verblüffend langweiligen Rede endlich das Buffet eröffnet hat.

Die geladenen Gäste, die bis dahin nicht nur diverse Ansprachen, sondern auch ein Demo-Video über Grünthals neue patentierte Elektro-Bodenhacke sowie musikalische Divertimenti von Marianne und Michael sowie Überraschungsgast Tony Marshall über sich ergehen lassen mussten, sahen zu diesem Zeitpunkt schon alle sehr geschwächt aus. Entsprechend groß war der Ansturm auf Speisen und Getränke.

Das Letzte, was ich im Wegschleichen sah, war der Meidner, wie er an vorderster Front um Häppchen rangelte. Er wird mich während der nächsten Stunden mit Sicherheit nicht vermissen.

Ich hole noch einmal tief Luft, dann schalte ich die Deckenbeleuchtung ein. Viel unauffälliger als die Kopflampe, die Neele mir aufschwatzen wollte. Da denkt doch jede vorbeifahrende Streife gleich, sie hat einen Einbrecher entdeckt.

Und dann ist alles ziemlich einfach. Eigentlich geradezu kränkend einfach. Joe muss uns alle für brave Schafe halten, dass er sich so wenig Mühe gibt, gewisse »sensible« Dateien vor uns zu verstecken. Als Chef das eigene Passwort sozusagen ans Schwarze Brett zu hängen ist das eine. Aber einschlägigen Ordnern dann auch noch ganz korrekte Namen zu geben, das ist wirklich leichtsinnig.

Oder einfach nur blöd.

Demütig danke ich den himmlischen Mächten dafür, dass Joe meine Anregungen zum Thema Datenschutz grundsätzlich mit gelangweilter Missachtung honoriert hat. Das erlaubt mir jetzt, ganz ohne langes Rumsuchen herauszufinden, was er wirklich von mir hält. Mit der coolen Präzision eines Danny Ocean öffne ich den Ordner »Mitarbeiterbeurteilungen« und klicke auf das Dokument »S. H.«.

Okay, okay, ich geb's ja zu. Ganz so cool wie George Clooney bin ich nicht. Offen gestanden zittern mir sogar ziemlich die Hände.

Erst flimmern die Zeilen vor meinen Augen, so nervös bin ich. Doch dann schaffe ich es, mich zu konzentrieren. Und in dem Maß, in dem Joes »Beurteilung« meinen Verstand erreicht, weicht meine Nervosität einem heiligen Zorn.

»Zusammenfassend muss festgestellt werden, dass S. H. kein Potenzial mehr hat. Sie ist nicht mehr in der Lage, maximale Leistung zu bringen, und wirkt zunehmend verbraucht. Mittelfristig Freisetzung erforderlich, um längerer Krankschreibung wegen Burn-out zuvorzukommen. Zuvor unbedingt Wissenstransfer an Nachfolger/in sicherstellen, ggf. durch befristete Doppelbesetzung der Position.«

Ungläubig starre ich auf das Datum. 2. Januar.

Vor der Messe in Berlin.

Vor meiner Krankheit.

Erinnerungsfetzen flattern mir durch den Kopf. »Und deine Beförderung demnächst, die will ja auch irgendwie finanziert sein.« »Ich werde mich persönlich darum kümmern, dass meine beste Kraft so schnell wie möglich wieder zu Kräften kommt.« »Ich hab mit Ferdi abgesprochen, dass dein Gehalt aufgestockt wird, wenn du wieder da bist und der Manuel wieder weg.«

So ein Riesenarschloch. Eiskalt angelogen hat er mich. Wahrscheinlich, damit ich auch noch das Letzte aus mir raushole. Und dann hat er meine Erkrankung ausgenutzt, um vor meiner Nase und mit meiner Hilfe meinen eigenen Nachfolger aufzubauen.

Und ich, ich habe von dem ganzen Spielchen nichts gemerkt. Ich bin wirklich ein Schaf.

Aber jetzt ist Schluss mit Blöken. Ich spüre förmlich, wie ich mich von lammfromm in pitbullgefährlich verwandele. Joe kann von Glück sagen, dass er gerade nicht in meiner Nähe ist, sonst würde ich mit Freuden Spareribs aus ihm machen.

Ich widerstehe der Versuchung, auch die Beurteilungen für M. W., R. S. und E. S. zu lesen, und zücke meinen mitgebrachten USB-Stick. Großzügig kopiere ich alles, was mir auch nur halbwegs interessant vorkommt. Bei dem Ordner »Blackies« achte ich besonders genau darauf, dass wirklich alle Dateien auf meinem Stick landen. »Blackies« ist Joes Lieblingsausdruck für Schwarzgeld. Natürlich benutzt er das Wort nur in allgemeiner Hinsicht. In unserer Firma geht schließlich alles mit rechten Dingen zu.

Nachdem ich den PC wieder ausgeschaltet habe, beschließe ich, auch einen Blick in Joes Schränke zu werfen, wo ich schon mal da bin. Der Inhalt ist eher enttäuschend. Ein Haufen alte Messekataloge. Aktenordner aus den 90er-Jahren mit abblätternden Etiketten. Vier Kartons von diesen hässlichen schlammfarbenen »I-♥-Meidner-Fairs«-Werbe-T-Shirts, die kein Mensch anziehen will. Eine Tube getönte Tagescreme. Für Joes hellen Teint deutlich zu dunkel, wie ich nebenbei feststelle. Also deshalb sieht er immer so fleckig aus. Eine Blechdose voller nussfreier Kekse von mir. Da hat sich dieses Sackgesicht im Hinblick auf meine anstehende Kündigung doch tatsächlich schon mal einen kleinen Vorrat angelegt.

Der Erkenntniswert der Schränke hält sich aber insgesamt gesehen in Grenzen. Ich will den letzten schon enttäuscht wieder schließen, da entdecke ich oben links neben einer mehrbändigen Enzyklopädie über Messebautechnik, die offenbar noch aus dem Besitz von Joes Vater stammt, ein weiteres Buch und bleibe an dem Wort »knacken« hängen. Komisches Wort für ein Fachbuch.

Neugierig lese ich den kompletten Titel. *Wie Sie den Kündigungsschutz von Betriebsräten, chronisch Kranken und älteren Arbeitnehmern knacken.*

Joe Meidner glaubt ja sonst nicht an betriebliche Fortbildung, doch für dieses Spezialgebiet hat er offenbar eine Ausnahme gemacht.

Ich will mich aufregen, aber es ist kein Adrenalin mehr übrig. Alles schon verschossen. Also gut, dann mache ich mal den Abflug.

»Liebe deine Feinde, aber sei schneller als sie«, murmele ich, als ich die Treppe hinunter zum Gebäudeausgang laufe. Und allmählich anfange zu begreifen, was mit diesem Spruch aus Martinas Kalender gemeint ist.

15

Wie gut, dass das an einem Freitagabend war. So hatte ich das ganze Wochenende, um mich wieder halbwegs zu beruhigen. Denn nach diesem heldenhaften Einsatz habe ich erst mal das große Zittern gekriegt. Natürlich in erster Linie vor Wut. Aber auch bei dem Gedanken daran, was mir bei der Nummer alles hätte passieren können. War ja, streng genommen, ein Einbruchdiebstahl, wie Thomas mir besorgt erläuterte. Als ich mit meiner erbeuteten Datensammlung zu Hause eintraf, war er gerade aus Rom zurückgekommen.

»Warum hast du mir denn überhaupt nichts davon erzählt?«, fragte er entrüstet, nachdem ich ihn bei einem größeren Glas Wein über die Hintergründe meiner Aktion ins Bild gesetzt hatte.

»Wollte ich ja. Aber immer, wenn ich ›du, ich muss dir noch was erzählen‹ gesagt habe, hast du mich mit diesem typischen ›Sorry, Engel, jetzt geht's gerade nicht‹ abgewürgt. Wirklich bemerkenswert, wenn man bedenkt, dass du dich tagelang mit nichts anderem als interpersoneller Kommunikation beschäftigt hast«, fügte ich nach einigem Nachdenken süffisant hinzu. Konnte ich mir einfach nicht verkneifen.

Dabei war mir gar nicht nach Streit zumute. Die Anspannung der letzten Tage hatte mich fix und fertig gemacht. Jetzt wollte ich nichts weiter als Trost, Verständnis, Nudeln. Und im Idealfall zum Nachtisch ein paar Streicheleinheiten.

Die Nudeln waren schnell gekocht. Auch über mangelndes Verständnis konnte ich mich nicht beklagen, im Gegenteil. Thomas war schockiert über Meidners Verhalten. Empört sprang er auf, wühlte in seinen Kongressunterlagen, fand, was er gesucht hatte, und begann aus einer brandneuen Studie über Formen und Folgen von Mobbing am Arbeitsplatz zu zitieren.

Ich beschränkte mich darauf, zuzuhören und nebenbei zwei Teller Spaghetti mit Pesto zu verdrücken.

Am Anfang war ich total fasziniert. Nicht nur von meiner selbst gemachten Basilikumpaste, sondern auch von der Studie. Sie hatte den vielversprechenden Titel »Rache am Chef – Von der inneren Kündigung zum Kalten Krieg«. Aufmerksam lauschte ich Thomas. Schon allein in der Hoffnung auf die eine oder andere Anregung.

Doch Thomas interessierte sich mal wieder für ganz andere Fragen als ich. Anstatt gleich zur Sache zu kommen, referierte er ausufernd Statistiken zur Wahrscheinlichkeit salutogener Sabotageakte durch schikanierte Mitarbeiter.

»Gibt's da nicht auch 'n paar konkrete Beispiele?«, unterbrach ich ihn irgendwann erschöpft.

»Darauf haben die Kollegen bewusst verzichtet, aufgrund ethischer Bedenken. Gefahr von Nachahmungstätern, du verstehst schon«, antwortete Thomas liebevoll und las weiter vor.

Klar verstand ich. Enttäuscht ließ ich Prozentzahlen, Kennziffern und Soziologenchinesisch durch meine Ohren rauschen und wandte mich Belmondo zu. Er lag auf meinem Schaukelstuhl. Als er meinen Blick bemerkte, drehte er sich seufzend auf die andere Seite und legte eine Vorderpfote über die Augen. Offenbar war er von Thomas' Vortrag genauso begeistert wie ich.

Oder er wollte einfach nur schlafen. Was ich gut nachvollziehen konnte, denn mir ging es ähnlich.

Erst die ganze Aufregung, dann die Spaghetti mit zwei

Glas Rotwein und jetzt auch noch dieser einlullende Monolog … Mir fielen die Augen zu. Beim ersten Mal riss ich sie vor Schreck gleich wieder auf, um pflichtschuldigst weiter zuzuhören. Thomas hielt diesen Vortrag doch nur für mich.

Dann aber muss mein Schlafbedürfnis irgendwann größer gewesen sein als mein Pflichtbewusstsein. Jedenfalls wachte ich erst im Morgengrauen wieder auf.

Und zwar genau da, wo ich eingeschlafen bin. Auf unserem Fernsehsofa.

Sorgsam zugedeckt und ohne Schuhe, aber ansonsten komplett angezogen. Frust machte sich in mir breit wie ein Ölteppich in der Nordsee.

Ja und, Sandra? Was hast du erwartet? Dass Thomas dich liebevoll entkleidet und deine Siebzig-auf-Einsachtzig mühelos in seinen starken Armen auf das gemeinsame Nachtlager bettet? Dass er versuchen würde, dich nach der langen Trennung mit ausgesuchten Zärtlichkeiten sanft zu wecken, um sich sodann leidenschaftlich mit dir zu vereinigen? Womöglich sogar mehrfach? – Also nee, Kindchen, da bist du wirklich total im falschen Film.

❖ ❖ ❖

Ich könnte jetzt mal wieder versuchen, dieser Daily Soap um eine erotisch unterforderte Mittvierzigerin mit vollem Körpereinsatz eine Wende in Richtung Porno zu geben. Immerhin ist es so früh, dass Thomas noch im Bett liegt und schläft. Sein Klassik-Radiowecker wird ihn erst in einer halben Stunde zu seiner Joggingtour wachfiedeln.

Also gehe ich ins Schlafzimmer, setze mich auf die Bettkante – und starre auf Thomas' feingerippte Unterwäsche. Kaum vorstellbar, dass er sie freiwillig auszieht, um sich von mir sein bestes Teil liebkosen zu lassen.

Und bist du nicht willig, so brauch ich Gewalt, schießt es

mir durch den Kopf. Es steht schließlich nirgends geschrieben, dass Frauen immer ergeben darauf warten müssen, bis ihr Kerl sie verführt. Vielleicht bin ich da tatsächlich ein bisschen zu zurückhaltend, wie Neele mal gesagt hat.

Jetzt müsste die Gelegenheit günstig sein. Schon allein wegen der natürlichen Unterstützung durch den Morgenlatte-Faktor. Entschlossen will ich mich von hinten an Thomas kuscheln. Ihm erst ganz zahm den Rücken massieren und mich dann wie beiläufig in zentralere Regionen vorarbeiten.

Da fällt mir plötzlich wieder ein, dass ich diesen Trick vor ein paar Wochen schon einmal ausprobiert habe. Mit einem erstaunlichen Resultat.

Erstaunlich allerdings nicht etwa, was die Wirksamkeit des Tricks betrifft. Sondern mehr im Hinblick auf das Tempo, mit dem Thomas aus dem Bett sprang und sich im Bad vor mir in Sicherheit brachte.

Mann, war das deprimierend! Ich meine, ich habe mich ja inzwischen eigentlich daran gewöhnt, dass Thomas' Libido wieder auf das Niveau eines greisen Benediktinermönchs geschrumpft ist. »Sex ist nicht alles« und so.

Doch als liebende Ehefrau kann man trotzdem nicht anders, als sich manchmal ein paar Fragen zu stellen.

Fragen, mit denen ich mich an diesem Wochenende allerdings nicht auch noch rumschlagen will. Anstatt antriebslos über meinem Sexfrust zu brüten, sollte ich mich lieber um meinen anstehenden Arbeitskampf kümmern.

Seufzend motte ich meinen Traum von der Morgenlatte wieder ein und springe aus dem Bett.

Im Bad beäuge ich vor dem Spiegel kritisch die Neuzugänge unter meinen grauen Haaren. So viele sind es gar nicht, trotz der Herausforderungen der letzten Monate. Eigentlich sehe ich sogar ziemlich gut aus, wenn man von den Augenringen mal absieht. Und obwohl es jetzt schon länger her ist, kann ich mich noch ganz genau daran erinnern, dass Benno mich damals überaus erotisch fand.

Vielleicht ist mein Mann ja schwul.

Glückwunsch, Sandra! Wie lange ist es her, dass du dir fest vorgenommen hast, dir zum Thema Thomas und Sex keine weiteren Fragen zu stellen? Zwei Komma acht Minuten? Na super, da hast du ja diesmal richtig lange durchgehalten!

Auch das noch. Neben dem Badezimmerfenster hat sich mein Staatsanwalt aufgepflanzt. Kann man denn noch nicht mal mehr auf dem Klo seine Ruhe haben?

Ich überhöre seinen beißenden Spott und starre weiter in den Spiegel.

Am Anfang habe ich spontane Mutmaßungen über Thomas' wahre Neigungen immer verschämt in meinen mentalen Mülleimer gestopft. Obwohl der Gedanke zugegebenermaßen auf der Hand liegt. Vor allem, seit sich vor ein paar Monaten der Mann meiner Bielefelder Freundin Simone geoutet hat. Aus heiterem Himmel. Erklärte Simone, dass er das ewige Versteckspiel satthabe, und zog noch am selben Tag mit seinem langjährigen Liebhaber zusammen.

Seitdem hockt sie alleine in der Wohnung, die die beiden auf Pump gekauft haben, als Martin noch einen auf Hetero gemacht hat, und fragt sich jeden Tag, warum sie jahrelang nichts gemerkt hat.

Was mich betrifft, so denke ich seitdem natürlich des Öfteren über Thomas' sexuelle Ausrichtung nach. Einen Moment lang sehe ich ihn vor mir, wie er mir, in einen wattierten rosaseidenen Morgenmantel mit Goldstickerei gehüllt, seine wahren Neigungen offenbart. In der einen Hand einen Cognacschwenker, in der anderen eine Studie über den Verbreitungsgrad latenter Homosexualität in West- und Mitteleuropa.

Übergangslos erfasst mich der altbekannte Drang, mich

auf ihn zu stürzen, ihn heftig zu schütteln und »Was ist eigentlich los mit dir, verdammt noch mal?« zu schreien.

Doch stattdessen lege ich lieber eine Beruhigungsmaske auf. Die wird mir aller Voraussicht nach mehr bringen als die 348. Beziehungsdiskussion. In der aus Thomas ohnehin nicht mehr herauszuholen wäre als ein knapper Hinweis darauf, dass statistisch gesehen die große Mehrheit der bundesdeutschen Ehepaare Kontroversen über Sex sorgfältig vermeidet.

Und dass er persönlich das auch gut so findet.

❖ ❖ ❖

Montagmorgen auf dem Weg ins Büro fühle ich mich wie Melanie Griffith in *Die Waffen der Frauen* kurz vor der entscheidenden Schlacht mit ihrer Chefin. Möglicherweise ein gutes Omen. Am Ende siegt die süße Melanie schließlich auf ganzer Linie: Sigourney Weaver wird fristlos gefeuert, und obendrauf gibt's als Sahnehäubchen große Gefühle von Harrison Ford.

Mein Fall ist natürlich etwas anders gelagert. Erstens, weil der real existierende Meidner wesentlich intriganter ist als Sigourney im Film. Zweitens, weil mir noch gar nicht klar ist, ob ich in der Auseinandersetzung mit ihm überhaupt etwas habe, das als Waffe taugen könnte. Und drittens, weil es in meinem Leben derzeit nicht die geringste Aussicht auf ein gut aussehendes Sahnehäubchen gibt.

Geistesabwesend schließe ich mein Büro auf und schalte den Rechner ein. Ich wünschte, Manuel hätte mir nie von Joes Absichten erzählt. Das würde an der Sache selbst nichts ändern, aber wenigstens würde es mir jetzt nicht so dreckig gehen.

Typisch Frau. Im Zweifelsfall lieber jammern und zagen, als entschlossen das eigene Schicksal in die Hand zu nehmen. Höchste Zeit, dass mein Kampfgeist sich wieder einstellt.

»Sandy-Babe, gut, dass ich dich sehe! Komm doch bitte mal eben zu mir«, brüllt Joe in diesem Moment quer über den dunkelblauen Flur. Mir schlägt das Herz bis zum Hals. Ist es etwa schon so weit? Kommt jetzt der Showdown?

Beklommen betrete ich das Büro vom Meidner. Der hockt griesgrämig auf seinem Chefsessel. Seine ungesunde Gesichtsfarbe verrät mir, dass er seit der Rasenmäherparty deutlich zu wenig Schlaf und deutlich zu viel Alkohol abbekommen hat. Ich atme auf. In dem Zustand ist er selten zu mehr fähig als zu einer Krankmeldung in eigener Sache.

»Kümmer du dich bitte mit dem Manuel zusammen um die Manöverkritik vom Schnurer. Der hatte ziemlich viel zu meckern«, sagt Joe spitz. »Gestern musste ich ihn noch teuer ins ›Trader Vic's‹ ausführen, um ihn halbwegs zu besänftigen.«

Der gute alte Meidner. Man kann sich 100-prozentig darauf verlassen, dass Lob und Anerkennung ihm niemals und unter keinen Umständen über die Lippen kommen. Wahrscheinlich hat er Angst, dass ein vorlauter Untergebener daraus irgendwann das Anrecht auf eine Gehaltserhöhung ableiten könnte.

Dabei weiß ich von Manuel, dass der Schnurer von unserem Event total begeistert war. Aber Joe wäre nicht Joe, wenn nicht selbst an seinem eigenen Kater jemand anders schuld wäre als er.

Außerdem ist Beschwerdemanagement immer ein triftiger Grund für eine fette Spesenrechnung in Münchens nobelster Bar.

»Ich hab mich für euch geopfert, ich hoffe, du weißt das zu schätzen«, knurrt der Meidner misslaunig. Bei dem Rotweinanteil in seinem Atem muss ein geschätzter Restalkohol von mindestens 1,5 Promille in seinen Adern kreisen.

»Mir ist schlecht. Und das schon seit Freitag. Eins von den Lachshäppchen mit Mayonnaise wahrscheinlich. Erinner mich dran, dass wir dem Catering-Fritzen die Rechnung kürzen. Ich geh jetzt nach Hause, mich hinlegen. Rechne vor Mittwoch lieber nicht mit mir.«

Das war's, mehr kommt da wohl nicht mehr. Erleichtert wende ich mich zur Tür. Schon bin ich fast draußen. In Sicherheit. Gerade will ich tief durchatmen, da brüllt Joe auf einmal: »Ach ja, und den Freitagnachmittag halte dir bitte frei, da habe ich was mit dir zu besprechen!«

❖ ❖ ❖

»Angesichts der Sachlage wird's in dem Gespräch wohl kaum um deine Beförderung gehen«, unkt Neele, als ich Donnerstagabend bei ihr eintreffe. »Komm schon, lass dir jetzt nicht Bange machen. Kein Übel ist so schlimm wie die Angst davor.«

»Hast du dir jetzt etwa auch einen Meditationskalender gekauft?«, frage ich genervt. »Selbst Buddhas geballte Weisheit wird mir vermutlich nicht helfen, meine Stelle zu behalten.«

»Dann musst du dir halt 'nen anderen Retter suchen«, entgegnet Neele ungeduldig. »Wie wär's zum Beispiel mit Machiavelli? Eigentlich ist alles ganz einfach: Wenn der Meidner dir sagt, dass er dich feuern will, erklärst du ihm, wozu du dich unter diesen Umständen gezwungen fühlen könntest. Das nennt man verhandeln, Schätzchen. Wenn man sie einmal am Kragen hat, sind selbst harte Männer erstaunlich verhandlungsbereit. Glaub's mir, ich spreche aus jahrelanger beruflicher Erfahrung.«

Es klingelt, und Neele unterbricht ihren Vortrag, um die Tür zu öffnen. Kurz drauf stehen Renate und Martina im Rahmen. Neele hat darauf bestanden, im Hinblick auf meinen anstehenden Termin mit Joe zu einem vorbereitenden Strategiegespräch einzuladen. Aus gegebenem Anlass hat sie sogar extra *Lara Croft* und *Thelma & Louise* auf DVD besorgt. Als Anschauungsmaterial, damit ich studieren kann, wie es ist, wenn Frauen kämpfen.

»Komm, nimm noch vom Roastbeef – das gibt Kraft«, ermuntert Martina mich, als wir kurz darauf beim Essen sitzen. Renate und Neele nicken energisch.

Meine Freundinnen schauen mich an, als sei ich Jung-Siegfried kurz vor der Begegnung mit dem Lindwurm. Ich bin gerührt, fast beschämt.

»Können wir nicht wenigstens beim Essen von was anderem reden als von morgen Nachmittag?«, frage ich verlegen. »Ich weiß überhaupt nicht mehr, wie es euch überhaupt geht. Martina, erzähl doch mal, was ist mit dir und Stefan?«

Lustlos stochert Martina in ihren Bratkartoffeln herum. Früher wäre sie inzwischen bei der dritten Portion angelangt, doch ihre Eheprobleme scheinen ihr auf den Magen geschlagen zu haben. In den letzten Wochen hat sie mindestens fünf Kilo abgenommen. Stille Trauer veredelt ihre schmal gewordenen Gesichtszüge. Abgesehen von ihrer ewigen 50er-Jahre-Hochsteckfrisur sieht sie so blendend aus wie lange nicht mehr.

Es ist eben alles zu irgendwas gut. Selbst ein untreuer Ehemann.

»Ich hab's bisher nicht geschafft, ihn endgültig rauszuschmeißen«, murmelt sie schließlich frustriert. »Ich meine, aus unserem Ehebett schon, aber nicht aus der Wohnung. Vor allem wegen der Kinder. Lea hat schon einen Heulkrampf gekriegt, als ich ansatzweise versucht habe zu erklären, dass der Papa jetzt vielleicht ein Weilchen nur noch zu Besuch kommt. Und die beiden Großen hängen auf einmal an ihrem Vater, als hätte er sich vom Erzspießer zur Lichtgestalt gemausert. Ich sag's euch, Kinder zu haben ist eine undankbare Angelegenheit.«

Seufzend nimmt sie einen Schluck Weißwein. »Es liegt aber natürlich nicht nur an den Kindern. Ich hab einen Horror davor, am Ende eine geschiedene Frustrantin zu sein, die nie wieder einen Kerl abkriegt. Alte-Mädels-WG und Jamaikaausflüge hin oder her«, fügt sie leise hinzu, als sie einen Blick von Neele auffängt.

»Und dann quäl ich mich natürlich mit der Frage rum, inwiefern es eigentlich meine Schuld ist, dass Stefan sich eine Gespielin zugelegt hat. Vielleicht liegt's ja auch an mir, zunehmende Cellulitis, nachlassende Lust, mangelnde Kreativität in Stellungsfragen – ihr wisst schon.«

Ich nicke. Wahrscheinlich eine Spur zu heftig, denn alle Blicke richten sich auf einmal auf mich. Glücklicherweise redet Martina schließlich weiter.

»Ich schwanke im Fünfminutentakt zwischen ›Es wäre der größte Fehler meines Lebens, ihn rauszuschmeißen‹ und ›Es wäre der größte Fehler meines Lebens, es nicht zu tun‹. Ich schaffe es einfach nicht, eine Entscheidung zu fällen …« Unglücklich bricht sie ab und schnäuzt sich in ihre Papierserviette.

»Kenn ich gut, dieses Gefühl«, sagt Renate mitfühlend. »Mit so Fragen habe ich mich auch mal rumgeschlagen, jahrelang sogar. Was mich betrifft, so musste ich wohl erst krank werden, um ein paar Sachen zu begreifen«, murmelt sie, wie zu sich selbst.

»Wenn du es nicht schaffst, diese Entscheidung zu fällen – dann nimm dir doch einfach etwas anderes vor, das du unbedingt willst, aber bisher nicht geschafft hast!«, schlägt sie Martina schließlich vor. »Als Übung sozusagen. Du wirst sehn, der Erfolg verleiht dir Flügel! Eine Freundin von mir hat sich erst dazu durchringen können, die Scheidung einzureichen, nachdem sie es geschafft hatte, Autofahren zu lernen. Und das mit immerhin Mitte 60!«

»Hehehe, heute Abend steht Kriegsrat auf der Agenda, nicht Paartherapie«, mischt Neele sich ein. Sie wirkt ausgesprochen kampfeslustig. Woher nimmt sie nur diese Energie? Vielleicht kann sie mich ja morgen in dem Gespräch mit Joe vertreten. Er würde danach wahrscheinlich vor lauter Angst spontan umschulen auf Einbauküchenverkäufer, und ich wäre ihn ein für alle Mal los.

»Da gibt es durchaus einen Zusammenhang«, erwidert Renate. »Sandra, hast *du* dich denn schon zu irgendwas entschlossen? Willst du überhaupt kämpfen? Sei mir nicht böse, aber da hab ich so meine Zweifel. Na ja, und wenn kämpfen: worum? Um deinen Job oder vielleicht einfach um eine fette Abfindung?«

Erwischt. Ich weiß tatsächlich immer noch nicht, ob ich mich gegen den Meidner zur Wehr setzen oder einfach resigniert das Feld räumen soll. Selbst wenn ich ihn zwingen könnte, mich in Lohn und Brot zu lassen, würde er mir auf Dauer garantiert das Leben zur Hölle machen. Als Mobber ist er ja erwiesenermaßen ein Naturtalent.

Nee, dann lieber gleich freiwillig gehen. So habe ich die Sache jedenfalls bis eben gesehen. Bis Renate das schöne Wort »Abfindung« erwähnte. Daran habe ich bisher überhaupt nicht gedacht.

»Meint ihr denn, ich könnte gegen den Meidner ernsthaft was ausrichten?«, frage ich unsicher in die Runde. »Was habe ich denn überhaupt in der Hand?«

Neele schüttelt missbilligend den Kopf. »Mensch, Sandra, jetzt sei nicht so ein Schaf. Hast du etwa immer noch nicht den Arbeitsrechtler angerufen, den ich dir empfohlen habe? Wenn du eine Kündigungsschutzklage einreichen würdest, sähe der Meidner vor Gericht ganz schön alt aus. Da kann er noch so viele fiese Handbücher wälzen. Und dann hast du doch auch so genug gegen ihn in der Hand. Ist doch ganz beachtlich, was du in diesem ›Blackies‹-Ordner auf seinem Rechner so alles gefunden hast. Also ich sage dir, ein paar von meinen Kollegen wären da ganz scharf drauf!«

Renate grinst. Dann zieht sie einen DIN-A4-Umschlag aus ihrer Handtasche und legt ihn mit großer Geste auf den Tisch. »Hier, Sandra. Kleines Geschenk für dich.«

Neugierig reiße ich den Umschlag auf. Ein paar großformatige Fotos fallen heraus. Alles Detailaufnahmen eines offenbar sehr großen Wohnzimmers. Einiges kommt mir seltsam bekannt vor.

Fragend schaue ich Renate an. Sie grinst noch ein bisschen breiter. »Kannst du dich an diese beiden sündteuren Bodenvasen erinnern, die der Meidner damals unbedingt als Dekoelemente für Messestände anschaffen wollte? Sind dann gleich bei ihrem ersten Messeeinsatz gestohlen worden. War echt schade, tja. Dann der Riesenpapierkrieg mit der Versicherung, bis die endlich gezahlt haben. Und jetzt: Schau dir das an! Die Vasen! Zurück bei Papa; ist das nicht wunderbar?«

Tatsächlich, nun erkenne ich sie. Und ich erkenne noch mehr. Die kristallenen Champagnergläser in der Vitrine mit dem dezent eingeschliffenen »Moulin-Rouge«-Logo. Die beiden extravaganten Zweisitzer aus cremefarbenem Nappaleder, die das Clolux-Marketing vor drei Jahren für die Top-to-Top-Besprechungsecke ihres Messestands hatte kaufen lassen, sie dann aber leider kurz darauf vorzeitig abschreiben musste, weil sie angeblich nicht mehr zu reinigen waren. Der hochflorige Designerteppich, der mal als Blickfang für den Stand einer Inneneinrichtungsfirma angeschafft worden war. Und natürlich die Bang & Olufsen-Anlage. Sie thront auf einem offenbar eigens dafür angefertigten Glaspodest. Es sieht ganz so aus, als habe sie dort den ihr von Anfang an vorherbestimmten Platz gefunden.

»Wie bist du denn an die Fotos gekommen?« Meine Stimme schwankt hörbar zwischen Staunen und Bewunderung.

»Der arme Meidner. Er war doch am Dienstag krank. Aber nicht krank genug, um auf die Lieferung seines lang ersehnten Grünthal-Rasenmähers zu verzichten. Das weiß ich, weil ich für ihn den Liefertermin ausmachen musste. Sind so die kleinen Freuden, wenn der Chef einen auch als Privatsekretärin einsetzt. Na ja, jedenfalls hab ich mit Meidners Post in der Nähe seines Hauses gewartet, den Lieferwagen abgepasst – und geklingelt, als der Rasenmäher gerade abgeladen wurde. Übrigens ein Riesenteil. Der Meidner konnte gar nicht anders, er musste mich kurz ins Wohnzimmer bitten, während die Grünthal-Leute ihm im Garten die Technik erklärt haben. Auf persönlichen Wunsch von Doktor Schnurer.«

Aus Renates Augen lacht der Schalk. »Der Rest war einfach. Wozu hat man schließlich ein Fotohandy?«

Ich bin platt.

Wegen meiner Freundin Renate. Und auch wegen Joes Dreistigkeit. Mir wird ganz kalt ums Herz, als ich mir probeweise vorstelle, wie Ferdi Hinterhuber wohl reagiert, wenn er erfährt, dass sein Geschäftsführer seine Einrichtung quasi komplett aus Beständen der Meidner Fair & Event Design GmbH zusammengestellt hat. Von schwarzen Kassen und krummen Deals wie mit dem Rasenmäher mal ganz zu schweigen. Ferdi würde über Joachim Meidner kommen wie ein Apokalyptischer Reiter.

Nein. Schlimmer.

Allmählich dämmert mir, dass ich für morgen Nachmittag unterm Strich überraschend gute Karten habe.

❖ ❖ ❖

»Hey, *dressed to kill*, was?«, flüstert Manuel mir am Freitagmorgen zu, als ich ins Büro komme. Bewundernd pfeift er durch die Zähne. Er kennt mich nur in Jeans und T-Shirt. Ich habe schließlich schon vor langer Zeit aufgegeben, mich für Joes Saftladen auch noch täglich aufzubrezeln.

Aber heute ist ein besonderer Tag. Die Mädels haben mir geraten, meine Kleidung entsprechend auszuwählen.

»Der richtige Look gibt dir Schutz wie eine Ritterrüstung, du wirst sehn«, hat Neele gesagt. Sie muss es wissen, bei all den Gefechten mit Steuersündern und Anwälten, die sie so austrägt.

Also habe ich mir an ihr ein Beispiel genommen und das kurze rote Kostüm angelegt, das ich mir vor einiger Zeit für besondere Anlässe gekauft habe. Wobei ich damals mehr an rauschende Partys dachte als an Scharmützel mit Zwerg Nase.

Apropos Zwerg Nase: Zu dem Kostüm trage ich schwarze Lackpumps mit Acht-Zentimeter-Absätzen. Schon aus strategischen Gründen. Was immer Joe mir mitzuteilen hat – er wird zu mir aufschauen müssen.

Okay, und ich werde zwangsläufig auf die Halbglatze unter seinem fettigen Pferdeschwanz hinunterschauen müssen. Aber das ist es mir wert.

Joe hat den »Besprechungstermin« mit mir in guter alter Meidnermanier auf 17:00 Uhr gelegt. Vermutlich, damit ich vor dem großen Finale noch ordnungsgemäß einen vollen Arbeitstag absolviere. Den Gefallen tue ich ihm natürlich nicht. Stattdessen bereite ich mich auf meinen Kampfeinsatz vor. Argumentationsketten, Atemübungen, Traubenzucker.

Um halb fünf verschwinde ich auf der Damentoilette. Mein Make-up komplett erneuern und auf dem Klo ein paar Autosuggestionsübungen machen. Dafür hat mir Martinas Meditationskalender aus gegebenem Anlass den

Spruch »Die Kunst ist, einmal mehr aufzustehen, als man umgeworfen wird« spendiert.

Als ich um Punkt 17:00 Uhr an Joes Türe klopfe, bin ich trotzdem kurz vorm Herzinfarkt. Fest umklammere ich den Umschlag mit den Fotos und dem Ausdruck der »Blackies«-Dateien. Meine Hirnwindungen sind wie leer gefegt.

Panik breitet sich in mir aus. »Gib's auf, Sandra. Du schaffst das nie«, ist das Einzige, was ich denken kann. Schon will ich in Tränen ausbrechen und mit letzter Kraft meinerseits kündigen, nur um mir den Showdown zu ersparen.

Doch dann sehe ich dieses selbstgefällige Grinsen in Meidners Gesicht und werde auf einmal ganz ruhig.

»Du wolltest mich sprechen?« Ich drücke das Kreuz durch, strecke die Schultern nach hinten und trete so dicht an Joe heran, dass er den Kopf in den Nacken legen muss, um mich anzuschauen.

Unbehaglich weicht er zurück und verschanzt sich hinter seinem Schreibtisch. »Setz dich«, sagt er mürrisch. Ich tue ihm den Gefallen. Aus dieser Begegnung werde ich auch im Sitzen als Siegerin hervorgehen, das weiß ich plötzlich ganz genau.

Mein Kampfgeist ist offenbar endlich wieder daheim.

Mit distanziertem Lächeln höre ich zu, als Joe mir unter dem Motto »Sandra, ich fürchte, wir müssen uns trennen« einen offensichtlich auswendig gelernten Kurzvortrag hält.

Aufmerksam schreibe ich mit, während er mir als Kündigungsgründe ein nicht mehr tragbares Leistungsdefizit, mangelndes Einfühlungsvermögen im Umgang mit Kunden und einen am 12. Dezember 2006 aus der Büromaterialkammer entwendeten Bleistift aufzählt. Interessiert schaue ich die Notiz an, die er mir dann über den Tisch schiebt.

»Es ist für uns alle das Beste, wenn du selber kündigen würdest«, sagt er. Seine Stimme klingt ganz schleimig vor geheucheltem Mitgefühl. »Unter den Umständen würde ich darauf verzichten, deinen Diebstahl strafrechtlich verfolgen zu lassen. Hier, musst nur noch unterschreiben.«

Lauernd sieht er mich an und grinst hämisch. Im Geiste nimmt er mir wahrscheinlich bereits den Firmenlaptop und die Büroschlüssel ab. Höchste Zeit, ihn auf andere Gedanken zu bringen.

Eine knappe halbe Stunde später ist Joe das Grinsen vergangen. Und ich bin um 20.000 Euro reicher. Der Inhalt meines Umschlags hat Joe überraschend schnell von der Notwendigkeit überzeugt, mit mir einen Aufhebungsvertrag zu schließen. Selbstverständlich inklusive einer angemessenen Abfindung.

»Hier, Joe, musst nur noch unterschreiben«, sage ich kühl, als unsere kurzen Verhandlungen beendet sind. Ich zerknülle seine Notiz und schiebe ihm meinen eigenen Vertrag zu. »Zweifache Ausfertigung, also bitte zwei Unterschriften, sei so lieb.«

Er starrt mich an, als wolle er mich im nächsten Moment mit seiner Tastatur erschlagen. Seine Ohrenhaare beben vor Zorn.

Ich starre unbeeindruckt zurück und erhebe mich. Um mir eins über den Kopf zu ziehen, bräuchte er jetzt eine Trittleiter.

Ich bin richtig stolz auf meine Performance. Und danke im Geiste Manuel, der die Weitsicht gehabt hat, den Vertragstext für mich vorzubereiten.

»Ich weiß gar nicht, wie ich das dem Ferdi erklären soll«, jammert Joe. »Und überhaupt: Wer sagt mir, dass du nicht bei der nächsten passenden Gelegenheit mit Kopien davon zu ihm rennst?«

Ich sehe ihn an. »Du solltest mich besser kennen, Joe. Notwehr – ja, aber fiese Tricks – nein, danke. Und was Ferdi angeht, so bist du doch sonst auch nicht um blumige Ausreden verlegen.« Hoch erhobenen Hauptes stöckele ich zur Tür.

»Ach, eins wollte ich dir immer schon sagen«, erkläre ich, als ich schon die Klinke in der Hand habe. Joe glotzt mich an. »Joe Meidner, du bist ein richtiges Arschloch.«

❖ ❖ ❖

Ein unheimlich starker Abgang, finden Sie nicht auch? Leider ist inzwischen niemand mehr im Büro, mit dem ich feiern könnte. Spontan beschließe ich, meinen Sieg mit einem Glas Champagner im ›Schumann's‹ zu begießen. Danach ist immer noch Zeit, um meine Lieben über den beglückenden Ausgang der Begegnung zu unterrichten.

Ich fühle mich einfach großartig. Anstatt mich zur Kündigung führen zu lassen wie ein Lamm zur Schlachtbank, habe ich gekämpft. Und gewonnen. Ich habe mich von einem Job gelöst, der mir schon lange zuwider war. Ich habe dem Meidner endlich – *endlich*! – gesagt, was ich von ihm halte. Und dafür noch eine fette Abfindung kassiert.

Sandra Heller: eine Frau, die weiß, was sie will! Eine Frau, die den aufrechten Gang wiedergefunden hat! Eine Frau, die ihren Weg gehen wird!

Ich habe gar nicht gewusst, dass so viel Unbeugsamkeit in mir steckt. Ich bin stark. Ich bin stolz. Ich bin total glücklich. Hallo, Leben, jetzt komm ich!

16

Ich bin total unglücklich. Was habe ich da bloß angerichtet? Die Abfindung ist doch in null Komma nix verbraucht! Und ich finde nie mehr im Leben einen Job! Wie konnte ich nur so blöd sein?

Nur mit größter Mühe kann ich den Reflex unterdrücken, Joes Handynummer zu wählen und ihn auf Knien anzuflehen, mir meinen Job wiederzugeben. Gerne auch zum halben Gehalt bei doppelter Stundenzahl. Hauptsache, ich habe überhaupt wieder eine Aufgabe.

Trübselig starre ich in den grauen Himmel. Es ist erst Anfang Oktober, aber ich fühle mich so schlapp, als hätte ich schon mindestens sechs Monate finsterste Polarnacht hinter mir.

Menschen, die wie ich unter Herbst- und Winterdepressionen leiden, müssten in dieser Jahreszeit grundsätzlich auf Krankenkassenkosten vier Wochen in die Sonne fliegen dürfen. Und zwar erst recht, wenn es sich um verlorene Gestalten handelt, die direkt auf Hartz IV zumarschieren.

Mensch, Sandra, jetzt mach aber mal 'n Punkt, schimpft mein innerer Staatsanwalt. Wie kannst du dich ernsthaft als zukünftige Langzeitarbeitslose betrachten, wo du noch nicht mal angefangen hast, dich nach einem neuen Job umzuschauen! Jetzt komm erst mal in die Gänge, dann wird sich schon alles fügen.

In die Gänge kommen, aha. Und wie soll das bitte schön gehen, wenn man gerade in einem tiefen Loch feststeckt?, zetert mein Restselbstbewusstsein verbittert. Doch der Herr

Staatsanwalt hat seine Sprechstunde schon wieder beendet. Ohne ein weiteres Wort des Trostes lässt er mich in meinem Loch zurück.

Von dem habe ich natürlich schon vorher mal gehört. War mal ein Artikel in *Brigitte Woman*. Das Loch, in das man fällt, wenn man auf einmal nicht mehr im Hamsterrad mitrennt.

Dabei habe ich mir jahrelang nichts anderes gewünscht. Ich habe von meinem Ausstieg aus der Meidner Fair & Event Design GmbH geträumt wie andere Leute von einer Villa auf den Seychellen. Alles besser, als in dem Laden zu versauern, habe ich immer gedacht.

Und jetzt?

Jetzt fühle ich mich einfach überflüssig. Unnütz. Wie durch den Rost gefallen. Da kann Thomas noch so oft sagen, dass ich mir doch bitte keine Sorgen machen soll. Dass er genug Geld für uns beide verdient. Und dass es für meine Gesundheit bestimmt sowieso das Beste wäre, mal ein Jährchen Pause zu machen.

»Du kümmerst dich nur ein bisschen um Haus und Garten und kannst ansonsten mit Belmondo unser Landleben genießen – wär das nicht schön?«, hat er neulich erst geschwärmt. Wohl unter anderem, um mich dezent dazu zu animieren, meine Suche nach einem geeigneten Häuschen wieder aufzunehmen.

Ich will aber nicht als Hausfrau in der Pampa enden. Vormittags feudeln und nachmittags Sukkulentenfans durch Thomas' zukünftigen Hauswurzgarten führen? Nein, danke. Ich bin schließlich eine Vollblut-Business-Frau, wie mir seit meinen knallharten Verhandlungen mit Joe Meidner schlagartig klar geworden ist.

Und ohne Business fühle ich mich wie ein Wal auf dem Trockenen. Mein Selbstbewusstsein ist auf zehn Grad unter Kafka gesunken. Schon suche ich ängstlich nach Anzeichen von Mitleid in den Augen aller, die mitbekommen, dass ich derzeit ohne feste Stellung bin.

Wobei meine Mutter es natürlich nicht bei einem mitleidigen Blick hat bewenden lassen. »Sandrakind, wie konntest du das nur tun? Ein unbefristeter Arbeitsvertrag, das ist doch heutzutage fast wie ein Sechser im Lotto!«

Zu dem Zeitpunkt hatte ich ihr bereits mehrfach erklärt, dass mein Chef mich mit allen Mitteln rauswerfen wollte und dass ich deshalb sowieso keine Zukunft mehr bei der Meidner Fair & Event Design GmbH gehabt hätte. Doch meine Mutter ist nicht die Frau, die sich von Argumenten so ohne Weiteres in die Knie zwingen lässt.

»Ach was, das hätte sich schon wieder eingerenkt!«, zeterte sie. »Jedenfalls, wenn du dir ein bisschen Mühe gegeben hättest. Aber nein, anstatt an deine Rente zu denken, musstest du ja einen auf Heldin machen!«

Heldin. Wehmütig denke ich an den Abend zurück, an dem Neele, Renate, Martina und Manuel mich in der ›Pfälzer Weinstube‹ haben hochleben lassen. Sogar Thomas war später dazugekommen, um mitzufeiern. Der gute Silvaner floss in Strömen, und am Ende haben wir zusammen die Internationale gesungen. Es war eine super Stimmung.

Inzwischen kommt mir dieser Abend vor wie Lichtjahre entfernt. Seitdem haben sich Schwung und Zuversicht jedenfalls so klammheimlich aus meinem Gemüt verdrückt wie Zechpreller sich aus einem Terrassencafé.

Jetzt, wo der Dauerstress mit Joe nicht mehr vom Aufwachen bis zum Einschlafen mein Leben bestimmt, habe ich wahrscheinlich einfach zu viel Zeit.

Zeit, die ich leider nicht damit verbringe, Bewerbungsratgeber zu lesen, meinen Lebenslauf zu aktualisieren und mich mit den Jobbörsen im Internet vertraut zu machen.

Sondern damit, in meinen Bauchnabel zu starren und mit meinem Schicksal zu hadern.

Wenn ich's mir recht überlege, habe ich wahrscheinlich nur deshalb so viel gearbeitet, um mich von den profunden Missständen in meinem Privatleben abzulenken.

»Sandra! Hallo! Jemand zu Hause?« Erschrocken fahre ich zusammen. Daniel fuchtelt mit einem Topflappen vor meinen Augen herum.

»Ich hab dich jetzt mindestens dreimal gefragt, ob ich das Spritzgebäck nun in Kuvertüre tauchen soll oder nicht«, sagt er vorwurfsvoll. »Also echt, da komm ich schon vorbei, um dir beim Backen Gesellschaft zu leisten, und du hörst mir noch nicht mal zu!«

Oh Gott. Das fehlt gerade noch, dass ich jetzt vor lauter Frust auch noch gaga werde.

Verlegen knete ich an meinen neuen Silikonbackformen für Madeleines und Petits Fours herum. Habe ich mir letzte Woche in einem akuten Anfall von Kaufrausch zugelegt. Zusammen mit zehn Keksdosen mit diesen niedlichen Raffael-Engeln drauf, einem Backbrett aus massivem Buchenholz, einem Profiteigrührgerät, fünf topaktuellen Patisserie-Backbüchern und einer elektrischen Spritzgebäckmaschine.

Irgendwie hatte ich wohl gehofft, mich mit dieser schönen neuen Ausrüstung vom Grübeln abzuhalten und die meditative Verzückung des Keksebackens wiederzufinden.

Mein Gemüt weht trotzdem weiter auf halbmast. Wenn das so weitergeht, muss ich reumütig zu Martinas Meditationslehrer zurückkehren.

»Ach, Daniel, du hast's so gut. Glückliche Beziehung, Gutmenschenjob, robuste Gesundheit, stabil gute Laune. Und was hab ich? Nix außer einem Haufen selbst gebackener Kekse!«

Gleich brech ich in Tränen aus.

Daniel schaut mich streng an. Jetzt wird er mir bestimmt

einen seiner philosophischen Dritte-Welt-Vorträge halten. Das hat mir gerade noch gefehlt.

»Jetzt hör mal auf mit deinem ewigen Selbstmitleid. Du hast also gerade keinen Job und ein paar Probleme mit deinem Kerl – na und? Dafür hast du ein gut gefülltes Konto. Und übrigens auch ein Dach überm Kopf, fließend Wasser und immer genug zu essen. Nein, nicht nur Kekse!«, schimpft er, als ob er meine Gedanken gelesen hätte.

»Damit du's weißt, von so einer sozialen Grundsicherung wie in Deutschland können die Menschen in den Entwicklungsländern nur träumen. Ach was, Entwicklungsländer: Sogar in den USA träumen sie davon! Ist dir das überhaupt bewusst – oder hast du etwa noch nie einen Bericht über diese Obdachlosenzeltstädte gesehen? Ach ja, ich vergaß, Madame lesen ja nur noch die *Bunte*!«

Unter seinen missbilligenden Blicken werde ich sekündlich kleiner. Kurz erwäge ich, zu meiner Verteidigung darauf hinzuweisen, dass ich immerhin so gut wie jeden Tag das *heute journal* anschaue und daher mit den Krisengebieten der Welt bestens vertraut bin. Doch wie ich meinen Bruder kenne, wird ihn das kaum beeindrucken. Dann lieber still und ergeben abwarten, bis die Predigt beendet ist.

»Du genießt das Privileg einer Krankenversicherung, um die dich mindestens neun Zehntel der Menschheit beneiden! Ist dir eigentlich klar, dass die meisten Frauen in Burkina Faso oder in der Zentralmongolei ziemlich schlechte Karten haben, wenn sie von so einer Krankheit erwischt werden wie du? Und was du für ein Riesenglück hast, dass du rein zufällig in Deutschland geboren wurdest und nicht irgendwo in der Sahelzone?«

Verlegen starre ich auf meine Backformen. Kurz erwäge ich, ihn zu fragen, wo genau die Sahelzone eigentlich liegt, um das Gespräch unauffällig in eine andere Bahn zu lenken.

Doch mein Bruder ist nicht zu stoppen. »Und eins sage ich dir auch«, fährt er mit Grabesstimme fort. »Beziehungskrieg ist Pillepalle im Vergleich zu Bürgerkrieg! Frag mal die Leute im Kosovo oder in Tschetschenien!«

An diesem Punkt füllen sich meine Augen erwartungsgemäß mit Tränen. Vor Frust. Und vor allem vor schlechtem Gewissen.

Ich kreise vielleicht ein bisschen zu viel um meinen Nabel. Aber blöd bin ich nicht. Weshalb mir erleuchtungsartig klar wird, wie gut ich es in meinem kleinen Leben eigentlich habe.

Wer weiß, vielleicht verhilft Daniels Predigt mir ja dazu, diese Erkenntnis länger als die obligatorischen fünf Betroffenheitsminuten im Gedächtnis zu behalten. Als sie mich damals nach dem Krankenhaus das erste Mal überkam, ist es mir offenbar nicht gelungen, sie dauerhaft in meinem Bewusstsein zu verankern.

Wie kann ich nur so undankbar sein!

Liebevoll wischt Daniel mir eine Träne von meinen schamrot verfärbten Wangen. »Ach, Sandra, es gibt für dich doch gar keinen Grund zum Weinen. Du solltest dankbar sein, dass es dir so geht, wie es dir geht.«

Noch so ein Lehrsatz, und von mir bleibt nur eine große Pfütze übrig. Nach einem prüfenden Blick auf die Wassermassen in meinen Augen hat Belmondo sich bereits vom Küchenboden auf einen höher gelegenen Stuhl in Sicherheit gebracht.

»Komm, schau mich an. Meine Beziehung mit Andrea ist auch nur deshalb so glücklich, weil wir keine Fernbeziehung mehr wollten und jetzt von München aus einfach mal schauen, ob wir nicht was für uns beide finden. War eine ganz bewusste Entscheidung. Leben ist das, was man selber draus macht. Also mach du auch was draus! Dir stehen doch wirklich alle Wege offen«, sagt er tröstend.

»Nimm nur deine kleine Keksmanufaktur hier – nach deiner Ausstattung würden sich die Frauen bei uns da unten in Mali alle zehn Finger lecken! Wenn die das hätten, was du hast, würden sie sich damit sofort einen Laden aufbauen, der mindestens vier Familien ernährt. Und du, du könntest damit locker einen Internethandel aufziehen. Selbstständige Powerfrau anstatt kleine Angestellte. ›Sandras selbst Gebackene‹ oder so – das wär doch was!«

Aufmunternd patscht er mir auf die Schulter. Mir ist aber nicht nach Munterwerden zumute. Ich will auch keinen Kekshandel aufziehen. Ich will einen Job. Eine interessante Aufgabe mit festem Gehalt, Weihnachtsgeld, bezahltem Urlaub und gut aussehenden Vorgesetzten.

Dafür müsste ich mich allerdings endlich dazu aufraffen, überhaupt erst mal Bewerbungen zu schreiben.

❖ ❖ ❖

Es ist eine Katastrophe. Unseren Augen bietet sich ein Bild der Verwüstung. Preziosen von unschätzbarem Wert sind unwiederbringlich vernichtet. Denn gestern Nacht ist der lange befürchtete Ernstfall tatsächlich eingetreten: Belmondo hat Thomas' Sukkulentensammlung umgegraben.

Seit wir ihn während unserer Düsseldorfreise zwei Tage bei meinen Eltern in Pflege gegeben haben, vermisst er offenbar die Streifzüge in der Natur. Der Arme – er hat wohl geglaubt, dass Thomas' Wintergarten mindestens so spannend ist wie der Garten hinter dem Häuschen meiner Eltern in Laim. Und dann hat er seine Enttäuschung an den Fettpflanzen ausgelassen.

»Schau dir an, was deine Katze angerichtet hat!«, ruft Thomas wutentbrannt. Er hockt erdverschmiert zwischen seinen umgefallenen Blumentöpfen, versucht, diverse ausgebuddelte Pflänzchen wieder ihren Namensschildchen zuzuordnen, und funkelt mich verärgert an. Ein super Start ins Wochenende. Genauso, wie man sich das vorstellt.

Angesichts von Thomas' kritischem Zustand verkneife ich mir jeden Hinweis darauf, dass er es war, der Belmondo damals mitgebracht hat. Noch bedeutend heftiger verkneife ich mir den Lachanfall, den ich in mir heranrollen spüre wie eine hawaiianische Surferwelle. Jetzt bloß keinen Fehler machen, sonst ist der Tag völlig im Eimer.

»Mensch, Thomas, das tut mir so leid! Komm, lass mich dir helfen!«, sage ich und klaube eilfertig ein paar Fettpflanzenblätter auf.

»Nicht! Du bringst mir ja alles endgültig durcheinander!«, schimpft er.

Dann eben nicht. Eine Zeit lang schaue ich ihm wortlos zu, wie er seine Sukkis so sorgsam verarztet, als ginge es um die Erstversorgung von Erdbebenopfern. Unterdessen hat sich Belmondo auf dem Fernsehsofa ausgestreckt, als ginge ihn das alles gar nichts an. Er schaut mich unverwandt an. »Es wird Zeit«, sagt er –

Moment mal! Ich glaub, ich spinne! Seit wann können Katzen reden? Und was soll das überhaupt heißen, es wird Zeit, das ist ja schlimmer als das Gewäsch in Martinas Meditationskalender!

Ich kneife die Augen zu. Öffne sie wieder. Schaue Belmondo prüfend an. Er schaut kühl zurück. Fast erwarte ich, dass er sich mit der Vorderpfote an die Stirn tippt.

Doch er liegt auf dem Sofa, als sei nichts gewesen. Schließlich rappelt er sich auf und fängt an, seine Vorderpfoten zu putzen. Kein Wunder, seine Krallen werden von den nächtlichen Grabungsarbeiten bestimmt noch ganz dreckig sein. Er ist eben doch nur eine ganz normale Katze. Und ich leide langsam an Wahnvorstellungen.

Mensch, Sandra, reiß dich zusammen und kümmer dich um deinen armen Mann, anstatt hier weiter rumzuspinnen.

»Du, Thomas? Belmondo braucht wohl wirklich Auslauf im Grünen. Es wird eben Zeit, dass wir aufs Land ziehen«, sage ich schließlich mit warmer Stimme. Wenn auch innerlich widerstrebend.

Denn eigentlich bin ich froh, dass unsere Hausbesichtigungsodyssee in letzter Zeit so ziemlich zum Stillstand gekommen ist. Doch im Augenblick geht's nicht um mich, sondern um eine effiziente Deeskalationsstrategie. »Lass uns doch heute ein bisschen rausfahren und mal wieder was anschauen. Es gab da ja ein paar interessante Angebote im Internet – erinnerst du dich?«

Zwei Stunden später sitzen wir tatsächlich im Auto und fahren Richtung Ammersee. Draußen stürmt es heftig. Der Wind treibt dunkelgraue Wolkenbänke vor sich her, die nach ergiebigen Regenfällen aussehen. Nicht gerade ideales Ausflugswetter. Aber ich habe mir fest vorgenommen, gut gelaunt durch diesen Restsamstag zu kommen. Und zur Abwechslung mal zu versuchen, den Besichtigungsobjekten gute Seiten abzugewinnen, anstatt immer nur rumzunörgeln. Das bin ich Thomas schuldig, so niedergeschlagen, wie er seit dem Sukkulentendrama ist.

Mir selbst bin ich es auch schuldig. Es geht schließlich um mein zukünftiges Zuhause. Außerdem habe ich außer der Haussuche nichts, aber auch wirklich gar nichts anderes zu tun.

❖ ❖ ❖

»Kind, was ist los mit dir? Stimmt irgendwas nicht? Ich spür doch, dass du was hast!« Meine Mutter hört auf, den Teig für unsere Butterstangerl zu kneten, und schaut mich prüfend an.

Oje. Wenn sie diesen Forscherblick aufsetzt, ist sie in der Lage, in meinem Gemüt selbst Frustrationen im Nanomillimeterbereich aufzuspüren. An denen zerrt sie dann mit mütterlicher Fürsorglichkeit so lange herum, bis ich erschöpft aufgebe und ihr alles erzähle.

Was ja an sich nicht weiter schlimm wäre. Jedenfalls wenn sie meine kleinen Geständnisse nicht so akribisch in ihrem Gedächtnis archivieren und noch Jahrzehnte später bei jeder passenden oder auch unpassenden Gelegenheit rauskramen würde.

Gerne auch vor Publikum. »Sandrakind, weißt du noch, wie du dich damals vorm Abi wegen deiner Akne geschämt hast? Dabei war die doch halb so schlimm! Guckt mal, heute sieht man doch echt kaum noch was davon!«

War damals wirklich ein prima Gesprächsthema bei Thomas' Antrittsbesuch. Bravo, Mama. Als ich Neele und Martina entrüstet davon erzählte, haben sie sich ausgeschüttet vor Lachen. Und mir dann mitleidslos mitgeteilt, ich sei ja wohl selber schuld, wenn ich der elterlichen Inquisition immer freiwillig alles erzähle. Unsolidarisches Pack.

Seitdem habe ich mir x-mal vorgenommen, auf Fragen meiner Mutter nach meinem werten Wohlbefinden grundsätzlich mit einem fröhlichen »Danke, alles bestens, mir geht's super!« zu antworten.

Und zwar selbst dann, wenn ich niemals mehr einen Job finde, erfahre, dass mein Mann mich betrügt, und obendrein gerade aus Versehen mein Zuhause abgefackelt habe, weil ich vergessen habe, den Herd auszumachen.

»Danke, alles bestens, mir geht's super!«, erkläre ich mit fester Stimme und rolle konzentriert den Teig aus.

Jetzt bloß keinen Blickkontakt herstellen, sonst werde ich umgehend der Lüge überführt. Was soll ich meiner Mutter auch sagen? Wie sehr es an mir nagt, keinen Job zu haben? Nee, bloß nicht! Dann hält sie mir doch nur wieder vor, ich hätte mutwillig meine Existenz ruiniert.

Ich könnte mich natürlich auch überwinden und erzählen, dass die Hausbesichtigungstour mit Thomas gestern trotz meiner guten Vorsätze wieder mit Stimmung auf halbmast geendet hat.

Aber dann werde ich früher oder später zugeben müssen, dass ich es auch diesmal wieder nicht geschafft habe, mich für eines der Häuser auch nur halbwegs zu erwärmen.

Das eine lag zwar recht hübsch am See, hatte aber keine Doppelfenster. Weshalb es wegen vermutlich exorbitanter Heizkosten für mich nicht infrage kam. Und das andere befand sich in unmittelbarer Nähe zu einem großen Biergarten.

»Nette Terrasse – aber ansonsten völlig unmöglich!«, habe ich Thomas mit Nachdruck erklärt, ganz so, als ob das Besichtigungsobjekt direkt neben der kommunalen Müllkippe läge.

»Aber du liebst doch Biergärten!«, entgegnete er erstaunt.

»Eben. Nur tun das viele andere Leute auch. Zu viele andere Leute. Stell dir nur den ganzen Lärm vor. Autoradios plärren, Autotüren knallen, und dazu dröhnt bayerische Blasmusik. Nein. Völlig unmöglich. Das musst du doch auch sehen.«

Armer Thomas. »Manchmal denke ich, du willst gar nicht mit mir aufs Land ziehen«, sagte er geknickt.

Was ich natürlich wortreich abgestritten habe. Aber geschämt habe ich mich trotzdem. Denn in dem Moment, in dem Thomas das sagte, wurde mir auf einmal glasklar, dass er ins Schwarze getroffen hatte.

Ich habe heftig geschluckt und versucht, die gegen null tendierende Stimmung wieder anzuheben. Doch selbst mein kenntnisreicher Kurzvortrag über die botanische Vielfalt an den Vulkanhängen von La Palma konnte Thomas kein Lächeln mehr entlocken.

Vielleicht ist es mein schlechtes Gewissen, das meine Mutter gerade spürt. Vielleicht wäre es sogar befreiend, mit ihr über diese ganze zähe Umzugsfrage zu sprechen. Vielleicht erkennt sie typisch mamamäßig auf einen Blick, was mit mir los ist.

Und warum ich mich ständig rausrede, anstatt mich auf die Zweisamkeit im neuen Nest zu freuen, wie es meinem Lebens- und Beziehungsalter angemessen wäre. Ich selber weiß es jedenfalls nicht. Oder nur ein bisschen.

Kurz erwäge ich tatsächlich, meine Mutter um Rat zu bitten. Doch dann widerstehe ich der Versuchung. Wer weiß, wohin das wieder führen würde?

Erstens traue ich ihrem Instinkt zu, hinter meinem vagen Allgemeinfrust meinen ziemlich präzisen Sexfrust zu wittern. Und wenn ich eines auf gar keinen Fall will, dann ist es, mit meiner Mutter »mal ganz offen« die möglichen Hintergründe unserer miesen Beischlaffrequenz zu erörtern.

Selbst wenn sie anschließend darauf verzichtete, hinter meinem Rücken Erika-Berger-mäßig besorgte Telefonkonferenzen mit ihrem Schwiegersohn zu führen (eine ausgesprochen grauenhafte Vorstellung), müsste ich zweitens auf alle Fälle damit rechnen, dass sie sich energisch in die Suche nach unserem Traumhaus einschaltet. Und die geschätzten 1.125 Objekte, die sie für uns findet, alle mit uns zusammen besichtigen möchte.

Dann doch lieber Themawechsel.

»Wie geht's eigentlich Papa? Und überhaupt: Wo steckt er denn gerade?«

Sehr originell. Mein Kommunikationstalent scheint sich umgekehrt proportional zu meiner Faltentiefe zu entwickeln. Genau wie mein Sex-Appeal – halt, das hatten wir schon. Frau Heller, manchmal könnte man meinen, Sie seien leidenschaftliche und überzeugte Masochistin, so wie Sie sich ständig in Selbstvorwürfen suhlen.

»Wo soll dein Vater schon sein, an einem verregneten Sonntagnachmittag? In seinem Zimmer, bei seiner elektrischen Eisenbahn!«

Seufzend wendet sich meine Mutter wieder unserem Teig zu und schneidet ihn sorgfältig in dünne Streifen. Sie scheint es bis auf Weiteres aufgegeben zu haben, mein Inneres zu erforschen. Gerettet. Erleichtert helfe ich ihr, die Streifchen auf ein Backblech zu legen und mit Eischneemasse zu bepinseln.

Meine Eltern. Auf den ersten Blick wirken sie ja wie eine Erfindung aus einem von diesen Familienfilmen von Walt Disney. Mutter passionierte Zuckerbäckerin, Vater passionierter Zugführer.

Kurz stelle ich mir vor, wie ein Miniaturgüterwagen, beladen mit Keksen meiner Mutter, durch die liebevoll angelegte Modelleisenbahnlandschaft meines Vaters rauscht. Ein wunderbares Bild altehelicher Verbundenheit.

Auf den zweiten Blick allerdings hat sich die alteheliche Verbundenheit meiner Eltern nur deshalb bis heute halbwegs gehalten, weil die beiden nach dem Auszug von Daniel und mir Nägel mit Köpfen gemacht und ihr kleines Einfamilienhäuschen radikal geteilt haben.

»Entweder, du bleibst in deiner Hälfte, oder ich lass mich scheiden!«, hat meine Mutter irgendwann mit kalter Wut in der Stimme erklärt, als mein Vater mal wieder in geselliger Runde Geschichten zum Thema »Meine Ehe: 1618 bis 1648« zum Besten gab. Er ist da Thomas' Vater nicht unähnlich. Muss am Y-Chromosom liegen.

Seitdem haben meine Eltern jedenfalls kein gemeinsames Wohnzimmer mehr und auch kein Gästezimmer. Dafür hat jeder zwei geräumige Zimmer für sich und ein eigenes Bad. Nur die Küche wird gemeinschaftlich genutzt.

Theoretisch jedenfalls.

Die Praxis sieht so aus, dass mein Vater sich für sein Eisenbahnzimmer inzwischen Mikrowelle, Wasserkocher und Kaffeemaschine angeschafft hat und daher ernährungstechnisch weitgehend autark ist. Wahrscheinlich ist ihm der ewige Keksgeruch in der Küche zu viel. Oder er will einfach nur seine Ruhe haben.

Eigentlich keine schlechte Idee, diese Teilung. Vielleicht sollte ich bei zukünftigen Hausbesichtigungen mit Thomas verstärkt darauf achten, ob die Häuser teilungsgeeignet sind. Wer weiß, womöglich wird mir das die Auswahl ein bisschen erleichtern.

17

Achtung, ein Hinweis für Passagiere gebucht auf Condor 3928 nach Santa Cruz de La Palma: Aufgrund des hohen Flugaufkommens im deutschen Luftraum wird sich der Abflug um circa zwei Stunden verzögern.«

Thomas und ich schauen uns an. Ich habe ein paar bissige Kommentare auf der Zunge, doch Thomas lächelt beschwichtigend und nimmt meine Hand. »Komm schon, Engel, jetzt schimpf nicht gleich wieder. Immerhin kommt es bei 20,3 Prozent aller Passagierflüge zu Verspätungen. Schau, wir sind nicht die Einzigen, die warten müssen!«

Das stimmt. Die freundliche Lautsprecherstimme hat inzwischen noch drei weitere Verspätungen angekündigt und ist offenbar noch lange nicht fertig.

Um uns herum höre ich die Flüche, die ich gerade tapfer heruntergeschluckt habe. So weit das Auge reicht, sind alle Sitzplätze belegt, und vor der ›Airbräu Bar‹ hat sich eine lange Schlange gebildet.

Wie gut, dass wir kurz vor der Ansage noch zwei Piccolo erstanden haben. Auf einen schönen Urlaub anstoßen – und auch noch mal darauf, dass ich letzte Woche die Nachuntersuchung überstanden habe. Nichts Verdächtiges zu sehen, Halleluja!

Vor dieser Untersuchung hatte ich eine Heidenangst gehabt. Schon allein aus schlechtem Gewissen.

Spätestens seit dem Abschied von Joe Meidner und seiner Messebauklitsche ist die Arbeit an meiner inneren Ausgeglichenheit ja beschämenswert weit unter Plansoll gerutscht. Übrigens genau wie die Erfüllung meiner guten Vorsätze in Sachen gesunde Ernährung.

Da muss man kein Facharzt für Psychosomatik sein, um zu erkennen, dass meine Gesamtsituation durchaus verbesserungswürdig ist. Noch mal davongekommen, dachte ich erleichtert, als ich meinem tadelnd dreinblickenden Arzt zum Abschied die Hand drückte.

Bis zur nächsten Untersuchung habe ich jetzt wieder eine kleine Galgenfrist. Die muss und will ich nutzen!

Die Aussichten sind schließlich super: Im Urlaub werde ich mich bestimmt prächtig erholen. Und nach dem Urlaub werde ich mich mit voller Kraft an die Verwirklichung meiner guten Vorsätze machen, Ehrenwort. »Nach dem Urlaub« ist dafür ja fast genauso gut geeignet wie »im neuen Jahr«.

»Ach, Thomas, ich bin dir so dankbar, dass du dir die Zeit für diesen Urlaub freigeschaufelt hast! Und dann auch noch La Palma! Du wirst sehn, das wird der reinste Jungbrunnen für uns beide!« Verschwörerisch proste ich ihm zu.

Thomas prostet leicht gequält zurück. Kein Wunder.

Erstens hat er das mit dem Jungbrunnen offenbar genau so verstanden, wie ich es gemeint habe. Und zweitens habe ich ihn in den letzten Wochen Tag und Nacht bearbeitet, um ihm diesen Urlaub abzuringen.

Ich habe Hotelprospekte und Reiseführer in der Wohnung verstreut, über die Pflanzenwelt der Kanarischen Inseln referiert und so lange offensiv unter meiner Arbeitslosendepression gelitten, bis er sich mit dem Gedanken angefreundet hat, tatsächlich zwei Wochen Ferien außerhalb der Schweiz zu machen. Und zwar in einer Appartementanlage im maurischen Stil mitten in der idyllischen Bergwelt der grünen Insel der Kanaren, wie es in der Information des Reiseveranstalters heißt.

»In der *SZ* hat neulich erst gestanden, dass statistisch

gesehen die Wahrscheinlichkeit, glücklich zu sein, auf einer Insel größer ist als auf dem Festland!«, erkläre ich Thomas feierlich und bin ganz stolz, diesen komplizierten Sachverhalt richtig wiedergegeben zu haben.

Aus lauter Dankbarkeit darüber, dass wir endlich mal woanders hinfahren als ins Kurhotel Bergün, würde ich glatt das Statistische Jahrbuch auswendig lernen, nur um ihm eine Freude zu machen.

Doch er hört leider Gottes gar nicht mehr richtig zu. Er hat ein Taschenbuch aus seinem Rucksack gekramt und sich mit fasziniertem Gesichtsausdruck in die ersten Seiten vertieft. »Unnützes Wissen« steht auf dem Titel, »1.374 skurrile Fakten, die man nie mehr vergisst«.

Unwahrscheinlich, dass Thomas dieses Werk vor Ende der Lektüre aus der Hand legen wird.

Ernüchtert schaue ich mich um. Anstehender Traumurlaub hin oder her – die nächsten zwei Stunden werde ich nicht still neben meinem Gatten hocken und zuschauen, wie er die Seiten umblättert.

»Du, Thomas?«, sage ich und tippe ihn auf die Schulter. Unwillig blickt er auf. »Ich vertret mir mal die Beine und geh Schaufenster gucken. Vielleicht gönne ich mir ja 'ne schicke Sonnenbrille, extra zu Ehren von La Palma.«

»Ja, mach nur, Engel. Wenn du am Zeitungsladen vorbeikommst, schau doch, ob sie *Mein schöner Garten* haben. Ich hab gehört, dass da ein Sonderteil über alpine Sukkulentengärten drin ist; das wird ja bald ganz aktuell für uns.«

Ich nicke brav und gehe an den Kontrollen vorbei zurück zum Zentralbereich. Nachher muss ich mich noch mal anstellen, um wieder zum Flugsteig zu kommen, aber das ist mir egal.

❖ ❖ ❖

Müßig bummele ich die Schaufenster entlang. Vielleicht sollte ich erst mal Thomas' Zeitschrift kaufen, dann weiß ich hinterher genau, wie viel Zeit mir noch für die Sonnenbrillenrecherche bleibt. Der Buch- und Presseshop ist sowieso gleich vorne links.

Einen Moment lang muss ich mich in dem riesigen Laden orientieren, aber dann steuere ich zielsicher auf das Regal mit den Gartenzeitschriften zu und fange an, nach *Mein schöner Garten* zu suchen.

Nach einer Weile beginnen die vielen Titel vor meinen Augen zu flimmern. Ich wende meinen Blick ab, lasse ihn zur Entspannung durch den Laden wandern und sehe – Benno!

Mein Puls beschleunigt wie Michael Schumacher im entscheidenden Rennen um den siebten Weltmeistertitel. Ich spüre, wie ich noch feuerröter werde als damals im Büro, als ich den Zettel mit seiner Handynummer gefunden habe. Benno sieht zum Anbeißen aus, wie er so dasteht in Jeans und Wildlederjacke. Und er hat einen so verträumten Gesichtsausdruck, vielleicht denkt er ja gerade an mich …

Ein Wiedersehen. Endlich. Meine Gedanken rasen. Es ist mir egal, ob ich ihn danach nie wiedersehe – Hauptsache, ich darf ihm noch einmal in die Augen schauen. Noch einmal seine Hand berühren.

Ich bete, dass meine Wimperntusche seit heute Morgen ausnahmsweise nicht verwischt ist, hole tief Luft und mache einen Schritt auf ihn zu.

Und dann fünf überstürzte zurück.

Denn in diesem Moment tritt eine gut aussehende Frau mit langen glatten dunkelblonden Haaren an seine Seite, legt den Arm um seine Hüfte, gibt ihm einen leidenschaftlichen Zungenkuss und murmelt lasziv: »Na, hast du was Schönes zu lesen gefunden?«

Entsetzt verstecke ich mich hinter dem Regal mit den Beziehungsratgebern und versuche, meine Gedanken zu sortieren. Als der erste Schock abgeebbt ist, wird mir klar, dass sich das mit dem laszíven Gemurmel und dem Zungenkuss wohl nur in meiner Fantasie abgespielt hat.

Aber der Rest, der entspricht der Wahrheit. Frau, gut aussehend, lange Haare, gertenschlank. Mit meinem Benno, Arm in Arm.

Sag mal, bist du jetzt eigentlich von allen guten Geistern verlassen?, durchbricht eine schneidende Stimme meine Schreckstarre.

Oh Mann, kann der nicht auch mal in Urlaub sein? Oder auf Fortbildung? Aber nein, mein innerer Staatsanwalt steht kerzengerade auf einem Sondertisch mit Bestsellern von Eva-Maria Zurhorst und wirft zornig ein Exemplar von *Liebe dich selbst und es ist egal, wen du heiratest* nach mir.

Ich ducke mich, auch um seinem bohrenden Blick zu entkommen, aber es hilft nichts.

Sandra Heller, wie kannst du allen Ernstes erwarten, dass sich Benno seit damals in Berlin vor Sehnsucht nach dir verzehrt und keine andere Frau mehr anschaut? Vergiss den Quatsch mit der Seelenverwandtschaft – das redest du dir doch nur ein, um deinen Seitensprung vor dir selbst zu rechtfertigen! Schau, dass du zurückkommst zu deinem Mann an den Flugsteig, freu dich auf deinen Urlaub, und sei *endlich* zufrieden mit dem, was du hast!

Missbilligend starrt mein Staatsanwalt mich an.

Außerdem hast du doch seitdem mindestens anderthalb Kilo zugenommen, da wird Benno sowieso nichts mehr von dir wissen wollen!, donnert er noch, dann ist er weg.

Ich bleibe am Boden zerstört zurück. Jetzt nur nicht auch noch dem jungen Glück in die Arme laufen, das hätte mir gerade noch gefehlt. Möglichst unauffällig verlasse ich den

Buchladen und verschanze mich im Pralinenladen gegenüber. Ich brauche erst mal ganz dringend was Süßes.

❖ ❖ ❖

Schokolade mit 85 Prozent edlem venezolanischem Criollo-Kakao. Meine Rettung. Wobei mir völlig egal ist, ob der Kakao aus Venezuela kommt oder aus der Lüneburger Heide. Hauptsache viel. Kakao enthält nämlich Magnesium, und das ist *das* Anti-Stress-Mittel schlechthin. Weiß ich aus Erfahrung.

Gierig verschlinge ich die ersten beiden Riegel und spähe durch das Schaufenster des Pralinenladens hinüber zum Buchshop. Keine Spur mehr von Benno und seiner blonden Gespielin. Gut so. Ich hätte seinen Anblick nicht noch mal ertragen.

Hin- und hergerissen zwischen Trauer und Erleichterung drehe ich mich um. Komm schon, Sandra. Abschied von gestern.

Ich gebe mir innerlich einen Ruck und will losmarschieren, stolpere jedoch gleich beim ersten Schritt über ein schwarzes Boardcase, das irgendein Idiot genau hinter mir abgestellt hat.

Reflexartig klammere ich mich an einen Männerarm, der sich mir hilfreich entgegenstreckt. In Sekundenbruchteilen wird mir klar, dass dieser Arm mich vor einem Desaster irgendwo zwischen Bänderriss und Schneidezahnverlust bewahrt hat. Wartezimmer statt Ferienflieger – genau das halt, was man kurz vor Abflug immer schon mal erleben wollte.

Vor lauter Schreck noch ganz wackelig, richte ich mich mühsam auf, puste mir die Locken aus der Stirn, suche das zu dem rettenden Arm gehörende Gesicht – und schaue direkt in Bennos Augen.

»Sandra!«, ruft er und strahlt übers ganze Gesicht. »Wenn

du wüsstest, wie ich mich freue, dich wiederzusehen! Es kommt mir vor wie eine Ewigkeit …«, fügt er leise hinzu. In seinem Blick lese ich Melancholie.

Melancholie! Ich fasse es nicht. Was soll das Theater? »Na, diese Ewigkeit hast du doch prima genutzt, um dir was Neues zu suchen!«, platzt es aus mir heraus.

Benno schaut jetzt ausgesprochen verwirrt.

»Also bitte, ich mag zwar kein Superhirn sein, aber blöd bin ich deshalb noch lange nicht!«, gifte ich. »Oder willst du mir jetzt weismachen, dass diese blonde Grazie vorhin im Buchladen deine Schwester war?«

Zornig starre ich ihn an. Und kann leider nicht verhindern, dass meine Augen feucht werden.

Verdammt.

Benno nimmt meine Hand. Sein Duft nach Zedern und Lavendel steigt mir in die Nase. »Nein, Sandra. Du hast recht. Das war nicht meine Schwester.«

Komm schon, raus damit, dann habe ich es hinter mir und kann mich endlich in mein Schicksal fügen.

»Das war meine Cousine Margarethe. Sie und ihr Mann haben in der Nähe von Rom ein Haus, oder besser gesagt eine Ruine, gekauft und mich gebeten, ihnen bei der Bauplanung zu helfen«, sagt Benno. Und lächelt.

»Du wirst mir das jetzt vielleicht nicht glauben, Sandra, aber ich hab dich sehr vermisst. Und ich bin seit Berlin noch nicht mal auf den Gedanken gekommen, mir ›was Neues‹ zu suchen. Obwohl du verheiratet bist, obwohl du ganz woanders lebst als ich … Ich kann mir das selbst nicht richtig erklären.«

In diesem Augenblick fällt alle Anspannung der letzten Monate von mir ab. Selig lasse ich mich an Bennos Brust sinken. Er schließt mich ganz fest in die Arme, die Pralinenverkäuferin guckt verlegen zu Boden, und ich wünsche mir, dass er mich nie wieder loslässt.

Offen gestanden wünsche ich mir auch, wenigstens für ein Viertelstündchen so wagemutig zu sein wie diese selbstbewussten Frauen in den amerikanischen Spielfilmen. Dann würde ich Benno verführerisch lächelnd in die nächstgelegene Damentoilette locken, ihm die Hose vom Leib reißen, seinen knackigen Po mit meinen Beinen umklammern und mit ihm atemberaubenden Sex auf dem Waschbecken haben.

Meine sämtlichen Sinneszellen vibrieren vor Lust. Sehnsüchtig starre ich auf das kleine Stückchen zarte Bennohaut, das aus dem Ausschnitt seines Hemds hervorschaut.

»Wollen wir vielleicht einen Kaffee trinken gehen?«, höre ich mich schließlich schüchtern fragen. So viel zum Thema Wagemut.

Bennos Flieger hat auch Verspätung. Also sagt er seiner Cousine kurz Bescheid, und dann ziehen wir uns in den hintersten Winkel eines Coffeeshops zurück. Es gibt so viel zu erzählen …

Unsere Hände und Augen sind unzertrennlich, während Benno von seinen ersten Monaten in Céret berichtet und ich von meinen letzten Monaten mit Joe Meidner.

»Und was ist mit deinem Mann?«, fragt Benno schließlich und versucht, möglichst unbeteiligt zu schauen. »Bist du glücklich?«

Ich zucke zusammen. Dieser Frage gehe ich sonst eigentlich so konsequent aus dem Weg wie FDP-Wahlkampfständen in der Fußgängerzone.

Angestrengt rühre ich in meinem Latte macchiato, bis sich auch das letzte Körnchen Zucker aufgelöst hat. »Das ist bei langen Beziehungen doch immer ein komplexes Thema«, sage ich schließlich leichthin. »Die rosarote Brille hat man lange schon abgesetzt, aber man kennt sich, man fühlt sich wohl miteinander, man hängt aneinander, es gibt so viele kleine gemeinsame Gewohnheiten …«

Benno schaut mich an.

Auf meine Frage gibt es nur zwei ehrliche Antworten, denkt er, ja – oder nein. Ich kann es so deutlich sehen, als hinge wie im Comic eine Gedankenblase über ihm. Verlegen rede ich weiter.

»Wir sind jetzt schon so lange zusammen, und Thomas hat mir so beigestanden, als ich ziemlich krank geworden bin …« An dieser Stelle guckt Benno besorgt und fragend, aber wenn ich ihm das auch noch alles erzähle, werde ich meinen Flieger verpassen.

»Ach, Benno, was du damals in Berlin zu mir gesagt hast – ›Komm doch einfach mit nach Frankreich‹ –, das habe ich immer noch nicht vergessen …«

Benno sieht mich an. Ich hole tief Luft. »Kannst du dir das immer noch vorstellen?«, will mein Herz fragen. »Wollen wir es einfach versuchen?«

»… aber ich trau mich einfach nicht«, höre ich meinen Verstand sagen. Und weiß auf einmal, dass das, genau das die traurige Wahrheit ist.

Wie damals mit Markus, als er nach Burkina Faso ging und ich mich Thomas und seinem beruhigend berechenbaren Versicherungsmathematikerleben an den Hals warf, anstatt mit meiner großen Liebe den Schritt ins Unbekannte zu wagen.

»Wenn die Liebe dich ruft, dann folge ihr, und sind ihre Wege auch schwer und steil«, hat Markus mir damals beim Abschied zärtlich ins Ohr geflüstert.

Doch ich bin der Liebe nicht gefolgt. Und ich scheine seit damals kein bisschen mutiger geworden zu sein.

Bennos Augen glänzen. Er streichelt meine Hand und will etwas sagen, da höre ich eine energische Lautsprecherstimme rufen: »Achtung, letzter und dringender Aufruf für Passagier Heller, gebucht auf Condor 3928 nach Santa Cruz de La Palma: Bitte begeben Sie sich umgehend zu Gate 32, wir schließen den Flug!«

Oh Gott. Bei dem Gedanken an die lange Schlange vor den Sicherheitskontrollen steigt nackte Panik in mir hoch. Ich springe auf, greife hektisch nach Mantel und Handtasche, höre Benno rufen: »Sandra, lass uns wenigstens in Kontakt bleiben, sag mir noch schnell deine Mail-Adresse!« – und sprinte kopflos Richtung Check-in.

Während ich mich unter gemurmelten Entschuldigungen an den Wartenden in der Schlange vorbeidrücke, mit einer herzinfarktverdächtigen Pulsfrequenz die Kontrolle hinter mich bringe und zum Gate rase, direkt einer wütend dreinblickenden Bodenstewardess in die Arme, murmele ich ohne Unterlass »Es ist vorbei« vor mir her. Und hoffe, dass die Ruhe, die sich langsam in mir ausbreitet und ein unbestimmtes Gefühl von Trauer verdrängt, nun auch wirklich die nächsten 30 Jahre anhalten wird.

❖ ❖ ❖

»Wo warst du denn bloß so lange, Engel?«, fragt Thomas, als ich mich im Flugzeug mit hochrotem Kopf neben ihm auf den Sitz fallen lasse.

Gott sei Dank gibt er sich mit einer längeren Geschichte über die schwierige Entscheidungsfindung zwischen zwei gleichermaßen todschicken Sonnenbrillen zufrieden.

»Frauen haben signifikant häufiger Entscheidungsprobleme als Männer, das ist bekannt. Aber dass du so lange nachdenkst, bis es für die Entscheidung als solche zu spät ist, das ist nun wirklich ungewöhnlich«, stellt er schließlich lapidar fest. »Oder hast du es etwa noch geschafft, dir eine von den beiden Sonnenbrillen zu kaufen?«

Betreten schüttele ich den Kopf.

Wegen meiner Notlüge. Und wegen der ausnahmsweise glasklaren Entscheidung, die ich gerade gefällt habe. Gegen Benno, gegen das Abenteuer. Für Thomas, für das ruhige Dümpeln im Hafen meiner Ehe.

Sandra, ich sag's dir ungern, aber ist dir klar, dass du dich seit Silvester gefühlte 132-mal für deine Ehe und das ruhige Dümpeln im Hafen deiner Ehe entschieden hast?, zischt mein Staatsanwalt mir vom Gangplatz gegenüber zu. Und dass es nie länger gedauert hat als maximal zwei Tage, bis du wieder angefangen hast, an dieser Entscheidung zu zweifeln?

Diesmal ist das anders, du wirst schon sehn, zische ich zurück, mit mehr Wut als Überzeugungskraft in der Stimme. Und jetzt lass mich endlich in Ruhe Sonne, Strand und Meer mit meinem Mann genießen!

❖ ❖ ❖

Im Herbst sinken die Temperaturen auf La Palma etwas. Das wussten wir.

Dafür steigt die Zahl der Regentage geradezu sprunghaft an. Das wissen wir erst, seit wir vor Ort sind. Und langsam Rost ansetzen.

Afrikanische Sonne, wie ich sie mir vorgestellt habe, gab's bisher exakt einen Tag lang. Am Tag unserer Ankunft. Seitdem gießt es nahezu ununterbrochen. Und mit jedem Tropfen, der an die Fenster klatscht, frage ich mich aufs Neue, wieso ich bei der Reisebürowerbung »La Palma – grüne Insel der Kanaren« nicht gleich darauf gekommen bin, dass das sagenhafte Grün ja wohl in erster Linie auf sagenhafte Regenfälle zurückzuführen sein muss.

Anstatt am Strand zu liegen oder wenigstens faszinierende Vulkanwanderungen zu machen, hocken wir jetzt schon seit über zehn Tagen in unserer Appartementanlage im maurischen Stil knapp unterhalb der Wolkengrenze, starren auf den verregneten Pool und öden uns an.

Wobei ja Regen selbst im Urlaub streng genommen kein Grund zur Verzweiflung ist. Für ein glückliches Paar gibt es schließlich eine ganze Reihe höchst angenehmer Zeitvertreibe, die nicht im Geringsten vom Wetter abhängig sind.

Wie man übrigens hervorragend an dem Paar im Appartement neben uns sehen kann. Oder besser gesagt: hören kann. Die sind von morgens bis abends ausgesprochen leidenschaftlich zugange. Offenbar frisch verliebt. Oder gerade erst verheiratet. Oder erotisch einfach besser drauf als wir beide. Was nicht sehr schwer ist.

Doch anstatt sich von dem Lustgestöhne nebenan ein bisschen animieren zu lassen oder wenigstens auf meinen diskret geäußerten Diskussionsbedarf zum Thema »Beischlafhäufigkeit« einzugehen, ergreift Thomas lieber die Flucht. Entweder die Flucht ins Fernsehprogramm. Oder aber, wenn's da auch wieder nur um Sex geht, die Flucht über die Insel.

Zum Beispiel gleich an einem unserer ersten Abende. Da hat Thomas abrupt den Fernseher ausgemacht, als ein eigentlich harmloser deutscher Fernsehfilm auf einmal doch in eine ausgesprochen heiße Gemengelage mündete.

»Ist doch alles ein Schmarrn. Komm, lass uns runter nach Santa Cruz fahren und am Hafen einen Wein trinken«, meinte er verlegen.

Mir war's recht. Ist einfach zu frustrierend, wenn auf der Mattscheibe zwei Menschen leidenschaftlich ineinander verkeilt sind, und der angetraute Ehemann sitzt stocksteif auf dem Sofa. Und zwar nicht etwa da stocksteif, wo's drauf ankommt.

Haha, Sandra, jetzt wirst du vor lauter sexuellem Notstand auch noch zotig. Na super.

Unten in Santa Cruz wimmelte es dann übrigens von Pärchen, die eng umschlungen über die Hafenpromenade bummelten. Es war gerade kurzzeitig trocken, aber ich hatte trotzdem das Gefühl, vom Regen in die Traufe geraten zu sein. Ich bin eigentlich kein Unmensch, aber anderer Leute Liebesglück wird für mich immer schwerer erträglich.

Vor allem, wenn mal wieder völlig ungebeten eine Erinnerung an diese Begegnung mit Benno am Flughafen in mir aufsteigt. Was wesentlich häufiger vorkommt, als gut für mich und meine Stimmung ist. Denn für Gedankenspiele aller Art ist es nun zu spät. Ich wollte Ruhe in mein Leben bringen. Jetzt habe ich sie.

Vor ein paar Tagen suchten wir unser Heil dann in der Einsamkeit und fuhren hinauf auf den Roque de los Muchachos, seines Zeichens höchster Berg der Insel. Thomas hoffte auf ein paar botanische Entdeckungen. Und ich hoffte auf wenigstens ein bisschen Sonne.

Doch anstatt wie geplant die Wolkendecke zu durchstoßen und im strahlenden Sonnenschein auf Sukkulentensafari zu gehen, wurden Nebel und Regen mit jedem Höhenmeter dichter. Auf dem Gipfel betrug die Sichtweite geschätzte fünf Meter, und es kam, wie es kommen musste.

Nein, eigentlich kam es sogar schlimmer. Denn Thomas verfuhr sich nicht nur hoffnungslos in der trüben Suppe. Er nahm sie auch zum Anlass, mir einen längeren Vortrag über das stabile Herbstwetter im Engadin zu halten. Genau das, was man so hören möchte, wenn man seinen sauer verdienten Jahresurlaub bei gefühlten zehn Grad und monsunartigen Niederschlägen verbringt.

Als mein lieber Mann dann noch meinte, mir den aktuellen Münchner Wetterbericht referieren zu müssen (»freundlich und warm«), hätte ich um ein Haar nach hinten in meine Strandtasche gelangt, dieses blöde Glücksbuch rausgezogen, das Martina mir extra für die Reise mitgegeben hatte, und Thomas damit erschlagen. Dann wäre diese Schwafelsammlung wenigstens zu irgendwas gut gewesen.

Natürlich habe ich das dann doch nicht gemacht. Sondern meine Aggressionen durch mentale Deeskalation und tiefes Durchatmen wieder vollständig abgebaut.

Eigentlich vorbildlich. Nur zur Wiederaufnahme von friedlichem Ferien-Small-Talk hat es dann leider doch nicht gereicht. Weshalb wir seitdem recht schweigsam in unseren »typisch kanarischen Spezialitäten« stochern und lieber unsere Weingläser umklammern, als Händchen zu halten.

Genau wie diese alten Paare, die auf den Terrassen von Touristenrestaurants sitzen und sich von der Bestellung bis zur Rechnung rein gar nichts zu sagen haben. Genau wie ich eigentlich nie werden wollte.

❖ ❖ ❖

»Mann, war das ein beschissener Urlaub!« Das Adjektiv kommt etwas vernuschelt raus. Ich habe offenbar schon ein Glas zu viel von dem Rioja getrunken, den Neele uns aus Anlass meiner Rückkehr kredenzt. Und wenn schon. Muss auch mal sein.

»Warum seid ihr auch auf diese öde Spießerinsel gefahren? Mensch, Sandra, du hättest Thomas doch auch zu einem Badeurlaub in Mombasa überreden und dich da diskret nach einem von diesen knackigen Massai umschauen können. Machen andere Frauen doch auch!«

Neeles Wortbeiträge sind wie üblich nicht dazu angetan, meine wunde Seele zu trösten. »Und überhaupt, seit wann herrscht denn bei euch in der Kiste wieder Eiszeit? Ich dachte, seit deiner Krankheit treibt ihr's wie die Karnickel?«

Noch ein Satz in der Richtung, und ich springe aus dem Fenster. Hoffentlich sagt wenigstens Martina jetzt was Nettes. Etwas, das mir einfach nur guttut, anstatt mich immer tiefer ins Elend zu treiben.

Aber nein, sie haut prompt in dieselbe Kerbe: »Weißt du, was ich nicht verstehe? Wieso du dich nicht von Thomas trennst, wenn du so unglücklich mit ihm bist. Ich meine, ihr habt doch keine Kinder. Ich, ich hab keine Wahl, aber du kannst doch glatt noch mal einen Neustart versuchen, so jung wie du bist!«

»Und wenn kein Neustart, dann wenigstens ein strammer Lover!«, bereichert Neele Martinas Ausführungen.

Jetzt wäre der Moment, meinen besten Freundinnen endlich von Benno zu erzählen. »Apropos Lover: Also wisst ihr, letzten Winter …«

Meine Freundinnen starren mich an, als ob ich gleich den Schleier über einer Doppelexistenz lüften würde. Tagsüber Messebauangestellte und nachts Masseuse mit eigenem Escortservice oder so.

Mein Mut verlässt mich. Die beiden werden mich für verrückt erklären, wenn sie erst mal spitzkriegen, dass diese Mini-Affäre immer noch akute Romantikanfälle in mir auslöst. Und für komplett übergeschnappt werden sie mich halten, wenn ich beichte, wie ich trotzdem neulich am Flughafen jede Aussicht auf eine Fortsetzung unserer Geschichte zerstört habe. Eine Story wie aus dem Kitschroman. Nein, das kann ich unmöglich erzählen.

Ein Ablenkungsmanöver muss her, und zwar sofort.

»Es ist ja nicht so, dass ich unglücklich mit Thomas bin. Er ist in vielerlei Hinsicht ein guter Mann. Da kann ich doch nicht nur wegen ein paar fehlender Orgasmen gleich die Scheidung einreichen! Und dann war ich schwer krank. Stellt euch nur vor, so was passiert noch mal, und ich müsste ganz alleine damit fertigwerden«, erkläre ich mit düsterer Stimme.

»Abgesehen davon bin ich nicht mehr jung, sondern beziehungstechnisch schon ziemlich alt. Neele, du weißt doch selber, dass es in unserem Alter zwar vielleicht noch mal besser kommen kann – aber vielleicht auch wesentlich schlechter. Da muss ich doch dankbar sein, dass ich mit einem überdurchschnittlichen Exemplar verheiratet bin, anstatt ständig damit zu hadern, dass Thomas nun mal eher Denker ist als Deckhengst!«

Der Alkohol beeinträchtigt zwar meine Aussprache, beflügelt aber eindeutig mein Ausdrucksvermögen. Neele hat es jedenfalls ob dieser prägnanten Formulierung die Sprache verschlagen.

Sehr gut. Ablenkungsmanöver gelungen.

»Es ist schon absurd«, sagt Neele schließlich langsam. Ihre Aussprache ist inzwischen vernuschelter als meine.

»Du jammerst rum, dass du in deiner Ehe nicht genug Sex kriegst. Und ich als Singlefrau springe trotz der einen oder anderen Enttäuschung immer noch ganz erfolgreich durch die Betten. Aber mal unter uns: Sex wird für mich immer unwichtiger. Wenn ich nur endlich eine richtig solide, kuschelige, liebevolle Beziehung hätte, wär's mir fast egal, ob mein Mann mich nur jedes Schaltjahr vögelt ...«

Auch sehr hübsch formuliert. Aber meines Erachtens völlig unglaubwürdig.

Provozierend schaue ich Neele an. »Das glaubst du ja wohl selber nicht. Wenn du mit jemand wie Thomas zusammen wärst, würdest du doch in null Komma nix die Kiste zum Katastrophengebiet erklären und machen, dass du wegkommst!«

Neele entkorkt mit nicht ganz griffsicheren Gesten die dritte Flasche Rioja, schenkt uns allen nach, nimmt einen tiefen Schluck Wein, rülpst dezent und wischt ein imaginäres Staubkorn von ihrem Bleistiftrock.

»So ein Quatsch«, sagt sie schließlich, nachdem sie lange nachgedacht hat. »Ich will dir mal was sagen, Sandra: Dein Thomas, der ist ein echtes Goldstück. So was findet man doch heutzutage gar nicht mehr!«

Sie starrt mich an, als hätte sie ganz gegen ihre Natur auf einmal Bedenken weiterzureden. Doch dann greift sie zum

Glas, spült die Bedenken runter und redet mit Nachdruck weiter.

»X-mal hab ich schon bereut, dass ich ihn damals an dich weitergereicht habe, bloß weil ich da irgendein Techtel hatte, das zwar feurig war, aber inzwischen längst vergessen ist! Ich weiß noch nicht mal mehr, wie der Kerl hieß!«, fügt sie nach weiterem Nachdenken etwas weinerlich hinzu.

Ratlos schaue ich Martina an. Was will Neele mir jetzt eigentlich sagen?

»Und was habe ich jetzt? – Nichts«, fährt Neele fort und wischt sich eine Träne aus dem Auge. Wir sollten ihr den Wein wegnehmen.

»Nichts außer einem vollen Adressbuch mit lauter durchgestrichenen Namen und Telefonnummern. Aber wenn ich vor zehn Jahren schon gewusst hätte, was ich heute weiß, dann wäre *ich* inzwischen mit Thomas verheiratet. Seine Sukkulenten würden sich prima mit meinen Orchideen vertragen, wir könnten ohne schlechtes Gewissen unsere Leidenschaft für Statistiken und Standardtänze ausleben – was mit dir ja wohl völlig unmöglich ist, wie er mir mal gestanden hat«, unterbricht sie sich und wirft mir einen strafenden Blick zu.

Ich schnappe nach Luft. Entrüstet will ich sie fragen, seit wann sie hinter meinem Rücken mit meinem Mann über mich herzieht, aber sie redet ungerührt weiter.

»Jeden Tag mit ihm würde ich genießen, vom Morgenmüsli bis zum Gutenachtkuss. Immer einen so fürsorglichen, ausgeglichenen, klugen, bodenständigen Mann an meiner Seite zu wissen …« Verträumt schaut sie in die Ferne.

Ich bin wie vom Donner gerührt. »Und was ist mit der vegetativen Stecklingsvermehrung? Du willst mir doch jetzt nicht erzählen, dass du die auch ganz toll fändest?«, bringe ich schließlich heraus.

»Ach, Sandra«, seufzt sie und schaut mich mitleidig an.

»Thomas ist halt knapp zehn Jahre älter als du, ihr seid schon lange zusammen, da lässt selbst die lebendigste Libido irgendwann nach. Jammern hilft da gar nix. Damit kann man sich durchaus abfinden – warum nicht? Platonische Beziehungen können sehr glücklich sein, wenn der Kuschelfaktor stimmt. Immer dieses akrobatische Stellungsgewürge, das geht mir so was von auf den Geist, das könnt ihr euch gar nicht vorstellen.«

Angewidert nimmt sie noch einen Schluck Wein. Sie unterdrückt ein weiteres Aufstoßen und starrt geistesabwesend ins Leere.

»Also ich persönlich fände ein Platönchen mit einem Mann wie Thomas einfach wunderbar. Und sollte mir wider Erwarten irgendwann doch was fehlen, würde ich ihn mir schnappen und mit ihm zusammen in einen von diesen Tantraintensivkursen gehen. Soll angeblich Wunder wirken.«

Sie zwinkert mir zu, und ich will mich gerade mit dem Rioja und meinem inneren Staatsanwalt in eine längere Diskussion darüber vertiefen, ob ich das mit dem Tantra vielleicht tatsächlich mal ausprobieren sollte, da höre ich Neele weiterreden.

»Was soll's, Thomas is' ja deiner und nicht meiner, also solltest *du* vielleicht den Tantrakurs buchen. Aber eins will ich dir heute Abend trotzdem endlich mal sagen: Euer Problem ist nicht euer sexueller Notstand. Euer Problem ist, dass ihr beiden im tiefsten Inneren einfach nicht zusammenpasst.«

18

Am Morgen nach unserer Rioja-Runde hat Neele angerufen und mir verkatert erklärt, dass sie das mit Thomas und mir alles nicht so gemeint hat. Also, jedenfalls nicht ganz so. Der Rioja eben – ich würde schon verstehen.

Wenn jemand wie Neele sich mal ausnahmsweise selbstkritisch zeigt, sollte man schon aus Prinzip nicht widersprechen. Außerdem war ich zugegebenermaßen erleichtert, dass sie sich so umstandslos von ihren doch ziemlich radikalen Thesen distanzierte.

Allerdings gehört es zu den ältesten Weisheiten der Menschheit, dass Betrunkene und kleine Kinder die Wahrheit sagen. Und dieses blöde Sprichwort kreiselt seitdem in meinem Kopf herum.

Dass meine männerfressende Freundin Neele tatsächlich dauerhaft Gefallen an Schiesser Feinripp ohne Eingriff findet, kann ich mir zwar nicht wirklich vorstellen. Doch sie hat ja nicht nur ihre Meinung zu Thomas kundgetan. Sondern auch ihre Meinung zu Thomas und mir.

»Du und Thomas, ihr passt im tiefsten Inneren einfach nicht zusammen« – typischer Neele-Klartext. Das denkt sie wahrscheinlich schon lange. Der Rioja allein hat dieses Urteil jedenfalls nicht in ihr heranreifen lassen.

Was wäre eigentlich, wenn sie recht hätte?

Nein, hat sie nicht, sie hat 'nen Knall, das ist alles, murmele ich, während ich versuche, mein Bœuf Bourguignon durch energisches Rühren vor dem Anbrennen zu bewahren.

Im Augenblick ist mir sowieso eine andere Frage viel wichtiger. Nämlich die, wo Thomas eigentlich schon wieder steckt, verdammt noch mal.

Da koche ich ein Mal nach einem Originalrezept von Paul Bocuse – und ausgerechnet an dem Abend ruft Thomas an und sagt, dass ich nicht mit dem Essen auf ihn warten soll. Es würde bei ihm später werden.

Das passiert in letzter Zeit für meinen Geschmack ein bisschen zu häufig. Nachtigall, ick hör dir trapsen, sage ich nur. Dank meiner profunden Lebens- und vor allem Filmerfahrung weiß ich schließlich, was da auf mich zukommt: Erst wird's leider später, dann muss ich mich an ein neues Rasierwasser gewöhnen, dann macht der Kerl auf einmal Fitnesstraining, Diät und einen Wandel zum Dressman durch. Dann beichtet er mir eine Affäre.

Und dann ist er weg.

Findest du es nicht selber etwas absurd, wie nah bei dir Beziehungsmüdigkeit und Eifersucht beieinanderliegen?, höre ich meinen inneren Staatsanwalt fragen.

Er lehnt am Kühlschrank und schaut mich spöttisch an. Hast du nun Angst, mit Thomas zu versauern, oder hast du Angst, ihn zu verlieren?

Sieh an, neuerdings eine Zusatzausbildung in Küchenpsychologie gemacht, was?, gebe ich wütend zurück. Quatsch gefälligst nicht dazwischen, wenn ich mental erforsche, ob mein Mann mich betrügt!

Während mein Staatsanwalt fassungslos den Kopf schüttelt, beschließe ich in vorauseilender Rage, gleich morgen einen Privatdetektiv anzuheuern. Da wollen wir doch mal sehen, ob hinter Thomas' windigen Ausreden nicht was ganz anderes steckt. Lang und breit hat er mir erklärt, dass er an einem innerbetrieblichen Mentoring-Programm zur Förderung jüngerer Mitarbeiter teilnimmt und deshalb noch mehr zu tun hat als sonst.

»Förderung jüngerer Mitarbeiter«, so, so. Dass das die perfekte Tarnung für ein innerbetriebliches Techtelmechtel ist, das sieht ja wohl ein Blinder mit dem Krückstock! Je länger ich darüber nachdenke, desto klarer wird mir alles. Kein Wunder, dass Thomas in letzter Zeit so seltsam ist. Er bricht Telefonate ab und wechselt Webseiten, wenn ich reinkomme. Er geht manchmal nicht ran, wenn ich ihn auf dem Handy anrufe.

Und wenn ich ihn »Wo bist du gerade?«, »Wann kommst du nach Hause?«, »Mit wem hast du gerade telefoniert?« und andere Sachen frage, die man als Ehefrau ja wohl noch wird fragen dürfen, reagiert er ungewohnt ungehalten.

»Engel, bitte. Ich liebe nur dich! Aber es kränkt mich, dass du offenbar kein Vertrauen mehr zu mir hast«, hat er neulich erst mahnend zu mir gesagt. »Misstrauen ist statistisch gesehen der Beziehungskiller Nummer eins! Du wirst jetzt doch nicht vor lauter Langeweile zur eifersüchtigen Furie werden, oder?«

Was heißt hier ›vor lauter Langeweile‹? ›Vor lauter Lustfrust‹ würde es bedeutend besser treffen. Aber ich verkneife mir die Richtigstellung. Bringt ja sowieso nichts außer dicker Luft.

Außerdem gibt es da dieses zarte Stimmchen in meinem Hirn. Ein Stimmchen, das mich schüchtern darauf hinweist, dass das mit der Langeweile vielleicht doch nicht so weit hergeholt ist. Denn in meinem aktuellen Arbeitslosendasein habe ich alle Zeit der Welt, mir über Thomas und sein Verhalten alle möglichen Gedanken zu machen.

Dabei war er eigentlich schon immer so, wie ich mir in klaren Momenten eingestehen muss. Ich habe mir nur nichts dabei gedacht.

Vor allem nichts Böses. Wenn er nicht an sein Handy ging, habe ich es eben später noch mal versucht. Und wenn er abends erst spät nach Hause kam, war ich in der Regel sogar erleichtert. Wer in einer festen Beziehung lebt, weiß einen ruhigen Abend allein daheim immer sehr zu schätzen.

Seufzend verbiete ich mir weitere Unterstellungen. Ich sollte mich entschieden mehr um meine berufliche Zukunft kümmern als um etwaige Verhaltensauffälligkeiten meines Mannes.

❖ ❖ ❖

Inzwischen habe ich endlich einen ersten Schritt in Richtung Jobsuche gemacht. Vor ein paar Tagen war nämlich Manuel zu Besuch.

Hätte mir jemand vor ein paar Monaten prophezeit, dass ich diesen gegelten Typen bei mir zu Hause empfangen würde – ich hätte einen Lachkrampf bekommen. Jetzt freue ich mich auf seinen nächsten Besuch wie Robinson auf eine Stippvisite von Freitag. Schon unglaublich, wie sich die Zeiten ändern können.

Manuel muss mich wirklich sehr mögen. Ein Wunder eigentlich, wenn ich mir überlege, wie ich ihn bis vor Kurzem behandelt habe. Jedenfalls hat er mit mir den ganzen Nachmittag am Laptop gesessen, um mir XING zu erklären. »Das ist *das* Business-Network, da musst du unbedingt ein Profil anlegen! Du wirst schon sehen, XING ist wie ein riesiges Stellenportal!«

Darauf habe ich verzagt geantwortet, dass ich eigentlich gar nicht weiß, wie diese Stellenportale überhaupt funktionieren, dass das doch sowieso alles nichts bringt und dass ich es bestimmt noch nicht mal schaffe, meine Unterlagen online zu stellen und …

»Jetzt jammer hier nicht rum. Komm, wir machen das eben zusammen, ist alles echt easy«, unterbrach Manuel mich, ganz businesslike, wie das so seine Art ist.

Eine gute Stunde später hatte ich auf XING mein eigenes

Profil! Inklusive Foto, Lebenslauf, Joberfahrung und allem Drum und Dran.

In der Rubrik »Ich biete« hat Manuel für mich so farbig aufgetragen, als ginge es nicht um eine Stellensuche, sondern um meine Bewerbung für die EU-Präsidentschaft.

Und unter »Ich suche« habe ich spontan »Anspruchsvolle Tätigkeiten aller Art mit Schwerpunkt Englisch/Französisch in Deutschland und Westeuropa; Frankreich bevorzugt« hingeschrieben.

Menschenskind, Sandra, was ist da bloß in dich gefahren? Kein Zweifel, das muss in einem dieser schwachen Momente gewesen sein, als ich mir auf einmal sicher war, dass Neele an dem Rioja-Abend recht hatte. Dass Thomas einfach nicht der Richtige für mich ist und dass sich über kurz oder lang mein ganzes Leben ändern wird. Ändern muss.

Diesen Moment habe ich allerdings inzwischen mit heiler Haut überstanden.

Reumütig schalte ich meinen Laptop ein, in der festen Absicht, bei »Ich suche« sofort und unwiderruflich »Tätigkeit in München oder im bayerischen Voralpenland« einzutragen.

Genau. Das ist mit Abstand die beste Idee, die ich seit Tagen hatte.

Die sofortige Umsetzung scheitert jedoch daran, dass ich den Zettel nicht finde, auf dem Manuel das Passwort für meinen XING-Zugang notiert hat. Ich rufe ihn an, aber es geht nur seine Mailbox ran.

Dann versuch ich's später noch mal, sage ich matt zu Belmondo. Kaum zu glauben, wie anstrengend Arbeitslosigkeit ist.

Aber damit ist es ja nun bald vorbei. Wenn XING wirklich so toll ist, wie Manuel sagt, müsste ich in null Komma nichts wieder einen Job haben. Irgendwo zwischen München und Murnau wird doch bestimmt jemand ein Mädchen für alles brauchen. Wer weiß, vielleicht werden morgen schon die ersten Stellenangebote in meinen Posteingang rauschen.

❖ ❖ ❖

Am nächsten Tag war mein Posteingang gähnend leer. Am übernächsten Tag auch. Am überübernächsten ebenfalls. Und am überüberübernächsten habe ich aufgegeben, überhaupt reinzuschauen. Ständig dieses »Sie haben keine neuen Nachrichten«, ich bitte Sie, das ist doch einfach deprimierend.

Deshalb versuche ich es jetzt auf die klassische Tour. Stellenangebote in den Zeitungen durchschauen und leidenschaftliche Bewerbungsbriefe zusammenfabulieren.

Bei meiner Bewerbung auf die Deutschlandvertretung für einen französischen Delikatessenvertrieb fiel mir das wesentlich leichter als bei der Bewerbung als Fremdsprachensekretärin bei einem englischen Möbelhersteller. Aber man muss ja heutzutage flexibel sein.

Und wenn ich im Messegeschäft nichts Neues finde und auch keine französischen Spezereien verkaufen darf, werde ich eben ganz im Chippendale-Universum aufgehen. Den Job habe ich schließlich so gut wie sicher. Bei meiner Qualifikation müssten die mich mit Kusshand nehmen.

Allerdings habe ich bisher noch nichts gehört.

Ganz schön nervtötend, dieses Warten. Manchmal frage ich mich inzwischen, was schlimmer ist: Absagen kriegen oder abwarten müssen.

Ich meine, nicht dass der Briefträger inzwischen »Nein-danke«-Briefe waschkörbeweise bei mir vorbeibringen würde. Genau genommen waren es bisher erst zwei. Und auf die Jobs war ich sowieso nicht so scharf. Assistentin der Geschäftsführung in einer Tapetenfabrik in Lothringen,

Messehostess für einen Flugzeugturbinenhersteller – beides nicht gerade das, was man landläufig unter Traumjob versteht. Trotzdem habe ich schwer geschluckt, als die Absagen kamen.

»Die beiden Stellen wolltest du doch gar nicht wirklich. Wahrscheinlich hat man das deinen Bewerbungsschreiben angemerkt. *›Mind makes reality‹* und so«, sagt Martina weise und rührt in ihrem Latte macchiato. Wir sitzen in der Nespresso-Bar, hoffen auf einen Blitzbesuch von George Clooney und reden über das Leben. Sich vormittags in Szenecafés treffen zu können gehört zu den wenigen Privilegien, die Mütter und Arbeitslose gemein haben.

Ich schaue Martina bewundernd an. Allerdings nicht so sehr wegen ihrer Weisheit. Sondern eher wegen ihrer neuen Frisur. Ihre langen dünnen Stangenhaare, die sie wahrscheinlich schon im Mutterleib mit Klämmerchen nach hinten gesteckt hatte, sind von einer barmherzigen Hand zu einem aparten Stufenschnitt zurechtgestutzt worden. Ihr sonst mausbraunes Haar glänzt jetzt haselnussfarben. Nagelneue goldene Strähnchen funkeln im Licht der Designerlampen.

»Martina, du siehst einfach toll aus! Wie bei der *Brigitte*-Vorher-nachher-Seite! Ich find's super, dass du mit deinen Haaren endlich mal was Neues ausprobiert hast. Wurde echt Zeit!«

Martina lächelt verlegen. »Na ja, das hab ich eigentlich Renate zu verdanken. Als die neulich sagte, dass ich mir erst mal 'ne andere Mutprobe vornehmen soll, wenn ich es nicht schaffe, Stefan rauszuschmeißen, da hat es bei mir klick gemacht. Haare ab, neuer Look, das hab ich mich vorher einfach nicht getraut!«

»Na, nach diesem super Erfolgserlebnis hast du doch jetzt bestimmt genug Power, deinen Kerl hochkant vor die Tür zu setzen, oder?«

Martina lächelt noch ein bisschen verlegener. »Stefan hat

sich von Gaby getrennt. Er muss natürlich trotzdem weiter auf dem Sofa schlafen«, beeilt sie sich hinzuzufügen, als sie mein Gesicht sieht. »Aber er sagt mir ständig, wie sehr ich mich zu meinem Vorteil verändert habe, dass ich gar nicht wiederzuerkennen bin, dass ich mich endlich wieder vom Muttertier zur richtigen *Frau* gewandelt habe …«

»Das ist ja wohl das Letzte. Jetzt verkauft er dir seine Affäre auch noch als Wohltat«, schnaube ich verächtlich. »Du wirst ihn doch jetzt wohl nicht aus lauter Dankbarkeit gleich wieder unter deine Decke lassen, oder?«

Martina windet sich. »Nein, natürlich nicht.« Sie nimmt einen Schluck Kaffee. »Jedenfalls nicht gleich. Ich werde ihn schon noch ein bisschen zappeln lassen.«

Ihrer Stimmlage nach wird sie Stefans Zappelphase innerhalb der nächsten 48 Stunden vorzeitig beenden. Doch bevor ich ihr das prophezeien kann, wechselt sie das Thema. Nicht sehr elegant, aber dafür höchst erfolgreich.

»Bitte sei mir nicht böse, aber ich finde, du siehst fertig aus.«

Na danke. So was hört man ja als Frau immer besonders gern. Vor allem, wenn es von einer besten Freundin kommt und entsprechend ernst gemeint ist. Ich persönlich möchte mich dann immer am besten gleich für den Rest meines Lebens unter einer Burka verstecken.

Spontan vergesse ich, was ich Martina noch alles zum Thema »Erbswurst-Stefan« mitteilen wollte, und erzähle ihr stattdessen von meinem aktuellen Gemütstief. Kein Job mehr, demnächst vermutlich auch kein Mann mehr, und nur die Katze hört mein Seufzen.

Daniel ist es offenbar doch nicht ganz gelungen, in meinem Gemüt einen tief greifenden Bewusstseinswandel zu verankern.

Martina setzt ihren Seelsorgerinnenblick auf. »Ach, Sandra, meinst du nicht, dass eine Psychotherapie dir guttun würde? Du hast in letzter Zeit wirklich schlimme Stimmungsschwankungen, finde ich. Und bei alldem, was du in diesem Jahr so mitgemacht hast, wäre eine Therapie sowieso eine gute Idee.«

»Da ist Thomas dagegen. Er sagt immer: ›Psychiater begehen doppelt so häufig Selbstmord wie ihre Patienten.‹ Und dass ich mich unmöglich einem von diesen labilen Typen anvertrauen darf«, antworte ich matt. Liegt wahrscheinlich allein an der Vorstellung, mich auf einer Couch auszustrecken. Ich würde bestimmt immer umgehend einschlafen, anstatt meinen Therapeuten vorschriftsgemäß in meine Seelenabgründe einzuweihen.

Martina seufzt dieses besondere Seufzen, das sonst nur von Müttern im Umgang mit Sorgenkindern zu hören ist. »Entdecke endlich, was dir wirklich wichtig ist«, verkündet sie schließlich so bedeutungsschwer, als habe sie diesen Rat für mich erst heute Morgen beim Frühstück mit Buddha persönlich abgesprochen.

Ich schaue sie verständnislos an. »Es ist wirklich schade, dass dir bisher weder der Meditationskalender noch der Bergkristall zu mehr Spiritualität verholfen haben«, sagt sie streng. »Also gut. Dann versuchen wir's eben mit den Basics. Genieß die Gegenwart. Tu dir jeden Tag was Gutes. Wie findest du das? Kannst du wenigstens damit was anfangen?«

Ich nicke zaghaft. Gegenwart genießen – da bin ich mir nicht ganz sicher, ob ich das schaffe. Zu viele Sorgen. Aber immerhin habe ich meine Kreditkarte dabei. Da stehen die Chancen gut, dass ich es wenigstens hinbekomme, mir heute noch was Gutes zu tun.

❖ ❖ ❖

Beim Abschied von Martina bin ich felsenfest entschlossen, mich auf der Stelle ein bisschen zu verwöhnen. Kurz konsultiere ich die ewige Wunschliste, die ich seit Kindertagen in meinem Kopf mit mir herumtrage und täglich aktualisiere. Und dann weiß ich es: Ich will endlich einen iPod.

Mir ist zwar völlig schleierhaft, wie diese Dinger funktionieren. Aber wenn ich am Ende wirklich auf ein paar Quadratzentimetern Metall meine gesamte Lieblingsmusik seit Chris Norman und Christopher Cross speichern kann, dann werde ich das schon lernen.

Beschwingt eile ich durch den Mittagsstau in der Münchner Fußgängerzone in Richtung Saturn. Und bleibe auf einmal wie angewurzelt stehen. Im »Spatenhaus an der Oper« sitzt an einem der Tische am Fenster mein lieber Thomas. Intensiv ins Gespräch vertieft. Mit einem gut aussehenden jungen Mann.

Es scheint mein Schicksal zu sein, hinter Panoramafenstern geheimes Geschehen zu erspähen. Verdammt! Heiße Eifersucht steigt in mir hoch. Wahrscheinlich halten die beiden unterm Tisch schon Händchen.

Alles würde ich jetzt für eins von diesen winzigen Mikrofonen geben, mit denen sich Russen und Amerikaner in diesen Kalter-Krieg-Filmen immer gegenseitig belauschen. Mit so einem Teil könnte ich endlich rauskriegen, was meinen Mann insgeheim umtreibt. Ich müsste die beiden nur kurz vom Tisch weglocken, das Mikrofon im Salzstreuer oder im Blumenväschen verstecken, den Empfänger einschalten, meine Kopfhörer einstöpseln – und schon könnte ich Thomas' Geheimnis lüften.

Ein großartiger Plan. Allerdings setzt er voraus, dass sie nebenan am Kiosk die erforderliche Hightechausrüstung im Sortiment haben.

Hektisch werfe ich einen Blick hinüber zu der kleinen Bude. Zeitschriften, Postkarten, Kaugummis, Bierseidel und Schneekugeln mit der Frauenkirche drin. Warum zum Teufel verkaufen diese Läden nie das, was die Kundschaft wirklich braucht?

Gut getarnt durch einen Pflanzenkübel, starre ich auf das junge Glück am Tisch wie Bella Block auf ihren Lieblingsverdächtigen. Dann eben Plan B.

Plan B?, kreischt mein Staatsanwalt entsetzt auf. Zum Tisch stürmen und Thomas »Gib endlich zu, dass du schwul bist!« entgegenzuschleudern ist doch kein Plan! Sandra! Bleib stehen!

Zu spät. Innerhalb von Sekundenbruchteilen habe ich die Eingangstür des Restaurants aufgerissen und mich vor Thomas und seinem Begleiter aufgepflanzt.

»Sandra, was machst du denn hier?« Kein Zweifel, Thomas ist unangenehm berührt.

Kein Wunder, du bist auch gerade so liebreizend wie Medusa persönlich!, giftet der Staatsanwalt.

Halt die Klappe!, gifte ich zurück. Das ist ganz klar das schlechte Gewissen! Mit Argusaugen starre ich unter den Tisch, in der Hoffnung, die beiden in flagranti beim Füßeln zu erwischen.

»Äh, Sandra, darf ich dir Robert Grube vorstellen?«, sagt Thomas schließlich mit einem Unterton, den ich eindeutig als Verlegenheit identifiziere. »Ich betreue Herrn Grube im Rahmen unseres Mentoring-Programms. Robert, das ist Sandra, meine Frau.«

»Liebling, das ist aber schön, dass ich endlich den Mann kennenlerne, mit dem du neuerdings deine Zeit verbringst«, flöte ich zuckersüß und küsse ihn auf den Mund. Um mein Revier zu markieren. Gleichzeitig belauere ich diesen Herrn Grube auf Zeichen von Eifersucht.

Zu meinem Bedauern verrät seine Miene nicht, was er denkt. Da werde ich wohl nachlegen müssen.

»Wirklich sehr hübsch, Ihre rosa Krawatte. Ist das nicht die gleiche, die dieser schwule Nachtklubbesitzer in *Ein Käfig voller Narren* trägt? Ein wunderbarer Film, wir haben ihn neulich erst wieder angeschaut. Wissen Sie, mein Mann und ich sind sehr tolerant und aufgeschlossen. Was Thomas betrifft, so haben Sie das sicher bereits festgestellt«, sage ich liebenswürdig und schenke Herrn Grube ein Lächeln, das ihn auf der Stelle schockgefrieren lassen müsste.

Den Gefallen tut er mir leider nicht. Er lächelt nur unverbindlich zurück und schaut Thomas an. Der sitzt wie vom Donner gerührt da. Spätestens heute Abend werde ich ihn weichgekocht haben, da bin ich mir jetzt völlig sicher. Lieber ein Ende mit Schrecken als ein Schrecken ohne Ende.

»Herr Grube, Sie müssen uns unbedingt mal mit Ihrer Frau zum Dinner besuchen!«, schlage ich leutselig vor und komme mir vor wie ein besonders cleverer Undercoverermittler. »Was, Sie sind Single? Na, dann kommen Sie doch einfach mit einem Freund! – So, und jetzt will ich nicht länger stören. Euch beiden noch viel Spaß!«, rufe ich im anzüglichsten Tonfall, der mir zur Verfügung steht.

Noch ein leidenschaftlicher Kuss für Thomas, eine elegante Drehung auf meinen dem Anlass unglücklicherweise nicht ganz angemessenen Gummistiefeln – und ich bin wieder weg.

Mann, war das *peinlich!*, stöhnt mein Staatsanwalt, kaum dass ich wieder auf der Straße stehe. Ach Quatsch, der Zweck heiligt die Mittel!, gebe ich trotzig zurück.

Trotzdem kann ich nicht verhindern, dass zart der Zweifel in mir keimt. Was, wenn Thomas nun allen erkennbaren Anzeichen zum Trotz doch nicht schwul ist?

Erkennbare Anzeichen, dass ich nicht lache, höhnt der Staatsanwalt. Du hast dich selbst und Thomas bis auf die Knochen blamiert, das ist alles. Herzlichen Glückwunsch zu dieser überaus gelungenen Aktion!

»Euch beiden noch viel Spaß!«, klingt es in meinen Ohren. Eine Schamwelle von Tsunamiausmaßen überspült mich. Ich kann nicht glauben, dass ich das gerade gesagt habe. Und wie ich es gesagt habe.

Oh Gott. Sandra Heller, wo hast du nur deinen analytischen Verstand gelassen? Da hast du so große Schicksalsschläge wie eine Krebserkrankung und Joe Meidner hervorragend gemeistert – und jetzt drehst du urplötzlich durch, bloß weil du keinen Job hast und weil Thomas dich nicht so oft vögelt, wie du es gerne hättest? Du hattest doch nun wirklich jahrelang Zeit, dich da dran zu gewöhnen!, schimpft mein Staatsanwalt.

Außerdem ist der arme Kerl bestimmt nur hoffnungslos überarbeitet, setzt er in bedeutend milderem Tonfall hinzu. Um dann gleich weiterzuschimpfen: Und du hast nichts anderes zu tun, als ihn und seinen armen Kollegen lautstark im Tuntenclub zu verorten. Eins sage ich dir, davon wird sich seine Erektionsfrequenz bestimmt nicht verbessern!

Kopfschüttelnd wendet sich der Herr Staatsanwalt von mir ab und geht. Denk über dein Verhalten nach!, ruft er mir noch zu, kurz bevor er in der Menschenmenge in der Fußgängerzone verschwindet.

Das mache ich mit Sicherheit nicht. Sonst müsste ich mir gleich die Kugel geben. Oder wenigstens auf der Stelle nach Australien auswandern.

Wieder überspült mich eine rote Welle. Schnell, Ablenkung muss her, bevor mich Schuldgefühle packen wie Raubvögel ein armes Kaninchen. Entschlossen stapfe ich Richtung Saturn. Ein sofortiger iPod-Kauf wird mich hoffentlich auf andere Gedanken bringen.

Unabhängig davon sollte ich vielleicht doch eine Therapie in Erwägung ziehen.

❖ ❖ ❖

Ein paar Hundert Meter vor Saturn gibt es neuerdings einen großen, schicken Friseursalon. Diesem Friseursalon habe ich es zu verdanken, dass aus meinem bis dahin recht miesen Tag endgültig ein richtig beschissener Tag wurde.

Denn in Gedanken an Martinas Haarwunder bin ich einfach reinmarschiert. Als ob meine Spontaneität heute nicht schon genug Unheil angerichtet hätte.

Während eine junge Friseurin mit schwarz gefärbtem Zottelschnitt meine ersten Strähnen in Alufolie verpackte, klingelte mein Handy. Meine Mutter. Ich wollte sie mit einem kosmopolitischen »Du, ist gerade ungünstig – ich sitz beim Friseur und lass mir Strähnchen machen!« kurz und schmerzlos abwimmeln. Leider funktionieren derartige Manöver bei ihr grundsätzlich nicht.

»Ach wirklich, bei welchem bist du denn? Ich will ja unbedingt wechseln; der Mario hat meine Haare einfach nicht mehr im Griff. Neulich sein Schnitt, das war eine absolute Katastrophe!«

Der arme Mario, wahrscheinlich hat meine Mutter ihn so heftig beschimpft, dass er inzwischen zurückgegangen ist nach Italien und frustriert eine Gelateria eröffnet hat.

»Also ich sitz hier in diesem neu eröffneten Laden in der Herzogspitalstraße …«

»Doch nicht etwa in dem Salon mit den grünen Styroporköpfen im Fenster?«

Ich drehte mich herum. Tatsache. Grüne Styroporköpfe. Sehr stylish.

»Woher weißt du …«

»Tu's NICHT!«, brüllte meine Mutter so laut durch das Handy, dass der Friseurin vor Schreck der Pinsel aus der Hand fiel.

»Da war gestern eine gute Freundin von mir drin. Sie hat mich hinterher heulend angerufen und gesagt, dass sie jetzt aussieht wie ein Zebrastreifen. Sandra, steh auf und geh, bevor es zu spät ist!«

Sandra Heller, die Frau, die weiß, was sie will, ist natürlich sitzen geblieben. Lieber verunstaltet als unhöflich.

Verlegen würgte ich meine Mutter ab, verfolgte bangen

Blickes die weiteren Handgriffe der Friseurin und fügte mich in mein Schicksal.

Blockstreifen.

Schreckensbleich starrte ich wenig später mein Spiegelbild an. Aus der Traum von den goldenen Lichtreflexen. »Mei, sind die schön geworden«, jubelte die Friseurin. Offenbar ein echter Profi.

Ich für mein Teil war sprachlos. Mit letzter Kraft zahlte ich (und gab sogar Trinkgeld – wie blöd kann man sein?), setzte meine Sonnenbrille auf, zog die Kapuze meiner Winterjacke tief ins Gesicht, schlich quasi inkognito zu Saturn, um endlich diesen blöden iPod zu erwerben, und fuhr gänzlich frustriert nach Hause.

Den Rest des Nachmittags habe ich damit verbracht, den iTunes Store leer zu kaufen. Wie in Trance lud ich mir einen Lieblingssong nach dem anderen runter. Mein erster Online-Kaufrausch überhaupt! Und bei den paar Cent pro Titel kann man sich da ja wirklich stundenlang vergnügen.

Obwohl. Von Vergnügen kann eigentlich keine Rede sein. Erst musste ich Belmondo mühsam davon überzeugen, dass ich Frauchen bin und keine überdimensionierte Tigerente. Und dann musste ich ja auf Thomas warten. Nach meinem denkwürdigen Auftritt hatte ich nichts mehr von ihm gehört. Wahrscheinlich kein Wunder.

Als er um elf immer noch nicht zu Hause war, stieg in mir zugegebenermaßen kurzzeitig der Verdacht auf, dass er sich bestimmt gerade mit der rosa Krawatte vergnügte. Nach kurzem Ringen einigte ich mich jedoch mit mir selbst darauf, das Thema bis zu Thomas' Heimkehr ruhen zu lassen.

Ich nahm mir vor, besonnen zu bleiben und mit ihm ein sehr kurzes, sehr konstruktives Beziehungsgespräch zu führen, sobald er zur Tür reinkommen würde.

Und dann muss ich eingeschlafen sein.

Auf einmal sitze ich jedenfalls in der warmen Abendsonne auf dem Balkon eines alten Natursteinhauses. Rechts neben mir auf einem Tischchen ein Glas Pastis, links neben mir auf einem Thonetstuhl mein Mann. Benno. Voller Liebe schaut er mich an und nimmt meine Hand. Voller Liebe schauen wir auf unsere kleine Tochter, die unten auf dem Dorfplatz mit den Nachbarskindern Boule spielt, wohl behütet von Rentnern mit Baskenmützen und Gitanes. In Bennos Augen leuchten goldene Lichtreflexe. Er zieht mich in unser Schlafzimmer. Seine Haut ist so weich. Er riecht so gut. Er hat eine so prächtige Erektion. Mein Körper fiebert dem seinen entgegen. Voller Verlangen ziehe ich ihn in meine Arme, versenke meinen Blick in seinem – da fällt ein Schatten auf sein Gesicht. Und auf einmal erkenne ich: Das ist gar nicht Benno, das ist Dr. Schnurer von Grünthal Elektro-Gartengeräte! Er trägt grasgrüne Gärtnerhandschuhe und Gummistiefel und will mir seinen elektrischen Bestäuber erklären!

Schreiend wache ich auf. Thomas sitzt am Bett und hält meine schweißnasse Hand. Er ist noch im Mantel. »Sandra, Engel, was ist passiert? Hast du schlecht geträumt?«

Ich nicke heftig und werfe unauffällig einen prüfenden Blick in sein Gesicht.

Selbst wenn er wegen heute Mittag ungehalten war, haben meine Angstschreie und die Sorge um mich seinen Ärger offenbar völlig verdrängt. Ich kann jedenfalls kein Anzeichen von Unmut entdecken.

Auch kein Anzeichen von Homosexualität. Allerdings auch nicht von Heterosexualität, um ganz korrekt zu sein. Kurz erwäge ich, mit einem gezielt gelogenen »Ich hab geträumt, dass du schwul bist!« meinen Verdacht endlich zur Sprache zu bringen, da fällt mein Blick auf die Uhr. Halb zwei. Nicht unbedingt die richtige Zeit für derartige Diskussionen.

Auch ein eigentlich vollkommen gerechtfertigtes »Wo warst du heute Abend so lange?« scheint mir angesichts meiner recht schwachen Ausgangsposition nicht opportun.

»Ich hab von einem Meidner-Kunden geträumt. Es war schrecklich«, sage ich schließlich mit zittriger Stimme. Dass der Traum auch einen deutlich angenehmeren ersten Teil hatte, tut schließlich nichts zur Sache.

»Ach, Engel, ich versteh einfach nicht, warum du in letzter Zeit so schlecht drauf bist. Eigentlich müsste es dir doch großartig gehen, seit du den Meidner los bist. Also statistisch gesehen ...« Thomas unterbricht sich und schaut mich prüfend an. In seinem Blick entdecke ich Tadel. Jetzt wird er mich doch noch wegen heute Mittag zur Schnecke machen.

»Das seh ich ja jetzt erst – Sandra, was ist denn mit deinen Haaren los? Liebes, du siehst ja aus wie eine Tigerente! Kein Wunder, dass du Albträume hast.«

Er lacht. Ohne Spott, zugegebenermaßen. Ich könnte ihn trotzdem zum Mond schießen. Wegen der Tigerente. Und überhaupt.

19

Sandrasandrasandra, deine Playlist … Also Freud hätte da seine Freude dran!« Feixend liest Neele die Titelliste meines neuen Lieblingsspielzeugs vor. »*Do that to me one more time, Born to be wild, Let's get physical, I just died in your arms tonight, Hungry Eyes, Hit me with your rhythm stick, I want your sex, Lay your hands on me, Part-time lover, Sexual Healing, Sweet Dreams, Girls just wanna have fun, Hot Stuff, Sex Bomb* – fehlt eigentlich nur noch *Why don't we do it in the road*!«

Haha, sehr witzig.

Martina und Renate können sich offenbar das Lachen nur mühsam verkneifen. Und aus den Sitzreihen vor und hinter uns höre ich unterdrücktes Kichern. Wenn Neele ihre launigen Beobachtungen wenigstens im Flüsterton von sich gäbe. Aber nein, sie muss ja immer gleich den halben Saal an ihren Bonmots teilhaben lassen.

Verlegen rutsche ich noch tiefer in meinen Sitz und bete, dass Stefan mit seinem Vortrag beginnt, bevor meine liebe Freundin aus meinem iPod lautstark weitere Rückschlüsse auf mein Seelenleben zieht.

Wobei ich, offen gestanden, nicht sonderlich neugierig darauf bin, was Stefan dem voll besetzten Saal des Münchner Filmmuseums über Paul Newman mitzuteilen hat.

Denn dass der Saal voll besetzt ist, liegt mit Sicherheit eher an den Häppchen, die nach dem Film gereicht werden, als an den drögen Ausführungen, die Martinas Gatte vor dem Film von irgendwelchen voll gekrakelten Manuskriptblättern ablesen wird. Wie ich aus eigener Erfahrung weiß, vermag er mit seiner monotonen Vortragsweise ganze Großkinos innerhalb kürzester Zeit in erholsamen Halbschlaf zu versetzen.

Also betrachte ich Stefans Vortrag mehr als zu überwindendes Hindernis zwischen Paul und mir. Gleichzeitig bin ich natürlich angemessen dankbar, dass Stefan nicht nur seine Frau, sondern auch die besten Freundinnen seiner Frau zu dieser Veranstaltung eingeladen hat.

Ich weiß zwar nicht genau, worum es geht. Aber mir langt es völlig zu wissen, dass ich jetzt ganz bald in einem Werk mit dem lustigen Titel *Die Katze auf dem heißen Blechdach* knapp zwei Stunden lang den sehr jungen, sehr blauäugigen, sehr gut aussehenden Mister Newman anhimmeln darf.

»Meine Freundin Sandra und ihre kleinen Geheimnisse«, reißt Neele mich aus meinen Gedanken. Mit breitem Grinsen drückt sie mir meinen iPod wieder in die Hand. »Ach ja, wo wir gerade dabei sind: Ich hab mir dein Profil auf XING angeschaut. Macht einen echt professionellen Eindruck!«

Dankbar strahle ich Neele an. Sie redet zwar manchmal ein bisschen laut, aber sie ist zweifelsohne ein lieber Mensch.

»Nur dass du dich gleich in halb Europa bewirbst ... Also, da könnte man glatt meinen, es geht dir weniger um einen neuen Job als um ein neues Leben! Du, was sagt Thomas eigentlich dazu?«

Neele ist ein lieber Mensch, aber zweifelsohne trotzdem gelegentlich eine Nervensäge ersten Ranges.

Peinlich berührt will ich erklären, dass das alles ein Irrtum ist und dass da eigentlich schon lange »München und bayerisches Voralpenland« stehen sollte – da klettert Stefan auf die Bühne und räuspert sich zwei-, dreimal energisch ins Mikrofon. Soundcheck. Halleluja. Gerettet.

Ich setze mich demonstrativ aufrecht hin, werfe Neele

einen bedauernden Blick zu und hänge mich wie gebannt an Stefans Lippen.

»Meine sehr verehrten Damen und Herren, ich darf Sie recht herzlich zu unserem heutigen Veranstaltungsabend begrüßen.«

Ein überaus origineller Einstieg, das muss man ihm lassen.

»… Und ich freue mich sehr über Ihr Interesse an meinem heutigen Vortrag zum Thema ›Das große Tabu: Hollywood und Homosexualität‹!«

Abrupt rutsche ich von Stefans Lippen ab. Das darf ja wohl nicht wahr sein! Da gehe ich ganz harmlos ins Kino, um mich von gewissen Gedanken abzulenken – und was kriege ich geboten? Paul Newman in schwul! Ja, haben sich denn alle gegen mich verschworen?

Kurz erwäge ich, den Film zu boykottieren und meinen Kummer an der Bar nebenan zu ertränken. Oder mich zum Trost auf das kalte Buffet zu stürzen, das unter durchsichtiger Plastikfolie schon in der Lobby bereitsteht. Doch dann bleibe ich sitzen. Keine Kraft, um aufzustehen. Und außerdem mindestens 20 Paar Knie zwischen mir und dem Ausgang. Ich bin quasi zum Bleiben verurteilt.

Resigniert krame ich in meiner Handtasche nach der Tüte Gummibärchen, die ich für den Notfall immer mit mir führe. Sie ist leer. Verdammt. Mein Friseurbesuch.

Danach habe ich zwanghaft alle Gummibärchen verschlungen, die meine Handtasche hergab. Und vergessen, meine Vorräte wieder aufzufüllen. Ein sträflicher Fehler in diesen schweren Zeiten. Jetzt bleibt mir nur noch ein letzter Ausweg: mich ganz auf Stefans Stimme zu konzentrieren, in der Hoffnung auf einen schnellen, gnädigen, tiefen Schlaf.

❖ ❖ ❖

War natürlich nichts mit Einschlafen. Stefan hat zwar wirklich sein Bestes gegeben. Er war auch durchaus erfolgreich, wie ich dem leisen Schnarchen entnahm, mit dem Martina den Vortrag ihres Mannes begleitete.

Mich hingegen brachte das Thema dann doch zu sehr in Wallung. Schon beim Vortrag glühte ich spätestens in dem Moment deutlich über Betriebstemperatur, in dem Stefan ausführlich die unbefriedigte Sexualität der Protagonistin erörterte.

Und als später im Film die arme Liz Taylor dann zum ersten Mal vergeblich versuchte, ihren blöden Paul-Newman-Gatten in die Kiste zu kriegen, war ich verdammt nah am Herzinfarkt. Hat Tennessee Williams sich etwa für sein Blechdach-Drama von meiner Ehe inspirieren lassen? Sie will, er will nicht, sie wütet, er schweigt – alles genau wie bei uns zu Hause!

Nur dass Thomas mir bisher noch nicht explizit nahegelegt hat, mir einfach einen Lover zu nehmen.

Aber was nicht ist, kann ja noch werden. Erst kommt die Zynismusphase, dann kommt die Besäufnisphase, und am Ende hocken wir in unserem Häuschen auf dem Land und spielen *Wer hat Angst vor Virginia Woolf?*. Da ist Liz Taylor ja dann auch gelandet.

Eine Welle des Mitleids für mein berühmtes Alter Ego überflutet mich. Und das Gefühl, dass ich in Zukunft lieber zu Hause bleiben und auf DVD so erbauliche Werke wie *Pretty Woman* oder *Die Braut, die sich nicht traut* anschauen sollte, anstatt mir im Filmkunstkino eine posttraumatische Belastungsstörung einzufangen.

»Sandra, jetzt guck nicht so tragisch. Was hast du denn schon wieder? War doch nur ein Film!«

Bevor ich Renate mitteilen kann, dass dieser Film mir vorkam wie ein Doku-Drama über die erotischen Frustrationen der Sandra H. aus M., stößt Neele zu uns. Im

Schlepptau einen großen, schlaksigen Jüngling mit Resten von Jugendakne und einer von diesen verstrubbelten Ponyfrisuren, mit denen derzeit fast alle Männer rumlaufen, die a) unter 30 sind und b) dafür noch Haare genug auf dem Kopf haben.

»Sandra, Renate, Martina, ich möchte euch meinen Freund Julian vorstellen.« Julian lächelt verlegen. Wahrscheinlich ist er eingeschüchtert von so viel geballter Weiblichkeit. Irgendwie süß. Trotzdem frage ich mich spontan, ob Neele ihre Lover neuerdings im Kindergarten rekrutiert.

Sie scheint zu ahnen, dass uns die eine oder andere Frage auf den Lippen liegt, denn sie schenkt Julian ihr verführerischstes Lächeln und flötet: »Juli, bitte sei doch so lieb und besorg uns was zu trinken. Am liebsten vier Rotwein, okay?«

Juli wirft einen resignierten Blick auf die Schlange vor dem winzigen Weinausschank. Er möchte eindeutig lieber weiter an Neeles Rockzipfel hängen. Doch dann trollt er sich und tut, wie ihm geheißen. Brav.

»Wo hast du den denn her? Aus dem IKEA-Kinderparadies?«, bricht es aus Martina hervor, kaum dass Julian außer Hörweite ist.

»Behördeninternes Mentoring-Programm«, grinst Neele.

Ich fasse es nicht.

»Is' ja gut, Sandra. Mach den Mund wieder zu. Ich weiß auch, dass das nicht ganz koscher ist. Sex mit Untergebenen und so. Aber Juli ist so süß, und interessante ältere Semester sind ja leider allesamt vergeben – da wollte ich mich einfach einmal in meinem Leben so fühlen wie Demi Moore sich mit Ashton Kutcher …«

Drei Paar Augen starren sie jetzt neiderfüllt an. Sie winkt ab.

»Einerseits wirklich ein tolles Gefühl. Ein richtiger Jungbrunnen. Aber andererseits ganz schön anstrengend. Nee, nicht nur wegen Disco bis um drei und der Angst davor, dass er meine Cellulitis entdecken könnte, sobald die ›Liebe-macht-blind‹-Phase vorbei ist. Was anderes macht mir viel mehr zu schaffen.«

Fragend schauen wir sie an. Was kommt jetzt? Hat er Schweißfüße? Steht er auf perverse Sexspielchen? Will er sich aus dem Beamtenleben zurückziehen, um mit ihr den Bauernhof seiner Eltern zu bewirtschaften?

»Könnt ihr euch das vorstellen – er will tatsächlich ein Kind mit mir!« Ein kurzer Blick auf Martina und Renate verrät mir, dass die beiden sich Neele als Mutti offenbar genauso wenig vorstellen können wie ich.

»Ihr habt vollkommen recht. Ich bin nun mal kein Muttertier. Außerdem werde ich in ein paar Monaten 40. Da will ich auf keinen Fall als eine von diesen Spätgebärenden enden, die sich auf dem Spielplatz so aufführen wie Sicherheitsbeamte am Flughafen und auf ein Ganzkörperlifting sparen, damit ihre lieben Kleinen nicht andauernd gefragt werden, warum sie eigentlich immer von der Oma zur Schule gebracht werden. Ich werd's Juli irgendwie beibringen müssen.«

Sie seufzt und wirft zerstreut einen Blick auf Stefan. Der schwafelt seit Filmende temperamentvoll auf eine Frau in unserem Alter ein. Offenbar ein Fachgespräch unter Cineasten. Sie ist nicht Gaby, aber sie sieht aus wie Gaby. Erstaunlich, wie viele Hennaanhängerinnen es in der Filmbranche zu geben scheint.

»Na, steht dein Stefan schon in den Startlöchern für Gaby II.?«, fragt Neele in ihrer üblichen behutsamen Art. Die Nachwuchsfrage scheint sie schon nicht mehr zu interessieren. In der Rolle der liebevollen Mutter wäre sie tatsächlich eine krasse Fehlbesetzung.

Martina *is not amused,* verkneift sich aber offensichtlich angestrengt jeden Kommentar. Da sticht mich plötzlich der

Hafer. »Und? Lässt du ihn noch zappeln, oder darf er schon wieder kuscheln kommen?«

»Lieber 'nen reumütigen Hetero in der Kiste als 'ne verkappte Schwulette!«, ruft Martina so laut, dass sich für meinen Geschmack eindeutig zu viele Leute nach uns umdrehen. Ich spüre, wie eine flammende Röte mein Gesicht überzieht. Warum kann ich nicht *ein* Mal die Klappe halten, anstatt immer gleich rauszuposaunen, was mir so an fixen Ideen durch den Kopf weht?

Jetzt starren Renate und Neele mich an. Martina konzentriert sich auf ihre Schuhspitzen. Ihr wird offenbar klar, was sie gerade angerichtet hat.

»Sandra, als deine Freundinnen haben wir ein Recht darauf, stets sofort und umfassend über alle wichtigen Ereignisse in deinem Leben informiert zu werden. Gibt es da etwas, das du uns sagen möchtest?«, fragt Neele schließlich streng. Ich winde mich unter ihrem durchdringenden Blick.

Wie gut, dass in diesem Augenblick Julian mit einem Tablett und vier Gläsern Wein herannaht. Schon will ich ihn insgeheim als meinen Retter hochleben lassen – wegen der längst überfälligen Alkoholzufuhr und als willkommenen Anlass für einen diskreten Themawechsel –, da schickt Neele ihn wieder weg. Selbstverständlich erst, nachdem sie den Wein an uns verteilt hat.

»Juli, Liebster, schau doch mal, ob du hier nicht einen Freund oder so entdeckst. Ich hab mit den Mädels noch was zu besprechen. Frauensache, du verstehst schon.«

Julian versteht. Er schaut zwar wie ein Welpe im Tierheim, aber er versteht. Und geht.

Es bleibt ihm auch nichts anderes übrig. Neele will's jetzt wissen, das sehe ich an ihren Augen.

Ergeben fange ich an, von Thomas' verdächtig vielen Überstunden zu erzählen und von seinem verdächtigen Telefonverhalten und von der verdächtigen rosa Krawatte neulich im ›Spatenhaus‹. Mit stiller Trauer in der Stimme, aber durchaus nicht ohne Eleganz leite ich über zu der tragischen Frage, die mein gesamtes Eheleben überschattet …

»Warum kriegt Thomas keinen hoch, warum kriegt Thomas keinen hoch? Was anderes hör ich jetzt schon seit Jahren nicht mehr von dir!«, unterbricht mich Neele rüde. Offenbar ist sie enttäuscht vom geringen Sensationsgehalt meiner Ausführungen und lässt jetzt ihren Frust an mir aus.

»Du kennst meine Meinung dazu, ist mir ja neulich erst rausgerutscht …«

Ich schaue sie ungläubig an. Hat sie ihre Meinung nicht am nächsten Morgen kleinlaut relativiert und alles auf den Rioja geschoben? Hat sie sich das etwa inzwischen anders überlegt?

Sieht ganz so aus.

»Trotzdem höre ich dir und deinem Potenzgejammer auch noch bis ins Altersheim zu, du, ehrlich, immer wieder gerne. Dafür sind beste Freundinnen schließlich da«, fährt Neele fort.

Na danke, sehr nobel. Aber darüber, wozu beste Freundinnen *wirklich* da sind, werde ich mit ihr bei Gelegenheit ein konstruktives Streitgespräch führen müssen.

»Aber mal im Ernst, Sandra: Merkst du nicht, wie dein ganzes Leben nur noch um diese eine Frage kreist? Also meiner Meinung nach musst du dich bald mal entscheiden, was du eigentlich willst. Entweder, du machst deinen Frieden mit Thomas, hörst ein für alle Mal auf zu jammern und freust dich für den Rest deines Lebens an einer erfüllten platonischen Beziehung. Die würde ich mit Kusshand nehmen, ich sag's dir noch mal! Kuscheln ist mindestens genauso schön wie Vögeln und dabei wesentlich bequemer.«

»Klar, ich weiß schon, und dann nimmst du Thomas mit zum Tantra, und alles wird gut! Also weißt du, wenn das alles so super ist, wie du sagst, dann werd du doch mit ihm glücklich. Ich schenk ihn dir!!«, keife ich dazwischen. Offenbar etwas oberhalb der üblichen Zimmerlautstärke, denn um uns herum fangen die Leute an zu tuscheln.

»Entweder, du liebst Thomas, so, wie er ist, und gibst dich zufrieden mit dem, was du hast«, nimmt Neele ihren Faden ungerührt wieder auf. »Oder du kriegst *endlich* den Hintern hoch, stehst dazu, dass deine Ehe dich nicht glücklich macht, und trennst dich. Neues Spiel, neues Glück – wer nicht wagt, der nicht gewinnt. Also: Wofür entscheidest du dich?«

Ich bin sprachlos. Da debattiere ich mit meinem inneren Staatsanwalt seit Jahren über das Drama meines Ehelebens – und auf einmal soll alles nur eine simple Entweder-oder-Frage sein? Ganz ohne angemessene Berücksichtigung komplizierter moralisch-philosophischer Wenns und Abers? »Soll ich bleiben – soll ich gehen?« Unterm Strich nichts anderes als »Kauf ich die Pumps in Lackleder oder doch lieber in Wildleder?«

Nun habe ich persönlich selbst im Schuhsegment ganz erhebliche Entscheidungsprobleme. Entsprechend schwer tue ich mich mit Neeles Frage. Offen gestanden wird mir sogar ein bisschen mulmig bei dem Gedanken daran, dass vielleicht wirklich alles unterm Strich so einfach ist, wie sie sagt.

In dem Fall müsste ich mich umgehend von der Heulsuse zum *decision maker* mausern, wie Manuel sagen würde.

Jedenfalls kann ich mich unmöglich weiter rausreden mit diesen typischen Sprüchen, mit denen unglückliche Ehefrauen sich selbst und der Welt erklären, warum sie trotz alledem bei ihren Männern bleiben. »Das kann ich ihm nicht antun; er braucht mich doch.« »Eine Scheidung kann ich mir nicht leisten.« »Wir haben uns halt so aneinander gewöhnt.« »Wer soll denn sonst den Müll runterbringen?«

Alles Argumente, die auch ich schon Hunderte Male hingebungsvoll in meinen Hirnwindungen hin und her erörtert habe. Selbstverständlich, ohne zu einem amtlichen Endergebnis zu kommen. Wie war das noch in Martinas Meditationskalender? »Jammern ist leichter als handeln«, oder so ähnlich. Stimmt. Fürchte ich.

Aber deshalb lasse ich mich von Neele noch lange nicht zu einem Schnellschuss verleiten. Stattdessen werde ich sie gebührend auf die Komplexität des von ihr eingeforderten Meinungsbildungsprozesses hinweisen. Schon allein, damit sie nicht immer das letzte Wort hat.

»Das ist alles nicht so einfach, wie du glaubst«, erkläre ich im mildesten Ehegattinnen-Tonfall, der mir zur Verfügung steht.

»Natürlich liebe ich meinen Mann. Und wenn ich wüsste, dass er in Sachen Libido nun mal im Niedrigfrequenzbereich geboren wurde, könnte ich mich prima mit allem arrangieren, bestimmt! Aber das schaffe ich nicht, solange ich mich permanent fragen muss, ob er Geheimnisse vor mir hat. Vielleicht ist er ja wirklich schwul. Oder er gehört zu den Männern, die zwei Frauen brauchen, eine Heilige und eine Hure – davon soll's ja auch jede Menge geben …«

Mit tränenumflorter Stimme breche ich ab. Das dürfte reichen, um Neele die Dimension meines Dilemmas vor Augen zu führen.

Sie guckt tatsächlich recht betroffen und denkt zur Abwechslung nach, anstatt spontan einen Kommentar abzufeuern.

Das übernimmt überraschenderweise Renate für sie. »Sandra, hör auf eine alte, weise Frau wie mich. Ich glaube auch nicht, dass bei euch alles nur an Thomas' Libido hängt. Da machst du dir was vor.«

Sie schaut mich prüfend an, wie um sicherzugehen, dass ich ihr jetzt auch genau zuhöre. »Oder glaubst du etwa wirklich, eure Ehe wäre auf einmal perfekt, wenn im Bett alles super klappen würde?«

Ich blicke betreten in mein Weinglas. Es ist leer.

Renates Frage walzt durch mein Hirn wie ein Bundeswehrpanzer im Manöver. Wäre unsere Beziehung perfekt, wenn wir perfekten Sex hätten?

Darüber habe ich noch nie nachgedacht. Wann auch? All mein Sinnen, all mein Trachten dreht sich seit einer gefühlten Ewigkeit einzig und allein um Thomas' Erektionsfähigkeit. Für eine weitergehende Qualitätsanalyse unserer Beziehung fehlt da einfach die Zeit.

»Wenn du von deinem Mann redest, höre ich da jedenfalls mehr Langeweile raus als große Gefühle«, sagt Renate vorsichtig. »Als wir vor ein paar Wochen in der ›Pfälzer Weinstube‹ zusammen deinen Meidner-Ausstieg gefeiert haben – weißt du noch? Da hatte ich sogar das Gefühl, dass dir dein Thomas mit seinen drögen Statistikerwitzchen ganz schön auf den Wecker geht. Aber das ist natürlich nur mein Eindruck. Was meint ihr denn dazu? Ihr kennt die beiden doch schon länger!«

Renate, Neele und Martina wechseln vielsagende Blicke. Ich sehe Neele an, dass sie tatsächlich damit liebäugelt, nun ihre gesamte Rioja-Rede noch einmal vorzutragen. Nur diesmal nüchtern und entsprechend stichhaltiger formuliert.

Na großartig. Da wird in aller Öffentlichkeit über meine Beziehung zu Gericht gesessen, und ich stehe daneben und bekomme noch nicht mal die Gelegenheit zu einer persönlichen Stellungnahme.

Beleidigt wende ich mich von meinen sogenannten Freundinnen ab und marschiere Richtung Weinausschank. Auf den Schreck erst mal ein Schluck.

»He, bring uns was mit!«, röhrt Neele mir gut gelaunt hinterher. Den Teufel werde ich tun. Je mehr die Damen trinken, desto mehr werde ich mir hinterher anhören müssen. Je mehr *ich* hingegen trinke, desto weniger werde ich hinterher nachdenken müssen. Unter den Umständen scheint mir das die mit Abstand befriedigendste Lösung zu sein.

20

Rückblickend betrachtet war's wie ein schlechtes Omen: Als wir am Samstagmorgen aufstanden, hatte Belmondo formvollendet auf unsere Fernsehzeitschrift gekötzelt. Ausgerechnet auf den Tipp des Tages: »*Eine Liebe auf dem Lande* – das große TV-Drama im ZDF«. Mehr war umständehalber nicht mehr lesbar. Ich hätte trotzdem zur Sicherheit im Bett bleiben sollen.

Stattdessen habe ich diesen Vorfall als anschaulichen Kommentar zur Qualität des öffentlich-rechtlichen Abendprogramms verbucht und bin mit Thomas an den Weßlinger See gefahren.

Ich meine, wer kommt schon darauf, dass sich »Eine Liebe auf dem Lande – das große TV-Drama« als prophetischer Hinweis entpuppen könnte? Und dass Belmondo sich keinesfalls als Fernsehkritiker versuchen, sondern mir eine klare Warnung zukommen lassen wollte? Also ich wäre ja nie auf diesen Gedanken gekommen. Zumal alles ganz harmlos anfing.

Thomas schwärmte mir mit ungewohnter Leidenschaft von einem Häuschen direkt am See vor. »Das ist unser Traumhaus, du wirst sehn! Und das Beste: Wenn wir es haben wollen, werden wir es kriegen! Der Vermieter ist nämlich der Onkel von Robert Grube!«

Aha, jetzt spielt sich die rosa Krawatte auch noch als Immobilienmakler auf, dachte ich missmutig. Trotzdem verkniff ich mir eine entsprechende Bemerkung. Denn seit meinem denkwürdigen Auftritt im ›Spatenhaus‹ gibt sich Thomas Mühe. Was natürlich nicht heißt, dass er sich zu meinem offensichtlichen Verdacht in irgendeiner Weise äußern würde. Aber er kommt immerhin wieder früher nach Hause.

Was mich betrifft, so gebe ich mir übrigens ebenfalls Mühe. Spätestens seit dem denkwürdigen Abend im Filmmuseum. Es ist ja schließlich nicht so, dass ich die Ohren auf Durchzug stelle, wenn meine Freundinnen mich an ihrer unendlichen Weisheit teilhaben lassen. Obgleich ich gestehen muss, dass ich es bei der Frage »Soll ich bleiben – soll ich gehen?« immer noch an der erforderlichen Willensbildung fehlen lasse.

Wer weiß, vielleicht bringt das Haus in Weßling ja den Durchbruch? Nachdenklich schaue ich aus dem Autofenster auf die bayerische Winterlandschaft vor blauem Himmel. Sehr hübsch. Nebenbei bemerkt allerdings ganz schön viel Schnee für Anfang Dezember.

Schon sehe ich mich endlose Monate lang auf dem zugigen Weßlinger S-Bahnhof rumstehen und mir auf dem Weg zur Arbeit die Füße abfrieren. Eine Aussicht, die in Anbetracht der Tatsache, dass ich noch gar keinen neuen Job habe, nur unwesentlich von ihrem Schrecken verliert.

»Das Haus liegt direkt am See. Trotzdem bist du zu Fuß in fünf Minuten an der S-Bahn; da kannst du jetzt wirklich nicht mehr meckern«, neckt Thomas mich. »Es gibt auch keine Biergärten, Reinigungen, Starkstromleitungen, Schnellstraßen, Discounter oder Schweinezuchtbetriebe in der Nachbarschaft. Dafür einen großen Garten für uns und Belmondo. Und einen alten Schuppen, den ich super zum Sukkulententreibhaus umbauen könnte. Echt, ich bin so froh, dass ich dieses Häuschen gefunden habe! Schau, da ist es schon. Ist es nicht schön?«

Tatsächlich. Ein kleines, altes Haus aus dunklem Holz. Grün-weiß gestrichene Fensterläden, Geranienbalkon mit

Blick auf den See, leicht verwilderter Garten. Es sieht gemütlich aus. Und es passt zweifellos hervorragend zu der rot-weiß karierten Bettwäsche, die ich mir in dem Zusammenhang immer vorgestellt habe.

»Na, was sagst du? Ist es perfekt oder ist es perfekt?«, fragt Thomas begeistert, während er einen Schlüssel aus einem Blumentopf fischt, aufschließt und mir die Haustür aufhält. »Genug Platz für uns beide, Küche und Bad neu renoviert. Obendrein ist die Miete absolut bezahlbar! Und wir können schon im Februar einziehen, wenn wir wollen!«

Thomas führt mich durchs Haus. Während sich in mir spätestens beim Betreten der Küche ein komisches Gefühl ausbreitet, strahlt er vor Freude. Für ihn ist die Entscheidung schon gefallen.

Erwartungsvoll schaut er mich an. Ich schaue begeistert zurück, sage mit enthusiastischer Stimme: »Das Häuschen ist wirklich ein Traum!« oder etwas in der Art und laufe fröhlich zum Seeufer. Jedenfalls hoffe ich, dass es nach Frohsinn aussieht. Und nicht nach Flucht.

Was für ein beschissenes Gefühl.

Da stehe ich vor unserem absoluten Traumhaus – und statt geistig Champagnerkorken knallen zu lassen und mich zu freuen wie Sissi über Franzls neues Lustschloss, fühle ich mich wie belagert. Wie damals bei Thomas' Heiratsantrag. Da habe ich schon mal Ja gesagt, nur weil ich nicht wusste, wie ich Nein hätte sagen können.

Was soll ich Thomas jetzt erklären? Dass ich schon vor Monaten eine Vision von genau dieser Küche hatte, zusammen mit Spinnweben und einstürzenden Keksdosen, und mich deshalb außerstande sehe, in dieses Spukhaus einzuziehen?

Kurz überlege ich, ob ich Martina anrufen und um Rat fragen soll. Wozu hat man schließlich eine Expertin für Esoterik und Parapsychologie im Freundeskreis. Doch bevor ich mein Handy rauskramen kann, ruft Thomas mich zu sich. »Engel, darf ich dir die Vermieter vorstellen?«

Die Vermieter wohnen nicht nebenan und machen auch sonst einen recht angenehmen Eindruck. Sie haben eine Thermoskanne Kaffee mitgebracht, »damit wir bei den Formalitäten nicht auf dem Trockenen sitzen«, und lassen sich mit uns in der guten Stube nieder.

Verstohlen reibe ich an meinem Bergkristall und hoffe inständig, dass er zur Abwechslung mal anstandslos funktioniert und innerhalb der nächsten halben Stunde ausreichend Klarheit über mich bringt. Doch dann sehe ich zu meinem Entsetzen, dass der Mietvertrag bereits vorbereitet auf dem Tisch liegt.

Entsetzen – du hast sie wohl nicht mehr alle!, schimpft mein Staatsanwalt. Das ist doch kein Pakt mit dem Teufel, sondern ein ganz normaler Mietvertrag! Das Häuschen ist außerdem sehr schön. Und du kannst jederzeit ausziehen, wenn du das Gefühl hast, dass dir die Decke auf den Kopf fällt. Oder deine Keksdosensammlung.

Unterdessen hat Thomas schon zum Stift gegriffen. »Wo müssen wir unterschreiben? Meine Frau und ich sind ganz begeistert – nicht wahr, Sandra? Sandra! Bist du bereit für den großen Moment?«

Wer etwas gegen diesen Mietvertrag hat, der möge jetzt sprechen oder für immer schweigen, schießt es mir durch den Kopf. Mit mühsam unterdrückter Panik schaue ich auf den Kugelschreiber. Unwahrscheinlich, dass er urplötzlich leer ist. Oder dass mein rechter Arm von unerklärlichen Lähmungserscheinungen heimgesucht wird.

»Liebling, ich …«, stottere ich und lächele. Heiter, wie ich hoffe. Wie ich solche Situationen hasse! Ich muss wirklich dringend an meiner Entscheidungsfindungskompetenz arbeiten. Oder wenigstens an meinem Universal-Notlügenverzeichnis. Das war zu meinen Meidner-Zeiten bedeutend besser sortiert, bemerke ich verstört.

Hilfe suchend sehe ich mich um, da fällt mein Blick auf eine leicht vergilbte Ausgabe von *Living at Home*, die auf einer altmodischen Anrichte liegt.

»Liebling, ich … Du wirst es nicht glauben, aber ich habe auch ein Traumobjekt für uns gefunden!«

Jetzt starren mich alle drei an. »Ich hab's dir noch gar nicht erzählt, weil … Es sollte eine Überraschung sein, weißt du? Natürlich längst nicht so schön wie das hier – aber ich fühl mich bei dem Besitzer ein bisschen im Wort«, fabuliere ich hektisch weiter. »Ich würde das gerne mit ihm klären, bevor wir hier unterschreiben, nur der guten Ordnung halber, sonst haben wir hinterher jeder unser eigenes Traumhaus, haha …«

Niemand lacht. Okay, meine Scherze waren auch schon mal besser. Thomas guckt konsterniert. Der Vermieter guckt konsterniert. Schließlich sagt er widerwillig: »Natürlich, es muss ja alles seine Ordnung haben. Allerdings fahren meine Frau und ich morgen bis zum 2. Januar in Urlaub. Unter den Umständen wird unser Mietvertrag also bis nach Neujahr warten müssen. Schade. Ein Glück für Sie, dass wir auf Gran Canaria wahrscheinlich kaum Lust haben werden, uns nach einem anderen Mieter umzuschauen.«

Er lächelt schief. »Sei's drum. Ich verlass mich auf die Empfehlung meines Neffen und geh davon aus, dass Sie Ihre anderweitigen Verpflichtungen bis Anfang Januar geregelt haben. Hier ist unsere Handynummer.«

Er zieht eine Visitenkarte hervor und gibt sie Thomas. Der stottert verlegen: »Natürlich, selbstverständlich. Wir melden uns dann sofort bei Ihnen. Und danke für Ihr Verständnis! Und jetzt schon mal frohe Festtage!«

Mit demonstrativer Herzlichkeit schüttelt er noch einmal

sämtliche verfügbaren Vermieterhände, lächelt strahlend, nimmt mich am Arm und führt mich zum Auto.

Als wir endlich vom Grundstück rollen, fällt sein joviales Lächeln auf einen Schlag in sich zusammen und macht einem ausgesprochen zornigen Gesichtsausdruck Platz. In den letzten Wochen und Monaten hat er meine Launen mit schier übermenschlicher Langmut ertragen. Doch nun scheint selbst für ihn das Maß voll zu sein.

Ich ducke mich in meinem Sitz zusammen und mache mich auf einen gewaltigen Wutanfall gefasst.

Gewaltig – und von A bis Z berechtigt.

»Mensch, Sandra, bist du jetzt total durchgeknallt? Also langsam zweifele ich wirklich an deinem Verstand! Erst dieser bodenlos peinliche Auftritt im ›Spaten‹ – und jetzt das!«

Ich überlege ganz kurz, ob ich jetzt, wo die Stimmung eh im Eimer ist, nicht beiläufig ein »Und? Wirst du mich jetzt wegen der rosa Krawatte verlassen?« einflechten soll, aber Thomas sieht so unglaublich wütend aus, dass ich mich dagegen entscheide.

»Ich möchte wirklich wissen, was in deinem Kopf vorgeht!«, brüllt er zornesrot. Eine Ader auf seiner Stirn schwillt gefährlich an. So habe ich ihn noch nie erlebt.

»Nimm dir mal ein Beispiel an deiner Freundin Neele, die wird mit zunehmendem Alter immer vernünftiger – aber bei dir ist ja wohl das komplette Gegenteil der Fall! Für so ein Haus muss man doch dem Himmel danken und den Vertrag unterschreiben, bevor es sich die Vermieter noch mal anders überlegen! So schön kann das Haus doch niemals sein, das du aufgetan hast! Wo soll das überhaupt sein?«

Eine gute Frage.

Unglücklicherweise habe ich noch keine halbwegs plausible Antwort darauf gefunden. Mein Notlügenzentrum ist komplett von schlechtem Gewissen überflutet und meldet den Totalausfall sämtlicher Prozessoren. Hektisch improvisiere ich und erzähle eine Geschichte von einem Onkel von Renate, der am Wörthsee ein entzückendes Fachwerkhaus hat und …

Schweres Lügen in der Ehe wird mit Fegefeuer nicht unter 300 Jahren bestraft!, ruft mein innerer Staatsanwalt entrüstet. Mir wird heiß. Das sind wahrscheinlich schon die ersten Flämmchen der höllischen Gluten.

Sandra, jetzt überleg doch mal, setzt der Herr Staatsanwalt etwas freundlicher hinzu. Er hat wohl mein Erschrecken bemerkt. Warum sagst du nicht einfach die Wahrheit? Entschuldige dich bei Thomas, gib ihm ein bisschen Zeit, damit er sich beruhigen kann – und dann geh mit ihm ein Stündchen spazieren und führ endlich diese konstruktive Beziehungsdiskussion, die du schon so lange führen willst. In den letzten Jahren hast du sie doch mindestens 9.713-mal geprobt. Ich weiß, ich weiß, natürlich nur im Selbstgespräch. Doch das dürfte trotzdem reichen, um sie endlich erfolgreich über die Bühne zu bringen!

Hmm. Ich habe zwar eigentlich das Gefühl, dass ich noch mindestens mehrere Hundert weitere Proben benötige, um bei der Premiere dieser Beziehungsdiskussion nicht zu patzen. Aber vielleicht hat mein Staatsanwalt ja recht. Außerdem wäre eine Aussprache Thomas gegenüber nur fair, nach meinem glanzvollen Auftritt gerade.

»Du, Thomas, du hast doch gerade gesagt, du willst wissen, was in meinem Kopf vorgeht … Wollen wir nicht ein bisschen spazieren gehen? Ich hab was auf dem Herzen, das würde ich gerne mit dir besprechen.«

Der erste Teil kommt noch einigermaßen gut an. Der zweite umso weniger. Bei »Ich hab was auf dem Herzen« wird Thomas grün im Gesicht. Und bei »gerne mit dir besprechen« sieht er so aus, als wolle er am liebsten aus dem fahrenden Auto springen. Er gehört eindeutig zu der Sorte

Mann, die lieber eine Woche nackt im Dschungel verbringt, als ein halbes Stündchen lang ein Gespräch über Gefühle zu führen.

»Guck mal, da ist ein Weihnachtsmarkt! Ach, lass uns da doch erst mal drüberschlendern und einen Glühwein trinken, bevor wir ernste Dinge besprechen«, versucht er seinem Schicksal zu entgehen. Offenbar hat er vor meinem Vorstoß so viel Schiss, dass er darüber sogar vergisst, wegen des Häuschens weiter wütend auf mich zu sein.

Ohne meine Antwort abzuwarten, parkt er das Auto und steuert an Kunstgewerbe aus Nordkorea, Honigkerzen und Bratwurstspezialitäten vorbei den nächstgelegenen Glühweinstand an.

Ich sage nichts. Einerseits bin ich froh, aus meinem Traumhausschwindel noch mal mit einem blauen Auge herausgekommen zu sein. Andererseits steigt in mir Groll auf Thomas hoch wie Magma in einem Vulkan kurz vor dem Ausbruch. Wahrscheinlich will er nur deshalb der Aussprache mit mir entkommen, weil er genau weiß, dass ich da nicht nur so ganz allgemein über Gefühle reden will. Und wenn es etwas gibt, über das Männer noch weniger gerne sprechen als über Gefühle, dann ist es die chronische Ladehemmung ihres besten Stücks.

Oder ihre geheime erotische Präferenz, hetzt eine anonyme Amazone in meinen Hirnwindungen und lädt mir ein Bild von der rosa Krawatte auf den mentalen Monitor.

Einen kurzen Moment lang bin ich versucht, den ganzen jahrelang geprobten behutsamen Monolog über »unser Problem« kurz entschlossen über Bord zu werfen und mir stattdessen endlich den Eklat zu gönnen, von dem ich seit Ewigkeiten träume. Mal wieder so richtig nach Herzenslust toben und schreien und wütende Blicke werfen und gegebenenfalls sogar Porzellanwaren – Mensch, habe ich das lange nicht mehr gemacht! Es wird eine Erlösung sein!

Ich werfe einen taxierenden Blick auf meinen Glühweinbecher. Plastik. Der Wurfgenuss wird sich in Grenzen halten.

Komm, trink lieber noch einen, bevor du mit deiner spontanen Art mal wieder Unheil anrichtest, das du hinterher bereust, bedrängt mich mein Staatsanwalt. Offenbar hat er den Glauben an meine Fähigkeit zum konstruktiven Dialog schon wieder verloren.

Oder er bezweifelt, dass es unter Eheleuten überhaupt möglich ist, auf der Grundlage von vier Glühwein konstruktive Dialoge zu führen. Ich kann es ihm nicht verübeln. Zumal ich drei davon getrunken habe und merke, dass meine Ausdrucksfähigkeit allmählich zu wünschen übrig lässt.

»Komm, wir trinken jetzt noch einen, und dann schauen wir uns mal die Adventskränze an dem großen Stand dahinten an. Vielleicht gefällt dir ja einer für zu Hause!«, beendet Thomas mein halbherziges Ringen um eine geeignete Eröffnungssequenz für unser Beziehungsgespräch.

Der Feigling. Aber okay. Für dieses Gespräch wird es vermutlich geeignetere Situationen geben als ein Glühweingelage auf einem öffentlichen Weihnachtsmarkt.

❖ ❖ ❖

Thomas hat dann noch zwei Glühwein gekauft. Und kurz darauf noch mal zwei. Weil ich nämlich merkte, dass er mir die alkoholfreie Variante unterzujubeln versuchte. Aber in Sachen Alkohol macht mir so schnell niemand was vor, da kann ich auf jahrzehntelanges hartes Training zurückblicken. Also protestierte ich umgehend und so lautstark, dass Thomas sich gezwungen sah, mir einen echten Glühwein zu besorgen. Er hasst Szenen in der Öffentlichkeit. Entsprechend energisch schob er mich zum Adventskranzstand.

Ergeben schlürfte ich mein Heißgetränk, während Thomas schweigsam das Angebot begutachtete. In einem Anfall von Großmut beschloss ich, ihm die Auswahl zu überlassen. Als kleine Wiedergutmachung für die Widrigkeiten des Tages, sozusagen. Außerdem war das Risiko überschaubar. Von einem bemerkenswert hässlichen Exemplar aus getrockneten rosa Hortensien mit rosa Kerzen und altrosa Schleifchen abgesehen, gab es ausnahmslos Klassiker mit roten Kerzen und goldenen Nüsslein auf saftigem Tannengrün zu kaufen. Ein bisschen kitschig vielleicht. Aber sehr niedlich.

Mir wurde plötzlich warm ums Herz. Mit einer gewissen glühweinbedingten Sentimentalität stellte ich mir einen von diesen niedlichen Kränzen in dem Häuschen am Weßlinger See vor. Dieser warme Schein der roten Kerzen, der Duft von Tannennadeln, Thomas und ich gemütlich auf dem Sofa …

»Also ich würd gerne den rosa Kranz kaufen. Ist mal was anderes. Außerdem passt er hervorragend auf unseren Couchtisch, findest du nicht?«

Deinen Couchtisch. Ich für mein Teil hasse Couchtische aus rosabraunem Granit und bezweifle darüber hinaus stark, dass sie durch einen rosa Adventskranz in puncto Ästhetik auch nur einen Hauch hinzugewinnen.

Das fühlte ich. Und das wollte ich auch sagen. Aber auf einmal hatte ich den vagen Verdacht, dass diese Formulierung mir vielleicht nicht ganz so formvollendet von den Lippen perlen würde, wie ich es mir vorstellte. War wohl doch zu viel Glühwein gewesen.

Also fügte ich mich in mein Schicksal, trank meinen halb vollen Becher auf einen Zug aus, pappte mir ein weihnachtlich-frohes Lächeln ins Gesicht und gab meinen Segen zu Thomas' Entscheidung. Beziehungen erfordern nun mal Kompromisse. Und dieser hier fiel mir nicht allzu schwer.

Erstens bin ich eine verantwortungsvoll handelnde und denkende Ehefrau. Und zweitens war mir trotz Glühweinnebel sonnenklar, dass ich das rosa Monster nach Weihnachten, in drei Wochen also, frohgemut der Mülltonne überantworten würde.

Allerdings können sich drei Wochen verdammt lange hinziehen, fürchte ich.

Thomas hat den Kranz inzwischen liebevoll auf dem Couchtisch arrangiert, ohne meinen und übrigens auch Belmondos skeptischen Blicken weiter Beachtung zu schenken.

Zu meinem Leidwesen hat er nur eine Kerze angezündet. Der zweite Advent ist schließlich erst morgen. Wenn er weiterhin so sparsam wirtschaftet, wird er den Kranz nach Weihnachten mit Sicherheit in Seidenpapier verpacken und nächstes Jahr wieder verwenden wollen.

Seufzend genehmige ich mir noch ein Glas Wein – für die Rettung meiner Leber ist es heute eh zu spät – und nehme mir vor, den blöden Kranz wohl oder übel die nächsten Tage so viel wie möglich brennen zu lassen. Wenn die Kerzen erst mal weg sind, ist die endgültige Entsorgung vermutlich nicht mehr weit.

Thomas ahnt nichts von meinen finsteren Gedanken. Er liegt auf dem Fernsehsofa und geht voll auf in *Jenseits von Afrika*. Allerdings nicht so sehr wegen der Geschichte, sondern eher wegen der Botanik. Andauernd macht er mich auf seltene afrikanische Sukkulenten aufmerksam, die er irgendwo im Bildhintergrund entdeckt hat. »Hast du gesehen – diese wunderschönen Crassulaceae gerade?«

Nee, habe ich nicht. Ich habe mich mehr auf die erotische Spannung zwischen Meryl Streep und Robert Redford konzentriert. Der kann man sich ja nun wirklich nicht entziehen.

Es sei denn, man ist schwul.

Aber das könnte ich doch hier und jetzt endgültig klären.

Kurz entschlossen sperre ich meinen inneren Staatsanwalt, meine Mutter, Neele, Renate, Martina und alle, die sonst noch gegen meinen grandiosen Spontanplan protestieren könnten, in die schalldichte Isolationszelle im hintersten Winkel meiner Gehirnwindungen, nehme Thomas' Hand und lege sie auf meinen Busen.

Thomas schaut irritiert in meine Richtung und zieht die Hand wieder weg. »Engel, sei ein braver Engel und lass mich in Ruhe fernsehen. Ich will doch noch sehen, wie's ausgeht.«

»Liebling, das weißt du doch! Wir haben den Film bestimmt schon dreimal gesehen. Also lass uns einfach zwischendurch ein bisschen Spaß haben«, schnurre ich sexy und lege seine Hand wieder auf meinen Busen. Die fortgesetzte Weinzufuhr der letzten Stunden hat mir die Entschlossenheit eines liebeshungrigen Tigerweibchens verliehen.

In Thomas' Blick entdecke ich jetzt eine gewisse Angst. Von der ich mich selbstverständlich nicht entmutigen lasse. Mit einer lasziven Bewegung entledige ich mich meiner Strickjacke und des T-Shirts darunter. Dann lege ich Thomas' Hand wieder auf meinen Busen.

Diesmal lässt er sie ergeben da liegen. Ein bedeutender Fortschritt, keine Frage. Wilde Leidenschaft sieht zwar anders aus, aber was nicht ist, kann ja noch werden.

Ich nehme seine Hand und massiere damit neckisch meine linke Brust. Vielleicht wird ihn das ja anheizen.

»Ach, Liebling, da bist du Experte für Risikomanagement – und merkst gar nicht, wo das Risiko für unsere Beziehung steckt«, nuschele ich mit Schlafzimmerblick und versuche, Thomas' Hose aufzuknöpfen. Eine Aktion, die nicht so schnell von Erfolg gekrönt ist, wie ich mir das vorgestellt habe. Ich werde noch ein wenig weiter konversieren müssen. Um die Atmosphäre einerseits zu entspannen und andererseits erotisch geradezu eruptiv aufzuladen. Super Plan.

»Jetzt guck nicht so, du weißt genau, wovon ich rede. Sex, Lust, Ficken, Vögeln, Leidenschaft, Kamasutra von vorne bis hinten, scharfe Sachen, heiße Spielchen. Halt alles, was uns seit Jahren abgeht. Also ich finde, dass wir da endlich mal drüber reden sollten ...«

Thomas schaut jetzt schlankweg entsetzt. War ja klar. Wahrscheinlich wünscht er sich gerade verzweifelt, kopfüber in den Fernseher springen zu können und sich vor meinen Annäherungsversuchen für immer in den Weiten der afrikanischen Savanne in Sicherheit zu bringen.

»Sandra. Sandra, Engel, bitte bleib jetzt ganz ruhig, aber ...«

Na endlich. Der Moment des großen Geständnisses naht. Ich zittere etwas, aber ich werde es formvollendet und souverän aufnehmen. Was auch immer es sein mag.

»Liebes, ich ... Ich fühl hier bei dir einen Knoten.«

Ungläubig starre ich auf seine Hand auf meinem Busen. Schlagartig bin ich nüchtern. Und fühle heiße Wut in mir aufsteigen. »Das ist ja mal 'ne ganz neue Ausrede!!! Immer nur Kopfschmerzen und dringende Telefonate, das wird ja auch langsam langweilig! Aber musst du deshalb gleich geschmacklos werden?«, kreische ich böse.

Thomas sagt nichts. Er schaut nur sehr erschrocken. Und ganz allmählich dämmert mir, dass dieses Erschrecken nichts mit meiner Tirade zu tun hat. Sondern mit meiner Brust.

21

Das war's. Zwischen mir und meinem statistisch zu erwartenden Restleben fallen schwere Stahltüren dröhnend ins Schloss. Allem Anschein nach für immer.

Ich hab's vergeigt. Meine Lektion nicht gelernt. Meine zweite Chance nicht genutzt. Schmerzhaft klar erinnere ich mich an mein Frühlingserwachen nach dem Krankenhaus. An die Farben, die ich auf einmal wieder sehen konnte.

An meine ganzen guten Vorsätze. An mein urgewaltiges Glücksgefühl.

Verzweifelt versuche ich die Erinnerungen festzuhalten. Doch sie zerrinnen zwischen meinen Fingern wie Wasser. Schon greifen mich grobe Hände, legen mich in Handschellen und verfrachten mich auf eine Anklagebank. Aus den Augenwinkeln sehe ich verschwommen Thomas. Er redet beschwörend auf mich ein, aber ich kann ihn nicht verstehen. In meinen Ohren braust es. Mein Adrenalinpegel erreicht laufend neue Höchststände. Ich schlottere. Längst hat mein Körper allgemeinen Katastrophenalarm ausgelöst. Wenn sich die Lage nicht bald entspannt, wird mir in Kürze mein Herz um die Ohren fliegen.

Die Lage entspannt sich aber nicht. Stattdessen sehe ich zu meinem Entsetzen, wie mein innerer Staatsanwalt hämisch grinsend Dr. Dieter Schmidtbauer in den Zeugenstand ruft. Das gleißende Neonlicht lässt seine Augenringe dunkler denn je hervortreten, doch das scheint ihm wie immer egal zu sein. Eifrig öffnet er seinen Laptop und schließt ihn an einen Beamer an. Er wird doch jetzt nicht …

»Der amtlich bestellte Gutachter wird nun in einer kurzen Powerpoint-Präsentation die Verfehlungen der Angeklagten im Einzelnen dokumentieren«, erklärt der Staatsanwalt dem Vorsitzenden Richter, einem Glatzkopf mit einer enormen Wampe und großen, fleischigen Ohren. Neele würde ihm bestimmt zu einer umfassenden Schönheitsoperation raten, schießt es mir durch den Kopf.

Der Richter schaut mich strafend an und bittet Herrn Dr. Schmidtbauer, mit seinem Vortrag zu beginnen. Mir ist ganz schlecht vor Angst. Panik überrollt mich wie ein Güterzug, als der Gutachter die Gliederung seines Vortrags auf die Leinwand projiziert.

Punkt 1: Einführung. Punkt 2: Fehlverhalten im beruflichen Bereich. Punkt 3: Fehlverhalten im privaten Bereich. Punkt 4: Fehlverhalten im partnerschaftlichen Bereich. Punkt 5: Fazit.

Nur mit allergrößter Anstrengung kann ich der Einführung folgen. »Die Angeklagte wurde zu Jahresbeginn mit einer Gelben Karte verwarnt. Zunächst erfreuliche Besserungstendenzen, die jedoch im Laufe der darauffolgenden Monate vollständig verebbten. Die aus der Verwarnung gewonnenen Erkenntnisse erwiesen sich als hochgradig instabil. Es gelang der Angeklagten nicht, sie dauerhaft in ihrem Bewusstsein zu verankern. Im Übrigen waren ihre diesbezüglichen Versuche erschreckend halbherzig, wenn ich mir diese private Einschätzung erlauben darf«, fügt Dr. Schmidtbauer hyänenhaft hinzu. Musst du gerade sagen, du mit deinen zwei Herzinfarkten! Welcher Volltrottel hat dich überhaupt zum Gutachter ernannt – da hat man ja glatt den Bock zum Gärtner gemacht!, will ich schreien. Aber es kommt kein Laut aus meiner Kehle.

Dann werde ich festgeschnallt. Meine Augen werden mit Klammern offen gehalten, und Dr. Schmidtbauer beginnt unbarmherzig mit einem ausführlichen Bildervortrag.

Den Anfang machen Schnappschüsse von Streitereien

zwischen mir und Joe Meidner, Manuel Weber sowie Dr. Schnurer. Auf den Bildern bin ich schrecklich unvorteilhaft getroffen. Schlechte Laune, finstere Miene, giftiger Blick, gestresster Gesichtsausdruck. Ich kann einfach nicht glauben, wie genau meine geheimen inneren Wallungen sich in meinem Ausdruck spiegeln.

Und wie ungenießbar ich aussehe.

Vor Verlegenheit will ich mich abwenden, mich am liebsten unter dem Tisch verstecken. Doch es gibt kein Entkommen.

»Nach einer kurzen Phase der Besinnung hat die Angeklagte ihre Work-Life-Balance erneut sträflich vernachlässigt. Sie ist somit als skrupellose Wiederholungstäterin einzustufen. Darüber hinaus waren ihre menschlichen Beziehungen am Arbeitsplatz schon kurz nach der Verwarnung wieder weitgehend von persönlichen Aversionen, Antipathien und Aggressionen bestimmt, was erstens dem sachorientierten Miteinander im Team zuwiderläuft und zweitens fahrlässig viel Lebensenergie kostet.«

An dieser Stelle deutet Dr. Schmidtbauer mit dem Laserpointer beispielhaft auf Manuel. Lieber guter Manuel, was habe ich dir nur angetan?

Doch bevor ich mich spontan in Grund und Boden schämen kann, redet der Gutachter weiter. »Der Gerechtigkeit halber sei an dieser Stelle angemerkt, dass der Vorgesetzte der Angeklagten tatsächlich ein richtiges Arschloch zu sein scheint.«

Endlich. Endlich ein Hoffnungsschimmer in all meinem Elend. Das gibt doch bestimmt mildernde Umstände! Ich möchte Dr. Schmidtbauer küssen vor Dankbarkeit, doch er schaut mich noch nicht mal an. »Möge das hohe Gericht entscheiden, inwiefern der Angeklagten für den täglichen Umgang mit Herrn Joachim Meidner mildernde Umstände zu gewähren sind. Ich persönlich bin jedoch der Meinung, dass sie diese Gnade durch ihr Versagen im privaten und partnerschaftlichen Bereich vollständig verwirkt hat.«

Ich schnappe nach Luft wie ein Fisch auf dem Trockenen. Völlig verstört starre ich auf ein Foto von Martina, Neele, Renate und mir. He, das ist ein Irrtum! Was haben denn meine Freundinnen damit zu tun?, brülle ich verzweifelt und bäume mich in meinem Stuhl auf. Niemand scheint mich zu hören.

»Obwohl die Angeklagte nach der Verwarnung schwor, ihre freundschaftlichen Beziehungen besser zu pflegen, kreiste sie bereits nach kurzer Zeit wieder ausschließlich um ihren eigenen Bauchnabel. Dies gilt auch für ihren Umgang mit Familienmitgliedern. Den Sorgen ihres näheren Umfelds schenkte sie nur oberflächlich Beachtung, da sie faktisch mit nichts anderem als der Potenz ihres Ehemannes Thomas befasst war, aber dazu später mehr.«

Dr. Schmidtbauer räuspert sich missbilligend. »Für den privaten Bereich ist abschließend festzustellen, dass die Angeklagte weiterhin mutwillig sämtliche Prinzipien einer seelisch-körperlich gesunden Lebensweise ignoriert hat. Im Umgang mit den weisen Lehren des Kalenders ihrer Freundin Martina ließ sie es am erforderlichen Respekt vermissen. Ihre Ernährungsweise darf getrost als katastrophal bezeichnet werden« – er zeigt auf eine überaus peinliche Großaufnahme von mir, wie ich gerade von einem Stück XXL-Pizza mit extra viel Käse abbeiße –, »sie trinkt entschieden zu viel, und ihren Meditationskurs hat sie auch abgebrochen.«

Der Staatsanwalt lacht böse auf. Das Gutachten ist offenbar ganz nach seinem Geschmack.

»Kommen wir nun zu Punkt vier, Fehlverhalten im partnerschaftlichen Bereich«, fährt Dr. Schmidtbauer fort. Mit dem Laserpointer zeigt er auf ein Foto von Thomas, wie er ergeben am Küchentisch sitzt und Brotkrümel von rechts nach links schiebt, vor sich eine offenbar in den höchsten Tönen keifende Furie.

Die Furie bin ich.

»Es gehört prinzipiell nicht zu den Aufgaben des Gerichtsgutachters, eine Qualitätsanalyse intimer Beziehungen vorzunehmen, da diese unter den Schutz der Privatsphäre fallen. Unabhängig davon ist jedoch festzustellen, dass die Angeklagte sich der fortgesetzten groben Unzufriedenheit schuldig gemacht hat. Anstatt nach der Verwarnung die längst überfällige Analyse ihrer Beziehung zu ihrem Gatten Thomas Husselrath vorzunehmen und zu einer Entscheidung zu kommen, vertat die Angeklagte wertvolle Lebenszeit mit Hadern, Zaudern, Streiten und Mutmaßen. Bis zum heutigen Tage hat sie sich nicht entweder für ein klares Bekenntnis zur Fortführung der Beziehung oder aber für die Trennung entschieden.«

Dr. Schmidtbauer stoppt theatralisch, um sich die Brille zu putzen. Durch meine Tränen sehe ich auf einmal Thomas im Publikum sitzen. Er schaut mich traurig an. Ich fühle mich schrecklich.

»Dabei fehlt es der Angeklagten keinesfalls an der für diese Entscheidungsprozesse nötigen Intelligenz. Vielmehr ist ihr Zaudern zurückzuführen auf so niedere Beweggründe wie Beziehungsroutine, gefühlten Beischlafmangel und Angst vor der eigenen Courage. Ihr Fehlverhalten ist demnach als gravierend einzustufen.«

»Herr Gutachter, wie lautet Ihr Fazit?«, brummt der Richter. So, wie der aussieht, hat er es bestimmt eilig, in die Kantine zu kommen. Entsprechend schnell wird er über meinen Fall entscheiden, fürchte ich.

Obwohl ich festgeschnallt bin, zittere ich vor Angst. Ich sehe mich wieder in der Kernspin-Röhre. Ich sehe, wie ein Arzt mir mit besorgtem Gesichtsausdruck irgendwelche Röntgenaufnahmen erklärt. Ich sehe, wie ich anfange zu weinen. Ich sehe mich, wie ich glatzköpfig zwischen anderen glatzköpfigen Elendsgestalten an dicken Schläuchen hänge, durch die giftig grüne Flüssigkeit in meinen Körper gespült wird. Weit über mir sehe ich meine Mutter, wie sie vorwurfsvoll »Wer nicht hören will, muss fühlen, Liebes!« zu mir hinunterruft. Sie will noch mehr sagen, aber in diesem Moment beginnt Dr. Schmidtbauer mit seinem Fazit.

»Die Angeklagte hat sich als komplett unfähig erwiesen, aus der Erstverwarnung Konsequenzen für ihr weiteres Leben zu ziehen. Sie hat zwar diverse gute Vorsätze gefasst – ich zitiere: ›Ich werde in Zukunft alles besser machen‹, ›Ich werde souverän und gelassen meinen Job erledigen‹, ›Ich werde die stille Schönheit des Alltagslebens wiederentdecken‹, ›Ich werde mein Glück im Winkel mit Thomas endlich angemessen schätzen‹ et cetera, et cetera –, die jedoch samt und sonders innerhalb kürzester Zeit über Bord geworfen wurden. Zusammenfassend darf festgestellt werden, dass die Angeklagte als völlig unbelehrbar einzustufen ist …«

»Aber damit ist sie statistisch gesehen komplett innerhalb der Norm«, ruft auf einmal Thomas aus dem Publikum. »Weit über 50 Prozent aller Erstverwarnten fallen zunächst zurück in altes Fehlverhalten; da können Sie meiner Sandra doch keinen Strick draus …«

»Ruhe bitte, oder ich lasse die Öffentlichkeit ausschließen!«, poltert der Richter. »Herr Gutachter, bitte fahren Sie fort.«

Dr. Schmidtbauer räuspert sich. »In Anbetracht der Schwere der Vergehen der Angeklagten empfehle ich dringend eine zweite Verwarnung, die jedoch weitaus drastischer ausfallen sollte als die erste. Alternativ zu Gelbrot wäre selbstverständlich auch die Rote Karte denkbar. In diesem Fall erlaube ich mir die Empfehlung, die Angeklagte aus pädagogischen Gründen in den nächsten Jahrzehnten als einfache Ameise für Aufforstungsarbeiten an der notleidenden Zwergkiefer des Ehepaares einzusetzen.«

Ich spüre, wie ich leichenblass werde. Gleich mache ich mir in die Hose vor Panik. Ich will nicht als einfache Ameise enden! Noch nicht mal als Ameisenkönigin! Ich will auch keine zweite Verwarnung, bitte, bitte nicht!! Alles, was ich will, ist noch eine Chance! Und wenn's nur eine ganz klitzekleine ist!! BITTE!!

Abgrundtiefe Verzweiflung erfasst mich. Mir wird schwarz vor Augen. Ich spüre, wie ich falle. Und falle und falle …

»Engel! Sandra, Liebes, komm zu dir!« Thomas' verzweifelte Stimme dringt an mein Ohr.

Kein Ton mehr von Dr. Schmidtbauer, dem Staatsanwalt und dem dicken Richter. Dafür höre ich im Hintergrund die Stimmen von Meryl Streep und Robert Redford. Ich traue mich trotzdem nicht, die Augen aufzumachen. Zaghaft bewege ich mich. Anscheinend liege ich auf unserem Fernsehsofa. Panisch taste ich nach meinem Kopf. Nur Haare, keine Fühler. Körpergröße und Anzahl von Armen und Beinen scheinen auch noch zu stimmen.

Gott sei Dank. Der Albtraum ist vorüber.

»Engel, sag doch was! Soll ich dich ins Krankenhaus fahren?«

Oh Gott. Jetzt erinnere ich mich: »Ich fühl hier bei dir einen Knoten.« Die Angst schlägt zu wie eine Faust in die Magengrube. Es ist was nachgewachsen. Ich bin wieder krank. Und dieses Mal vielleicht schlimmer.

Ich fange an zu schluchzen. Panik, Verzweiflung und schlechtes Gewissen umtosen mich wie Sturmböen eine verhärmte Heckenrose. Thomas streichelt stumm meine Hand. Der Schreck hat wohl auch ihm die Sprache verschlagen. Schließlich steht er auf, füllt zwei Schnapsgläser bis zum Rand und bringt sie zum Sofa. Sie duften nach unserer besten Williamine. Kurz sehe ich wieder Herrn Dr. Schmidtbauer vor mir, wie er über meinen unmäßigen Alkoholkonsum doziert.

Du kannst mich mal, schluchze ich. Kurzfristig weicht meine Verzweiflung dem Trotz derer, die nichts mehr zu verlieren haben. Wenn ich sowieso vielleicht morgen schon in die Onkologie oder sogar zu den Hausameisen gesteckt werde, dann werde ich zumindest bis dahin nur noch das tun, wonach mir ist. Und dazu gehört jetzt zuallererst Birnenbrand trinken.

Entschlossen nehme ich einen tiefen Schluck. Ein Genuss. Umso mehr, als es vielleicht das Letzte ist, was ich in absehbarer Zeit genießen kann. Einem Impuls folgend, greife ich zum Telefon und wähle Renates Nummer. Sie ist doch sozusagen mein Schutzengel. Sie wird wissen, was zu tun ist. Hoffentlich ist sie zu Hause.

»Bei Springer«, sagt eine tiefe männliche Stimme. Seit wann hat Renate einen Lover? Vor lauter Staunen vergesse ich meinen aktuellen Horror. Aber nur für Sekundenbruchteile, dann setzt das Schlottern wieder ein.

Mit wackeliger Stimme verlange ich nach Renate und erzähle ihr abgehackt und schniefend von Thomas' Entdeckung. Und von meiner Panik. Nur das mit dem Gutachten lasse ich weg. Schon wegen Thomas. Er sitzt schließlich dabei und kriegt alles mit.

»Sandra, stopp«, sagt Renate, nachdem sie eine Weile schweigend zugehört hat.

Verwirrt halte ich inne. Will sie mich etwa nicht trösten? Hat sie die Nase voll von mir, weil ich mich nicht genug für ihr Leben interessiere? Das wäre wahrhaftig kein Wunder!, schimpft mein innerer Staatsanwalt aus dem Hintergrund.

»Sandra, bitte. Ein Schritt nach dem anderen. Du hast offenbar einen neuen Knoten. Mehr wissen wir momentan nicht, und deshalb ist es auch zu früh für düstere Prognosen. Kann ja schließlich auch 'ne ganz harmlose Zyste sein, die hattest du doch früher immer mal wieder. Erinnere ich mich da richtig?«

»Ja, stimmt«, murmele ich verzagt.

»Na also. Noch gibt's überhaupt keinen begründeten Verdacht. Aber ich weiß, wie schlimm es ist, mit der Angst im Kopf rumzulaufen. Deshalb würde ich an deiner Stelle gleich morgen früh zur Notaufnahme in die Uniklinik fahren. Da wird's schon jemanden geben, der dir einen Ultraschall macht. Bei deiner Vorgeschichte ist das doch selbstverständlich. Und nach der Untersuchung wissen wir dann mehr. Sandra, hältst du bis morgen früh durch? Ich meine, du könntest natürlich auch jetzt direkt hinfahren, aber es ist Samstagabend, da werden sie dich sowieso wieder bis morgen nach Hause schicken. Apropos: Möchtest du, dass ich morgen mitkomme?«

Renate ist wirklich eine richtige Freundin. Und meine einzige Rettung in dieser dunklen Nacht, sieht man von Thomas' Tätigkeit als Schnapskellner mal ab. Vor Dankbarkeit fange ich fast wieder an zu schluchzen. Doch dann höre ich mich, wie ich ihr mit leiser Stimme sage, dass ich die Zeit bis morgen früh schon irgendwie durchstehen werde. Nicht zuletzt dank der Schlaftabletten, die sie mir damals gegeben hat.

Martina ist zwar radikal dagegen, dass ich so was nehme. »Du musst dich deinen Gefühlen stellen, auch wenn es unangenehme sind«, hat sie mal vorwurfsvoll gesagt. »Nur wer Tiefen bewusst durchlebt, kann auch die Höhen empfinden!«

Klingt gut. Doch auf Höhen besteht für mich laut Schmidtbauers Gutachten keinerlei Aussicht. So gesehen muss ich an diesem Tiefpunkt nicht unbedingt den Helden geben. Die Gerichtsverhandlung war schon schlimm genug für mich – da kann ich bis morgen früh nicht noch mehr Albträume gebrauchen.

Mit einem letzten Schluchzer lege ich auf. Plötzlich fühle ich mich schrecklich erschöpft. Ich muss aussehen wie ein Häufchen Elend, denn Thomas umarmt mich tröstend. Hilflos fragt er, ob er mir helfen kann. Ich winke ab. Mit letzter Kraft wanke ich ins Bad, werfe eine Schlaftablette ein, ziehe meinen Kuschelschlafanzug an und verkrieche mich unter meinem Plumeau.

Zwei Minuten später spüre ich ein schweres Gewicht auf mir. Das Gewicht ist warm. Und schnurrt. Belmondos Art, mir Erste Hilfe zu leisten. Gerührt vergieße ich noch ein paar Tränchen. Dann schlafe ich ein.

❖ ❖ ❖

Als ich am nächsten Morgen aufwachte, war die Angst sofort wieder da. Aber nicht mehr so monströs wie am Abend zuvor. Während ich im Schlaftablettenkoma gelegen hatte, hatte mein Restverstand offenbar den Kriseninterventionsplan vom letzten Mal rausgekramt und berieselte mich nun mit altvertrauten Ruhig-Blut-Parolen. Kein Übel ist so schlimm wie die Angst davor; was man nicht ändern kann, soll man auf sich zukommen lassen; ein Schritt nach dem anderen; *don't cross the bridge before you come to it.*

Wenn der Anlass nicht so schlimm wäre, wäre ich glatt stolz auf mich. Ein bisschen von der Weisheit meiner Freundinnen ist offenbar doch bei mir hängen geblieben.

Ich schaffte es sogar, mich halbwegs ruhig an den Frühstückstisch zu setzen, anstatt mich sofort nach dem Aufwachen mit Blaulicht ins Krankenhaus einliefern zu lassen.

»Komm, iss was, Engel«, drängte Thomas mich liebevoll. Er sah übernächtigt und erschöpft aus und wusste immer noch nicht, was er sagen sollte.

Das ist normal, Frauen sind in solchen Situationen viel stärker als Männer, hörte ich Renates Stimme in meinem Ohr. Das Problem hast zwar du. Aber du wirst trotzdem für euch beide stark sein müssen.

Wie als Entschuldigung reichte Thomas mir ein frisch vom Bäcker geholtes Buttercroissant. Dann zündete er umständlich den Adventskranz an. Zwei Kerzen, für den zweiten Advent. Bedrückt starrte ich auf die beiden Flämmchen. Augenblicklich wurde mir schlecht.

Wahrscheinlich die Nerven. Oder das Croissant. Oder vielleicht auch der vertrocknete Hortensienhaufen. Bei Tageslicht sah er noch viel grauslicher aus, als ich ihn von gestern Abend in Erinnerung hatte.

Komisch, über welche Nichtigkeiten man sich selbst dann noch aufregen kann, wenn es eigentlich um Leben und Tod geht. Vielleicht so eine Art Notprogramm des Gehirns. Um einen davon abzuhalten, sich vor lauter Angst gleich aus dem Fenster zu stürzen.

Abrupt stand ich auf. »Ich pack mir jetzt ein paar Zwieback ein, und dann fahren wir, ja? Ich will's hinter mich bringen«, murmelte ich.

Kurz darauf sitzen wir in der Notaufnahme der Uniklinik. Die Wartezeit in dem überfüllten, überhitzten Raum bringe ich wie in Trance hinter mich. Nur einmal fahre ich in Panik hoch und frage Thomas mit schreckgeweiteten Augen, ob er eigentlich den Adventskranz ausgemacht hat. Er hat.

Ich kann mich trotzdem nicht wieder beruhigen. Angst und Adrenalin scheinen inzwischen in jeder einzelnen Zelle einmarschiert zu sein. Immer und immer wieder sehe ich mich festgeschnallt auf der Anklagebank, während Dr. Schmidtbauer sein Gutachten verliest. Es ist schrecklich. Ich bin ein hoffnungsloser Fall, keine Frage. Mit Sicherheit haben sämtliche himmlischen Mächte von meinen Sperenzchen die Nase voll bis obenhin. Und gleich wird mir ein Arzt mit professioneller Freundlichkeit das Strafmaß verkünden.

Bestimmt ohne Bewährung.

Als ich nach drei Stunden endlich aufgerufen werde, fühle ich mich wie *dead woman walking*. Mit zitternden Knien folge ich dem Arzt in das spärlich eingerichtete Sprechzimmer. Auf seine Fragen nach meiner medizinischen Vorgeschichte breche ich erwartungsgemäß in Tränen aus. Bei Thomas habe ich mich ja noch einigermaßen im Griff gehabt, aber nun platzt meine ganze angestaute Verzweiflung aus mir heraus. Und zwar nicht nur die akute, sondern offenbar auch die vom ersten Mal.

Der Arzt bleibt ruhig. Mit seinen graublauen Augen schaut er mich freundlich an. Dann sagt er genau das, was ich mir erhofft habe: »Na, dann reden wir jetzt gar nicht weiter, sondern gucken uns das erst mal an.«

Angsterfüllt lege ich mich auf die Behandlungsliege. Mein Herz rast zum Zerspringen. Schon sehe ich die Schlagzeile der *Abendzeitung*: »Tragisches Herzversagen in der Notaufnahme!« Posthum wird ganz München (und angeschlossene Ballungsgebiete) von meinem schweren Schicksal erfahren.

Ein schwacher Trost.

Nee, dann lieber noch ein Weilchen weiterleben.

Ja, verdammt noch mal, dann tu auch was dafür, schimpft mein innerer Staatsanwalt.

Lass mich in Ruhe!!! Reicht es dir nicht, dass du mich am Boden zerstört hast mit diesem schrecklichen Gutachten?, schluchze ich.

Lenk jetzt nicht ab!, ruft der Staatsanwalt erbost und springt von dem Besucherstuhl hoch, auf dem er sich ungefragt niedergelassen hat. Halt den Mund, hör auf zu heulen, und lebe endlich!

Wie denn mit so 'ner Drohung im Nacken?, jaule ich auf.

Papperlapapp, du hältst viel mehr aus, als du dir vorstellen kannst, weist er mich rüde zurecht. Hauptsache, du kommst endlich zur Besinnung und stellst dich den Tatsachen! Vergiss nicht: Der Anfang ist die Hälfte des Ganzen, hier steht's schwarz auf weiß!

Er schwenkt ein Buch vor meiner Nase, das ich nach einer kurzen Schrecksekunde als meinen eigenen Meditationskalender identifiziere, und verschwindet mit einem leisen Knall von der Bildfläche.

Unterdessen hat sich der Arzt bereits mit dem Schallkopf an meinem Busen zu schaffen gemacht. »Bitte sagen Sie doch was, erklären Sie mir, was Sie sehen, sonst kipp ich vor Angst noch aus den Latschen«, flehe ich mit schwacher Stimme.

Der Arzt sieht mich an. »Mit letzter Gewissheit kann ich es nicht sagen …«

… aber es sieht leider ganz schlecht aus, ergänzt meine Fantasie unwillkürlich. In Erwartung des Todesstoßes ziehen sich meine Eingeweide zusammen. Mir wird speiübel. Auf einmal muss ich ganz, ganz dringend aufs Klo. Ich …

»… aber es sieht zum Glück ganz gut aus«, lächelt der Arzt. »Ich tippe auf eine Zyste. Bei Ihrer Vorgeschichte sollten wir uns allerdings mit einer Biopsie Gewissheit verschaffen. Hier, melden Sie sich gleich morgen früh bei meinem Kollegen Dr. Teich. Er ist zwar normalerweise Monate im Voraus ausgebucht, aber ich werde ihn anrufen. Er wird Sie irgendwie einschieben, er hat für Fälle wie Sie immer Verständnis.« Er gibt mir einen Zettel mit einer Telefonnummer.

»Kopf hoch«, sagt er noch, nachdem ich mich schon verabschiedet habe. »Das sind jetzt, sagen wir mal, 70 Prozent Entwarnung. Damit halten Sie es doch bis morgen aus, oder?«

Ich könnte ihn küssen. Wieder rollen mir dicke Tränen über die Wangen, diesmal aber vor Erleichterung. Selbst wenn ich es im Leben sonst nicht mehr zu allzu viel bringe – die Ehre, eine der tränenreichsten Frauen seit Christi Geburt zu sein, dürfte mir gewiss sein.

Während meiner Untersuchung hat Thomas draußen auf mich gewartet. Er hat natürlich angeboten, mit reinzukommen. Aber ich habe befürchtet, dass er bei größeren Hiobsbotschaften noch vor mir einer Herzattacke erliegen würde, und sein Angebot daher sicherheitshalber abgelehnt.

Als Thomas meine verheulten Augen sieht, springt er erschrocken auf. Er ist weiß wie die Wand hinter ihm, und ich fürchte so sehr um seine Nerven, dass ich ihm quer durch das Zimmer »teilweise Entwarnung!« zurufe, auf ihn zustürze und heftig umarme.

Eine rührende Szene, an der das überfüllte Wartezimmer regen Anteil nimmt, wie ich aus dem plötzlich aufbrandenden Applaus schließe. Irgendwie ist es wie in einer von diesen Kitschromanzen, wenn er und sie nach zahlreichen Irrungen und Wirrungen endlich zueinanderfinden.

In diesem Moment wünsche ich mir nichts sehnlicher, als dass es genau so kommt. Gleichzeitig frage ich mich unwillkürlich, ob ich wirklich im richtigen Film bin.

❖ ❖ ❖

Eigentlich habe ich immer gedacht, dass der schlimmste Moment meines Lebens die Krebsdiagnose damals war. Dicht gefolgt von dem schrecklichen Augenblick, in dem Manuel mir sagte, dass Joe mich feuern will.

Seit heute weiß ich, dass es noch viel schlimmer kommen kann. Richtig schlimm und schrecklich ist es nämlich, wenn man einerseits gerade mit einer metallenen Stanze diverse Gewebeproben entnommen bekommt – und andererseits genau in diesem Moment bemerkt, dass man den Adventskranz hat brennen lassen.

Sandra, ganz ruhig. Das bildest du dir ein. Genau wie mit dem Herd, den hast du doch in Wirklichkeit auch noch nie angelassen!, versucht mein Restverstand mich zu beruhigen.

Ja, aber diesmal ist es anders!, heule ich auf. Ich kann mich jetzt ganz genau erinnern! Erst ist Thomas zur Arbeit gegangen, dann habe ich alle vier von diesen hässlichen Kerzen angemacht, dann habe ich versucht zu lesen, dann habe ich Renate angerufen und mich bei ihr wegen der Biopsie ausgeheult, dann habe ich auf die Uhr geguckt und gemerkt, wie spät ich dran bin, und dann … Dann habe ich mich Hals über Kopf in Stiefel und Mantel geworfen und bin zur U-Bahn gerannt. OH GOTT!

Nie zuvor war ich einem Schreikrampf so nah wie in dieser Sekunde. Mit schreckgeweiteten Augen sehe ich unser Haus in Flammen stehen, Belmondo – oh Gott, *Belmondo*! – in Panik aus dem Fenster springen. Als ich draußen wie zur Bestätigung ein ganzes Einsatzkommando Feuerwehren mit ohrenbetäubendem Sirenengeheul vorbeirasen höre, hält es mich nicht mehr auf meiner Liege.

»Bitte, ich muss sofort weg – es ist bestimmt was Schreckliches passiert!«, flehe ich den Arzt an.

Beruhigend legt er mir eine Hand auf die Schulter. »Noch einen Moment, wir sind gleich fertig«, sagt er und bringt seine Stanze behutsam noch einmal in Position. Sekunden dehnen sich zu Jahrzehnten. In meinem Kopf toben wilde Feuersbrünste. Gegen das von mir entfachte Inferno ist Neros Aktion in Rom eine harmlose Kokelei, ganz bestimmt.

»Ihr Puls geht ja durch die Decke! So kann ich Sie unmöglich gehen lassen, Sie klappen mir ja zusammen! Ich ruf jetzt sofort einen Kollegen aus der Kardiologie an, der wird Ihnen erst mal eine Spritze …«

Bloß nicht. Bis dahin steht doch ganz Bayern in Flammen! Ich hechte von der Behandlungsliege, werfe mich in meine Klamotten und stürze durch die Tür. »Keine Zeit!«, rufe ich dem Arzt noch zu, bevor ich aus dem Krankenhaus stürme wie eine Windhose. Bitte, liebe himmlische Mächte, tut doch einmal, um was man euch bittet, und schickt mir ein Taxi! Ich will in Zukunft auch immer lieb sein!

Doch der Taxistand ist verwaist, die himmlischen Mächte haben kein Erbarmen. Oder kein Vertrauen mehr in meine Versprechungen. Ich kann es ihnen nicht verübeln.

In Panik renne ich los. Was nun? U-Bahn? Bus? Ich bin auf einmal so konfus, dass ich noch nicht mal mehr weiß, wie die nächstgelegene Haltestelle heißt. Geschweige denn, in welcher Richtung sie liegt.

Endlich, ein freies Taxi! Während der Fahrer mir in breitem Bayerisch kundtut, was er von Ausländern im Allgemeinen und im Besonderen von Moslems in München hält, versuche ich im Sekundentakt Frau Leitner anzurufen, meine Nachbarin von unten. Doch es kommt noch nicht mal ein Freizeichen. Nur die Ansage »Diese Rufnummer ist vorübergehend nicht zu erreichen«.

Klar, die Telefone sind schon alle verbrannt!, denke ich hysterisch. Entsetzt rufe ich unsere eigene Nummer an. Dieselbe Ansage. HILFE!!! So, wie der Taxifahrer fährt, wird er bis zu unserem Haus noch mindestens zehn Minuten brauchen. Diese zehn Minuten werde ich nicht überleben. Gestern erst habe ich aus gegebenem Anlass die Symptome für Herzinfarkt bei Frauen gegoogelt. Übelkeit, Atemnot, Schmerzen in Schultern, Bauch und Kiefer – es passt alles.

Sagen Sie meinem Mann, dass ich ihn immer geliebt habe!, will ich dem Taxifahrer mit ersterbender Stimme zurufen.

Doch dann merke ich, dass ich dabei nicht etwa Thomas,

sondern Benno im Kopf habe. Meine Hirnwindungen haben sich kurzfristig dagegen entschlossen, mir im Moment des Todes einen feierlichen Rückblick auf handverlesene Highlights meines Lebens zu gönnen. Offenbar halten sie es für pädagogisch wertvoller, ein letztes Mal gnadenlos auf meinen verpassten Chancen rumzuhacken.

Ich stöhne leise auf und presse meine Hände auf die Augen. Nichts mehr sehen, nichts mehr sagen, nichts mehr hören. Friede meiner Seele.

»Sie, jetzt tun's mir fei net in mei Audo spein!«, schimpft der Taxifahrer. Mit quietschenden Reifen hält er an. Genau vor unserer Haustür. Schlotternd starre ich auf die Fassade.

Nichts. Keine Flammen, die aus schwarzen Fensterhöhlen lodern, keine Feuersbrunst im Dachstuhl. Noch nicht mal bedrohlich schwarzer Rauch aus unserem Wohnzimmerfenster.

Folglich auch keine Feuerwehrkompanie, keine Schläuche, keine Sprungtücher. Alles, was ich entdecken kann, ist ein VW-Kombi in den Telekom-Farben und einen Techniker, der sich an dem Verteilerkasten neben unserem Haus zu schaffen macht.

Mit zitternden Händen bezahle ich den Taxifahrer und stürze die Treppe hinauf. Aber ich habe den Adventskranz angelassen, da bin ich mir völlig sicher. Oder fange ich etwa langsam an durchzudrehen, vor lauter Knotenangst und Stress und überhaupt?

Schon eine Etage unter unserer Wohnung höre ich Belmondo miauen. Mit letzter Kraft sprinte ich die Stufen hoch und schließe die Tür auf. Belmondo schießt heraus, dicht gefolgt von einer grauen Qualmwolke.

Todesmutig stürze ich in die Wohnung. Sandra Heller, sie gab ihr Leben, um die Katastrophe noch abzuwenden.

Obwohl. Das wird vielleicht doch nicht erforderlich sein. Zu meiner gigantischen Erleichterung züngeln mir nämlich nirgends Flammen entgegen. Also stürme ich ins Wohnzimmer. Auch dort kein Feuer. Nur ziemlich viel Rauch.

Hustend reiße ich die Fenster auf. Ein paar verkohlte Hortensienblüten wehen an mir vorbei ins Freie. Zögernd richte ich meinen Blick auf den Adventskranz. Oder besser gesagt auf das, was mal ein Adventskranz gewesen ist. Was hat Martina neulich gesagt? *Mind makes reality.*

Wenn das wirklich so ist, hat mein Unterbewusstsein ganze Arbeit geleistet. Über das rosa Monster werde ich mich jedenfalls nicht mehr ärgern.

Und übrigens auch nicht mehr über den Couchtisch. Die Granitplatte ist zwar unversehrt und prunkt in altvertrauter Hässlichkeit – aber sie hat mich vor der sicheren Katastrophe bewahrt. Ich werde ihr ewig dankbar sein.

22

Am nächsten Morgen sind die Biopsie-Ergebnisse da. Alles in Ordnung. Nur eine Zyste. Ich kann es kaum glauben. Erst diese schreckliche Angst, der furchtbare Albtraum, die Beinahe-Katastrophe zu Hause – und auf einmal ist alles gut! Die himmlischen Mächte haben sich offenbar doch dazu durchgerungen, mir mildernde Umstände zu gewähren.

Jedenfalls fühle ich mich neu und frisch, quasi wie Phönix aus der Asche. Im wahrsten Sinne des Wortes übrigens, denn der Adventskranz ist in dieser Hinsicht erstaunlich ergiebig gewesen.

»Mein Flehen ist erhört worden, das Schicksal hat mir noch eine Chance gegeben!«, jubele ich Thomas zu, als er am Abend nach Hause kommt. Der Arme, nach der Zitterpartie der letzten Tage, dem Zimmerbrand und dem Totalverlust seines rosa Hortensienhaufens sieht er ziemlich geschafft aus.

Ich werde das alles, alles wiedergutmachen, schwöre ich mir und ihm mit aller Inbrunst, deren ich fähig bin.

Das Gefühl, dem Schicksal ein drittes Mal so gerade eben von der Schippe gesprungen zu sein, in Kombination mit einem sagenhaft schlechten Gewissen Thomas gegenüber lassen in mir den eisernen Willen wachsen, mein Leben nun wirklich und wahrhaftig von Grund auf zu ändern. Und das ist nicht so leichthin dahergeplappert wie damals im Krankenhaus und am Flughafen auf dem Weg nach La Palma. Nein, diesmal habe ich meine Lektion gelernt. Bestimmt.

Kein Jammern, Zaudern, Hadern mehr.

Schluss mit den halbherzigen Vorsätzen.

In Zukunft werde ich voll und ganz in meiner Ehe aufgehen. Meinen Mann lieben und ehren, mich von Herzen an seinen statistischen Bonmots erfreuen, bis zu meinem seligen Ende begeistert ins Engadin fahren und bei Sexszenen im Fernsehen umgehend umschalten. Nie mehr werde ich auf rosa oder sonst welche Krawatten eifersüchtig sein. Überhaupt werden mir Libidolamentos aller Art in diesem Leben nicht mehr über die Lippen kommen. Ich werde Thomas' Sukkulenten eine gute Mutter sein, so schnell wie möglich den Mietvertrag für unser Traumhaus am Weßlinger See unterschreiben, rot-weiß karierte Bettwäsche kaufen und mich auch sonst um den gesamten Umzug kümmern. Ich werde mir einen friedlichen kleinen Übersetzerjob suchen, von zu Hause aus arbeiten, einen Gemüsegarten anlegen und mich von morgens bis abends an unserem Glück im Winkel freuen. Außerdem werde ich in Zukunft meinen Freundinnen eine ebenso kluge wie uneigennützige Ratgeberin sein, einmal die Woche meine Eltern besuchen und mich ehrenamtlich bei Greenpeace und Amnesty International engagieren. Und aufhören zu trinken werde ich auch.

Letzteres aber erst ab morgen.

»Komm, lass uns anstoßen! Auf ein neues Kapitel in unserem Leben!«, rufe ich und öffne eine Flasche Champagner für Thomas und mich.

»Ich fühle mich wie neugeboren! Und ich finde, ich sollte das feiern. Mit einer richtig tollen Geburtstagsparty, wie in den alten Zeiten. Was meinst du?«

Thomas guckt etwas gequält. Bei den tollen Geburtstagspartys in den alten Zeiten haben wir uns in erster Linie darüber gestritten, ob als Tanzmusik nun Discohits der 80er-Jahre (ich) oder Glenn Millers Foxtrottoldies (Thomas) zum Einsatz kommen sollten. Außerdem ist er ja der klassische Cocooning-Typ. Bei größeren Festivitäten bekommt er vor lauter Nervosität schon Stunden vor Veranstaltungsbeginn Migräne.

»Das Ganze wäre natürlich auch eine Art Abschiedsfest, wo wir dann doch im Februar aufs Land ziehen«, lächele ich liebevoll und nehme Thomas' Hand.

Seine Miene hellt sich auf. »Du hast recht, so machen wir's«, sagt er schließlich. »Lass uns eine richtig schöne Silvesterparty machen. Ich werd gleich morgen mal beim Beck in der Musikabteilung schauen, ob ich nicht ein paar neue Aufnahmen von Benny Goodman und Bill Haley finde!«

Bill Haley, auch das noch! Ich habe mehr an Culture Club gedacht. Doch die neue Sandra ist weise, großmütig und auf Ausgleich und Harmonie bedacht wie ein Yogi auf dem Weg zum Nirwana.

»Wunderbar, ich freu mich! Lass uns alle unsere Lieben einladen!«, strahle ich und schenke uns Champagner nach. »Das wird bestimmt für uns alle ein unvergesslicher Abend!«

❖ ❖ ❖

»Und seitdem seid ihr wirklich ein Herz und eine Seele?«, fragt Neele kritisch. Ich glaube, aus ihrer Stimme einen Hauch von Bedauern heraushören zu können. Aber wahrscheinlich bilde ich mir das nur ein.

Sie hat zu unserem traditionellen Weihnachtsessen eingeladen, und ich stehe in ihrer Küche bereit, um so niedere Vorbereitungsarbeiten wie Gemüseputzen und Kräuterhacken zu übernehmen.

»Und was ist mit Schnackseln?«

Ich hab's gewusst. Menschen können sich durchaus ändern, wie ich seit Neuestem aus eigener Erfahrung bestätigen kann. Aber Neele wird auf ewig Neele bleiben. Gut, dass ich auf ihre Frage vorbereitet bin.

»Schnackseln ist kein Thema mehr«, erkläre ich ihr sanft und von innen heraus strahlend (wie ich hoffe).

»Wir haben endlich über wirklich alles total offen geredet. Und wir sind uns einig, dass es letztlich gar nicht darauf ankommt, wie oft man miteinander schläft. Halt genau das, was du mir damals an dem Rioja-Abend auch schon gesagt hast. Das Einzige, was wirklich wichtig ist, ist dieses starke Zusammengehörigkeitsgefühl.«

»Ja, du brauchst jetzt gar nicht so spöttisch zu gucken«, sage ich tadelnd und nehme noch einen Schluck Weinschorle. Ganz alkoholfrei ist doch ein bisschen viel verlangt, wie ich inzwischen gemerkt habe.

»Ich bin da jetzt völlig entspannt. Wenn Thomas Lust hat, genieße ich es – und wenn er keine Lust hat, bin ich trotzdem wunschlos glücklich. Auch liebender Verzicht kann eine Erfüllung sein, jawohl! Außerdem hab ich im letzten Jahr wohl oder übel lernen müssen, dass es 'ne Menge wichtigere Dinge gibt als unsere Orgasmusfrequenz. Aber sag doch mal, wie geht's denn dir überhaupt?«

Neele seufzt und rührt geistesabwesend in ihren Filetspitzen Stroganoff. Bevor sie sich dazu durchringt, auf meine Frage zu antworten, klingelt es. Martina.

»Wenn ihr wüsstet, wie sehr ich mich auf unser Weihnachtsessen gefreut habe! Nachdem ich euch wegen Stefan monatelang die Ohren vollgeheult habe, will ich doch jetzt endlich mit euch auf unser neues Glück anstoßen!« Sie schwenkt eine Flasche Champagner und strahlt.

Gut sieht sie aus, sehr gut sogar. Die neue Frisur, die ganzen Kilos, die sie aus Liebeskummer verloren und sich zumindest bisher noch nicht wieder angefuttert hat, die schicken, gut sitzenden Klamotten, die sie inzwischen trägt …

»Super Idee, wir trinken auf den endgültigen Abschied von deiner ewigen Molligenmode«, röhrt Neele und holt drei Champagnergläser aus dem Schrank. Ich müsste jetzt eigentlich ›Nein, danke‹ sagen. Aber ich kann Martina in diesem feierlichen Moment unmöglich den Spaß verderben.

»Was heißt hier ›neues Glück‹? Hast du Stefan endlich rausgeschmissen und deinen alten Schulfreund wieder aktiviert?«, frage ich scherzhaft und bedeute Neele, mein Glas ruhig vollzumachen.

»Hast du dir etwa endlich den richtigen Mann fürs Leben gesucht?«, fragt Martina scherzhaft zurück. »Nee, ich bin immer noch mit Stefan zusammen. Oder, besser gesagt, wieder. Wir haben uns inzwischen ausgesprochen.«

»Genau wie Sandra sich mit Thomas. Und ich mich mit Julian. Willkommen im Klub«, unterbricht Neele sie. »Nur dass das bei euch offenbar zum Ende der Beziehungskrise geführt hat und bei mir zum Ende der Beziehung. Juli konnte sich einfach nicht damit abfinden, dass ich keinen Juli junior von ihm wollte, tja.«

Traurig schaut sie in ihr Glas. Wir halten die Luft an. Wenn wir jetzt wieder vier Stunden seelische Wiederaufbauarbeit leisten müssen wie damals bei Alberto, können wir das Weihnachtsessen gleich knicken.

Doch Neele grinst schon wieder. »Was soll's. Irgendwo wird schon der Richtige auf mich warten, sagt meine Mutter immer. Kommt, darauf trinken wir!«

Kichernd wie Teenies lassen wir die Gläser klingen. Champagner ist wirklich ein großartiges Getränk. Eigentlich sogar Medizin. So gesehen kann er unmöglich unter mein selbst verordnetes Alkoholverbot fallen, beschließe ich und lasse Neele noch mal nachschenken.

»Stefan und du, ihr habt euch also wiedergefunden. Wie habt ihr das denn geschafft? Erzähl doch mal!«, bitte ich Martina. In den letzten Wochen habe ich überhaupt nichts von ihr gehört.

»Wir … Wir haben uns halt so richtig ausgesprochen. Uns alles erzählt. Er mir von Gaby. War hart, ich musste ganz schön schlucken.«

Wir nicken mitleidig.

»Aber Stefan auch, als ich ihm von Michael erzählt habe«, sagt Martina mit unverhohlener Genugtuung. »Ich hab da all meinen Mut zusammengenommen und ihm einfach gesagt, was mir inzwischen im Bett mit ihm fehlt. Bisschen Pfeffer. Mal was anderes als immer diese Nullachtfuffzehn-Sonntagmorgennummer. Und auch nicht immer nur Missionar. Paar heiße Spielzeuge. Bondage, Dildos, Lustkugeln, ihr wisst schon …« Sie wird ein bisschen rot.

Ich werde auch ein bisschen rot. Wahrscheinlich, weil ich mal wieder zu heftig genickt habe.

»Jedenfalls haben wir Lea letztes Wochenende ihren älteren Geschwistern aufs Auge gedrückt und uns in der Hochzeitssuite vom ›Bayerischen Hof‹ eingemietet. Müsst ihr auch mal machen; da gibt's ein Supersonderangebot! Na ja, und dann sind wir jedenfalls zusammen in diesen Sexshop in Schwabing gegangen und haben ein bisschen was eingekauft …«

Martina lächelt verlegen und nimmt einen tiefen Schluck Champagner.

»Haben wir dann alles sofort in unserer schicken Suite ausprobiert. Es war unglaublich aufregend, das sage ich euch! Leidenschaft *reloaded*! Na ja, und was soll ich euch sagen – seitdem geht bei uns in der Kiste wieder die Post ab, wie damals in unseren ersten Tagen. So gesehen stimmt es, was die Leute immer sagen: Seitensprünge können neuen Schwung in erschlaffte Beziehungen bringen!«

Die alte Sandra hätte jetzt die nächsten zwei Wochen gegrübelt, warum dieser Trick bei ihr und Thomas nicht funktioniert hat.

Die neue Sandra hingegen denkt nicht mehr ständig an sich selbst. Sie freut sich ganz einfach für ihre Freundin. Sie ruht in sich, ist empfänglich und dankbar für die vielen kleinen Glücksmomente des Lebens.

Selig lächele ich Martina und Neele an und will spontan

einen Toast auf unsere Freundschaft ausbringen, da klingelt es erneut. Kurze Zeit später stürmt Renate herein. Sie ist ganz außer Atem.

»Tut mir leid, dass ich zu spät bin! Aber ich habe einen superguten Grund!«

Die Männerstimme an Renates Telefon kommt mir in den Sinn. Das ist es. Renate ist frisch verbandelt!

»Lass mich raten: Es hat was mit einem Mann zu tun?«, vermute ich so fachmännisch wie die große Marianne Koch damals bei Robert Lembke.

»Stimmt genau. Aber den Rest errätst du nie!«

»Du hast einen Lover!«, platzt es aus mir heraus. Oje. Marianne Koch hätte sich da bestimmt eleganter rangetastet.

»Leider falsch. Das gibt fünf Mark ins Schweinderl«, feixt Renate.

»Aber die Männerstimme neulich bei dir am Telefon …«

»Klar, hätte ich mir denken können, dass die deiner Fantasie keine Ruhe lässt«, unterbricht sie mich, ohne mein überaus triftiges Argument auch nur im Geringsten zu beachten. »Liebe Sandra, ich habe die Ehre, dir heute Abend direkt aus dem Büro der Meidner Fair & Event Design GmbH den Niedergang und Fall unseres geliebten Geschäftsführers vermelden zu dürfen!«

Ungläubig starre ich sie an. Renate holt in aller Ruhe eine Flasche Champagner aus ihrer Handtasche, lässt den Korken knallen und schenkt uns allen ein. Na, das verspricht ja ein in jeder Hinsicht heiterer Abend zu werden.

»Auf die Menschenwürde! Auf die Zivilcourage!«, ruft Renate, prostet uns zu und trinkt ihr Glas in einem Zug leer.

»Mensch, Renate, jetzt mach's nicht so spannend!«, ruft Neele. Sie spricht mir aus der Seele.

»Unsere liebe alte Buchhalterin. Sandra kennt sie natürlich. Frau Schoppel. Eine Seele von einem Menschen. Und eine Mitarbeiterin der alten Schule. Ihrem Chef loyal ergeben, obwohl der sie immer ziemlich ruppig behandelt hat.«

Renate hält inne, um sich genussvoll ein Lachshäppchen in den Mund zu schieben. Wenn sie nicht bald zur Sache kommt, werde ich handgreiflich.

»Sandra hat damals doch diese ganzen Mitarbeiterbeurteilungen von Meidners PC kopiert, erinnert ihr euch? Manuel und mir war ja piepegal, was der da über uns verzapft hat. Aber unsere Frau Schoppel ... Der hat's glatt das Herz gebrochen. Als unzuverlässig hat er sie bezeichnet und als inkompetent. ›Verdacht auf Diebstahl von Firmeneigentum‹ hat er geschrieben und ›Abmahnung vorbereiten‹. Also wollte er sie feuern, mit dieser fiesen Diebstahlnummer, genau wie er's bei Sandra versucht hat. Dabei hat die Schoppel nie auch nur ein Stück Zucker geklaut! Na ja, jedenfalls hat der Meidner sie vor zwei Wochen mal wieder besonders heftig angebrüllt. Belege soll sie verschlampt haben. Ausgerechnet die Schoppel mit ihrer manischen Ordnungswut! Jedenfalls muss es ihr da wohl endgültig gereicht haben. Sie ist zu Ferdi Hinterhuber gegangen und hat sich ihm spontan anvertraut. Wegen der Bilanzverschönerungen. Und den getürkten Spesenrechnungen, den Privateinkäufen auf Firmenkosten undsoweiterundsoweiter. Da kam ganz schön was zusammen.«

Ich wage nicht zu atmen. Der Zorn des Ferdi Hinterhuber war sicher fürchterlich.

»Heute Nachmittag ist der Ferdi dann über den Meidner gekommen wie der Teufel über die böse Seele. Er hat getobt, dass die Gläser in der Teeküche geklirrt haben. Es war die reinste Freude für alle, die dabei waren. Außer für den Meidner natürlich.«

Sie genehmigt sich genüsslich ein weiteres Lachshäppchen und spült mit einem Schluck Champagner nach.

»Ferdi hat dem Meidner eine Stunde gegeben, um seine

persönlichen Sachen zu packen und zu verschwinden. Den Schlüssel musste er gleich abgeben. Tja, und dann hat der arme Meidner sich erst mal hingesetzt und auf den Schock seine gesamte Keksdose leer gegessen.«

Ich verschlucke mich spontan an meinem Krabbenhäppchen und bekomme einen mehrminütigen Hustenanfall.

»Genau, Sandra. So ging es dem Meidner danach auch. Genau genommen sogar noch ein bisschen schlimmer.« Sie grinst. Neele und Martina starren mich an. Ich starre verschämt auf Neeles Orchideensammlung.

»Also, vor einiger Zeit habe ich Meidners garantiert nussfreien Keksvorrat unauffällig durch ein paar ... sagen wir: gehaltvollere Gebäckstücke ergänzt. Als kleinen Abschiedsgruß von Sandra, sozusagen. Dummerweise hat er ausgerechnet heute Heißhunger auf was Süßes bekommen. Ein Unglück kommt eben selten allein. Ich musste dann jedenfalls auf Anordnung von Ferdi bei ihm bleiben, bis sein Gesicht halbwegs abgeschwollen war und er sich getraut hat, das Herrenklo wieder zu verlassen.«

»Und jetzt?«, frage ich atemlos. Mir kann's zwar egal sein, aber knapp sieben Jahre in Joe Meidners Saftladen gehen eben doch nicht spurlos an einem vorüber.

»Was soll schon sein? Der Meidner wird ordentlich sparen müssen. Ferdi will nämlich nur dann keine Anzeige erstatten, wenn er ihm alles auf Heller und Pfennig zurückzahlt. Inklusive Zinsen, versteht sich. Und die Meidner Fair & Event Design GmbH hat sogar schon einen neuen Geschäftsführer! Du kennst ihn!«

Perplex schaue ich auf. Hat Ferdi etwa Dr. Schnurer abgeworben? Denkbar wäre es. Nach den Monaten intensiver Zusammenarbeit für das Rasenmäher-Event dürfte der den Laden in- und auswendig kennen.

»Ferdi hat Manuel den Job angeboten. Der hat zwar eigentlich was anderes in petto, aber so, wie ich das sehe, überlegt er sich gerade, ob er Ferdis Angebot nicht doch annehmen soll. Mensch, Sandra, das wäre super! Wir könnten wieder Kolleginnen werden! Der Manuel würde dich doch bestimmt sofort mit Kusshand wieder einstellen und dir endlich das bezahlen, was du für deine Plackerei verdienst!!«

Renate strahlt mich an. Ich strahle zurück. Obwohl ich mir in Sachen Kusshand offen gestanden nicht so sicher bin. Aber das wird sich ja dann rausstellen.

Urplötzlich erfasst mich eine Welle der Euphorie. Mein Leben ist endlich wieder im Lot. Ich bin zurückgekehrt in meine Ehe, und vielleicht kann ich sogar zurückkehren in meinen Job. Alles wird gut!

Feierlich schlage ich mit dem Dessertlöffel gegen mein Champagnerglas. »Liebe Freundinnen«, beginne ich mit pathetischem Vibrato in der Stimme, »aus Anlass meiner Wiedergeburt werde ich Silvester ein großes Geburtstagsfest geben. Und ich würde mich sehr freuen, wenn ihr mir die Ehre eurer Anwesenheit zuteilwerden lasst!«

Vergebliche Formulierungskunst. Statt mit einer angemessen feierlichen Antwort quittieren meine Freundinnen meine Einladung mit wildem Gejohle.

»Endlich mal wieder 'ne richtige Silvesterparty, Mensch, ist das klasse!«, jubelt Renate.

»Habt ihr euch denn schon geeinigt? Gibt's wieder Tanzschulklassiker, oder darfst du auch mal Lionel Richie auflegen?«, fragt Martina grinsend. Eine Frage, die ich aufgrund ihres erhöhten Provokationsfaktors eigentlich eher von Neele erwartet hätte. Doch die schweigt sich aus. Sie lächelt nur sphinxhaft und murmelt: »So, so, große Geburtstagsparty. Ich glaube, da hab ich eine kleine Idee.«

23

Ihre kleine Idee hat Neele uns an dem Abend natürlich nicht mehr verraten. Ich habe auch nicht mehr nachgefragt. In den darauffolgenden Tagen war ich viel zu beschäftigt. Mit Weihnachtsvorbereitungen. Mit Partyvorbereitungen. Mit dem überwältigenden Gefühl, mich vom nörgelnden Midlife-Crisis-Opfer zu einer souveränen Frau in den besten Jahren gewandelt zu haben.

Mit Manuel habe ich gesprochen. Er wird Ferdis Angebot annehmen, nach reiflicher Überlegung und entsprechend intensiven Gehaltsverhandlungen. Und er wird mir meinen alten Job anbieten, zu besseren Konditionen, genau wie es Renate prophezeit hat. Im neuen Jahr werde ich wieder anfangen.

»Du kriegst den Vertrag aber nur unter der Bedingung, dass du mich freundlicher behandelst als früher und mir immer brav Kekse backst. Ich hab ja keine Nussallergie, insofern hab ich ja nichts zu befürchten …«, hat er gefeixt. Und ich wurde noch mal dunkelrot vor Scham. Ein letztes Mal allerdings, da war ich mir sicher. Ich werde meinen neuen Chef auf Händen tragen bis zum Erreichen des Rentenalters. Das habe ich mir ganz fest vorgenommen.

Das beruhigende Gefühl, bald wieder einen Job zu haben, ließ mein Selbstwertgefühl wieder sprießen und mich selbst beschwingt in die Weihnachtsfeiertage gehen. Obwohl vertrockneter Braten, gemeinsames Singen unterm Tannenbaum und Begeisterungsheucheln über Geschenke, die man am liebsten noch am selben Abend bei eBay verscherbeln würde, eigentlich nicht so mein Ding sind.

Doch diesmal ging ich einfach davon aus, dass schon alles irgendwie gut gehen würde, anstatt mich wie sonst schon vorher aufzuregen.

Und siehe da: Obwohl meine Mutter sich um ein Haar mit Thomas' Mutter über die korrekte Zubereitung einer Weihnachtsgans in die Wolle bekommen hätte und obwohl Daniel mit meinem Vater und Thomas ausgesprochen kontrovers über die Stärken und Schwächen der deutschen Entwicklungspolitik unter besonderer Berücksichtigung der statistisch messbaren Langzeiterfolge diskutierte, wurde es ein verhältnismäßig friedlicher Weihnachtsabend. *Mind makes* eben *reality,* da hat Martina ausnahmsweise völlig recht.

Als unser Besuch glücklich gegangen ist, stoßen Thomas und ich noch mal miteinander auf den gelungenen Abend an. Dann fängt Thomas an, die Küche aufzuräumen – bei uns gilt die eiserne Regel: »Wer kocht, muss nicht spülen« –, und ich schaue noch mal kurz in meine Mails. Nur so zum Spaß. Mal sehen, ob mir nicht noch jemand eine von diesen lustigen elektronischen Weihnachtskarten geschickt hat.

In meinem Posteingang ist aber keine Weihnachtskarte. Sondern eine Mail von XING. »BSArchitecture hat Ihnen eine Nachricht gesendet.«

Bestimmt Spam, denke ich genervt. Schon habe ich den Finger auf der Löschtaste, doch dann sage ich mir: Komm, Sandra. Das ist deine erste Mail von XING überhaupt. Mach sie halt auf, zur Feier des Tages. Kannst sie ja hinterher immer noch löschen.

Seufzend klicke ich auf »Mail öffnen«. Und falle fast in Ohnmacht.

Da steht: »Liebe Sandra, wie geht es Dir? Es ist so viel Zeit vergangen, wer weiß, was Du inzwischen denkst und fühlst, über Berlin, über unser Treffen am Flughafen, über das Glück … Ich würde das so gerne wissen, und noch vieles mehr, aber ich wusste bisher noch nicht mal, wie ich Dich erreichen sollte. Umso mehr freue ich mich, dass ich gerade Dein XING-Profil entdeckt habe! In Deinem Leben muss viel passiert sein, dass Du Dich jetzt auch auf Stellen in Frankreich bewirbst. Traust Du Dich jetzt doch? Na ja, jedenfalls scheinst Du auf Jobsuche zu sein. Das nehm ich mal als gutes Zeichen ... Ich habe durch ein Großprojekt für einen englischen Immobilienmakler gerade so viel zu tun, dass ich dringend Hilfe brauche. Hättest Du nicht Lust, bei mir einzusteigen? Ich frage rein geschäftlich, ehrlich. Der Job wäre erst mal für ein halbes Jahr. Projektbetreuung und Übersetzungen, ist doch Dein Fachgebiet ;-) Alles andere (falls es noch was anderes gibt) wird sich dann schon zeigen. Also, wie wär's? Ich würde mich wirklich sehr freuen. Ruf mich einfach auf dem Handy an, auf meiner Website findest Du die Nummer. Frohe Weihnachten, ganz liebe Grüße, Benno.«

Ich starre auf den Bildschirm wie eine Maus auf die Katze. Oder auf den Käse. So ganz genau kann ich das nicht sagen.

Mein erster Gedanke ist: Tja, Pech gehabt, Benno. Du bist zu spät. Noch vor drei Wochen hätte ich mich auf der Stelle in den Zug gesetzt und wäre zu dir gebraust. Ein Job beim Mann meiner Träume (an der Stelle klopft mein Herz so laut, dass Belmondo auf meinen Schoß springt und schnurrt), im Land meiner Träume das Leben meiner Träume leben.

Aber vor drei Wochen war auch noch alles anders.

Inzwischen bin ich eine wunschlos glückliche, in mir ruhende Frau. Außerdem bin ich glücklich verheiratet. Außerdem ziehe ich demnächst mit 225 Sukkulenten nach Weßling. Die Bettwäsche ist auch schon gekauft. Du siehst, meine Lebensplanung für die nächsten 40 Jahre ist inzwischen abgeschlossen. War trotzdem schön, von dir zu hören. Adieu.

Mein zweiter Gedanke ist: Verdammt. Warum zum Teufel kann man nicht einmal im Leben seine *Ruhe* haben? Warum habe ich dieses blöde XING-Profil nicht gelöscht, als das mit dem Job für Manuel klar war? Und wo wir gerade beim Löschen sind: Warum habe ich diese blöde E-Mail überhaupt aufgemacht?

Wütend klicke ich auf den Link zu Bennos Website. Wo ich mich schon ins Unheil geritten habe, kann ich mir die auch gleich noch angucken.

Auf dem Bildschirm öffnet sich ein schmiedeeisernes Tor und gibt den Blick frei auf einen verwilderten Garten. Im hohen Gras sitzt eine schwarze Katze mit weißen Flecken über den Augen und schaut mich direkt an. Was macht Belmondo denn da, denke ich irritiert, aber die Animation läuft weiter und lässt mir keine Zeit, länger darüber nachzudenken. Im Hintergrund des Gartens wird ein altes Natursteinhaus sichtbar. Ziemlich verwahrlost, aber wildromantisch.

Beim Näherkommen verändert es sich allmählich: neue große Fenster, neues orangerotes Ziegeldach, ein neues Geländer für die fünf Stufen zum Hauseingang. Eine neue Eingangstür mit einem von diesen hübschen Messingklopfern, und schon bin ich drin.

Vor meinen Augen wandeln sich heruntergekommene Räume mit Linoleum und Resten von dreierlei Blümchentapete zu hellen, gemütlichen Zimmern mit gepflegten Terrakottaböden. Und erst die Küche! Vom verdreckten Loch zum Traum aus *Homes & Gardens*.

Sehnsüchtig betrachte ich die glänzenden Kupferkasserollen an der Wand. Den sechsflammigen Gasherd. Und den großen Backofen darunter. Das muss ich Benno lassen: Seine kleine Computeranimation wirkt wirklich sehr animierend. Sogar auf so wunschlos glückliche, in sich ruhende Frauen wie mich.

Übergangslos steigt ein dritter Gedanke in mir hoch. Knapp, klar und ununterdrückbar.

Verdammt. Was jetzt?

Ich lausche in mich hinein, bereit, mich fügsam den gestrengen Anordnungen meines inneren Staatsanwalts zu beugen. Er steht sicher schon in den Startlöchern, um mir ordentlich den Kopf zu waschen. In Erwartung eines ebenso fürchterlichen wie heilsamen Gewitters ducke ich mich in meinen feuerroten Schaukelstuhl.

Doch der Herr Staatsanwalt bleibt seltsamerweise stumm.

Das Einzige, was ich höre, ist ein zartes Stimmchen von ganz weit weg. Mein Restverstand. Mach jetzt bloß nicht denselben Fehler wie damals mit Bennos Handynummer, ruft er mir zu. Wenn du diese Mail löschst, wirst du das womöglich bitter bereuen! Behalt sie wenigstens so lange, bis du dir sicher bist!

Lieber guter Restverstand. Wie schön, dass wenigstens du mich nicht im Stich lässt, denke ich dankbar und schalte meinen Computer aus. Ich bin mir nur nicht ganz sicher, was mit dem guten Rat gemeint ist. Ich muss mir sicher sein. Klar. Aber sicher in welcher Hinsicht?

❖ ❖ ❖

Nach einer schlaflosen Nacht im stummen Zwiegespräch mit Belmondo beschließe ich, die Situation gründlich, sachlich und emotionslos zu klären.

Ein überaus vernünftiger Beschluss, wie ich finde. Ich will um jeden Preis der Versuchung widerstehen, aus dem Bauch raus etwas zu tun, was ich womöglich für den Rest meines Lebens bereue.

Als Erstes schreibe ich Benno eine freundliche, aber eher distanziert klingende Mail, in der ich um ein paar Tage Bedenkzeit bitte.

Da liebende Beziehungspartner keinerlei Geheimnisse voreinander haben, informiere ich auch Thomas über die Mail.

Na ja, sofern ein beiläufiges »Ich hab da ein Jobangebot von einer französischen Firma« während der ersten Meldung in der *Tagesschau* als korrekte Information des Ehepartners durchgeht. Ganz sicher bin ich mir da nicht.

Aber erstens erscheint mir die Erläuterung sämtlicher Hintergründe wie seelische Grausamkeit. Auch Thomas gegenüber. Und zweitens reagiert er genau so, wie ich es mir insgeheim erhofft habe. Mit einem geistesabwesenden »Das ist aber schön, Engel. Du wolltest doch schon lange mehr mit deinem Französisch machen«.

Dann murmelt er noch was von »bestimmt viel besser für dich, als wieder in deine alte Messeklitsche einzusteigen; die hing dir doch sowieso zum Hals raus«. Und anschließend schenkt er seine volle Aufmerksamkeit wieder dem Sendebeitrag über den mittelfristigen Anstieg des Bruttosozialprodukts der EU-Mitgliedsstaaten. Thema erledigt.

Gut. Warum auch explizit darauf hinweisen, dass es sich um ein Jobangebot *in Frankreich* handelt? Womöglich wird sich die ganze Geschichte sowieso innerhalb der nächsten Tage erledigen. Immerhin ruft nicht nur Frankreich. Es ruft auch der Weßlinger See.

Und in klaren Momenten bin ich mir natürlich völlig sicher, dass ich meinem Mann und dem Ruf des bayerischen Voralpenlandes folgen werde. Schon allein wegen meiner großen Party. Soll ich da etwa überraschend meinen Umzug ins Ausland verkünden? Meine Lieben werden mich noch in der Silvesternacht in die Psychiatrie einliefern lassen, wenn ich wegen eines Unbekannten aus der französischen Provinz spontan alles über Bord werfe, was ich gerade erst beschlossen und verkündet habe.

Nein, Frankreich und Benno, das ist inzwischen alles absolut undenkbar.

Oder?

Verunsichert konsultiere ich Martinas Meditationskalender. »Mit sich selbst in Frieden zu leben ist wohl das größte Glück auf Erden«, steht da. Nicht gerade sehr aussagekräftig. Warum kann dieses blöde Teil einem nicht *ein* Mal klipp und klar sagen, wo es langgeht? Genau wie der bescheuerte Bergkristall. Anstatt mich auf den richtigen Weg zu führen, macht der seit Monaten nichts weiter, als grob fahrlässig meine Hosentaschen auszubeulen.

Kurz entschlossen rufe ich Martina an und erzähle ihr alles. Nur den One-Night-Stand mit Benno lasse ich sicherheitshalber weg. Bringt allerdings nicht viel.

»Du als Projektbetreuerin bei einem knackigen Architekten in der französischen Provinz? Komm schon, Sandra, das dauert doch keine Woche, bis du mit dem in die Kiste springst! *Voulez-vous coucher avec moi,* sag ich nur!«, schimpft sie. »Das kannst du Thomas unmöglich antun. Wo ihr doch wieder so glücklich seid und so viele Pläne habt! Also wirklich, ich dachte, du wärst endlich zur Ruhe gekommen, wie sich das in unserem Alter gehört!«

Gott sei Dank, ein Machtwort. Wozu einen Bergkristall mit sich rumschleppen, wenn man gute Freundinnen hat? Die verhelfen einem immer zur nötigen Klarheit.

Wobei. Vielleicht sollte ich auch Neele anrufen. Doppelt genäht hält besser.

»Bei dir piept's wohl!«, ruft Neele entrüstet. »Sag mal, ich dachte, du hättest dich endlich für deine Ehe entschieden. Da kannst du Thomas doch so was unmöglich antun! Denk an deine Geburtstagsparty! Ich dachte, da wollten wir euer neues Leben feiern, das Traumhaus am Weßlinger See! Und überhaupt: dich nach Südfrankreich verdrücken und deine besten Freundinnen einfach im Stich lassen – so weit kommt's noch! Was soll denn dann aus unseren Mädelsabenden werden?«

Ein weiteres Machtwort. Wenn auch kein ganz uneigennütziges. Aber egal. Hauptsache, ein Machtwort.

Unterm Strich muss ich allerdings sagen, dass ich trotzdem nicht so recht zurückfinde zur beseelten Gelassenheit der letzten Tage.

Die plötzliche Chance, noch mal was ganz anderes aus meinem Leben zu machen, umschwirrt mich wie ein bunter Kolibri, allen anderslautenden Argumenten zum Trotz.

Mir wird nichts anderes übrig bleiben, als zur Ultima Ratio zu greifen. Einem Telefonat mit meiner Mutter.

Auf Mütter ist wirklich immer Verlass. Die meine erfüllt jedenfalls aus dem Stand all meine Erwartungen. Kaum habe ich ihr von dem Jobangebot erzählt, da legt sie auch schon los.

»Bist du verrückt geworden? Wie kannst du nur ernsthaft darüber nachdenken, für einen windigen Sechsmonatsvertrag in einem französischen Kuhdorf bei dir zu Hause alles stehen und liegen zu lassen? Hier könntest du gemütlich wieder in deinen alten Job einsteigen. *Unbefristet*, schon vergessen? Mensch, Kind, du musst doch an deine Rente denken! Glaub mal nicht, dass der Arbeitsmarkt auf Mittvierzigerinnen wie dich gewartet hat!«

Unwillkürlich verziehe ich das Gesicht. Es ist ja völlig okay, dass sie versucht, mir die Idee auszutreiben. Aber muss sie mich dabei unbedingt an mein Alter erinnern?

»Und dann Thomas. Vergiss nicht, dank deiner Ehe bist du materiell abgesichert! So was kannst du doch unmöglich aufs Spiel setzen. Vor allem du nicht. Stell dir nur vor, du wirst wieder krank! Alleine stehst du das doch nicht noch mal durch!«

Jetzt dreht sie doch ein bisschen zu sehr auf, finde ich. »Aber Mama, du tust so, als stünde ich kurz vor der Scheidung, dabei geht's doch nur um sechs Monate Frankreich«, sage ich und hoffe, dass die himmlischen Mächte diesen kleinen Rückfall in mein altes Notlügenleben nicht mitbekommen. »Es gibt Ehepaare, die sind viel länger getrennt. Das ist nun mal so auf dem globalisierten Arbeitsmarkt. Ist doch alles ganz harmlos!«

Oops, noch eine Notlüge. Keine Ahnung, ob die himmlischen Mächte sie mitgekriegt haben; meine Mutter jedenfalls reagiert umgehend.

»Papperlapapp, es gibt keine harmlosen Auslandsaufenthalte, Gelegenheit macht Liebe«, unterbricht sie mich wütend. »Halt deine alte Mutter nicht für blöd, ja? Ich weiß genau, dass es zwischen dir und Thomas irgendwo klemmt, schicke Silvesterparty hin oder her. Aber wo kommen wir denn da hin, wenn sich alle einfach ausklinken würden, bloß weil ihnen irgendwas nicht passt? Eine Ehe erfordert nun mal Kompromisse! Oder glaubst du vielleicht, ich bin aus reiner Leidenschaft all die Jahre bei deinem Vater geblieben?«

Sie holt kurz Luft für die zweite Salve, dann feuert sie weiter: »Und wo wir gerade dabei sind: Ich hab mir mein Leben auch ganz anders vorgestellt! Ich hatte auch mal Träume, aber das hat ja keinen von euch interessiert! Tierärztin wollte ich werden und mich in Afrika um verwaiste Affenbabys kümmern, anstatt hier in München hinter euch herzuräumen und ansonsten Zahnarztpatienten die Spucke wegzusaugen!«

Einen Moment lang klingt sie so, als würde sie gleich in Tränen ausbrechen. Doch das geht beeindruckend schnell vorbei.

»Trotzdem bin ich mit meinem Leben zufrieden, jawohl! Vielleicht hätte alles besser kommen können – aber vielleicht auch sehr viel schlechter. Mensch, Sandra, wann wirst du endlich erwachsen?«

Erschöpft hält sie inne. Halleluja. Ich fange allmählich an, mich ziemlich beschissen zu fühlen. Mama hat tatsächlich ganze Arbeit geleistet.

Zerknirscht bedanke ich mich bei ihr für ihren guten Rat. Und schalte meinen Rechner ein. Ich werde Benno jetzt sofort eine Absage schreiben. Kurz und schmerzlos. Dann habe ich es hinter mir und kann endlich wieder unbeschwert in meinem neuen Leben aufgehen.

»Lieber Benno, nach reiflicher Überlegung habe ich mich dazu entschlossen, Dir abzusagen. Eine Tätigkeit in Frankreich passt letztlich nicht in meine Lebensplanung. Trotzdem vielen Dank, für alles. Viele Grüße, Sandra.«

Gut. Das ist die richtige Entscheidung. Nicht ganz leicht – aber richtig. Ich habe wohlüberlegt und verantwortungsvoll gehandelt. Zu meinem und zu Thomas' Besten, zum Besten unserer altehelichen Verbundenheit und gemeinsamen Zukunft.

Stolz macht sich in mir breit. Und auch eine gewisse Erleichterung. Ich hole tief Luft und drücke auf »Absenden«.

Genau in diesem Moment klingelt das Telefon. Ich schaue auf die Nummer. Renate.

»Von dir hört man ja gar nichts mehr«, maule ich gut gelaunt in den Hörer.

»Musst du gerade sagen! Ich gehöre schließlich zur schwer arbeitenden Bevölkerung, während du nichts weiter zu tun hast, als Rezepte für dein Silvesterbuffet zu wälzen … Mal im Ernst, was machst du eigentlich so den lieben langen Tag?«

»Also heute habe ich zum Beispiel ein Jobangebot abgelehnt«, sage ich stolz.

»Klar, verstehe, an der Absage hast du bestimmt mindestens 14,8 Minuten gesessen, da bleibt natürlich kaum Zeit für Telefonate mit deinen Freundinnen.«

»Jetzt mach mal halblang. Die Absage ging schnell, aber der Entscheidungsprozess, der hat schon ein bisschen gedauert«, erkläre ich huldvoll.

»Ach ja? War's denn so viel besser als die Meidnerklitsche? Eine Stelle als Verkosterin bei Veuve Clicquot vielleicht?«

»Nee, natürlich nicht. Leider. Aber mit Frankreich liegst du gar nicht so verkehrt, du alte Hellseherin«, erwidere ich und erzähle ihr von dem Jobangebot.

Und auch von Benno. Einem plötzlichen Anfall von Aufrichtigkeit folgend, beichte ich ihr sogar meine kleine Affäre. Wenigstens ein Mensch auf Erden soll mein süßes Geheimnis kennen, bevor ich es für immer im hintersten Verlies meines Gedächtnisses wegsperre.

»Ich hab jedenfalls gerade abgesagt. Diese ganze Frankreichsache und erst recht das mit der Seelenverwandtschaft – das sind doch alles nur Flausen. Ich gehöre zu Thomas, das weiß ich jetzt. Ich hab meine Lektion endlich gelernt«, erkläre ich mit stolzgeschwellter Brust und warte auf überschwängliches Lob für meine Weisheit, Läuterung und Tugendhaftigkeit.

»Also ich weiß nicht«, sagt Renate nachdenklich. »Sandra ... ich will dir nicht zu nahe treten und dich erst recht nicht verunsichern. Aber kann es sein, dass du da die *falsche* Lektion gelernt hast?«

Ich traue meinen Ohren nicht. »Wie kommst du denn da drauf? Du gehörst doch auch zu denen, die immer sagen, dass man mit dem zufrieden sein soll, was man hat, anstatt nach den Sachen zu schielen, die man nicht hat!«, rufe ich entrüstet.

»Das stimmt«, sagt Renate beschwichtigend. Ich kann durch die Leitung spüren, wie sie versucht, die richtigen Worte zu finden.

»Aber ich denke auch, dass man mehr aus seinem Leben machen sollte, als sich mit einem Sack fauler Kompromisse abzufinden«, fährt sie schließlich leise fort.

In ihrem Ton schwingt viel Zuneigung mit, als wolle sie mir möglichst behutsam eine unangenehme Wahrheit nahebringen. Wie eine Krankenschwester, die einen noch mal tröstend an der Schulter streichelt, ehe sie mit einem Ruck das Pflaster abreißt.

»Nach dem, was du mir gerade erzählt hast, sieht das für mich aber genau danach aus. Nur dass du für ein Leben im Lauwarmen noch nicht alt genug bist. Damit kannst du in 20 Jahren anfangen.«

»He, mach dich locker! Nur weil ich ein bisschen länger gebraucht habe, um zu erkennen, was das Beste für mich ist, lebe ich noch lange nicht im Lauwarmen!«, protestiere ich energisch.

Hier muss offenbar einiges richtiggestellt werden. Hat etwa ausgerechnet Renate meine innere Wandlung zur glücklichen, in sich ruhenden Frau nicht mitbekommen?

»Was meinst du überhaupt mit dem Sack fauler Kompromisse?«, frage ich irritiert.

»Ich meine damit, dass du nie richtig glücklich klingst«, erwidert Renate ruhig. »Noch nicht mal nach deiner Entscheidung, mit Thomas aufs Land zu ziehen. Du klingst eher nach ›Was nicht passt, wird passend gemacht‹. Dabei geht's für dich vielleicht in Wirklichkeit darum, endlich die Kurve zu kriegen und *aufzuhören* mit solchen Verrenkungen ...«

»So ein Schmarrn!« unterbreche ich sie rüde. »Was heißt hier Verrenkungen? Ich arrangiere mich, ich mache meinen Frieden mit meinem Leben! Das muss man, das sagen alle, Buddha, Gandhi, Hirschhausen, kannst du in jedem x-beliebigen Psychoratgeber nachlesen! Oder, halt, ich weiß noch was Besseres: Lass es dir von meiner Mutter erklären! Die predigt mir seit dem Kindergarten, dass vielleicht alles besser kommen könnte, aber eben vielleicht auch wesentlich schlechter!«

Renate schweigt.

Ich frohlocke. Na also. Als glückliche, in mir ruhende Frau weiß ich instinktiv, dass ich recht habe.

»Sandra, Herzchen«, lächelt Renate schließlich durch die Leitung, »bist du eigentlich schon mal auf den Gedanken gekommen, dass die alte Weisheit deiner Mutter auch genauso gut umgekehrt funktioniert? Dass es für dich zwar vielleicht wirklich schlechter kommen könnte – vielleicht aber auch viel, viel besser?«

24

Unsere Wohnung ist festlich erleuchtet und geschmückt. Das Wohnzimmer ist zur Tanzfläche umfunktioniert. In der Küche steht ein, wie ich in aller Bescheidenheit sagen darf, überaus beeindruckendes Buffet bereit. Die Bar in der Essecke ist umlagert. Glenn Miller spielt *In the Mood*. Passt perfekt.

Unsere Silvesterparty ist in vollem Gange. Die Bude ist voll und die Stimmung super, genau, wie sich das für halb zwölf gehört. Unsere Lieben amüsieren sich prächtig.

Mein Vater gibt den Barkeeper, als hätte er in seinem Leben nie etwas anderes gemacht. Neben ihm steht Markus und redet mit ihm über die alten Zeiten. Daniel und Andrea haben ihn als Überraschungsgast mitgebracht – er hätte sonst wegen des Schneetreibens die Silvesternacht am Münchner Flughafen verbringen müssen.

Als geläuterte, in mir ruhende Frau freue ich mich, meine große Liebe von früher so unverhofft wiederzusehen, noch dazu an diesem so wichtigen Wendepunkt in meinem Leben. Gleichzeitig löst sein Anblick eine seltsame Unruhe in mir aus. Vielleicht, weil mich seine blaugrauen Augen an Benno erinnern?

Ich beschließe, mich sicherheitshalber erst dann auf ein längeres Gespräch mit Markus einzulassen, wenn ich wieder zur ruhigen Gelassenheit der neuen Sandra zurückgefunden habe, und schaue mich in unserem Wohnzimmer um.

Renate flirtet mit einem gut aussehenden grau melierten Australier, den sie mir bei ihrer Ankunft feixend als »die geheimnisvolle Stimme« vorgestellt hat. Martina und Stefan haben sich in eine stille Ecke verzogen und knutschen wie Teenager. Daniel und Andrea versuchen, sich an die richtigen Schritte für Foxtrott zu erinnern.

Thomas' Mutter ist mit ihren zwei besten Freundinnen angereist. Die drei haben gemeinsam mit meiner Mutter das Fernsehsofa besetzt, eine Flasche Sekt vor sich auf dem Boden deponiert und tauschen sich ebenso heiter wie lautstark über ihre Leberwerte aus.

Unsere Nachbarn haben zunächst ein bisschen gefremdelt, sind inzwischen jedoch in eine lebhafte Diskussion über das Für und Wider unserer neuen Klingelanlage verstrickt.

Unter den Diskutanten ist auch Dr. Dieter Schmidtbauer. Unwillkürlich wurde ich rot, als er auf einmal vor mir stand. Doch er macht erfreulicherweise nicht den Eindruck, als wolle er auf meiner Geburtstagsfeier erneut als Gutachter gegen mich aussagen.

Die rosa Krawatte hat sich zu Frau Schoppel gesellt und fragt sie interessiert nach ihrer Meinung zu computergestützten Buchhaltungsprogrammen. Manuel und seine übrigens überaus gut aussehende blonde Begleitung füttern Belmondo mit pochiertem Lachs vom Buffet.

Thomas schwoft mit Neele über die Tanzfläche. Wenn *ich* mit Thomas Foxtrott tanze, wirkt das immer so wie ein Mann im Nahkampf mit einem bewegungsgestörten Kartoffelsack. Aber die beiden sehen einfach super zusammen aus. Bei den internationalen Amateurmeisterschaften im Standardtanz könnten sie locker auf den vorderen Plätzen landen. Ausgelassen wirbeln sie an mir vorbei, und ich höre, wie Thomas launig sagt: »Kleine Frage an die Frau vom Finanzamt: Wusstest du, dass 70 Prozent aller weltweit veröffentlichten Literatur zum Thema Steuern auf Deutsch erscheinen?«

Neele lacht. »Und wusstest *du*, dass 67,5 Prozent der Einsätze von Steuerfahndern auf einschlägige Hinweise von Ex-Partnern und Ex-Mitarbeitern zurückzuführen sind?«

Sie ist offenbar in ihrem Element. Allerdings hat sie darüber wohl ihre Begleitung vergessen. Einen eher kleinen, sonnenstudiogebräunten Typen mit langen, wallenden Locken. Jung und hübsch, aber irgendwie seltsam. Kein Wunder, dass sie nur kurz mit ihm getuschelt hat, anstatt ihn mir vorzustellen. Lohnt wohl die Mühe nicht.

Ich schaue mich nach ihm um, aber er ist nicht zu sehen. Ich werfe einen Blick in die Küche, doch auch da ist er nicht. Wahrscheinlich hat er schon das Handtuch geworfen und sich verdrückt, mutmaße ich und nehme mir geistesabwesend ein Stück Baguette.

Irgendwie ist mir schon den ganzen Tag leicht kodderig. Sicher die Aufregung vor dem Fest. Oder die Sushi, die ich heute Mittag auf einmal unbedingt haben musste. Oder die Nervosität wegen der kleinen Ansprache, die ich halten will. Über mein letztes Jahr, über mein neues Leben, über unsere Umzugspläne.

Vielleicht sollte ich mir sicherheitshalber einen großen Gin Tonic mixen. Der soll ja bei Magenverstimmungen Wunder wirken. Außerdem wird er sicherlich auch gegen das Lampenfieber helfen, das mich offenbar gerade zu erfassen droht.

Mit neuem Schwung mache ich kehrt und stöckele auf meinen extrascharfen High Heels (Silvesterparty verpflichtet!) zurück zur Bar, da sehe ich durch den Türschlitz, dass in unserer Abstellkammer Licht brennt. Ich öffne die Tür, um es auszuschalten – und weiche erschrocken zurück: Da drin steht Neeles Neuerwerbung und zieht sich gerade eine Art Fantasieuniform an! Er ist offenbar genauso erschrocken wie ich.

»Wollen Sie hier jetzt *Krieg und Frieden* aufführen, oder

was?«, frage ich. Wahrscheinlich einen Hauch zu unfreundlich, denn der lockige Knabe guckt noch etwas verschreckter.

Doch bevor er eine wie auch immer geartete Antwort stammeln kann, höre ich Thomas rufen: »Sandra! Wo steckst du? Komm her, jetzt gibt's 'ne kleine Ansprache!«

Oje. Thomas ist im Reden halten ungefähr so gut wie ich im Standardtanz. Aber was soll's. Ich bin glücklich und ruhe in mir und gönne ihm die kleine Freude.

Im Wohnzimmer stehen jetzt alle im Halbkreis um Thomas herum. Mein Vater eilt geschäftig mit einer Magnumflasche Sekt umher und füllt leere Gläser nach. Thomas räuspert sich. »Liebe Familienmitglieder, liebe Freundinnen und Freunde, liebe Nachbarn! Wir freuen uns, dass ihr heute alle mit uns feiert. Aus diesem Grunde habe ich eine kleine Rede vorbereitet, die ich euch jetzt gerne vortragen würde …«

Er zieht geschätzte 250 DIN-A4-Blätter aus seiner Jackentasche und will mit seinem Vortrag beginnen. Die meisten Gäste haben sich schon leise seufzend in ihr Schicksal ergeben, da flötet eine charmante Frauenstimme: »Wusstest du eigentlich, dass statistisch gesehen die Aufmerksamkeit der Zuhörer exponentiell zur Redenlänge schwindet?«

Neele. Ich liebe sie.

Thomas lacht. Und packt halb seufzend, halb lachend seine Blätter wieder ein. »Also gut. Ich hab schon verstanden. Sandra ist sowieso die bessere Rednerin von uns beiden. Sandra, Engel, du möchtest doch an deinem Ehrentag bestimmt was sagen, oder?«

Verlegen schaue ich mich um. Alle Blicke sind auf mich gerichtet. Es sind Blicke voller Zuneigung und Sympathie. Ich bin gerührt.

»Ihr wisst, es war kein einfaches Jahr für mich«, erkläre ich mit wackeliger Stimme. »Und dass ich es trotzdem so gut hinter mich gebracht habe, habe ich euch allen zu verdanken. Jeder von euch hat mir auf seine Weise sehr geholfen, aus dem Tief rauszukommen. Und heute geht's mir wieder gut. Es sieht so aus, als ob ich noch mal die Kurve gekriegt hätte. Darauf möchte ich mit euch anstoßen.«

Ich hebe mein Glas und trinke es in einem Zug leer, bevor ich zum zweiten Höhepunkt meiner kurzen Ansprache komme.

»Wie einige von euch wissen, ist dieser Abend auch so etwas wie der Abschied von meinem – von *unserem* – alten Leben. Und zugleich der Anfang unseres neuen Lebens.«

Au weia. Ich klinge wie der Papst beim Ostersegen. Komm, Sandra, raus damit, bring's hinter dich.

»Wir beide wollen nämlich demnächst aufs Land ziehen! Da haben wir für uns, unsere Katze und unsere Fettpflanzen das perfekte Zuhause gefunden. Das wird unser neues Nest, da werden wir bis ans Ende unserer Tage glücklich sein. Und ich hoffe sehr, dass ihr uns da alle besuchen kommt. Spätestens zu meiner nächsten Geburtstagsparty!«

»Auf Sandra! Alles Gute zum Geburtstag!«, unterbricht mich Thomas und stimmt aus voller Kehle *Happy Birthday* an. Sämtliche Gäste singen fröhlich mit, während ich vor Verlegenheit gar nicht weiß, wohin mit meinen Augen. Feucht vor Rührung, wandern sie von Thomas zu Renate, von Neele zu Markus, von Martina zu Dr. Schmidtbauer. Bis sie schließlich abrupt an unserer Zwergkiefer hängen bleiben. Sie hat offenbar fast alle Nadeln verloren. Komisch. Vor Partybeginn war sie noch okay, wenn ich mich richtig erinnere. Hat sie etwa was gegen Glenn Miller?

Bevor ich diesem Mysterium weiter nachgehen kann, wird mein Geburtstagsständchen plötzlich von ohrenbetäubender Musik überdröhnt.

Satisfaction. Eins meiner Lieblingsstücke von den Stones, war ja jahrelang sozusagen der Titelsong für mein Leben –

aber wer hat das denn ausgerechnet jetzt aufgelegt? Erstaunt drehe ich mich um.

Und denke, mich trifft der Schlag.

Der Sonnenstudiojüngling. In seiner Fantasieuniform tanzt er lasziv auf mich zu. Öffnet den ersten Knopf seiner Jacke. Fasst sich verführerisch lächelnd in den Schritt, wie man es eigentlich nur von Michael Jackson kennt. Was soll *das* denn?

Entsetzt schaue ich mich um. Unsere Gäste drängen sich um uns. Die Herren eher irritiert bis verlegen, die Damen hemmungslos fasziniert. Neele macht mir verschwörerisch ein Zeichen. Oh Gott. Ihre kleine Idee.

Der Michael-Jackson-Verschnitt hat sich inzwischen seiner Jacke entledigt und arbeitet rhythmisch tänzelnd an seiner Hose. Als er nur noch im feuerroten String und Stiefeln dasteht, gibt es Szenenapplaus für ihn. Um mich herum wird das Gejohle lauter. Inbrünstig verfluche ich den Moment, in dem ich die Idee zu dieser Party hatte. In meinem Leben gibt es zwar deutlich zu wenig sexy Männer – aber unter diesen Umständen verzichte ich gerne. Panisch schaue ich mich nach einer Fluchtmöglichkeit um. Es gibt keine.

»Hey, hey, hey, that's what I say. I can't get no«, singt der Stripper, *»sa-tis-fac-tion. No sa-tis-fac-tion!«* Und reißt sich mit einer raschen Handbewegung den String vom Leib. Selbstgefällig präsentiert er sich dem johlenden Publikum, drückt mich an sich und tanzt mit mir durch die nächste Strophe.

Übergangslos wird mir so richtig schlecht. Und ein komisches Gefühl sagt mir, dass das nicht nur an dem mickrigen Gemächt des Strippers liegt. Sondern an der Gesamtsituation. Vor meinen Augen verschwimmt alles.

Mensch, Sandra, reiß dich zusammen, ist doch nur ein Spaß!, mahnt mein Restverstand.

Stimmt. Also: lächeln bis zum Herzstillstand durch akute Peinlichkeit. Willenlos lasse ich mich von dem Typen über die Tanzfläche schieben.

»'cause I try and I try and I try and I try. I can't get no! I can't get no! Sa-tis-fac-tion. No sa-tis-fac-tion. Oh no no no!«

Meine Knie werden weich wie Pudding. Ich bete, dass Mick Jagger endlich die Puste ausgeht, aber er singt einfach weiter. Hier und da fange ich wie durch Nebel Blicke auf. Gute Laune und Heiterkeit überall.

Nein, nicht überall.

Neele scheint langsam zu ahnen, dass ihr Geburtstagsgeschenk keine wirklich gute Idee war. Renate und Martina leiden erkennbar unter einem heftigen Anfall von Fremdschämen. Thomas, der gerade einen Blick in meine Augen erhascht hat, guckt verlegen. Und in der Miene meiner Mutter spiegelt sich innerhalb von Sekundenbruchteilen eine ganze Reihe widersprüchlicher Gefühle. Belustigung. Verwirrung. Mitleid. Verständnis.

Endlich ist *Satisfaction* zu Ende, und ich will mich zu ihr retten, da werden draußen die ersten Böller abgefeuert.

»Prost Neujahr!«, ruft Renate. »Möge das neue Jahr alle eure Wünsche erfüllen!«

Allgemeines Anstoßen, Einander-um-den-Hals-Fallen. Dann stürmen alle raus auf die Straße, fürs Feuerwerk.

Draußen schneit es in dicken Flocken. Wie eine weiße Wolldecke liegt der Schnee auf Bürgersteig und Straße. Die Luft riecht nach Schwarzpulver. Überall knallen Kracher. Die ersten Raketen steigen auf und explodieren am Himmel zu glitzernden Leuchtkaskaden. Um mich herum stehen unsere Gäste in fröhlichen Grüppchen und genießen den Moment.

Alle bis auf mich.

Dabei *liebe* ich Feuerwerk. Aber mir ist speiübel. Nach

den Sushi und dem Lampenfieber vor meiner Ansprache hat mir dieser Stripper wirklich den Rest gegeben. So groß kann der Gin Tonic gar nicht sein, den ich trinken müsste, um die in mir wogende Übelkeit in den Griff zu bekommen.

Was ist nur los mit mir? Ich bin doch sonst nicht so zimperlich. Ein Stripper, mein Gott, vielleicht kein wirklich geschmackssicheres Geschenk von Neele – aber die neue Sandra müsste doch eigentlich über den Dingen stehen und darüber lachen können.

»I can't get no! Satisfaction!«, summe ich unwillkürlich vor mich hin. Als ich es merke, höre ich wie ertappt damit auf.

Verwirrt reibe ich an dem Bergkristall in der Tasche meines roten Kostümjäckchens. Vielleicht kann er sich ja wenigstens an meinem Geburtstag dazu durchringen, endlich mal zu wirken, anstatt sich faul von mir durch die Gegend tragen zu lassen.

Jemand reicht mir ein Glas Sekt. Ich ziehe die Hand aus der Tasche, um es zu nehmen – da fällt mir dieser dämliche Bergkristall in den Schnee. Verdammt! Er nützt zwar nichts, aber inzwischen hänge ich irgendwie an ihm. Ich gehe in die Hocke und versuche tastend, den Kristall wiederzufinden.

Vergeblich. Er ist wie vom Schnee verschluckt. Mit taub gefrorenen Fingern und schmerzenden Kniegelenken richte ich mich schließlich wieder auf und sehe mich um. Keine drei Meter neben mir steht Thomas bei meiner Mutter.

Ich sehe ihn an.

Er dreht sich zu mir um.

Unsere Blicke kreuzen sich.

Wir schauen einander an.

In diesem Moment kommt eine große Klarheit über mich. Es ist, als würde abrupt ein Tuch von meinen Augen gerissen. Die vielen verwirrenden Bruchstücke, die schon so lange in meinem Kopf, in meinem Herzen und in meinem Bauch rumoren – sie fügen sich schlagartig zu einem logischen Ganzen.

Wie konnte ich nur so blind sein.

Auf einmal weiß ich ganz genau, dass es zwischen Thomas und mir vorbei ist.

Und ich weiß, dass er es auch weiß.

Vor Erschütterung über die Tragweite meiner Erkenntnis schießen mir die Tränen in die Augen. Thomas sieht auf einmal so entsetzlich traurig aus, dass meine Mutter sich erstaunt nach mir umdreht.

Thomas lässt sie stehen und macht einen Schritt auf mich zu, da ruft Martina erschrocken: »Belmondo ist abgehauen! Er ist uns gerade durch die Beine gewischt – ich hab's genau gesehen!«

❖ ❖ ❖

Damit war die Party zu Ende. Alle riefen nach Belmondo, Suchkommandos wurden gebildet, Fährten verfolgt, französische Sardinen ausgelegt – vergebens. Das Feuerwerk musste ihn in totale Panik versetzt haben.

Ich war ganz krank vor Angst um Belmondo. Allerdings war ich gleichzeitig unendlich dankbar dafür, dass er es Thomas und mir durch seine Flucht ermöglichte, diesen Moment im Schnee überhaupt erst mal zu verdauen. Er würde alles verändern; das wussten wir beide, auch ohne es auszusprechen. Aber jetzt mussten wir erst mal unsere Katze wiederfinden.

Als der letzte Gast sich verabschiedet hatte, setzte sich Thomas an den Computer. »Suchposter gestalten, Tierheim-Nummer raussuchen und so«, murmelte er und vermied es, mir in die Augen zu schauen.

Mitleid wallte in mir auf. Ich wollte etwas sagen, aber er unterbrach mich mit einer müden Handbewegung. »Lass uns morgen reden. Geh du am besten schon mal ins Bett, ich kümmer mich ums Aufräumen« – weil ich sowieso nicht schlafen kann, sagte sein Blick.

Ich war mir sicher, dass es mir ähnlich ergehen würde. Doch ich war so erschöpft, dass ich in einen unruhigen Schlaf fiel, kaum dass mein Kopf das Kissen berührt hatte. Wie eine kaputte Schallplatte blieben meine Gedanken wieder und wieder an derselben Stelle hängen: »Steigst du nicht auf die Berge, siehst du auch nicht in die Ferne.« Der letzte Spruch aus Martinas Meditationskalender.

In die Ferne sehen. Entschlossen meine Siebensachen packen, Abschied nehmen und etwas Neues versuchen. Mich was trauen.

Aber warum in die Ferne schweifen? Sieh, das Gute liegt so nah ... Ich konnte keinen einzigen klaren Gedanken fassen. Ich fühlte mich wie im Fieberwahn. Wirre Traumfetzen umflatterten mich. Der Stripper. Thomas, fest eingehüllt in rot-weiß karierte Bettwäsche. Dr. Schmidtbauers Powerpoint-Präsentation. Mein abgewetzter Bürostuhl bei der Meidner Fair & Event Design GmbH. Die Krebsdiagnose. Der rosa Hortensienkranz. Das schmiedeeiserne Gartentor auf Bennos Website. Der Blick meiner Mutter.

Mein Handy klingelt, und ich fahre hoch. Neben mir liegt Thomas und wälzt sich im Schlaf unruhig hin und her. Draußen wird es gerade hell.

»Sandra!«

Meine Mutter. Mühsam sortiere ich meine Gedanken. Ist das jetzt noch der Traum? Oder will sie mir jetzt eine Neujahrspredigt halten?

»Entwarnung! Belmondo ist hier!«

Auf einen Schlag bin ich hellwach.

»Stell dir vor, ich war gerade draußen im Vorgarten zum Schneeschippen. Rein zufällig habe ich dabei einen Blick in mein Auto geworfen – und was sehe ich? Deinen Kater!

Hat sich auf dem Beifahrersitz zusammengerollt und schläft seelenruhig! Keine Ahnung, wie er da reingekommen ist.«

»Du hast bestimmt …«

»Nein, ich habe bestimmt *kein* Fenster offen gelassen«, unterbricht sie mich. In ihrer Stimme klingt echte Verwunderung mit. Doch bevor ich sie weiter zu dem mysteriösen Vorfall befragen kann, sagt sie munter: »Sag mal, Sandra, wo Belmondo sowieso im Auto ist, soll ich ihn dir vielleicht kurz vorbeibringen?«

»Nee, lass mal«, antworte ich schnell. Auf schneeglatter Fahrbahn hat sie in den letzten Jahrzehnten genug Unheil angerichtet. »Ich komm vorbei und hol ihn.«

Ohne sie noch mal zu Wort kommen zu lassen, lege ich auf. Leise ziehe ich mich an, nehme Belmondos Transportkäfig und verlasse das Haus.

Draußen liegen bestimmt 30 Zentimeter Neuschnee. Alle Geräusche klingen merkwürdig gedämpft. Der Himmel ist blau, die Luft kalt und frisch. Langsam lichten sich die Wolken in meinem Kopf. Ein erfreulich schweigsamer Taxifahrer bringt mich nach Laim, wo meine Mutter schon mit einem heißen Tee auf mich wartet.

»Papa schläft noch. Hat gestern eindeutig zu viel getankt«, sagt sie mit einem tadelnden Blick auf die geschlossene Tür zu den Gemächern meines Vaters.

In ihrem Zimmer thront Belmondo auf dem Sofa wie ein ägyptischer Katzengott. Schläfrig sieht er mich an und schnurrt.

»Keine Ahnung, wie er es durch den Schnee bis hierhin geschafft hat!«, sage ich verwundert.

»… und wie er es erst geschafft hat, durch die verschlossenen Türen ins Auto zu kommen!«, fügt meine Mutter hinzu. »Gott sei Dank kann er nicht auch noch sprechen, sonst müsste ich ernsthaft vermuten, dass er Harry Potters privatem Streichelzoo entlaufen ist, bevor ihn Thomas' Kollege in der Mülltonne gefunden hat.«

Plötzlich schießt mir Belmondos mysteriöse Bemerkung durch den Kopf. »Es wird Zeit …« Ich habe das erst meiner überbordenden Fantasie zugeschrieben und dann vergessen. Umso heftiger erröte ich jetzt, doch meine Mutter bemerkt es nicht.

»Setz dich. Wie gut, dass du hier bist«, sagt sie mit einem Gesichtsausdruck, den ich nicht ganz deuten kann. »Ich muss dir nämlich was sagen.«

Na toll. Hab ich's doch gleich gewusst. Eine Neujahrspredigt meiner Mutter. Genau das, was ich jetzt dringend brauche. Ergeben hocke ich mich in einen ihrer altmodischen Samtsessel. Ohren zu und durch.

»Weißt du, ich habe seit gestern Abend viel nachgedacht«, sagt meine Mutter zögernd. Erstaunt blicke ich auf. Nachdenken, zögern – so was ist ja bei ihr eher selten.

»Mir ging so viel im Kopf rum, als ich Thomas und dich da draußen im Schnee gesehen habe. Ich war ganz verwirrt und konnte überhaupt nicht schlafen … Aber als ich vorhin Belmondo entdeckt habe – da war mir auf einmal völlig klar, was zu tun ist.«

Ratlos schaue ich meine Mutter an. Was redet sie da für wirres Zeug? Oder hat sie vielleicht meinen Bergkristall im Schnee gefunden und wird nun von ihm mit glasklaren Erkenntnissen überschüttet?

»Ich habe spontan beschlossen, dass ich dir noch ein Geburtstagsgeschenk machen möchte.« Mit feierlichem Gesicht kramt sie in der Tasche ihrer wollenen Strickjacke. »Hier.«

Sie öffnet die Hand. Darin liegt der Schlüssel zu ihrem alten Renault R5. »Ich hab schon immer gedacht, dass er es verdient hat, auf seine alten Tage sein Heimatland noch mal wiederzusehen.«

»Aber Mama, was meinst du denn damit?«, stammele ich

verwirrt. »Du hast doch immer gesagt, dass dein Auto dein einziges Stückchen Freiheit ist …«

»Ach weißt du, meine Augen werden wirklich immer schlechter, da ist es mit der großen Freiheit auch nicht mehr so weit her. Zumindest mit der Autofahrerfreiheit«, sagt sie. »Außerdem kannst du das Auto jetzt gut gebrauchen, glaube ich. Hast du es Thomas schon gesagt?«

Ungläubig starre ich meine Mutter an. Sie lächelt. Und sieht auf einmal so aus wie eine von diesen weisen alten Wahrsagerinnen aus dem Märchen. Aber nur ein bisschen. Und auch nur ganz kurz.

»Weißt du, Kind, ich denke, du hattest recht. Man soll ein paar Träume leben, bevor die Altersgrenze für größere Mutproben erreicht ist. Für mich ist es ja schon lange zu spät«, an der Stelle seufzt sie kokett, »aber nicht für dich. Hier – ich hab dir schon mal ein paar Brote gemacht. Für die Reise«, sagt sie und drückt mir fürsorglich eine Plastiktüte voller Proviant in die Hand. »Es liegt zwar viel Schnee, aber die Autobahnen werden geräumt sein, und an Neujahr ist ja wenig Verkehr.«

Ich sehe sie an, wie sie so dasitzt. Dann springe ich auf, nehme sie ganz fest in die Arme und bedanke mich bei ihr.

Und dann bedanke ich mich bei den himmlischen Mächten. Dafür, dass sie mir eine so kluge Mutter geschenkt haben.

Noch ein bisschen dankbarer bin ich allerdings dem allmächtigen Geist des Internet. Dafür, dass er meine Mail an Benno vor dem Ziel abgefangen hat. *Undelivered Mail,* hatte mein E-Mail-Programm mir an dem Abend gemeldet. *Delivery Status Notification: Failure.*

Meine Mail war aus irgendwelchen Gründen nicht zu Benno durchgekommen. Und ich hatte es nicht übers Herz gebracht, sie ein zweites Mal zu versenden.

❖ ❖ ❖

Die Autobahn Richtung Genfer See ist fast leer, genau wie meine Mutter es mir prophezeit hat. In der Ferne leuchten die schneebedeckten Gipfel des Berner Oberlands in der Nachmittagssonne. Neben mir auf dem Beifahrersitz räkelt sich Belmondo und schnurrt.

Sonst macht er bei Autofahrten immer ein Riesentheater. Doch nun verhält er sich nicht wie eine Katze in einem Auto, sondern wie ein Reisender auf dem Weg nach Hause. Er scheint diese Fahrt richtiggehend zu genießen. Vielleicht liegt's daran, dass auch ich sie so richtig genieße. Das Autoradio spielt die besten Hits aus drei Jahrzehnten, und ich singe aus voller Kehle mit, was mein Gedächtnis an Songtexten hergibt. Zwischendurch habe ich mit großem Vergnügen zwei Vollkorn-Käse-Schinken-Brote, zwei hartgekochte Eier und eine Tüte Haribo-Konfekt verdrückt und mit drei Dosen Red Bull runtergespült.

Immer mal wieder werfe ich einen Blick auf mein Handy. Auf dem Display leuchtet eine SMS. »Cassoulet und Crème Caramel in Vorbereitung, Rotwein bereitgestellt. Freue mich sehr, Benno.«

Von meiner Mutter habe ich mich recht bald verabschiedet. Es hielt mich einfach nichts mehr auf meinem Sessel.

»Und sag Daniel, dass er alle meine Backsachen haben kann! Damit ein paar von seinen Leuten in Mali sich mit Keksläden selbstständig machen können!«, habe ich meiner Mutter beim Wegfahren noch zugerufen. Es war eine plötzliche Eingebung, und ich fühlte mich ausgesprochen wohl dabei. Für deutsche Weihnachtsplätzchen werden sich da unten zwar kaum alle Zutaten finden lassen, aber vor Ort gibt es sicher genug andere leckere Rezepte.

Kaum dass ich bei meinen Eltern aus der Einfahrt gefahren war, rief ich Benno auf dem Handy an. Kurz vorher hatte ich es tatsächlich geschafft, mit dem klapprigen PC meines Vaters online zu gehen und auf Bennos Website seine Handynummer herauszufinden. Er ging sofort ran. Als ob er neben dem Telefon gewartet hätte. Er war auch nicht in irgendwelchen Silvesterferien. Sondern er war zu Hause. »Wirklich? Du kommst? Ach, Sandra, wenn du wüsstest, wie toll ich das finde!«, hat er spontan gerufen, als ich ihm von meinen Plänen berichtete. Er freute sich offenbar wirklich genauso wie ich mich.

Es war ein tolles Gefühl. Gleichzeitig zerriss es mich fast vor schlechtem Gewissen Thomas gegenüber.

Als ich nach Hause kam, lag er noch im Bett. Mit offenen Augen, die Decke bis zum Kinn gezogen.

»Du willst nach Frankreich, stimmt's?«, fragte er mit tonloser Stimme. »Als du das Jobangebot erwähnt hast, habe ich es gleich geahnt. Aber irgendwie hab ich dann doch gehofft …« Traurig brach er ab.

In meinen Augen sammelten sich die ersten Tränen des neuen Jahres. »Thomas, ich …«, schluchzte ich. Auf einmal war mir hundeelend zumute.

Wir sind kein ideales Paar gewesen. Aber wir sind einander trotzdem sehr nahe.

»Komm, sag nichts. Hinterher zerreden wir womöglich alles, was noch da ist«, sagte er und nahm meine Hand. »Lass es uns ›Auszeit‹ nennen, okay? Wer weiß schon, wie das Leben so spielt? Vielleicht stehst du ja in ein paar Monaten mit Belmondo bei mir vor der Tür in Weßling, und wir fangen noch mal von vorne an. Statistisch gesehen führt nur jede zweite Ehekrise am Ende zur Scheidung. So gesehen haben wir ja noch eine Chance«, murmelte er und lächelte schwach.

Woraufhin ich in Tränen ausbrach. Thomas ist nicht der Richtige für mich. Doch in gewisser Weise ist und bleibt er ein toller Mann.

Das sagte auch Neele, als ich sie anrief, um ihr alles zu

erzählen. Sie wollte gleich zu ihm, schauen, ob sie ihm irgendwie helfen kann.

Martina brummelte zwar zuerst ein bisschen, aber dann sagte sie, dass sie mich mutig findet. Und Renate meinte, dass sie stolz auf mich ist.

Und ich? Ich frage mich jetzt natürlich, ob Bennos Freude nun Sandra Heller, der Traumfrau, gilt oder doch eher Sandra Heller, der Projektmanagerin. Allerdings kann ich selbst im Moment auch nicht sagen, worauf ich mich mehr freue – auf Benno oder auf Frankreich. Aber: Hey, das ist das Leben! Es wird sich schon alles irgendwie ergeben.

Ich fühle mich hellwach. Großartig. Aufgeregt. Abenteuerlustig. Lebendig. Offen gestanden kann ich mich nicht daran erinnern, mich jemals an einem Neujahrstag so gut gefühlt zu haben wie heute. Ich …

Ich nehme diese Euphorie zum Anlass, dir meine Rechnung zu überreichen, unterbricht auf einmal eine energische Stimme meine Gedanken. Mein innerer Staatsanwalt. Er hat es sich auf dem Rücksitz bequem gemacht und hält mir einen Umschlag hin. 1.228 Arbeitsstunden im Dienste deines Seelenheils, das macht zuzüglich Mehrwertsteuer …

Halt die Klappe, heute ist Feiertag, rufe ich gut gelaunt und werfe eine leere Büchse Red Bull nach hinten. Mit einem entrüsteten Plopp verschwindet er.

Im Radio laufen die ersten Klänge von *Good Vibrations*. Ich drehe voll auf. Leben ist nicht immer einfach, aber es kann auch wirklich schön sein. Zum Glück.

Danke

Was wäre ein Manuskript ohne einen Agenten, der daran glaubt – und ohne einen Verlag, der es druckt? Nichts als ein Haufen Altpapier. Umso herzlicher bedanke ich mich bei meinem Agenten Dr. Harry Olechnowitz sowie bei Britta Hansen, Kathrin Wolf und Carola Fischer vom Diana Verlag für den Elan, mit dem sie sich für diesen Roman eingesetzt haben!

Friedlich im Kämmerchen sitzen und schreiben ist das eine. Das Geschriebene sodann auf die Menschheit loszulassen das andere. Doch dazwischen gibt es erfreulicherweise eine höhere Instanz, die mich vor Fehlern und Ungeschicklichkeiten aller Art bewahrt hat: meine Testleserinnen. Angelika Gutsche, Angela Hawkins, Silvie Horch, Carolin Otto, Dr. Irmgard Schmid, Heidrun Schoppelrey, Dr. Birgit Schumacher und Stephanie Wimmer haben mir mit Kritik und Rat auf die Sprünge geholfen, wenn ich mal wieder voll auf dem Schlauch stand.

Bei Lisa Giesen bedanke ich mich für ihre wertvollen Anregungen zur Getränkeauswahl in der »Kinky Bar«, bei Dr. Birgit Schumacher für ihren ergiebigen Rechercherundgang durch Charlottenburg und bei meinen Eltern für ihre unverbrüchliche seelische Unterstützung.

Ohne meinen Mann, Ari Hantke, würde es diesen Roman überhaupt nicht geben. Danke dafür, dass Du mich so lange getriezt hast, bis ich endlich angefangen habe zu schreiben.

Und schließlich freue ich mich sehr, mich mit diesem Roman endlich bei einigen Menschen bedanken zu können, die mir auf wirklich wunderbare Weise geholfen haben, als ich vor einigen Jahren in heftiges gesundheitliches Unwetter geriet: Am Tag der Diagnose haben mich Uschi Wieschmann und Marlies Gemmingen, Angelika Gutsche und Christiane Greiner vor dem Absturz bewahrt.

Und im Laufe der anschließenden Therapie habe ich mich bei Dr. Ulrich Hamann, Dr. Dieter Scheich, Dr. Andreas Korselt, Dr. Christina Wiesemann, Dr. Oliver Stoetzer sowie Sabine Schmalfuss und ihren unglaublich fürsorglichen, behutsamen, freundlichen, kompetenten Kolleginnen und Kollegen selbst in schwierigen Momenten immer großartig aufgehoben gefühlt. Danke.

Diana Verlag

STEFAN ROGALL

Bestimmt für dich

Zeit für Wunder ...

Rosanna hat keinen guten Tag. Genauer gesagt: kein gutes Jahr. Doch als sie einen Unfall unversehrt übersteht, erwacht neuer Lebenswille in ihr. Denn sie ist fest davon überzeugt, dass sie gerettet wurde, weil sie jemanden glücklich machen soll: und zwar den Mann, der sie wiederbelebt hat. Nur dumm, dass Lukas davon gar nichts hält, denn er als Journalist glaubt nicht ans Schicksal, sondern an harte Fakten. Da hat Rosanna einiges an Überzeugungsarbeit zu leisten. Doch gerade als Lukas anfängt, mehr in ihr zu sehen als eine eigenwillige Träumerin, passiert etwas, das alles auf den Kopf stellt ...

978-3-453-35594-1

www.diana-verlag.de